HEYNE
BÜCHER

Vom gleichen Autor erschienen außerdem
als Heyne-Taschenbücher

Atemlos · Band 01/6081
Bahama-Krise · Band 01/6253
Der Feind · Band 01/6296
Die Gnadenlosen · Band 01/6394
Die Erbschaft · Band 01/6529

DESMOND BAGLEY

DER GOLDENE KIEL

Roman

WILHELM HEYNE VERLAG
MÜNCHEN

HEYNE ALLGEMEINE REIHE
Nr. 01/6456

Titel der englischen Originalausgabe
THE GOLDEN KEEL
Deutsche Übersetzung von Kurt und Heiko Wetzel

5. Auflage

Genehmigte, ungekürzte Taschenbuchausgabe

Printed in Germany 1987
Umschlagfoto: Bildagentur Mauritius, Mittenwald/Frankfurt
Umschlaggestaltung: Atelier Ingrid Schütz, München
Gesamtherstellung: Ebner Ulm

ISBN 3-453-02003-0

Inhalt

Erstes Buch
DIE MÄNNER

Zweites Buch
DAS GOLD

Drittes Buch
DIE SEE

Für Joan – für wen sonst

Erstes Buch

Die Männer

Walker

Ich heiße Peter Halloran, aber alle nennen mich Hal; nur Jean, meine Frau, sagte immer Peter zu mir. Frauen mögen anscheinend keine Spitznamen für ihre Mannsleute. Wie so viele andere wanderte ich nach dem Kriege in die »Kolonien« aus und trampte von England auf dem Landwege durch die Sahara und den Kongo nach Südafrika. Es war eine ziemlich beschwerliche Reise — aber das ist eine andere Geschichte; genug, ich kam 1948 in Kapstadt an, hatte keinen Job und kaum noch Geld.

In der ersten Woche in Kapstadt schrieb ich auf mehrere Stellenangebote in der »Cape Times«, und während ich auf die Antworten wartete, erforschte ich meine Umwelt. Eines Morgens hatte ich mich im Hafen herumgetrieben und fand mich schließlich im Jachthafen.

Über das Geländer gebeugt, sah ich mir die Boote an, als ich eine Stimme hinter mir hörte: »Na, welches nähmen Sie, wenn Sie die Wahl hätten?«

Ich wandte mich um, und mein Blick begegnete den zwinkernden Augen eines hochgewachsenen, grauhaarigen älteren Mannes mit gebeugten Schultern. Er hatte ein braunes, wettergegerbtes Gesicht und knochige Hände. Ich schätzte ihn auf etwa sechzig Jahre.

Ich wies auf eines der Boote. »Das da«, sagte ich, »groß genug, um brauchbar zu sein, und doch nicht zu groß für einen einzelnen.«

Meine Antwort schien ihm zu behagen. »Das ist die *Gracia*«, sagte er, »hab ich gebaut.«

»Sehr hübsches Boot«, erwiderte ich, »gute Linienführung.«

Wir redeten noch eine Weile über Boote. Er erzählte, er

habe eine Bootswerft etwas außerhalb von Kapstadt nach Milnerton zu, und er habe sich auf den Bau von Fischerbooten, wie sie die malaiischen Fischer benutzten, spezialisiert. Die hatte ich schon gesehen, kräftige, ziemlich reizlose Fahrzeuge mit hohem Bug und einem Ruderhaus, das wie ein Hühnerkorb draufgepackt war. Sie sahen aber sehr seetüchtig aus.

Die *Gracia* war erst die zweite Jacht, die er gebaut hatte. »Jetzt, nach dem Krieg, werden die reißend gehen«, sagte er. »Die Leute haben Geld wie Heu und wollen jachtsegeln. Darum möchte ich mich auf dieses Gebiet legen.«

Er sah auf die Uhr und nickte zum Jachtklub hinüber. »Kommen Sie, trinken wir eine Tasse Kaffee«, schlug er vor.

Ich zögerte. »Ich bin nicht Mitglied.«

»Aber ich«, sagte er. »Sie sind mein Gast.«

Wir gingen also ins Klubhaus und setzten uns in die Halle, von der aus wir den Jachthafen überblicken konnten, und er bestellte Kaffee.

»Übrigens, ich heiße Tom Sanford.«

»Ich bin Peter Halloran.«

»Sie sind Engländer«, sagte er. »Schon lange hier?«

Ich lächelte. »Drei Tage.«

»Ich bin schon ein klein wenig länger hier – seit 1910.«

Er schlürfte seinen Kaffee und sah mich nachdenklich an. »Sie scheinen ja was von Booten zu verstehen.«

»Ich hab mein Leben lang damit zu tun gehabt«, erwiderte ich. »Mein Vater hatte eine Bootswerft an der Ostküste, ganz dicht bei Hull. Wir bauten auch Fischerboote, bis zum Kriege.«

»Und dann?«

»Dann wurden wir für die Admiralität verpflichtet. Wir bauten Hafenschutzboote und so – für größere Fahrzeuge waren wir nicht eingerichtet.« Ich zuckte die Achseln. »Dann kam ein Luftangriff.«

»Schlecht«, sagte Tom. »Ging was kaputt?«

»Alles«, sagte ich knapp. »Meine Leutchen hatten ein Haus dicht bei der Werft — das ging auch drauf. Meine Eltern und mein älterer Bruder kamen um.«
»Jesus!« sagte Tom verhalten. »Schrecklich. Wie alt waren Sie damals?«
»Siebzehn«, sagte ich. »Ich kroch bei einer Tante in Hatfield unter; Arbeit fand ich bei De Havilland — Mosquitos bauen. Das ist ein hölzernes Flugzeug, und sie suchten Leute, die sich in Holzbearbeitung auskannten. Alles, was ich tat, war von mir aus gesehen nur ein Hinbringen der Zeit, bis ich in die Armee eintreten konnte.«
Sein Interesse belebte sich. »Wissen Sie, die Sache hat Zukunft, die neuen Methoden, die De Havilland entwickelt hat. Dieses Heiß-Formungs-Verfahren, das sie da haben — meinen Sie, daß man das im Bootsbau anwenden kann?«
Ich überlegte. »Warum nicht — es ist sehr widerstandsfähig. Außer Neubauten hatten wir auch Reparaturen in Hatfield, und da kriegte ich zu sehen, was diese Dinger auch bei sehr harten Treffern aushielten. Das Verfahren käme Sie aber teurer zu stehen als die alten Methoden, wenn Sie keine Massenproduktion haben.«
»Ich dachte dabei an meine Jachten«, sagte Tom bedächtig. »Sie müssen mir gelegentlich mehr davon erzählen.« Er lächelte. »Was wissen Sie sonst noch über Boote?«
Ich griente. »Ich hab mal davon geträumt, Bootskonstrukteur zu werden«, sagte ich. »Als Junge — ich war vielleicht fünfzehn — hab ich mir selber mal ein Renndingi entworfen und gebaut.«
»Haben Sie Regatten damit gewonnen?«
»Mein Bruder und ich haben alle geschlagen. Es war ein schnelles Boot. Nach dem Kriege, als ich auf meine Entlassung wartete und mich langweilte, hab ich es mal wieder versucht — das Entwerfen meine ich. Ich zeichnete ein halbes Dutzend Boote — das half mir, die Zeit zu vertreiben.«
»Haben Sie die Entwürfe mit?«

»In meinem Koffer hab ich welche vergraben«, sagte ich. »Hab lange keinen Blick darauf geworfen.«
»Ich würd sie mir gern mal ansehen«, meinte Tom. »Sagen Sie mal, junger Mann, wie wär's, wenn Sie bei mir arbeiteten? Ich sagte Ihnen ja schon, daß ich meinen Betrieb auf den Jachtbau ausdehnen möchte, und ich könnte einen tüchtigen jungen Gehilfen brauchen.«
Und so kam es, daß ich bei Tom Sanford anfing zu arbeiten. Am nächsten Tag zog ich mit meinen Zeichnungen zur Bootswerft und zeigte sie Tom. Im ganzen gefielen sie ihm, aber er zeigte mir auch einige Möglichkeiten, sparsamer zu bauen. »Sie sind ein begabter Konstrukteur«, meinte er, »aber Sie müssen noch eine Menge praktischer Erfahrungen machen. Na, das werden wir schon sehen. Wann können Sie anfangen?«
Und so fing ich an, beim alten Tom zu arbeiten, und das war eine der gescheitesten Taten meines Lebens.

In den nächsten zehn Jahren passierte so mancherlei. Ob ich es so verdient habe – das ist eine andere Frage. – Es tat gut, wieder auf einer Bootswerft zu arbeiten. Die von meinem Vater erlernten Fähigkeiten hatte ich noch nicht verloren, und wenn sie zunächst noch etwas eingerostet waren, so war ich doch bald ein ebenso guter Arbeiter wie sonst irgendeiner auf der Werft, und vielleicht sogar noch etwas besser. Tom ermutigte mich zu neuen Entwürfen; meine Fehler verbesserte er unnachsichtig.
»Du hast ein gutes Auge für die Linienführung«, sagte er. »Deine Boote werden angenehm zu segeln sein – aber verdammt teuer. Du mußt dich mehr in die Details vertiefen und vor allem an allen Ecken sparen, wenn du ein erschwingliches Boot bauen willst.«
Nach vier Jahren machte Tom mich zum Werkmeister, und gleich darauf hatte ich meinen ersten kleinen Erfolg als Konstrukteur. Ich reichte bei der örtlichen Jacht-Zeit-

schrift einen Entwurf ein und bekam den zweiten Preis und 50 £. Aber es kam noch besser: Einem ortsansässigen Segler gefiel der Entwurf, und er wollte das Boot gebaut haben. Tom baute es ihm, ich bekam das Honorar für den Entwurf, und mein Bankkonto wuchs anschaulich.
Tom gefiel das, und er fragte mich, ob ich wohl ein Klassenboot als Muster für die Werft entwerfen wollte. Ich zeichnete ein Sechs-Tonnen-Boot, das sich sehr gut machte. Wir nannten das Modell *Pinguin*-Klasse, und Tom baute und verkaufte im ersten Jahr ein Dutzend für je 2000 £. Mir gefiel das Boot so gut, daß ich Tom fragte, ob er mir auch eins bauen wollte, und das tat er, machte mir einen Freundschaftspreis und ließ mir mit der Abzahlung ein paar Jahre Zeit.
Daß wir ein Konstruktionsbüro hatten, gab der Werft neuen Auftrieb. Es sprach sich herum, und die Leute begannen zu mir zu kommen, anstatt britische oder amerikanische Entwürfe zu nehmen. Auf diese Weise konnten sie sich mit ihrem Konstrukteur besprechen. Tom war's zufrieden, denn die meisten der von mir entworfenen Boote wurden auf seiner Werft gebaut.
1954 machte er mich zum Betriebsleiter, und 1955 bot er mir die Partnerschaft an.
»Ich habe keine Erben«, sagte er ergeben. »Meine Frau ist tot, Söhne habe ich nicht, und ich werde alt.«
Ich widersprach: »Du wirst noch Boote bauen, wenn du hundert Jahre alt bist, Tom.«
Er schüttelte den Kopf. »Nein, nein, ich merk es schon.« Er zog die Brauen zusammen. »Ich bin die Bücher durchgegangen und sehe, daß du dem Geschäft mehr einbringst als ich. So will ich's mir mit dem Geld für die Partnerschaft leichter machen. Es kostet dich 5000 £.«
5000 £ waren ein lächerlicher Preis für den halben Anteil an solch blühendem Geschäft, aber ich hatte nicht annähernd soviel. Er sah meine Ratlosigkeit und zwinkerte mir zu. »Ich weiß, das hast du nicht — aber du hast für die

letzten Entwürfe ganz schön was bekommen. Nach meiner Schätzung mußt du dir rund 2000 £ auf die hohe Kante gelegt haben.«

Tom, pfiffig wie immer, hatte recht. Ich hatte ein paar Hundert mehr als die 2000. »Ja, so ungefähr«, sagte ich.

»Schön, nimm die 2000 und leih dir die andern drei von der Bank. Wenn sie die Bücher sehen, geben sie sie dir. Aus den Einnahmen kannst du es in weniger als drei Jahren zurückzahlen, besonders wenn du deine Pläne mit dem Renndingi ausführst. Was meinst du dazu?«

»O. K., Tom«, sagte ich, »das ist ein Geschäft.«

Das von Tom erwähnte Renndingi war ein Einfall, der mir gekommen war, als ich die Entwicklung der Do-it-yourself-Bewegung in England beobachtete. Es gibt eine Menge kleiner Seen auf den südafrikanischen Hochebenen, und ich dachte mir, ich könnte kleine Boote ins Binnenland verkaufen, wenn ich sie billig genug herstellen konnte – und ich wollte entweder das fertige Boot verkaufen, oder die Teile zum Zusammenbauen für den weniger bemittelten Liebhaber.

Wir machten eine weitere Werkstätte für Holzbearbeitung auf, und ich entwarf ein Boot, das erste der *Falcon*-Klasse. Einem jungen Mann, Harry Marshall, wurde es anvertraut, das Vorhaben in Gang zu bringen, und er machte es tadellos. Tom lag das weniger, und er hielt sich aus der ganzen Sache raus, die er als »deine verdammte Werkstatt« bezeichnete. Aber sie brachte uns einen Haufen Geld ein.

Etwa zu dieser Zeit begegnete ich Jean, und wir heirateten. Die Hochzeit mit Jean gehört eigentlich nicht in diese Geschichte, und ich erwähne sie nur wegen der späteren Geschehnisse. Wir waren sehr verliebt und sehr glücklich. Das Geschäft ging gut, ich hatte ein Weib und ein Heim – was könnte ein Mann mehr wünschen?

Gegen Ende 1956 starb Tom plötzlich an einem Herzanfall. Meiner Meinung nach mußte er gewußt haben, daß sein

Herz nicht in Ordnung war, wenn er auch nie darüber sprach. Seinen Geschäftsanteil hinterließ er der Schwester seiner Frau. Sie verstand nichts vom Geschäft und erst recht nichts vom Bootsbau. Also holten wir unsere Anwälte ran, und sie willigte ein, mir ihre Anteile zu verkaufen. Ich zahlte ein ganz Teil mehr als die 5000, die ich Tom gezahlt hatte, aber es war ein fairer Verkauf, wenn er mich auch in Geldsorgen und in große Bankschulden stürzte.

Es tat mir leid, daß Tom gegangen war. Er hatte mir eine Chance gegeben, wie sie wenigen jungen Leuten zufällt, und dafür war ich ihm dankbar. Die Werft schien leer geworden zu sein, nun er nicht mehr auf den Hellings umhertapste.

Die Werft gedieh, und mein Ruf als Konstrukteur schien gesichert, ich bekam haufenweise Aufträge. Jean übernahm die Leitung des Büros, und da ich die meiste Zeit ans Zeichenbrett gefesselt war, ernannte ich Harry Marshall zum Betriebsleiter, und er machte das sehr geschickt. Jean hatte kaum das Kommando übernommen, da gab sie das Signal für ein großes Frühjahrsreinemachen – sie war eben eine Frau! –, und eines Tages stöberte sie eine alte Konservendose auf, die schon jahrelang auf einem abgestellten Regal gestanden hatte. Sie suchte darin herum, dann sagte sie plötzlich:

»Warum hast du diesen Zeitungsausschnitt aufbewahrt?«

»Was für einen Zeitungsausschnitt?« fragte ich zerstreut. Ich las gerade einen Brief, der zu einem interessanten Auftrag führen konnte.

»Diese Sache über Mussolini«, sagte sie. »Das muß ich mal lesen.«

Sie saß auf der Schreibtischkante und hielt das vergilbte Zeitungsfragment zwischen den Fingern.

»›In Mailand wurden gestern sechzehn italienische Kommunisten wegen Beteiligung am Beiseiteschaffen von Mussolinis Schatz verurteilt. Der Schatz, seit Kriegsende

auf mysteriöse Weise verschollen, bestand aus einer Goldsendung der italienischen Staatsbank und mancherlei Eigentum Mussolinis, einschließlich der äthiopischen Krone. Man nimmt an, daß sich bei dem Schatz eine große Anzahl wichtiger Staatsdokumente befunden hat.‹ «
Sie sah auf. »Was soll das?«
Ich war überrascht. Es war schon lange her, daß ich an Walker und Coertze gedacht hatte — und an das Drama, das sich in Italien abgespielt hatte. Ich lächelte und sagte: »Allein mit dieser Geschichte hätte ich ein Vermögen machen können.«
»Erzähl sie mir.«
Ich wehrte ab. »Das ist eine lange Geschichte. Ein andermal.«
»Nein, jetzt«, beharrte sie eigensinnig. »Für Schätze habe ich immer Interesse.«
Also schob ich die ungeöffnete Post beiseite und erzählte ihr von Walker und seinem tollen Plan. Wie aus einem Nebel, in Bruchstücken und Einzelheiten, kam es mir wieder zurück. War es Donato oder Alberto, der von dem Kliff gefallen — oder hinabgestoßen — war? Es dauerte lange, bis ich die Geschichte erzählt hatte, und mit der Büroarbeit wurde es an diesem Tage nichts mehr.

Walker begegnete mir gleich nach dem Kriege, als ich von England nach Südafrika gekommen war. Ich war sehr glücklich über meinen guten Job bei Tom, aber als Fremder fühlte ich mich doch etwas einsam. Darum trat ich in den Cape Town Sporting Club ein, um Gesellschaft und sportliche Betätigung zu haben.
Walker war trinkendes Mitglied, einer von diesen pfiffigen Leuten, die in den Klub eintraten, um irgendwo trinken zu können, wenn sonntags die Wirtschaften geschlossen waren. Die Woche über kam er nie ins Klubhaus, aber jeden Sonntag tauchte er auf, spielte eine Partie Tennis, um den Schein zu wahren, und verbrachte den Rest des Tages in der Bar.

In dieser Bar traf ich ihn an einem späten Sonntagnachmittag. Laut streitende Stimmen erfüllten den Raum, und ich bemerkte bald, daß ich mitten in eine Erörterung der Übergabe Tobruks geraten war. Bei der bloßen Erwähnung Tobruks kann es überall in Südafrika Streit geben; denn die Übergabe wird als nationale Schande angesehen. Darüber ist sich zwar alles einig, daß die Südafrikaner im Stich gelassen worden waren, aber dann wird es ziemlich unklar und hitzig; die einen tadeln die britischen Generale, die andern den südafrikanischen Festungskommandanten, General Klopper – es ist immer ein beliebter Anlaß für eine dieser langen, müßigen Barzänkereien, bei denen sich die Gemüter erhitzen und nichts je entschieden wird.

Mich interessierte das nicht besonders – ich hatte den Krieg in Europa mitgemacht –, darum trank ich schweigend mein Bier und hielt mich heraus. Neben mir saß ein schmalgesichtiger junger Mann von gutem, wenn auch verlebtem Aussehen; er beteiligte sich lebhaft am Gespräch und schlug dazu oft mit der Faust auf den Tresen. Ich hatte ihn schon früher einmal gesehen, wußte aber sonst nichts von ihm als das, was ich selber beobachtet hatte; er trank offenbar sehr viel, ich hatte mein Bier noch nicht aus, da hatte er schon zwei Weinbrand binnen.

Als die Bar sich leerte, starb der Streit eines natürlichen Todes, und bald blieben mein Gefährte und ich allein zurück. Ich trank mein Bier aus und wandte mich zum Gehen, als er sagte: »'n Dreck wissen die davon!«

»Waren Sie dabei?« fragte ich.

»Und ob«, erwiderte er grimmig. »Ich war im Sack mit all den andern. Aber ich blieb nicht lange drin, 43 kniff ich aus dem Lager in Italien aus.« Er sah auf mein leeres Glas. »Noch einen für unterwegs.«

Ich hatte gerade nichts anderes vor und sagte: »Danke, dann nehme ich noch ein Bier.«

Er bestellte mir ein Glas und für sich selbst noch einen

Kognak. Dann sagte er: »Ich heiße Walker. Also, ich kniff aus, als die italienische Regierung zusammenkrachte. Ich ging zu den Partisanen.«
»Das war sicher interessant«, sagte ich.
Er lachte kurz auf. »Das kann man wohl sagen. Interessant und schrecklich. Gewiß, man kann wohl sagen, daß ich mit Sergeant Coertze eine wirklich interessante Zeit durchgemacht habe — er war der Bursche, mit dem ich die meiste Zeit zusammen war.«
»Ein Afrikaner?« warf ich auf gut Glück ein. Ich war neu in Südafrika und wußte nicht viel über die Zustände, aber der Name klang nach Afrikaans.
»Stimmt«, sagte Walker. »Ein richtig zäher Bursche, das war er. Wir blieben zusammen, als wir aus dem Lager raus waren.«
»Ging es leicht — aus dem Lager rauszukommen?«
»Kinderleicht. Die Posten ließen uns glatt durch. Ein paar kamen sogar als Führer mit — Alberto Corso und Donato Rinaldi. Ich hatte Donato gern — übrigens er hat mir das Leben gerettet.«
Er bemerkte mein Interesse und versenkte sich mit Behagen in die Geschichte. Als 1943 die Regierung stürzte, ging in Italien alles drunter und drüber. Die Italiener waren unsicher; sie wußten nicht, was nun kommen sollte, und den Deutschen trauten sie nicht. Es war die beste Gelegenheit, aus dem Lager auszubrechen, zumal wenn ein paar Wächter gemeinsame Sache mit einem machten.
Ja, aus dem Lager herauszukommen, das war ganz einfach, die Schwierigkeiten begannen erst hinterher, als die Deutschen ein Unternehmen einleiteten, um alle alliierten Gefangenen, die sich frei in Mittelitalien aufhielten, zusammenzutreiben.
»Damals erwischte es mich«, sagte Walker. »Wir gingen gerade über einen Fluß.«
Ein plötzlicher Angriff hatte sie überrascht. Alles war ruhig bis auf das Glucksen des Wassers und das unter-

drückte Fluchen, wenn jemand ausglitt – dann war da mit einemmal das Geräusch zerreißenden Kattuns, als das Maschinengewehr das Feuer eröffnete, und das unheimliche Pfeifen der Geschosse, die von den aus dem Fluß ragenden Felsen abprallten, klang schrecklich durch die Nacht. Die beiden Italiener drehten sich um und feuerten mit ihren Maschinenpistolen. Coertze brüllte auf wie ein Bulle, griff wie ein Rasender in die Tasche seiner Kampfanzughose, und dann kam sein Arm hoch wie bei einem Kricketwurf. Mit einem harten Knall explodierte die Handgranate nahe dem Ufer im Wasser. Coertze warf noch einmal, und diesmal detonierte die Granate auf dem Ufer.

Walker fühlte etwas gegen sein Bein schlagen, wurde herumgewirbelt und fand sich keuchend im Wasser wieder. Sein freier Arm schlug heraus und erwischte einen Felsen, an dem er sich verzweifelt festhielt.

Coertze warf noch eine Handgranate, und das Maschinengewehr stellte das Feuer ein. Die Italiener hatten ihre Magazine leergeschossen und beeilten sich nachzuladen. Alles war wieder ruhig.

»Die hielten uns sicher für Deutsche«, sagte Walker. »Von entwichenen Kriegsgefangenen Feuer zu kriegen, hatten sie sicher nicht erwartet. Zum Glück hatten die Italiener ein paar Gewehre mitgenommen. Jedenfalls, das verfluchte MG feuerte nicht mehr.«

Einige Minuten hatten sie mitten im Fluß gestanden, wo das schnellfließende kalte Wasser an ihren Beinen zerrte, und hatten sich nicht zu rühren gewagt aus Angst vor einem plötzlichen Feuerstoß vom Ufer. Nach fünf Minuten fragte Alberto leise: »Signor Walker, alles in Ordnung?«

Walker riß sich hoch und bemerkte erstaunt, daß er immer noch sein nicht abgefeuertes Gewehr fest umklammerte. Sein linkes Bein fühlte sich dumpf und kalt an. »Ja, alles in Ordnung«, antwortete er.

Nach einem langen Seufzer sagte Coertze: »Gut, dann also los, auf die andere Seite, — aber leise.«
Sie erreichten das andere Ufer und mühten sich, ohne anzuhalten, den Abhang hinauf. Nach kurzer Zeit begann Walkers Bein zu schmerzen, und er blieb zurück. Alberto wurde unruhig. »Sie müssen sich beeilen, wir müssen vor Hellwerden über den Berg sein.«
Walker unterdrückte ein Stöhnen, als er den linken Fuß aufsetzte. »Ich bin getroffen«, sagte er, »ich glaube, ich bin getroffen.«
Coertze kam den Abhang herunter zurück. »Na, nun komm schon, los!«
Alberto fragte: »Ist es schlimm, Signor Walker?«
»Was ist denn?« fragte Coertze, der den Italiener nicht verstand.
»Ich hab'n Schuß ins Bein gekriegt«, sagte Walker niedergeschlagen.
»Das hat uns gerade noch gefehlt«, sagte Coertze. In der Dunkelheit wirkte er wie ein dunklerer Fleck, und Walker konnte sehen, daß er ungeduldig den Kopf schüttelte. »Wir müssen noch vor Tagesanbruch in das Partisanenlager kommen.«
Walker besprach sich mit Alberto, dann sagte er auf englisch: »Alberto sagt, da rechts hinunter ist eine Stelle, wo wir uns verstecken können. Er meint, daß einer bei mir bleiben soll, während er Hilfe heranholt.«
Coertze grunzte in sich hinein. »Ich geh mit ihm«, sagte er. »Der andere Itaker kann bei dir bleiben. Also los!«
Sie gingen den Berghang entlang, dann ging es hinunter, und plötzlich trafen sie auf einen kleinen Hohlweg, einen Spalt im Fels. Ein paar kümmerliche Bäume boten etwas Schutz, und unterhalb war ein trockener Wasserlauf.
Alberto blieb stehen und sagte: »Bleibt hier, bis wir wiederkommen. Verkriecht euch unter den Bäumen, so daß euch niemand sehen kann, und bewegt euch sowenig wie möglich.«

»Vielen Dank, Alberto«, sagte Walker. Ein paar kurze Abschiedsworte, dann verschwand Alberto mit Coertze im Dunkel. Die beiden ließen sich nieder, um die Nacht durch zu warten, und Donato machte es für Walker bequem.

Es waren schwere Stunden für Walker. Sein Bein schmerzte, und es war sehr kalt. Den ganzen nächsten Tag blieben sie in der Felsspalte, und mit Anbruch der Nacht begann Walker hoch zu fiebern, und Donato hatte Mühe, ihn ruhigzuhalten.

Als endlich die Rettungsmannschaft kam, war Walker besinnungslos. Als er sehr viel später aufwachte, fand er sich in einem Bett in einem weißgetünchten Raum. Die Sonne ging auf, und neben seinem Bett saß ein kleines Mädchen. –

Unvermittelt schwieg Walker und starrte auf sein leeres Glas auf dem Tresen. »Na, nehmen Sie noch einen«, sagte ich schnell.

Er ließ sich nicht lange nötigen, und so bestellte ich nochmals für uns. »So sind Sie also rausgekommen«, sagte ich. Er nickte. »So war's. Himmel, war das kalt, diese zwei Nächte auf dem verfluchten Berg. Ohne Donato wäre ich abgekratzt.«

Ich sagte: »Jetzt waren Sie also in Sicherheit – und wo steckten Sie?«

»In einem Partisanenlager hoch in den Bergen. Die *Partigiani* organisierten sich gerade; sie fingen erst richtig an, als die Deutschen ihre Stellung in Italien zu festigen begannen. Die Jerries machten das gründlich – es sind arrogante Kerle –, und die Italiener mochten sie nicht leiden. So war die Zeit für die Partisanen gekommen; sie wurden vom Volk unterstützt und konnten ihre Unternehmungen auf breiter Grundlage beginnen.

Sie waren natürlich nicht alle gleich; da waren alle politischen Schattierungen vertreten von Blaßblau bis Knallrot. Die Kommunisten haßten die Monarchisten wie die Pest und umgekehrt und so weiter. Der Haufen, zu dem ich stieß, bestand aus Monarchisten. Da traf ich auch den Grafen.«

Graf Ugo Montepescali di Todi war damals über fünfzig Jahre alt, sah aber jünger aus und steckte voller Tatkraft. Er war dunkel, hatte eine Adlernase und einen kurzen ergrauenden Bart, der sich unten teilte und aggressiv gabelte. Er stammte aus einem Geschlecht, das schon während der Renaissance zu den alten gehörte, und war Aristokrat bis in die Fingerspitzen. Darum haßte er die Faschisten—haßte die Anmaßungen der Emporkömmlinge, die Italien regierten, mit all ihrer Korruption und Geldgier. Für ihn blieb Mussolini immer ein mittelmäßiger Journalist, der durch Demagogie Erfolg gehabt und praktisch den König eingesperrt hatte.

Walker traf den Grafen am ersten Tage seiner Ankunft im Berglager. Er war gerade aufgewacht und hatte das ernsthafte Gesicht des kleinen Mädchens gesehen. Sie lächelte ihm zu und verließ schweigend den Raum, und ein paar Minuten später kam ein untersetzter Mann mit struppigem Bart zur Tür herein und sagte auf englisch: »Ah, Sie sind wach. Sie sind jetzt in Sicherheit.«

Walker wußte, daß er jetzt eine dumme Frage stellte: »Aber wo bin ich?«

»Ist das wirklich von Bedeutung?« fragte der Graf spöttisch. »Sie sind noch in Italien — aber sicher vor den *Tedeschi*. Sie müssen im Bett bleiben, bis Sie wieder bei Kräften sind. — Sie haben eine ganze Menge Blut verloren. Sie müssen ruhen und essen und wieder ruhen.«

Walker war so schwach, daß ihm nichts anderes übrigblieb, als sich zu fügen, und so legte er sich aufs Kissen zurück.

Fünf Minuten später kam Coertze herein, mit ihm ein schmalgesichtiger junger Mann.

»Ich hab den Doktor mitgebracht«, sagte Coertze, »oder jedenfalls schimpft er sich so, wenn ich's richtig mitgekriegt hab. Mir scheint, er ist bloß Medizinstudent.«

Der Doktor – oder Student – untersuchte Walker und fand seinen Zustand befriedigend. »In acht Tagen können Sie wieder rumlaufen«, meinte er, packte seine Tasche und ging hinaus.
Coertze kratzte sich den Hinterkopf. »Ich werd doch noch diese wabbelige *Taal* lernen müssen«, sagte er. »Sieht ja so aus, als ob wir hier noch 'ne ganze Weile bleiben werden.«
»Keine Chance, nach Süden durchzukommen?« fragte Walker.
»Keine Spur von Chance«, sagte Coertze entschieden. »Der Graf – das ist der kleine Mann mit dem *Bokbaardjie* – sagt, daß die Deutschen da dichter stehen als Halme in einem Maisfeld. Wahrscheinlich wollen sie südlich von Rom eine Widerstandslinie bilden, sagte er.«
Walker seufzte. »Dann sitzen wir hier also fest.«
Coertze grinste. »Noch nicht das Schlechteste. Jedenfalls kriegen wir hier besseres Futter als im Lager. Der Graf möchte, daß wir uns seinem Haufen anschließen – anscheinend hat er so was wie ein *Skietkommando,* mit dem er ein kleines Territorium hält, und er sammelt Leute und Waffen, solange er kann. Wir können ebensogut hier kämpfen wie mit der Armee – ich hab immer schon mal Lust gehabt, auf meine Weise Krieg zu führen.«
Ein dicke Frau brachte eine Schüssel dampfender Brühe für Walker, und Coertze sagte: »Komm hier erst mal raus, dann wirst du dich schon besser fühlen. Ich guck mich mal 'n bißchen um.«
Walker aß seine Suppe und schlief, wachte wieder auf und aß wieder. Nach einer Weile kam ein kleines Persönchen mit einer Schüssel und aufgewickelten Binden. Es war das kleine Mädchen, das er gesehen hatte, als er zum erstenmal die Augen aufschlug. Sie schien ihm etwa zwölf Jahre alt zu sein.
»Mein Vater sagt, ich soll Sie neu verbinden«, sagte sie mit ihrer klaren, jungen Stimme. Sie sprach englisch.

Walker stützte sich auf den Ellbogen auf und beobachtete sie, wie sie näher kam. Sie war sauber gekleidet und trug eine weiße, gestärkte Schürze.
»Vielen Dank«, sagte er.
Sie beugte sich nieder, um die Schiene vom Bein loszuschneiden, und löste dann sorgfältig den Verband von der Wunde. Er sah auf sie nieder und fragte: »Wie heißt du?«
»Francesca.«
»Ist der Arzt dein Vater?« Ihre Hände auf seinem Bein waren sanft und kühl.
Sie schüttelte den Kopf. »Nein«, sagte sie kurz.
Dann wusch sie die Wunde mit warmem Wasser, dem ein scharfes Antiseptikum beigegeben war, und streute Puder drauf. Geschickt erneuerte sie den Verband.
»Du bist eine gute Pflegerin«, sagte Walker.
Jetzt erst blickte sie ihn an, und er sah, daß sie kühle graue Augen hatte. »Ich habe viel praktische Erfahrung«, sagte sie, und Walker wurde verlegen unter ihrem Blick. Er verfluchte einen Krieg, der aus Zwölfjährigen geschickte Pflegerinnen machte.
Als sie fertig war, sagte sie: »So, nun müssen Sie schnell besser werden.«
»Das will ich«, versprach Walker ihr, »so schnell ich kann. Das will ich für dich tun.«
Überrascht sah sie ihn an. »Nicht für mich«, sagte sie. »Für den Krieg. Sie müssen besser werden, damit Sie in die Berge gehen und haufenweise Deutsche töten können.«
Ernsthaft suchte sie die schmutzigen Binden zusammen und verließ den Raum, und Walker sah ihr erstaunt nach. So lernte er Francesca kennen, die Tochter des Grafen Ugo Montepescali.
In wenig mehr als einer Woche konnte er am Stock gehen und sich außerhalb der Lazarettbaracke bewegen, und Coertze führte ihn im Lager herum. Die meisten der Männer waren Italiener, die aus der Armee desertiert waren, weil sie die Deutschen nicht leiden mochten. Aber es gab

auch viele entwichene Kriegsgefangene, Alliierte verschiedener Nationalität.
Der Graf hatte die ehemaligen Kriegsgefangenen für sich zusammengefaßt unter Coertzes Kommando gestellt. Sie selbst nannten sich die »Fremdenlegion«. Viele von ihnen fielen in den nächsten paar Jahren, als sie mit den Partisanen zusammen gegen die Deutschen kämpften. Auf Coertzes Anforderung wurden Alberto und Donato der Einheit als Dolmetscher und Führer beigegeben.
Coertze hatte eine hohe Meinung vom Grafen. »Der *Kérel* weiß, was er tut«, sagte er. »Er holt sich Leute aus der italienischen Armee, so schnell er kann – und jeder Mann muß seine eigene Waffe mitbringen.«
Als die Deutschen sich zum Stehenbleiben entschlossen und ihre Winterstellung, die sich auf den Sangro und Monte Cassino stützte, befestigten, stockte der Krieg in Italien, und jetzt kam die Zeit, da die Partisanen eine rege Tätigkeit entfalteten und die deutschen Verbindungslinien angriffen. Die Fremdenlegion nahm an diesem Feldzug teil und spezialisierte sich auf Zerstörungen. Coertze hatte vor dem Kriege in den Goldminen am Witwatersrand gearbeitet und wußte mit Dynamit umzugehen. Er und Harrison, ein kanadischer Geologe, unterwiesen die anderen im Gebrauch von Sprengstoffen.
Sie zerstörten Straßen und Eisenbahnbrücken, sprengten Gebirgspässe, ließen Züge entgleisen und beschossen einzelne Lastwagen-Kolonnen, zogen sich aber immer zurück, wenn ihnen mit schwerem Feuer erwidert wurde. »Wir dürfen keine regelrechten Schlachten schlagen«, sagte der Graf. »Wir dürfen uns nicht von den Deutschen festnageln lassen. Wir sind Mücken, die den Deutschen das Fell jucken lassen sollen – wollen wir hoffen, daß sie Malaria von uns kriegen.«
Walker meinte, daß dies eine Zeit langer Erholungsperioden gewesen wäre, die gelegentlich durch Augenblicke des Schreckens unterbrochen wurden. Die Disziplin war

locker, und es gab keinen Gamaschendienst. Er wurde sehnig und zäh, und ein Tagesmarsch von dreißig Meilen über die Berge, beladen mit Waffen, mit Dynamit und Zündern, hätte ihm nichts ausgemacht.
Ende 1944 war die Fremdenlegion beträchtlich zusammengeschmolzen. Einige waren gefallen; viele aber hatten sich entschlossen, nach Süden durchzubrechen, nachdem die Alliierten Rom genommen hatten. Coertze sagte, er wolle bleiben, und Walker blieb mit ihm. Auch Harrison blieb und noch ein Engländer namens Parker. Die Fremdenlegion war nun tatsächlich sehr klein geworden. »Der Graf gebrauchte uns verdammt als Packesel«, sagte Walker. Er hatte noch eine Runde bestellt, und der Kognak machte sich bei ihm bemerkbar. Seine Augen waren rot gerändert, und er stolperte über die einzelnen Worte.
»Packesel?« fragte ich.
»Um wirklich zu kämpfen, war die Einheit zu klein«, erklärte er. »So ließ er uns Waffen und Lebensmittel in seinem Gebiet transportieren. Und so haben wir die Kolonne erwischt.«
»Was für eine Kolonne?«
Walkers Aussprache wurde nuschelig. »Das war so. Eine der italienischen Einheiten war losgezogen, um einen deutschen Posten auszuheben, und das erledigten sie in Zusammenarbeit mit einer anderen Partisanenbrigade. Aber der Graf war besorgt; dieser andere Haufen bestand nämlich aus Kommunisten – richtig verräterische Hunde waren das. Er fürchtete, von ihnen übers Ohr gehauen zu werden. Das taten sie immer, weil er Monarchist war, und sie haßten ihn mehr als die Deutschen. Sie hatten die Zeit nach dem Krieg im Auge, und wenn sie kämpften, setzten sie sich nicht mehr ein. Italienische Politik, wissen Sie!«
Ich nickte.
»So wollte er, daß Umberto – der Bursche, der das Sagen über unsere Italiener hatte – ein paar weitere Maschinen-

gewehre haben sollte für den Fall eines Falles, und Coertze sagte, er wollte sie mitnehmen.« –

Er schwieg und sah in sein Glas.

Ich fragte: »Und was war mit dieser Kolonne?«

»Teufel nochmal. Ich will es Ihnen erzählen. Wir waren auf dem Weg zu Umberto, da stießen wir auf diese deutsche Kolonne, wo gar keine Kolonne zu erwarten war. Also schlugen wir sie zusammen.«

Sie waren auf dem Gipfel eines Hügels angekommen, und Coertze hatte haltmachen lassen. »Wir bleiben hier zehn Minuten, dann geht's weiter«, sagte er.

Alberto trank einen Schluck Wasser und schlenderte dann bergab zu einem Punkt, von dem aus er das Tal gut überblicken konnte. Er sah zunächst zum Talgrund, wo sich eine rohe, unbefestigte, staubige Straße entlangzog. Dann hielt er nach Süden Ausschau.

Plötzlich rief er Coertze. »Sieh mal!«

Coertze lief hinunter und sah dorthin, wohin Alberto zeigte. In der Ferne, wo die braune Straße in der Hitze flimmerte, war eine Staubwolke. Er nahm sein Glas und stellte es hastig ein.

»Teufel, was machen die hier?« fragte er.

»Was ist es denn?«

»Deutsche Wehrmacht-Lkws«, berichtete Coertze. »Anscheinend sechs.« Er nahm das Glas herunter. »Sieht so aus, als ob sie auf Nebenstraßen durchschlüpfen wollen. Die Hauptstraßen haben wir ja wirklich ein bißchen unhygienisch gemacht.«

Walker und Donato waren heruntergekommen. Coertze blickte auf die MGs zurück, dann auf Walker. »Wie ist es damit?«

Walker erwiderte: »Und Umberto?«

»Oh, der kommt schon zurecht. Der Graf ist bloß ein bißchen ängstlich, jetzt, da der Krieg fast vorbei ist. Ich meine, wir sollten das kleine Bißchen nehmen – mit zwei MGs sollte das eine Kleinigkeit sein.«

Walker zuckte die Achseln. »O. K., meinethalben.«
Coertze sagte: »Los, komm«, und lief dahin zurück, wo Parker saß. »Hoch, *Kêrel*«, sagte er. »Der Krieg geht weiter. Wo, zum Deubel, ist Harrison?«
»Kommt schon«, rief Harrison.
»Wir wollen diesen Kram im Laufschritt auf die Straße bringen«, sagte Coertze. Er sah hinunter. »Diese Biegung sollte ein *lekker* Platz sein.«
»Ein was?« fragte Parker kläglich. Er zog Coertze immer auf wegen seiner Afrikaanismen.
»Egal«, knurrte Coertze. »Los, fix den Kram auf die Straße runter, wir kriegen was zu tun.«
Sie machten die MGs frei und glitten damit den Abhang hinunter. Auf der Straße angekommen, verschaffte sich Coertze einen schnellen Überblick. »Sie werden langsam um die Biegung kommen«, sagte er. »Alberto, du nimmst Donato mit, und ihr packt Euer MG dahin. Von dort könnt ihr die beiden letzten Wagen unter Feuer nehmen. Die beiden letzten, verstanden. Behämmert sie so feste, daß die andern nicht mehr zurück können.«
Er wandte sich Harrison und Parker zu. »Ihr bringt euer MG drüben auf der andern Seite in Stellung und erledigt den ersten Wagen. Dann haben wir die andern eingeklemmt.«
»Und was soll ich tun?« fragte Walker.
»Du kommst mit mir.« Coertze lief die Straße hinauf, Walker hinterher. Er lief bis kurz vor die Kurve, dann kletterte er auf eine kleine Anhöhe, von wo aus er gute Sicht auf die deutsche Kolonne hatte. Als Walker sich neben ihn fallen ließ, hatte er sein Glas schon eingestellt.
»Vier Lkws sind's, nicht sechs«, sagte er. »Vorneweg ein Stabs-Pkw und davor noch ein Krad mit Beiwagen. Sieht aus wie eins von diesen BMW-Dingern mit einem MG im Beiwagen.«
Er gab Walker das Glas. »Wie weit vom Ende der Kolonne bis zum Stabswagen?«

Walker sah auf die sich nähernden Fahrzeuge. »Etwa sechzig Meter«, schätzte er.
Coertze nahm das Glas. »O. K. Du gehst jetzt die Straße sechzig Meter zurück, so daß der Stabswagen bei dir ist, wenn der letzte Lkw um die Ecke rum ist. Um das Motorrad kümmerst du dich nicht – das übernehme ich. Geh zurück und sag den Burschen, daß sie erst Feuer eröffnen dürfen, wenn sie Handgranaten detonieren hören. Die werf ich. Und sag ihnen, sie sollen sich auf die Lkws konzentrieren.«
Er drehte sich um und sah zurück. Die MGs waren nicht zu sehen, und die Straße war leer. »Der schönste Hinterhalt, den man nur legen kann«, sagte er. »Mein *Oupa* hat's gegen die Engländer nicht besser gekonnt.« Er tippte Walker auf die Schulter. »Nun hau ab. Mit dem Stabswagen helf ich dir, sobald ich das Motorrad erledigt hab.«
Walker glitt von der Anhöhe hinunter und lief die Straße entlang zurück. Bei den Maschinengewehren hielt er an, um Coertzes Anweisungen weiterzugeben. Dann fand er für sich selbst einen geeigneten Felsblock etwa sechzig Meter von der Kurve, kroch dahinter in Deckung und überholte seine Maschinenpistole.
Gleich darauf hörte er Coertze die Straße entlanglaufen und rufen: »Vier Minuten. In vier Minuten sind sie hier. Klarhalten zum Feuern.«
Coertze rannte an ihm vorbei und verschwand etwa zehn Meter weiter im Straßengraben.
Walker sagte, daß einem vier Minuten unter solchen Umständen wie vier Stunden vorkommen. Er hockte da, sah über die stille Straße zurück und hörte nur sein eigenes Herz schlagen. Nach einer kleinen Ewigkeit hörte er das Brummen der Motoren und die Getriebegeräusche und endlich das Aufdrehen des Motorrades.
Er schmiegte sich enger an den Felsen und wartete. Im Bein zuckte ihm ein Muskel, und sein Mund war plötzlich trocken. Der Krach des Motorrades übertönte nun alle anderen Geräusche, und er entsicherte seine MPi.

Er sah das Krad vorbeifahren, der Fahrer mit seiner Schutzbrille sah aus wie ein Kobold, und der Landser im Beiwagen wendete den Kopf, um die Straße zu überwachen, die Hände am MG, das vor ihm aufmontiert war. Wie im Traum sah er Coertzes Hand in sein Gesichtsfeld kommen, anscheinend in langsamer Bewegung, und eine Handgranate zufällig genau in den Beiwagen werfen. Sie fiel zwischen den Rücken des Schützen und die Lehne des Beiwagens, und der Mann drehte sich erstaunt um. Bei dieser plötzlichen Bewegung rutschte die Handgranate weiter runter und krepierte.
Der Beiwagen wurde zerfetzt, und dem Schützen müssen die Beine abgerissen worden sein. Das Krad rollte wie betrunken quer über die Straße, und Walker sah Coertze aus seiner Deckung kommen und mit seiner MPi die Geschosse in den Fahrer spritzen. Dann stieg er selbst heraus und feuerte mit seiner MPi auf den Stabswagen.
Er hatte sich sorgfältig orientiert, so daß er sich gut vorstellen konnte, wo der Fahrer saß. Ohne groß zu zielen eröffnete er das Feuer, und die Windschutzscheibe schmetterte dem Fahrer ins Gesicht.
Nebenbei wurde ihm das Tack-tack-tack der Maschinengewehre bewußt, die in langem Dauerfeuer die Lkws beschossen; aber er hatte weder die Zeit noch den Wunsch dorthin zu sehen. Er hatte genug zu tun, dem Stabswagen aus dem Wege zu springen, der auf ihn zugeschleudert kam, einen toten Mann am Steuer.
Der Offizier war vom Sitz neben dem Fahrer hochgeschnellt und griff nach seiner Pistolentasche. Coertze gab einen Feuerstoß auf ihn ab, und er brach mit einem Schlage zusammen und fiel in grotesker Haltung wie eine Stoffpuppe über den Metallrahmen der zerstörten Windschutzscheibe. Die Pistole entglitt seiner Hand und fiel klappernd in den Wagen.
Mit einem zerreißenden Krach schrammte der Wagen gegen einen Felsen an der Straßenseite, stand plötzlich still

und ließ den Soldaten im Rücksitz des Wagens, der auf Walker schoß, taumeln. Walker hörte die Geschosse über seinen Kopf hinwegpfeifen und zog den Abzug. Ein Dutzend Geschosse traf den Deutschen und rammte ihn in seinen Sitz zurück. Walker sagte, die Entfernung habe vielleicht drei Meter betragen, und er schwor, er habe den Aufschlag der Geschosse gehört, als ob jemand mit einem Stock auf einen weichen Teppich schlüge.

Dann rief Coertze ihn an und winkte in Richtung auf die Lkws. Er lief hinter Coertze die Straße entlang und sah, daß der erste Lkw gestoppt war. Nur zur Sicherheit gab er einen Feuerstoß auf das Fahrerhaus ab, nahm Deckung hinter dem Wagen und lehnte sich an die heiße Kühlerhaube, um neu zu laden.

Bevor er damit fertig war, war das Gefecht zu Ende.

Alle Fahrzeuge waren gestoppt, und Alberto und Donato brachten ein paar verblüffte Gefangene nach vorn. Coertze rief: »Parker, geh rauf und sieh ob jemand kommt.« Dann drehte er sich um, um sich das Durcheinander anzusehen.

Die beiden Krad-Männer waren auf der Stelle getötet worden, ebenso die drei im Stabs-Pkw. Auf jedem Lkw waren zwei Mann im Fahrerhaus und einer hinten im Wagen gewesen. Alle Soldaten in den Fahrerhäusern waren innerhalb von zwanzig Sekunden von dem MG-Feuer getötet worden. Harrison sagte: »Auf zwanzig Meter konnten wir sie nicht verfehlen — wir spritzten zunächst in den ersten Wagen, dann spülten wir den nächsten ab. Es war leicht, wie wenn man mit einer Haubitze auf Kokosnüsse schießt.«

Von den siebzehn Deutschen lebten noch zwei, einer hatte eine Fleischwunde am Arm.

Coertze fragte: »Haste was bemerkt?«

Walker schüttelte den Kopf. Er zitterte in der Nachwirkung der Gefahr und war nicht in der Verfassung, aufmerksam zu sein.

Coertze ging zu einem der Gefangenen und fingerte an seinem Kragenabzeichen. Der Mann wich zurück.
»Das sind SS-Leute, alle.«
Er drehte sich um und ging zum Stabswagen zurück. Der Offizier lag auf dem Rücken, halb innerhalb, halb außerhalb der vorderen Tür, die leeren Augen sahen zum Himmel, schrecklich in ihrer Totenstarre. Coertze warf einen Blick auf ihn, dann beugte er sich in den Wagen und holte eine lederne Aktentasche vom Vordersitz. Sie war verschlossen.
»Irgendwas ist komisch an der Sache«, sagte er. »Warum sind sie diese Straße gefahren?«
Harrison sagte: »Sie hätten durchkommen können, weißt du. Wären wir nicht hiergewesen, so wären sie durchgekommen – und wir waren nur zufällig hier.«
»Weiß ich«, sagte Coertze. »Sie hatten eine gute Idee, und es wäre ihnen ja auch beinah geglückt – aber gerade das macht mir Kopfzerbrechen. Die Jerries sind sonst nicht reich an Einfällen; die wursteln nach ihrer Routine. Warum also wollten sie's hier anders machen, es sei denn, es war keine gewöhnliche Einheit.«
Er sah auf die Lkws. »Wär vielleicht kein schlechter Gedanke, mal nachzusehen, was auf den Wagen ist.«
Er schickte Donato als Wache ans Nordende der Straße; die übrigen gingen, um die Lkws zu untersuchen, bis auf Alberto, der die Gefangenen bewachte.
Harrison sah über die hintere Wand des ersten Lastwagens. »Nicht viel drin hier«, sagte er.
Walker blickte hinauf und sah, daß der Boden des Wagens mit Kisten bedeckt war – kleinen Holzkisten, etwa 35 × 30 × 12 Zentimeter. Er meinte: »Verdammt kleine Ladung.«
Coertze runzelte die Stirn und sagte: »Bei diesen Kisten klingelt's bei mir – ich kann's nur nicht unterbringen. Holen wir mal eine raus.«
Walker und Harrison kletterten auf den Wagen und zerr-

ten den Leichnam eines Deutschen beiseite, der im Wege lag. Harrison griff nach der nächsten Kiste und wollte sie anheben. »Mein Gott!« rief er aus, »das verdammte Ding ist festgenagelt.«

Walker faßte mit an, und die Kiste ließ sich bewegen. »Nein, ist sie nicht, aber sie muß ja wohl voller Blei sein.«

Coertze ließ die Rückwand herunter. »Ich denke, wir holen sie besser mal raus und machen sie auf«, sagte er. Seine Stimme war plötzlich heiser vor Erregung.

Walker und Harrison kanteten eine Kiste zum Rand und ließen sie überkippen. Mit einem lauten Plumps fiel sie auf die staubige Straße. Coertze sagte: »Gib mal 'n Seitengewehr her.«

Walker nahm dem toten Deutschen das Seitengewehr ab und gab es Coertze, der die Kiste damit aufstemmte. Die Nägel kreischten, als der Deckel hochkam. Coertze riß ihn herunter und sagte: »Hab ich mir doch gleich gedacht!«

»Was ist es denn?« fragte Harrison und rieb sich die Augen.

»Gold«, sagte Coertze leise.

Alle waren mäuschenstill. –

Als er bis hierher erzählt hatte, war Walker schon sehr betrunken. Er war unsicher auf den Füßen und hielt sich an der Kante des Bartisches fest, als er feierlich wiederholte: »Gold.«

»Um Himmels willen, was habt ihr damit gemacht?« fragte ich. »Und wieviel war's denn?«

Walker rülpste unterdrückt. »Wie ist es mit noch einem?« fragte er.

Ich winkte dem Barkellner und sagte dann: »Erzählen Sie weiter, das ist ja spannend.«

Er sah mich von der Seite an. »Eigentlich sollte ich's ja nicht erzählen«, zögerte er. »Aber Teufel noch eins! Jetzt schadet es ja nichts mehr. Es war so ...«

Sie hatten lange gestanden und einander schweigend an-

gesehen. Dann sprach Coertze: »Wußte ich doch, daß ich diese Kisten kannte. Auf dem Reef verpacken sie darin die Goldbarren für die Verschiffung.«
Sobald sie festgestellt hatten, daß alle Kisten auf dem Wagen geradeso schwer waren, stürzten sie sich wie verrückt auf die anderen Wagen. Zuerst waren sie enttäuscht – der zweite Wagen enthielt Kisten voller Dokumente und Akten.
Coertze wühlte in einer Kiste, warf Papiere heraus und sagte: »Was ist das für 'n Zeug, in Deubels Namen?« Es klang enttäuscht.
Walker griff sich ein Bündel und blätterte es durch. »Anscheinend italienische Regierungsakten oder so; vielleicht ganz geheimer Kram.« Harrisons Stimme kam gedämpft aus dem Wageninnern: »He, Kerls, seht mal, was ich gefunden habe.«
Er tauchte auf, in beiden Händen Bündel von Lire-Noten – saubere, frisch gedruckte Lire-Noten. »Da ist mindestens eine Kiste voll davon da«, sagte er, »vielleicht mehr.« Der dritte Wagen enthielt weitere Goldkisten, wenn auch nicht so viele wie der erste, und dann waren da mehrere sehr stark gebaute, verschlossene Holzkisten. Sie erlagen schnell einem entschlossenen Bajonettangriff.
»Jesus!« sagte Walker, als er die erste öffnete. Ehrfürchtig zog er ein schimmerndes Juwelengeglitzer hervor, einen Halsschmuck aus Brillanten und Smaragden.
»Was ist das wert?« fragte Coertze Harrison.
Sprachlos schüttelte Harrison den Kopf. »O je, wie soll ich das wissen.« Er lächelte matt. »Nicht meine Sorte von Steinen.«
Beim weiteren Durchstöbern der Kisten fischte Coertze ein goldenes Zigarettenetui heraus. »Da ist was eingraviert«, sagte er und las laut vor: *»Caro Benito da parte di Adolf – Brennero – 1940.«*
Bedächtig sagte Harrison: »Hitler hatte 1940 ein Treffen mit Mussolini auf dem Brenner-Paß. Damals entschied

sich Mussolini, auf der Seite der Deutschen in den Krieg einzutreten.«

»Na, nun wissen wir, wem's gehört«, sagte Walker mit einem Winken der Hand.

»Oder gehört hat«, sagte Harrison.

»Oder gehört hat«, wiederholte Coertze langsam. »Aber wem gehört es jetzt?«

Sie blickten einander an.

Coertze brach das Schweigen. »Los, sehen wir nach, was in dem letzten Wagen ist.«

Der vierte Wagen war voller Kisten mit Papieren, bis auf eine, und in der lag eine Krone.

Harrison mühte sich ab, sie hochzuheben. »Welcher Riese trägt denn die im Palast herum?« fragte er in die Runde. Die Krone war dicht mit Juwelen besetzt, mit Rubinen und Smaragden, aber keinen Diamanten. Sie war prächtig und sehr schwer. »Kein Wunder, wenn es heißt ›unruhig liegt das Haupt, das eine Krone trägt‹«, witzelte Harrison.

Er senkte die Krone wieder in die Kiste. »Schön, was tun wir nun?«

Coertze kratzte sich hinter dem Ohr. »Ja, das ist ein Problem«, stimmte er zu.

»Ich sage, wir behalten es«, stieß Harrison rauh hervor. »Es ist unser Eigentum durch das Recht des Eroberers.«

Nun war es heraus – der heimliche Gedanke, den außer dem freimütigen Harrison niemand hätte zugeben mögen. Es reinigte die Luft und machte alles leichter.

Coertze meinte: »Ich finde, wir müssen die andern ranholen und abstimmen.«

»Das hat nur Wert, wenn es einstimmig ist«, gab Harrison zu bedenken.

Sie verstanden seinen Gesichtspunkt. Wenn auch nur einer sich heraushielt, um es dem Grafen zu erzählen, wäre ein Mehrheitsbeschluß wertlos. Zuletzt sagte Walker: »Das wird sich schon ergeben. Stimmen wir erst mal ab.«

Es war ruhig auf der Straße, und so holte man Donato und Parker von ihren Posten heran. Die Gefangenen wurden in einen Wagen gesperrt, so daß Alberto an der Abstimmung teilnehmen konnte.
Harrison hätte keine Sorge zu haben brauchen, es gab nur eine Stimme. Die Versuchung war zu groß, als daß es hätte anders sein können.
»Eins ist mal sicher«, sagte Harrison, »wenn dieser Kram hier verschwindet, dann geht die größte aller Suchaktionen los, egal, wer den Krieg gewinnt. Die italienische Regierung wird nicht ruhen, bis sie alles gefunden hat, besonders die Papiere. Ich will wetten, die sind mehr als Dynamit.«
Coertze war nachdenklich. »Das heißt, wir müssen den Schatz mitsamt den Wagen verstecken. Es darf nichts, gar nichts gefunden werden. Es muß so sein, als ob sich alles in Luft aufgelöst hätte.«
»Wie sollen wir das machen?« fragte Parker. Er sah auf den steinigen Grund mit dem dünnen Erdbelag. »In einer Woche könnten wir gerade den Schatz vergraben, aber mit einem Wagen brauchen wir gar nicht erst anzufangen, von vieren schon gar nicht zu reden.«
Harrison schnalzte mit den Fingern. »Die alten Bleiminen«, sagte er, »die sind nicht weit von hier.«
Coertzes Züge hellten sich auf. »Ja«, sagte er. »Da ist ein Stollen, da würde der ganze Kram reingehen.«
Parker fragte: »Was für Bleiminen – und, um Himmels willen, was ist ein Stollen?«
»Das ist ein waagerechter Schacht, den man in einen Berg getrieben hat«, sagte Harrison. »Diese Minen sind seit der Jahrhundertwende aufgegeben. Da kommt niemals mehr jemand hin.«
Alberto sagte: »Wir fahren einfach die ganzen Wagen rein ...«
»... und sprengen den Eingang dicht«, sagte Coertze befriedigt.

»Warum sollten wir nicht einige Juwelen mitnehmen?« schlug Walker vor.

»Nein!« sagte Coertze scharf. »Viel zu gefährlich – Harrison hat recht. Da wird die Hölle los sein, wenn dieser Kram auf Nimmerwiedersehen verschwindet. Es muß alles vergraben werden, bis es sicher genug ist, es wieder hervorzuholen.«

»Hast du gute Beziehungen zu Juwelenhehlern?« fragte Harrison mit grimmigem Hohn. »Wenn nicht, wie willst du die Juwelen loswerden?«

Sie beschlossen, alles zu vergraben – Wagen, Leichen, Gold, Papiere, Juwelen – alles. Sie stauten die Wagen um, alle wertvollen Sachen auf zwei, die wertlosen, wie die Dokumente, auf die andern zwei. Zuerst wollten sie den Stabswagen mit dem Motorrad hinten drauf in den Stollen fahren, dann die beiden Wagen mit den Papieren und den Leichen, und zuletzt die Wagen mit dem Gold und den Juwelen.

»Auf diese Weise können wir die Sachen, die wir brauchen, ziemlich leicht wieder rauskriegen«, sagte Coertze.

Das Beseitigen der Wagen war ganz leicht. Von der staubigen Straße zweigte ein unbenutzter Pfad zu den Minen ab. Sie fuhren zur Mine hinauf und setzten die Wagen rückwärts in der richtigen Reihenfolge in den größten Stollen. Coertze und Harrison machten eine Ladung zurecht, um den Eingang zu sprengen, eine einfache Sache, die nur ein paar Minuten dauerte. Dann steckte Coertze die Zündschnur an und lief zurück.

Als sich die Sprengwolke verzogen hatte, sahen sie, daß der Stolleneingang völlig verschüttet war – er verbarg nun ein reiches Mausoleum für siebzehn Männer.

»Was sagen wir dem Grafen?« fragte Parker.

»Wir sagen, wir hätten ein kleines Scharmützel gehabt«, sagte Coertze, »haben wir doch, oder etwa nicht?« Er grinste und trieb sie dann an weiterzugehen.

Als sie zurückkehrten, hörten sie, daß Umberto ein Gefecht gehabt und viele Leute verloren hätte. Die Kommunisten hätten ihn im Stich gelassen, und er hätte nicht genug Maschinengewehre gehabt. –

Ich fragte: »Und Sie meinen, daß das Gold noch dort ist?«

»Bestimmt«, sagte Walker und schlug mit der Faust auf den Tresen. »Trinken wir noch einen!«

Danach bekam ich nicht mehr viel aus ihm heraus. Sein Gehirn war umnebelt von Branntwein, und er erging sich in Belanglosigkeiten. Aber eine Frage beantwortete er doch noch sinnvoll.

Ich fragte: »Was wurde aus den deutschen Gefangenen?«

»Och die«, sagte er gleichgültig. »Auf der Flucht erschossen. Hat Coertze erledigt.«

Walker war viel zu wackelig auf den Füßen, als daß er hätte nach Hause gehen können. Darum ließ ich mir vom Klubsteward seine Anschrift geben, verfrachtete ihn in ein Taxi – und dachte nicht mehr an ihn. An seine Geschichte dachte ich auch nicht weiter: es war ja doch nur das Geschwätz eines Betrunkenen. Möglich, daß er etwas gefunden hatte in Italien, aber mein Vorstellungsvermögen sträubte sich dagegen, an vier Lastwagen voller Gold und Edelsteinen zu glauben.

Es war mir aber nicht lange vergönnt, ihn zu vergessen. Schon am folgenden Sonntag sah ich ihn wieder in der Klubbar, wo er trübsinnig in sein Branntweinglas stierte. Er blickte auf, begegnete meinem Blick und sah hastig weg, als ob er sich schämte. Ich ging nicht hinüber, um mit ihm zu reden; er war ganz und gar nicht mein Fall – Trunkenbolde liegen mir nicht.

Später am Nachmittag, als ich gerade aus dem Schwimmbecken gekommen war und eine Zigarette rauchte, wurde ich gewahr, daß Walker neben mir stand. Als ich aufsah, sagte er gehemmt: »Ich glaube, ich schulde Ihnen noch etwas Geld – für das Taxi neulich nacht.«

»Reden wir nicht darüber«, erwiderte ich kurz.
Er ließ sich bei mir nieder. »Es tut mir sehr leid. Habe ich Ihnen Unannehmlichkeiten gemacht?«
Ich lächelte. »Entsinnen Sie sich denn nicht?«
»Keine Spur, verdammt«, gab er zu. »Ich bin doch nicht in eine Prügelei gekommen oder so?«
»Nein, wir haben uns nur unterhalten.«
Seine Augen flimmerten. »Worüber?«
»Ihre Erlebnisse in Italien. Sie erzählten mir eine ziemlich seltsame Geschichte.«
»Hab ich Ihnen von dem Gold erzählt?«
Ich nickte. »Eben.«
»Ich war voll«, sagte er, »voll wie eine Strandhaubitze. Ich hätte Ihnen nichts davon sagen sollen. Sie haben es doch niemand weitererzählt?«
»Nein, hab ich nicht«, erwiderte ich. »Sie wollen doch nicht sagen, daß die Geschichte wahr ist?« Im Augenblick war er sicherlich nicht betrunken.
»Nur zu wahr«, sagte er gewichtig. »Das Zeug ist noch da oben, in einer Höhle in Italiens Boden. Aber bitte, reden Sie nicht darüber.«
»Nein, bestimmt nicht«, versprach ich ihm.
»Kommen Sie, trinken wir einen«, schlug er vor.
»Vielen Dank«, sagte ich. »Ich geh jetzt nach Haus.«
Er schien bedrückt. »Na gut«, sagte er, und ich sah ihm nach, wie er mit hängenden Schultern zum Klubhaus hinaufging.
Von dem Tag an war es, als triebe es ihn dauernd in meine Nähe. Es war, als hätte er mir ein Stück von sich selbst ausgeliefert und in meine Obhut gegeben, und als müßte er nun darüber wachen, daß ich es auch sicher bewahrte. Er gebärdete sich, als wären wir beide Spießgesellen in einer Verschwörung, die sich hier zuzwinkern, da einen Wink geben und unvermittelt das Thema wechseln, wenn sie sich belauscht wähnen.
Wenn man ihn näher kennenlernte, war er gar nicht so übel, wenn man von dem beginnenden Alkoholismus ab-

sah. Wenn er wollte, konnte er einen gewissen Charme entfalten, und ganz gewiß wollte er mich mit diesem Charme gewinnen. Das war auch wohl nicht weiter schwierig; ich war ein Fremder in einem fremden Land, und er war sozusagen die einzige Gesellschaft, die ich hatte. Er hätte Schauspieler werden sollen, so, wie er sich darauf verstand, Menschen nachzuahmen. Als er mir die Goldgeschichte erzählte, wandelten sich seine beweglichen Gesichtszüge sehr eindrucksvoll, und seine Stimme veränderte sich, bis ich sie leibhaft vor mir sah: den bulligen Coertze, den freundlichen Donato, den sehnigen Alberto. Obwohl Walker für gewöhnlich einen leicht südafrikanischen Akzent hatte, konnte er ihn nach Belieben unterdrücken und die dumpfen Gutturale der Afrikaner oder das flinke Plappern der Italiener annehmen. Italienisch sprach er schnell und fließend; er gehörte sicher zu den Menschen, die eine Sprache in ein paar Wochen erlernen können.

Meine Zweifel an der Wahrheit seiner Geschichte hatte ich fast aufgegeben. Er hatte die Umstände zu genau geschildert. Die Sache mit der Inschrift in dem Zigarettenetui beeindruckte mich sehr. Ich konnte mir nicht vorstellen, daß Walker sich so etwas ausdenken konnte. Übrigens steckte nicht immer der Branntwein hinter seinen Reden. Er blieb bei seiner alten Geschichte, auch bei vielen Wiederholungen – ob er betrunken war oder nicht. Einmal sagte ich: »Das einzige, was ich mir nicht vorstellen kann, ist diese gewaltige Krone.«

»Alberto meinte, es sei die Kaiserkrone von Äthiopien«, sagte Walker. »Natürlich trüge man sie nicht im Palast, sondern nur bei Krönungen.«

Das schien einleuchtend. Ich fragte: »Woher wollen Sie wissen, daß die andern den Kram nicht ausgegraben haben? Harrison und Parker sind schließlich auch noch da, und für die beiden Italiener wäre es doch nur ein Kinderspiel, die sind ja an Ort und Stelle.«

Walker schüttelte den Kopf. »Nein, nur Coertze und ich sind noch da, alle andern sind tot.« Er verzog den Mund. »Coertzes Nähe schien ungesund zu sein. Mir wurde die Sache schließlich mulmig, und ich haute ab.«

Ich sah ihn scharf an. »Wollen Sie damit sagen, daß Coertze sie umgebracht hat?«

»Legen Sie mir keine Worte in den Mund«, sagte Walker scharf. »Das hab ich nicht gesagt. Alles, was ich weiß, ist, daß vier Mann zu Tode kamen, als sie in Coertzes Nähe waren.« Er zählte sie an den Fingern ab. »Harrison war der erste – das passierte gleich am dritten Tag, nachdem wir die Beute vergraben hatten.«

Er tippte an den zweiten Finger. »Als nächster kam Alberto – hab ich selbst gesehen, wie das passierte. Ein Unfall, so astrein, wie man ihn nur hinkriegen kann. Dann Parker. Der fiel in einer Kampfhandlung, gerade wie Harrison, und gerade wie bei Harrison war Coertze der einzige, der in seiner Nähe war.«

Er hielt drei Finger hoch und bog langsam den vierten gerade. »Der letzte war Donato. Den fand man in der Nähe des Lagers, mit eingeschlagenem Schädel. Es hieß, er sei in den Felsen herumgeklettert, und man erklärte es für einen Unfall – aber bei mir nicht! Mir hatte das gelangt, und so haute ich ab und ging nach Süden.«

Ich dachte einen Augenblick darüber nach und fragte dann: »Was meinten Sie damit, Sie hätten es gesehen, wie Alberto getötet wurde?«

»Wir waren auf einer Streife«, erzählte Walker. »Es ging alles ganz schön, aber dann machten die Deutschen eine schnelle Umgehung und schlossen uns ein. Wir mußten versuchen, zur Hintertür hinauszukommen, aber die Hintertür war ein Felsabhang. Coertze konnte gut klettern, und er und Alberto gingen als erste, Coertze führte. Er sagte, er wollte den leichtesten Abstieg erkunden, und das war in Ordnung, das machte er gewöhnlich so.

Er ging ein Gesims entlang und kam aus Sicht. Dann er-

schien er wieder und machte Alberto das Klarzeichen. Er kam dann wieder bis zu uns zurück und berichtete, wir könnten hinuntersteigen, und so gingen Parker und ich als nächste los. Wir folgten Alberto, und als wir um die Ecke kamen, sahen wir, daß er steckengeblieben war. Vor ihm fand seine Hand keinen Griff mehr, und er hatte sich in eine Stellung gebracht, aus der er auch nicht mehr zurückkonnte. Just als wir ankamen, verlor er die Nerven. Wir sahen ihn zittern und beben. Da klebte er wie eine Fliege am Felsen, mit der Höllentiefe des Abhangs unter sich und einer Meute Deutscher über sich, die nur darauf wartete, über ihn herzufallen, und bibberte wie ein Pudding.
Parker rief Coertze zu, und der kam herunter. Es war gerade Platz genug, daß er an uns vorbeikonnte, und so sagte er, daß er Alberto helfen wollte. Er kam bis zu Alberto, und Alberto stürzte ab. Ich schwöre darauf, daß Coertze ihn hinunterstieß.«
»Haben Sie gesehen, daß Coertze ihn stieß?« fragte ich.
»Nein«, gab Walker zu. »Ich konnte Alberto überhaupt nicht sehen, nachdem Coertze an uns vorbeigekommen war. Coertze ist ein Kleiderschrank, und er ist nicht aus Glas. Aber warum gab er Alberto das Klarzeichen, das Gesims entlangzugehen?«
»Das kann doch ein Versehen gewesen sein.«
Walker nickte. »Hab ich damals auch gedacht. Hinterher sagte Coertze, er habe nicht gemeint, daß Alberto so weit gehen sollte. Tatsächlich war da ein leichterer Abstieg kurz vor der Stelle, wo Alberto steckengeblieben war. Dort hat uns Coertze dann runtergeführt.«
Er steckte sich eine Zigarette an. »Aber als in der nächsten Woche Parker abgeknallt wurde, mußte ich wieder daran denken.«
»Wie geschah das?«
Walker zuckte die Achseln. »Die übliche Sache – Sie wissen, wie's im Gefecht zugeht. Als alles vorbei war, fanden

wir Parker mit einem Loch im Kopf. Gesehen hat es niemand, aber Coertze war am nächsten dabei.« Er machte eine Pause. »Das Loch saß hinten im Schädel.«
»Ein deutsches Geschoß?«
Walker schnaufte. »Lieber Freund, für eine Autopsie hatten wir keine Zeit. Aber das hätte uns auch nicht weitergebracht. Wir hatten selbst deutsche Waffen — Beutewaffen. Und Coertze benutzte ausschließlich deutsche Waffen. Er sagte, sie seien besser als die britischen.«
Er brütete vor sich hin. »Seitdem ließ es mir keine Ruhe. Es ging alles zu glatt — all diese Kerls, so plötzlich erledigt. Als es Donato erwischte, haute ich ab. Die Fremdenlegion war sowieso nahe daran aufzufliegen. Ich wartete, bis der Graf Coertze irgendwohin geschickt hatte, dann packte ich meinen Kram zusammen, sagte adieu und zog nach Süden auf die alliierte Front zu. Ich hatte Glück und kam durch.«
»Und Coertze?«
»Der blieb beim Grafen, bis die Yankees dahinkamen. Ein paar Jahre später sah ich ihn in Johannesburg. Ich ging gerade über die Straße zu einer Kneipe, da sah ich Coertze hineingehen. Da suchte ich mir ein anderes Lokal; trinken wollte ich was, aber nicht in dieser Kneipe.«
Er schauderte. »Ich möchte von Coertze so weit weg sein wie möglich. Zwischen Kapstadt und Johannesburg sind tausend Meilen — das dürfte ja wohl genügen.« Unvermittelt erhob er sich. »Gehen wir, trinken wir eins in Gottes Namen.«
Also gingen wir und tranken eins — tranken mehrere.

Während der nächsten Wochen bemerkte ich, daß Walker damit umging, mir einen Vorschlag zu machen. Er sagte, er hätte einiges Geld zu erwarten und brauche einen guten Freund. Schließlich kam er damit raus.
»Wissen Sie«, sagte er, »mein alter Herr starb letztes

Jahr, und ich habe zweitausend Pfund, sobald der Notar damit rüberkommt. Mit zweitausend Pfund könnte ich nach Italien gehen.«

»Das könnten Sie«, entgegnete ich.

Er biß sich auf die Lippe. »Hal, wollen Sie nicht mit mir kommen?«

»Wegen des Goldes?«

»Eben, wegen des Goldes. Halbpart.«

»Und was ist mit Coertze?«

»Zum Teufel mit Coertze!« fuhr Walker heftig heraus. »Mit dem will ich nichts mehr zu tun haben.«

Ich dachte darüber nach. Damals war ich noch jung und voller Unternehmungslust; es schien nur eine Fahrkarte zu kosten – wenn Walker die Wahrheit erzählt hatte. Und wenn es nicht wahr war, warum wollte er für mich eine Reise nach Italien bezahlen? Es sah nach einem amüsanten Abenteuer aus, aber ich zögerte noch. »Warum ich?« fragte ich.

»Allein schaff ich's nicht«, sagte er. »Coertze trau ich nicht übern Weg, und Sie sind der einzige sonst, der was davon weiß. Und Ihnen trau ich, Hal, ehrlich.«

Ich beschloß mitzumachen. »Schön, ist 'n Wort. Aber ich stelle Bedingungen.«

»Raus damit.«

»Ihr Trinken muß aufhören«, sagte ich. »Nüchtern sind Sie ganz in Ordnung, aber wenn Sie geladen haben, sind Sie unausstehlich. Und obendrein halten Sie nicht dicht, wenn Sie blau sind.«

Das lebhafte Gesicht verzog sich zu einer feierlichen Miene. »Das tu ich, Hal, ich rühre keinen Tropfen mehr an«, versprach er.

»In Ordnung«, sagte ich. »Wann soll's losgehen?«

Heute ist es mir natürlich klar, was für ein paar einfältige junge Esel wir waren. Wir glaubten, ohne besondere Umstände mehrere Tonnen Gold aus einer Höhle rausholen zu können. Wir hatten keinerlei Vorstellung, wieviel Verstand und Organisation das erfordern würde – und schließlich auch erfordert hat.

Walker sagte: »Der Notar meint, in etwa sechs Wochen sei alles klar mit der Erbschaft. Dann können wir jederzeit aufbrechen.«

Immer wieder kamen wir auf die Sache zu sprechen. Die praktischen Schwierigkeiten, an das Gold ranzukommen, beschwerten Walker nicht besonders, und ebensowenig die Frage, was wir damit anfangen sollten, wenn wir es erst hätten. Er war verhext von den Millionen, die darin steckten. Einmal sagte er: »Nach Coertzes Schätzung sind da vier Tonnen Gold. Nach dem heutigen Preis sind das gut und gern über eine Million Pfund. Dann sind da die Lire-Scheine – ganze Kisten von dem Zeug. In eine große Kiste gehen unheimlich viel Lire rein.«

»Das Papiergeld können Sie ruhig außer acht lassen«, sagte ich. »Geben Sie eine von diesen Noten aus, und schon haben Sie die italienische Polizei auf dem Hals.«

»Wir können sie ja außerhalb Italiens ausgeben«, meinte er eigensinnig.

»Dann kriegen Sie's mit der Interpol zu tun.«

»Na gut«, sagte er ungeduldig, »lassen wir die Lire. Aber dann sind da noch die Juwelen – Ringe und Halsketten, Brillanten und Smaragde.« Seine Augen funkelten. »Ich will wetten, daß die Juwelen mehr wert sind als das ganze Gold.«

»Aber nicht so leicht loszuwerden«, sagte ich.

Ich machte mir immer mehr Sorge über die rein praktischen Schwierigkeiten. Und was die Sache noch schlimmer machte, Walker wollte mir nicht die Lage der Bleimine angeben, und so konnte ich überhaupt keinen richtigen Plan entwerfen.

Er benahm sich wie ein Kind, das der Weihnachtsbescherung entgegenfieberte. Ich konnte ihn nicht dazu bewegen, den Tatsachen nüchtern ins Auge zu sehen, und erwog ernstlich, mich aus diesem verrückten Vorhaben herauszuhalten. Ich sah vor meinen Augen nichts als ein mißglücktes Unternehmen mit einem vermutlich längeren Aufenthalt in einem italienischen Gefängnis als Abschluß. An dem Abend, bevor er zum Notar gehen wollte, um die Papiere zu unterschreiben und seine Erbschaft in Empfang zu nehmen, besuchte ich ihn in seinem Hotel. Er lag halb betrunken auf dem Bett, eine Flasche neben sich.

»Sie haben versprochen, nicht mehr zu trinken«, sagte ich.

»Och, Hal, dies ist kein Trinken, ist es nicht. Nur ein Schluck zur Feier des Tages.«

Ich erwiderte: »Sie täten besser, Ihre Feier zu unterbrechen, bis Sie diese Zeitung gelesen haben.«

»Was für 'ne Zeitung?«

»Diese hier«, sagte ich und zog sie aus der Tasche. »Den kleinen Absatz unten auf der Seite.«

Er nahm die Zeitung und sah stumpfsinnig darauf. »Was muß ich lesen?«

»Den Absatz mit der Überschrift ›Italiener verurteilt‹.«

Es waren nur ein paar Zeilen, um die Seite unten aufzufüllen.

Mit einemmal war Walker nüchtern. »Aber sie waren unschuldig«, flüsterte er.

»Das hat sie nicht davor bewahrt, rangekriegt zu werden«, sagte ich schonungslos.

»Mein Gott«, sagte er, »sie suchen immer noch danach.«

»Natürlich tun sie das«, sagte ich ungeduldig. »Sie werden danach suchen, bis sie es gefunden haben.« Ich war nur neugierig, ob den Italienern mehr an dem Gold oder an den Dokumenten lag.

Ich sah, daß Walker aus seinen seligen Träumen von plötzlichem Reichtum aufgeschreckt war. Er mußte jetzt der Tatsache ins Auge sehen, daß es gefährlich war, Gold aus einer italienischen Höhle zu holen.

»Das verändert die Lage«, sagte er langsam. »Jetzt können wir nicht gehen. Wir müssen abwarten, bis Gras darüber gewachsen ist.«

»Wird da jemals Gras drüber wachsen?« fragte ich.

Er sah mich an. »Ich geh jetzt nicht«, sagte er mit der Entschlossenheit der Furcht. »Die Sache ist unmöglich – unmöglich – vorläufig.«
In gewisser Weise fühlte ich mich befreit. Diese Schwäche in Walker hatte mich schon immer gestört. Ich hatte lange hin und her überlegt, ob es klug sei, mit ihm nach Italien zu gehen. Nun war es entschieden.
Ich verließ ihn unvermittelt, während er sich, typisch für ihn, ein neues Glas einschenkte.
Als ich nach Haus ging, überkam mich ein Gedanke. Der Zeitungsbericht bestätigte Walkers Geschichte ziemlich genau. Immerhin etwas!

Als ich meine Geschichte beendet hatte, war die Frühstückszeit längst vorbei. Meine Kehle war trocken vom Sprechen, und Jean hatte große, runde Augen.
»Das klingt ja wie ein Kriminalroman«, sagte sie. »Ist das Gold noch da?«
Ich zuckte die Achseln. »Weiß nicht. In der Zeitung hab ich nichts drüber gelesen. Soviel mir bekannt ist, müßte es noch da sein – wenn nicht Walker oder Coertze es herausgeholt haben.«
»Was ist aus Walker geworden?«
»Er hat seine zweitausend Pfund gekriegt«, sagte ich. »Dann machte er sich auf eine Rundreise, die Kneipen leerzutrinken. Bald darauf verlor er seine Stellung und verschwand von der Bildfläche. Irgend jemand sagte mir, er sei nach Durban gegangen. Ich habe ihn jedenfalls seither nicht mehr gesehen.«
Jean war von der Geschichte gefesselt, und bald machten wir ein Spiel daraus, uns Mittel und Wege auszudenken, vier Tonnen Gold so unauffällig wie möglich aus Italien herauszukriegen. Rein akademisch, versteht sich. Jean hatte eine lebhafte Phantasie, und einige ihrer Ideen waren wirklich gut.
Das war ja das Problem – die rein physische Schwierig-

keit, vier Tonnen Gold zu transportieren, ohne daß jemand bemerkte, was da transportiert wurde.

Durch eiserne Sparsamkeit hatten wir 1959 unsere Bankschulden abgetragen. Die Werft war nun unser schuldenfreies Eigentum, und das feierten wir durch die Kiellegung eines Fünfzehntonners, den ich für Jean und mich entworfen hatte. Mit meiner alten braven *King Penguin*, der ersten dieser Klasse, konnte man großartig an der Küste entlangschippern, aber wir dachten daran, eines Tages auch mal eine Ozeanfahrt zu machen, und brauchten daher ein größeres Boot.

Für die Bedienung durch zwei Mann ist eine 15-Tonnen-Jacht gerade das richtige, und sie ist auch groß genug, daß man längere Zeit darauf leben kann. Das Boot sollte vierzig Fuß über alles messen, dreißig Fuß in der Wasserlinie bei einer Breite von elf Fuß. Es sollte für Ozeanfahrten maßvoll besegelt sein und einen kräftigen Diesel-Hilfsmotor erhalten. Zur Erinnerung an den alten Tom wollten wir die Jacht *Sanford* nennen.

Wenn sie fertig wäre, wollten wir ein Jahr Urlaub machen, wollten nordwärts segeln und einige Zeit im Mittelmeer verbringen und an der Ostküste zurücklaufen, so daß wir Afrika ganz umsegelt hätten. Jeans Augen glitzerten übermütig: »Und vielleicht bringen wir das Gold mit«, sagte sie dann.

Aber zwei Monate später schlug das Schicksal zu.

Ich hatte für Bill Meadows ein Boot entworfen und ihm die Risse zur Begutachtung hingeschickt. Durch ein Versehen waren die Einrichtungspläne nicht mit eingepackt worden, und Jean erbot sich, sie nach Fish Hoek, wo Bill wohnte, zu bringen.

Es ist eine schöne Fahrt am Chapman's Peak entlang nach Fish Hoek mit dem Blick auf See und Gebirge, viel schöner als alles, was ich später an der Riviera gesehen habe. Jean lieferte die Zeichnungen ab, und auf dem Rückweg in der Dämmerung drängte sie irgend so ein betrunkener

Kerl in seinem amerikanischen Superwagen von der Straße, und sie stürzte hundert Meter tief in die See.
Mein Leben hatte seinen Inhalt verloren.
Was machte es mir schon aus, daß der andere fünf Jahre bekam – das konnte mir Jean nicht zurückgeben. Ich ließ die Dinge auf der Werft schleifen, und es war nur Harry Marshall zu verdanken, daß die Firma nicht zugrunde ging. Damals rechnete ich mein Leben auf und machte eine Art geistiger Bilanz. Ich war sechsunddreißig Jahre alt; ich hatte einen gutgehenden Betrieb, der mir sehr am Herzen gelegen hatte, mir nun aber nicht mehr ganz so sehr am Herzen lag; ich war gesund und kräftig – Bootsbau und Segeln halten einen körperlich in Form – und ich hatte keine Schulden. Ich hatte sogar Geld auf der Bank, zu dem immer noch was hinzukam.
Auf der andern Seite des Kontenblattes stand dieses schreckliche Entbehren Jeans, das alle Vorteile mehr als aufwog. Ich fühlte, daß ich nicht mehr auf der Werft oder überhaupt in Kapstadt bleiben konnte, wo Erinnerungen an Jean mich an jeder Ecke heimsuchten. Ich mußte fort. Ich wartete darauf, daß irgend etwas geschah.
Ich war reif für Abenteuer.

Ein paar Wochen später war ich in einer Bar in der Adderley-Straße, um meine zwei, drei Glas zu trinken. Ich war nicht gerade dem Trunk verfallen, aber sicherlich trank ich mehr, als es früher meine Gewohnheit gewesen war. Ich war gerade beim dritten Kognak angelangt, als mich jemand am Ellbogen faßte und ich eine Stimme sagen hörte: »Hallo, Sie hab ich ja lange nicht gesehen.«
Ich wandte mich um und sah Walker neben mir stehen.
Die Jahre waren nicht freundlich mit Walker umgegangen. Er war magerer geworden, hatte schärfere Züge bekommen, der Haaransatz war zurückgewichen. Sein Anzug war ungebügelt und an den Rändern abgewetzt, und ein

Hauch von Schäbigkeit ging von ihm aus, der deprimierend war.
»Hallo«, sagte ich, »woher kommen Sie denn?« Er sah auf mein volles Branntweinglas, und ich sagte: »Kommen Sie, trinken Sie einen mit.«
»Vielen Dank«, sagte er schnell. »Einen Doppelten, bitte.« Das gab mir ziemlich sicheren Aufschluß darüber, was mit Walker geschehen war, aber ich hatte nichts dagegen, mich mit ein paar Glas aufmöbeln zu lassen, und darum lud ich ihn zu dem doppelten Branntwein ein.
Mit leicht zitternder Hand führte er das Glas zum Mund, nahm einen kräftigen Schluck und setzte das Glas wieder nieder. »Sie sehen gut aus«, sagte er.
»Es geht mir auch nicht gerade schlecht.«
Er fuhr fort: »Es hat mir leid getan, als ich das von Ihrer Frau hörte.« Er sah meinen fragenden Blick und setzte schnell hinzu: »Ich las es in der Zeitung. Ich dachte, es müsse Ihre Frau sein — derselbe Name und alles.«
Sicherlich hatte er einige Zeit darauf verwendet, mich aufzustöbern. Alte Freunde und Bekannte sind wertvoll für einen Trinker. Man kann sie immer wegen noch eines Glases und der Moneten angehen.
»Das ist vorbei und vergessen«, sagte ich kurz. Unwissentlich, gewiß, hatte er meine wunde Stelle berührt — hatte er mich an Jean erinnert. »Und was machen Sie jetzt?«
Er zuckte die Achseln. »Mal dies, mal das.«
»Haben Sie vielleicht inzwischen etwas Gold erwischt?« fragte ich boshaft. Ich wollte mich dafür rächen, daß er meine Gedanken auf Jean gelenkt hatte.
»Seh ich so aus?« fragte er bitter. Und unerwartet setzte er hinzu: »Letzte Woche hab ich Coertze gesehen.«
»Hier in Kapstadt?«
»Jawohl, er war gerade aus Italien zurückgekommen. Jetzt ist er wieder in Johannesburg, nehme ich an.«
Ich grinste. »Hatte er denn Gold mitgebracht?«

Walker schüttelte den Kopf. »Er sagte, es sei noch alles unverändert.« Er griff plötzlich nach meinem Arm. »Das Gold ist noch da – niemand hat's gefunden – es ist noch da – vier Tonnen Gold – da in dem Stollen – und die ganzen Juwelen!« Er redete wie ein Besessener.
»Nun, und warum tut er nichts?« fragte ich. »Warum geht er nicht hin und holt es raus? Warum gehen Sie beide nicht hin?«
»Er mag mich nicht«, sagte Walker verdrießlich. »Er redet kaum mit mir.« Er nahm eine Zigarette aus meiner Schachtel auf dem Tresen; amüsiert gab ich ihm Feuer. »Ist nicht leicht, es aus dem Land zu kriegen«, sagte er. »Selbst Seine Hoch- und Mächtigkeit Sergeant Coertze hat noch keinen Weg entdeckt.«
Er grinste schon ziemlich bezecht. »Stellen Sie sich das mal vor«, sagte er, geradezu munter, »selbst der superkluge Coertze kann's nicht. Er hat das Gold in das Erdloch gebracht, und nun ist er zu bange, es rauszuholen.« Er begann hysterisch zu lachen.
Ich faßte ihn hart am Arm. »Na, nun beruhigen Sie sich mal.«
Sein Lachen brach unvermittelt ab. »Schon gut«, sagte er. »Spendieren Sie mir noch einen; ich hab meine Brieftasche zu Haus vergessen.«
Ich winkte dem Barmixer mit dem Finger, und Walker bestellte sich noch einen Doppelten. Langsam wurde es mir klar, warum er so heruntergekommen war. Seit vierzehn Jahren fraß es an ihm wie Krebs, daß da irgendwo in Italien ein Goldschatz nur darauf wartete, gehoben zu werden. Schon als ich ihn vor zehn Jahren kennenlernte, hatte ich diese verhängnisvolle Schlaffheit an ihm bemerkt, und jetzt konnte man sehen, daß die Bitterkeit des Verzichts zuviel für ihn war. Ich hätte gern gewußt, wie Coertze mit dieser Belastung fertig wurde. Wenigstens schien er doch etwas zu unternehmen, und sei es nur, daß er die Sache im Auge behielt.

Vorsichtig sagte ich: »Wenn Coertze Sie nun mitnehmen wollte, gingen Sie dann mit nach Italien, um den Kram herauszuholen?«
Er war plötzlich sehr still. »Was wollen Sie damit sagen?« fragte er. »Haben Sie mit Coertze gesprochen?«
»Ich hab den Mann nie gesehen.«
Walkers Blicke irrten nervös in der Bar umher, dann straffte er sich. »Ja, ... wenn er mich haben will ... wenn er mich braucht ... ich ginge mit«, sagte er forsch. Aber dann klang hämische Bosheit durch: »Sie wissen ja, einmal hat er mich gebraucht; als wir den Kram vergruben, da hat er mich gebraucht.«
»Sie würden sich nicht vor ihm fürchten?«
»Was soll das heißen – vor ihm fürchten? Warum sollte ich mich vor ihm fürchten?«
»Sie waren sich doch ziemlich sicher, daß er vier Morde auf dem Gewissen hat.«
Er war aus der Fassung gebracht. »Ach, das! Das ist lange her. Und ich habe niemals gesagt, er hätte jemand ermordet. Das hab ich niemals gesagt.«
»Nein, ausdrücklich gesagt haben Sie es nie.«
Er rutschte unruhig auf seinem Barstuhl. »Was soll das überhaupt? Er würde mich ja doch nicht bitten mitzukommen. Jedenfalls sagte er das letzte Woche.«
»O ja, das wird er«, sagte ich leise.
Walker sah plötzlich auf. »Wieso das?«
Ich sagte ruhig: »Weil ich einen Weg weiß, wie man das Gold aus Italien rausbekommt und es, wohin auch immer, bringen kann, ziemlich einfach und verhältnismäßig sicher.«
Seine Augen weiteten sich. »Was sagen Sie? Wie wollen Sie das machen?«
»Das werd ich Ihnen nicht auf die Nase binden«, sagte ich gleichmütig. »Schließlich würden Sie mir ja auch nicht sagen, wo das Gold versteckt ist.«
»Gut, machen wir es doch«, sagte er beflissen. »Ich sag

Ihnen, wo es ist, Sie holen es raus, und damit hat sich der Fall. Warum sollen wir Coertze dazu ranholen?«
»Das ist eine Aufgabe für mehr als zwei. Im übrigen hat er Anspruch auf einen Anteil. Er hat schließlich die vierzehn Jahre die Augen auf dem Gold gehabt, und das ist verdammt mehr, als was Sie getan haben.« Ich unterließ es hinzuzufügen, daß ich Walker für so schwach hielt wie ein Rohr im Winde. »Aber werden Sie auch mit Coertze auskommen, wenn die Sache losgeht?«
Er wand sich verdrießlich. »Nun, wenn er mich zufrieden läßt und mir nicht zynisch kommt: das laß ich mir nämlich nicht gefallen.« Er sah mich verwundert an, als würde ihm erst jetzt bewußt, worüber wir sprachen. »Sie meinen, es gäbe eine Möglichkeit, den Kram herauszukriegen? Wirklich eine Möglichkeit?«
Ich nickte und glitt vom Barstuhl. »Und nun entschuldigen Sie mich bitte.«
»Wohin wollen Sie?« fragte er schnell.
»Bei der Fluggesellschaft anrufen«, sagte ich. »Ich brauche für morgen einen Platz in der Maschine nach Johannesburg. Ich will Coertze aufsuchen.«
Der Wink, auf den ich gewartet hatte, war mir gegeben worden.

Coertze

Eine Reise im Flugzeug ist etwas Großartiges. Schon am Mittag des nächsten Tages nahm ich mir ein Zimmer in einem Hotel in Johannesburg, tausend Meilen von Kapstadt entfernt.

Im Flugzeug hatte ich viel über Coertze nachgedacht. Ich sagte mir, daß die ganze Sache ins Wasser fiele, wenn er nicht anbeißen sollte. Auf Walker konnte ich mich nicht verlassen. Ich mußte mir nun darüber klarwerden, wie ich Coertze anfassen wollte. Nach Walkers Bericht war er ein ziemlich zäher Bursche. Das machte mir weiter nichts aus; wenn's drauf ankam, konnte ich selber zäh sein; aber ich wollte ihn nicht herausfordern. Er würde vermutlich argwöhnisch wie der Teufel sein, und ich würde ihn mit Samthandschuhen anfassen müssen.

Dann noch eins – wie sollte das Unternehmen finanziert werden? Die Bootswerft wollte ich als Sicherheit behalten für den Fall, daß die ganze Sache aufflog; aber wenn ich Harry Marshall als Partner hereinnahm, mein Haus und meinen Wagen und noch dies und das verkaufte, müßte es mir möglich sein, so um 25 000 £ aufzubringen – nicht zuviel für das, was ich im Sinne hatte.

Aber das hing alles von Coertze ab. Ich mußte lächeln, wenn ich mir vorstellte, wo er arbeitete. Er hatte einen Job im Central Schmelzwerk, wo das Gold von allen Minen im Reef geläutert wurde. Durch seine Hände war in den letzten paar Jahren sicher mehr Gold gegangen, als alle Kriegsherren der Achse zusammengenommen in der ganzen Welt vergraben hatten. Er mußte Tantalusqualen ausstehen.

Am Nachmittag rief ich in den Schmelzwerken an. Es

dauerte einen Augenblick, bis er an den Apparat kam. »Coertze«, sagte er kurz.

Ich kam sofort zur Sache. »Mein Name ist Halloran«, sagte ich. »Ein gemeinsamer Freund – Herr Walker aus Kapstadt – hat mir erzählt, daß Sie Schwierigkeiten bei der Ausfuhr von Waren aus Italien gehabt haben. Ich bin im Import-Export tätig. Ich glaube, ich könnte Ihnen helfen.«

Ein tiefes Schweigen kroch mir ins Ohr.

Ich sagte: »Meine Firma ist ganz auf die Durchführung solcher Geschäfte eingestellt. Wir haben in ähnlich gelagerten Fällen mit dem Zoll nie viele Schwierigkeiten gehabt.«

Mir war, als hätte ich einen Stein in einen sehr tiefen Brunnen geworfen und erwartete nun sein Aufklatschen. »Warum kommen Sie nicht mal zu mir«, sagte ich. »Ich möchte Sie jetzt nicht weiter aufhalten. Sie haben sicher viel zu tun. Kommen Sie heute abend um sieben, und dann können wir Ihre Schwierigkeiten beim Dinner besprechen. Ich wohne im Regency – das ist in Berea, in ...«

»Ich weiß, wo's ist«, sagte Coertze. Seine Stimme war tief und rauh, mit kehligem afrikaans Akzent.

»Gut, ich erwarte Sie«, antwortete ich und legte auf.

Dieser erste Kontakt gefiel mir. Coertze war mißtrauisch und das mit Recht. Käme er aber ins Hotel, so hätte er angebissen, und ich brauchte dann nur noch an der Angelleine zu rucken, um ihn fest am Haken zu haben.

Ich war mir seines Kommens ziemlich sicher, schon wegen der menschlichen Neugier. Käme er nicht, so wäre er nicht menschlich – oder aber ein Übermensch.

Er kam, aber nicht um sieben, und ich begann schon an meinem Urteil über menschliche Schwächen zu zweifeln. Es war schon nach acht, als er an die Tür klopfte und, nachdem er sich vergewissert hatte, daß ich es sei, sagte: »Vom Essen woll'n wir nicht weiter reden, ich hab gegessen.«

»Schön«, sagte ich, »aber was zu trinken?« Ich ging durch das Zimmer und nahm die Kognakflasche zur Hand. Ich war überzeugt, daß er Kognak wollte; die meisten Südafrikaner trinken ihn.

»Ich nehme einen Scotch«, sagte er wider Erwarten. »Danke«, fügte er einen Augenblick später hinzu.

Während des Einschenkens sah ich ihn an. Ein großer, schwerer Mann mit gewaltigem Brustkasten. Sein Haar war schwarz und ziemlich struppig, es gab ihm ein fast zottiges Aussehen; ausgezogen sähe er aus wie ein Grislybär. Seine Augenbrauen standen schwarz und gerade über Augen von einem eindringlichen stählernen Blau. Er hatte besser auf sich selber aufgepaßt als Walker. Ein Hauch von Gesundheit ging von ihm aus.

Ich gab ihm ein Glas, und wir setzten uns und sahen einander an. Er war gespannt und wachsam, wenn er das auch zu verbergen suchte, indem er übertrieben nachlässig auf seinem Stuhl saß. Wir glichen zwei Duellanten, die mit ihren Klingen Fühlung nahmen.

»Ich will zur Sache kommen«, sagte ich. »Vor langer Zeit erzählte mir Walker einmal eine interessante Geschichte, die sich um Gold drehte. Vor zehn Jahren war's, und wir wollten etwas unternehmen, aber es wurde nichts draus. Das war aber vielleicht ganz gut, wir hätten die Sache sicher verpfuscht.«

Ich wies mit dem Finger auf ihn. »Sie haben die Sache im Auge behalten. Sie haben vielleicht von Zeit zu Zeit mal einen Abstecher nach Italien gemacht, um die allgemeine Lage auszumachen. Sie haben sich den Kopf zerbrochen, um auf eine Möglichkeit zu kommen, das Gold aus Italien rauszukriegen, und das ist Ihnen nicht gelungen. Sie kommen nicht weiter damit.«

Sein Gesicht blieb unbeweglich; er hätte einen guten Pokerspieler abgegeben. Er sagte: »Wann haben Sie Walker zuletzt gesehen?«

»Gestern, in Kapstadt.«

Das zerfurchte Gesicht verzog sich zu einem höhnischen Grinsen. »Und Sie kommen hierher nach Johannesburg geflogen, um mich aufzusuchen, bloß weil Ihnen ein Saufbold wie Walker ein Ammenmärchen erzählt hat? Walker ist ein nichtsnutziger Strolch; solche wie den sehe ich jeden Tag zu Dutzenden in den Library Gardens«, sagte er verächtlich.
»Es ist durchaus kein Ammenmärchen, das kann ich beweisen.«
Coertze saß bloß da und starrte mich an wie ein steinerner Wasserspeier, das Whiskyglas wie verloren in seiner riesigen Faust.
Ich fragte: »Warum sind Sie hier, in diesem Zimmer? Wenn an der Geschichte nichts drangewesen wäre, hätten Sie mich am Telefon doch nur gefragt, was, in Teufels Namen, ich Ihnen da vorredete. Die Tatsache, daß Sie hier sind, beweist, daß da irgend etwas ist.«
Er schaltete schnell um. »Schön«, sagte er. »Was haben Sie vorzubringen?«
Ich entgegnete: »Ihnen ist noch kein Gedanke gekommen, wie man vier Tonnen Gold aus Italien rauskriegt. Stimmt's?«
Ein kleines Grinsen. »Nehmen wir's mal an.«
»Ich weiß einen narrensicheren Weg.«
Er setzte das Glas hin und nahm eine Schachtel Zigaretten heraus. »Und wie?«
»Das erzähl ich Ihnen nicht – noch nicht.«
Er griente. »Walker hat Ihnen nicht erzählt, wo das Gold ist, wie?«
»Nein, hat er nicht«, bestätigte ich. »Aber er täte es, wenn ich ihn ausquetschen würde. Walker kann nicht standhalten, wenn er unter Druck gesetzt wird, das wissen Sie ja.«
»Er trinkt zuviel«, sagte Coertze, »und wenn er trinkt, redet er. Ich nehm Gift drauf, so ist er auch dazu gekommen, Ihnen den ganzen Senf zu erzählen.« Er zündete sich eine Zigarette an. »Wieviel verlangen Sie?«

»Gleiche Anteile«, sagte ich entschieden. »Drei Teile, nach Abzug aller Unkosten.«
»Soll das heißen, Walker macht mit?«
»Ja«, sagte ich.
Coertze bewegte sich auf dem Stuhl. »Mann, die Sache liegt doch so«, sagte er, »ich weiß nicht, ob Sie einen narrensicheren Weg haben, das Gold rauszukriegen, oder nicht. Ich hab es wohl schon zigmal versucht. Aber nehmen wir mal an, wir machen es nach Ihrem Plan. Warum sollten wir Walker mitnehmen?«
Er hob die Hand. »Das bedeutet ja nicht, ihn übers Ohr zu hauen oder so – obgleich er sich nichts daraus gemacht hätte, uns zu betrügen.
Geben Sie ihm seinen Anteil, wenn alles erledigt ist, aber um Himmels willen, halten Sie ihn aus Italien raus. Der richtet bestimmt nur Unheil an.«
Ich dachte an Harrison und Parker und die zwei Italiener. »Sie mögen ihn anscheinend nicht?«
Coertze befühlte zerstreut eine Narbe auf seiner Stirn. »Man kann sich nicht auf ihn verlassen. Durch ihn wäre ich während des Krieges ein paarmal beinah hops gegangen.«
Ich erwiderte: »Nein, wir nehmen ihn mit. Ich weiß nicht, ob wir zu dritt die Sache schaffen, zu zweit wär's jedenfalls unmöglich. Oder wollten Sie jemand anders mitnehmen?«
Er lächelte frostig. »Das ist nicht drin – nicht, wenn Sie mitkommen. Aber Walker sollte in Zukunft lieber seine große Schnauze halten.«
»Vor allem sollte er das Trinken aufgeben.«
»Stimmt. Halten Sie ihm die Flasche vom Hals; 'n paar Glas Bier schaden ja nichts, aber halten Sie ihn von den scharfen Sachen zurück. Das ist Ihre Sache; ich will mit dieser Ratte nichts zu tun haben.«
Er blies den Rauch in die Luft und sagte: »Nun lassen Sie mal Ihren Vorschlag hören. Wenn er gut ist, mach ich mit. Wenn nicht, will ich nichts damit zu tun haben. In diesem Fall machen Sie und Walker in Dreiteufelsnamen,

was Sie wollen; aber wenn Sie auf das Gold losgehen, müssen Sie mit mir rechnen. Wenn man mir in den Weg kommt, bin ich ein Biest.«

»Genau wie ich«, sagte ich.

Wir grinsten uns an. In einer Weise gefiel mir der Mann. Zwar würde ich ihm nicht mehr trauen als Walker, aber ich hatte das Gefühl, Walker könnte einem ein Messer in den Rücken stoßen, Coertze würde einen jedenfalls von vorn niederknallen.

»Also gut«, sagte er, »schießen Sie los.«

»Das erzähl ich Ihnen nicht – nicht in diesem Raum.« Ich sah seine Miene und fuhr schnell fort: »Nicht, weil ich Ihnen nicht traue, aber Sie würden mir's einfach nicht glauben. Sie müssen es sehen – und zwar in Kapstadt.«

Er sah mich lange an und sagte dann: »Gut, wenn Sie meinen, mir soll's recht sein.« Nach kurzem Nachdenken fuhr er fort: »Ich habe hier einen guten Posten, und ich denke nicht daran, ihn einfach auf Ihr Wort hin aufzugeben. Ich habe bald ein langes Wochenende – dann bin ich drei Tage frei. Ich werde nach Kapstadt fliegen und mir ansehen, was Sie mir zu zeigen haben. Wenn es in Ordnung ist, laß ich meine Stelle sausen; wenn nicht, behalte ich sie.«

»Ihre Unkosten trage ich«, sagte ich.

»Kann ich selber tragen«, knurrte er.

»Wenn nichts draus wird, ersetze ich Ihnen die Auslagen«, beharrte ich. »Dann sollen Sie nicht auch noch Geld dabei verlieren.«

Er sah auf und grinste. »Wir werden uns schon einig werden«, sagte er. »Wo ist die Pulle?« Als ich uns einschenkte, meinte er: »Sie sagten, Sie wollten schon mal mit Walker nach Italien. Was hat Sie davon abgehalten?«

Ich zog den Zeitungsausschnitt aus der Tasche und reichte ihn ihm. Er las ihn und lachte. »Da hat Walker sicher einen schönen Schreck gekriegt. Ich war damals gerade dort«, sagte er unerwartet.

»In Italien?«
Er nahm einen Schluck und nickte. »Ja. Ich ließ mir meinen rückständigen Sold und mein Entlassungsgeld auszahlen und ging 48 zurück. Kaum war ich da, da ging die Hölle los mit diesem Gerichtsverfahren. Ich hab's in den Zeitungen verfolgt — so'n Haufen Quatsch haben Sie sicher Ihr Lebtag noch nicht gelesen. Nun, mir schien es das beste, mich ganz ruhig zu verhalten, und so verbrachte ich lieber *lekker* Ferien mit dem Grafen.«
»Mit dem Grafen?« fragte ich verblüfft.
»Sicher«, sagte er, »wenn ich in Italien bin, gehe ich immer zum Grafen. Viermal bin ich nun schon dagewesen.«
»Und was wollen Sie denn mit dem Gold anfangen, wenn Sie es erstmal aus Italien raus haben?«
»Das hab ich schon alles vorbedacht«, meinte er zuversichtlich. »In Indien brauchen sie immer Gold, und da kann man auch einen guten Preis rausschlagen. Sie würden Augen machen über die Menge Gold, die aus dem Land geschmuggelt wird und schließlich in kleinen Mengen nach Indien reinkommt.«
Er hatte recht — Indien ist der Goldabladeplatz der Welt — aber ich sagte beiläufig: »Meine Gedanken gehen in eine andere Richtung — nach Tanger. Das ist ein offener Platz mit offenem Goldmarkt. Dort sollte man vier Tonnen Gold ziemlich leicht verkaufen können — und vor allem legal, man hat keine Malaise mit der Polizei.«
Er sah mich respektvoll an. »Daran hab ich nicht gedacht. Über diese internationalen Finanzangelegenheiten weiß ich nicht gut Bescheid.«
Ich fuhr fort: »Da ist aber 'n Haken dabei. Tanger macht nächstes Jahr den Laden dicht; es wird von Marokko übergeschluckt. Dann ist es kein freier Hafen mehr, und der Goldmarkt ist geschlossen.«
»Wann nächstes Jahr?«
»Am 19. April, in neun Monaten also, es bleibt uns gerade eben noch Zeit genug.«

Er griente. »Darauf wär' ich nie gekommen, das Gold legal zu verkaufen, dachte immer, das ginge gar nicht. Ich meinte, die Regierungen hätten das alles unterbunden. Ich hätte Sie man früher treffen sollen.«
»Das hätte Ihnen nichts genützt«, sagte ich, »ich hatte noch nicht das Köpfchen, das ich heute habe.«
Er lachte, und dann machten wir uns über die Flasche her, bis sie leer war.

Zwei Wochen später kam Coertze nach Kapstadt. Ich holte ihn am Flughafen ab und fuhr gleich mit ihm zur Werft, wo Walker uns erwartete.
Als ich Walker erzählt hatte, daß Coertze uns besuchen wolle, zog er sich in sich selbst zurück. Trotz seiner hochtrabenden Prahlereien bemerkte ich doch, daß ihm ein näherer Kontakt mißfiel. Und wenn auch nur die Hälfte von dem, was er mir über Coertze erzählt hatte, stimmte, so hatte er tatsächlich allen Grund, sich vor ihm zu fürchten — und wenn man es recht bedenkt — ich auch.
Offensichtlich war Coertze zum erstenmal auf einer Bootswerft; er sah sich alles mit lebhaftem Interesse an, und er stellte eine Menge Fragen, die durchweg verständig waren. Zuletzt fragte er: »Gut, und was soll das nun alles?«
Ich nahm sie mit zum mittleren Slip, wo Jimmy Murphys *Estralita* darauf wartete, zur Überholung aufgeholt zu werden. »Das ist eine Segeljacht«, sagte ich. »Ein 15tonner. Wie schätzen Sie ihren Tiefgang—ich meine, wie tief reicht sie ins Wasser hinunter?«
Coertze ließ seinen Blick über sie gleiten und sah dann zu dem hohen Mast empor. »Sie muß ziemlich tief gehen, um das alles auszubalancieren«, sagte er. »Aber wieviel, das weiß ich nicht. Ich weiß gar nichts über Boote.«
Wenn man bedenkt, daß er gar nichts über Boote wußte, war seine Antwort ganz vernünftig.
»In normalem Trimm ist ihr Tiefgang sechs Fuß«, sagte

ich. »Im Augenblick geht sie nicht so tief, weil ein großer Teil der Ausrüstung von Bord genommen ist.«
Er kniff die Augen zusammen. »Ich hätte gedacht, es wäre mehr. Was passiert, wenn der Wind stark in die Segel bläst? Kippt sie nicht um?«
Die Sache ließ sich gut an, und ich fuhr fort:
»Ich hab da grade noch so ein Boot wie dieses im Bau, einen 15tonner. Kommen Sie.«
Ich ging voraus zu dem Schuppen, wo die *Sanford* gebaut wurde, und Coertze folgte, offensichtlich befriedigt, weil er merkte, daß ich auf die Sache lossteuerte. Walker trollte hinterdrein.
Ich hatte daraufgedrückt, daß die *Sanford* fertig wurde, und sie war soweit, daß sie zu Wasser gelassen werden konnte, sobald der Bodenbeschlag aus Glasfiber angebracht und der Innenausbau soweit war.
Coertze blickte zu ihr auf. »Sieht verdammt groß aus, wenn so 'n Ding aus dem Wasser raus ist.«
Ich lächelte. Das war die übliche Reaktion eines Laien. »Kommen Sie an Bord«, sagte ich.
Die Geräumigkeit, die er unten vorfand, machte Eindruck auf ihn, und er äußerte sich lobend über die Einrichtung. »Haben Sie das alles selbst entworfen?« fragte er.
Ich nickte.
»Hier könnte man ja richtig leben«, sagte er, als er die Kombüse besichtigte.
»Man kann – und Sie werden es«, sagte ich. »Dies ist das Boot, in dem wir die vier Tonnen Gold aus Italien herausholen werden.«
Überrascht sah er auf und runzelte die Stirn. »Wo wollen Sie das denn hinpacken?«
Ich sagte: »Nehmen Sie Platz, ich möchte Ihnen etwas über Segelboote erzählen, was Sie noch nicht wissen.«
Coertze hatte sich unbequem auf die Ecke der Steuerbord-Schlafbank gesetzt, auf der noch keine Matratze lag, und wartete auf meine Erklärungen.

»Dies Boot verdrängt — wiegt, heißt das — zehn Tonnen, und ...«
Walker unterbrach mich: »Ich denke, Sie sagten, es sei ein 15tonner.«
»Das ist Themsemaß, Jachtmaß. Die Verdrängung ist was anderes.«
Coertze blickte Walker an. »Halt die Schnauze und laß den Mann reden.« Er wandte sich mir zu. »Wenn das Boot zehn Tonnen wiegt und Sie packen noch vier Tonnen dazu, dann muß es doch nahe am Versinken sein, wie? Und wo wolln Sie's hintun? Es kann nicht im Freien liegen, wo die Polente es sehen kann.«
Geduldig nahm ich den Faden wieder auf: »Ich sagte, daß ich Ihnen etwas über Segelboote erzählen wollte, was Sie noch nicht wissen. Nun, passen Sie auf — ungefähr 40 Prozent des Gewichts eines Segelbootes ist Ballast, der es in der richtigen Weise aufrecht hält, wenn der Wind auf die Segel drückt.«
Ich tappte mit dem Fuß auf den Kajütenfußboden. »Unter dem Bootskörper hängt ein gewaltiges Stück Blei, das genau vier Tonnen wiegt.«
Coertze starrte mich ungläubig an; in seinen Augen dämmerte eine Vermutung auf. Ich sagte: »Kommen Sie, ich zeig's Ihnen.«
Wir gingen nach draußen, und ich zeigte ihnen den bleiernen Ballastkiel. Ich sagte: »Dies alles wird in der nächsten Woche verdeckt sein, das Boot wird nämlich verschalt, um den Bohrwurm fernzuhalten.«
Coertze hockte auf den Fersen und betrachtete den Kiel. »So ist das«, sagte er langsam, »so ist das also. Das Gold unter dem Wasser versteckt, eingebaut als Teil des Bootes.« Er fing an zu lachen, und nach einem Augenblick fiel Walker ein. Auch ich begann zu lachen, und die Wände des Schuppens dröhnten.
Plötzlich war Coertze wieder ganz sachlich. »Welchen Schmelzpunkt hat Blei?« fragte er kurz.

Ich wußte, was nun kam. »327°«, sagte ich. »Am Ende der Werft haben wir eine kleine Gießerei, wo wir unsere Kiele selbst gießen.«
»Ja«, sagte er nachdrücklich. »Blei können Sie auf einem Küchenherd schmelzen. Aber Gold schmilzt erst über tausend Grad, und dazu braucht man mehr als einen Küchenherd. Darüber weiß ich Bescheid, Goldschmelzen ist mein Fach. In unseren Schmelzereien haben wir verdammt große Schmelzöfen.«
Ich beeilte mich zu sagen: »Auch daran hab ich gedacht. Kommen Sie mit zur Werkstatt. Ich will Ihnen was zeigen, was Sie noch nie gesehen haben.«
In der Werkstatt öffnete ich einen Schrank und sagte: »Dieser Apparat ist funkelnagelneu – ganz neue Erfindung.« Ich holte ihn heraus und stellte ihn auf die Bank. Coertze betrachtete ihn verständnislos.
Es war nicht viel dran zu sehen, nur ein Metallkasten, achtzehn mal fünfzehn mal neun Zoll groß, obendrauf eine Asbestplatte und ein Glühofen mit einem Satz Klammern. Ich sagte: »Sie kennen ja Instant-Kaffee, Express-Kaffeepulver – nun, dies hier ist Express-Hitze.« Ich machte die Maschine betriebsklar. »Der Apparat braucht Kühlwasser mit einem Druck von mindestens zweieinhalb Kilo auf den Quadratzoll – das können wir aus der Wasserleitung nehmen. Er arbeitet zudem mit normalem elektrischen Strom aus dem Netz. Man kann ihn also überall in Betrieb nehmen.«
Dann nahm ich das Kernstück der Maschine aus einer Schublade. Auch hieran war nicht viel zu sehen; nichts als eine kleine flache Gießform, drei mal vier Zoll groß. Ich erläuterte: »Irgendein Hexenmeister in den USA hat es herausgekriegt, Fäden aus purem Graphit zu spinnen und zu weben, und ein anderer kam auf diese Anwendung.«
Ich hob den Griff oben an der Maschine, setzte den Graphittiegel ein und klammerte ihn fest. Dann nahm ich ein Stück Metall und reichte es Coertze.

Er drehte es zwischen den Fingern und fragte: »Was ist das?«
»Einfach ein Stück gewöhnlichen Flußstahls. Aber wenn der Apparat Stahl schmelzen kann, dann kann er auch Gold schmelzen. Stimmt's?«
Er nickte und blickte zweifelnd auf die Maschine – sehr imponierend sah sie freilich nicht aus.
Ich nahm ihm das Stahlstück aus der Hand und legte es in den Graphittiegel. Dann gab ich Walker und Coertze Schweißbrillen. »Setzen Sie die lieber auf, es wird ein bißchen hell.«
Wir setzten die Brillen auf, und ich schaltete ein. Es war ein eindrucksvolles Schauspiel. Im Nu leuchtete der Tiegel in Weißglut auf, und das Stahlstück glühte rot, dann gelb und schließlich weiß. Es zerfiel wie schmelzendes Wachs, und in weniger als fünfzehn Sekunden war es zu einem Tropfen zerflossen. Das geschah unter heftigem Funkensprühen, als das Metall auf die Luft reagierte.
Ich schaltete aus und nahm die Brille ab. »Beim Goldschmelzen gibt es nicht solch ein Feuerwerk; es oxydiert nicht so leicht wie Eisen.«
Coertze starrte auf den Apparat. »Wie geht das vor sich?«
»So was wie 'n elektrischer Lichtbogen«, erklärte ich. »Man erreicht damit Temperaturen bis zu fünftausend Grad. Es ist nur als Laboratoriumsgerät gedacht. Aber ich schätze, man kann damit zwei Pfund Gold zur gleichen Zeit schmelzen. Mit drei von diesen Apparaten und einem Haufen Reservetiegeln könnten wir ziemlich schnell arbeiten.«
Er sagte zweifelnd: »Wenn wir immer nur ein paar Pfund zu gleicher Zeit gießen können, wird der Kiel so viele Risse und fehlerhafte Stellen bekommen, daß ich mir nicht sicher bin, ob er nicht unter seinem eigenen Gewicht bricht.«
»Auch daran hab ich gedacht«, sagte ich ruhig. »Haben Sie jemals zugesehen, wenn Eisenbeton gegossen wird?«
Er runzelte die Stirn. Dann ging ihm ein Licht auf, und er schnalzte mit den Fingern.
»Wir machen eine Gießform und legen Drahtgeflecht hinein«, sagte ich, »das hält es zusammen.«

Ich zeigte ihm ein Modell, das ich aus Sicherungsdraht und Kerzenwachs gebastelt hatte, und er studierte es sorgfältig. Schließlich sagte er: »Sie haben verdammt viel darüber nachgedacht.«
»Einer muß es ja tun«, sagte ich, »oder soll das Gold da weitere vierzehn Jahre liegen?«
Das ärgerte ihn, weil es ihn als Dummkopf hinstellte; aber was sollte er schon dagegen einwenden? Er wollte etwas sagen, würgte es aber hinunter, und sein Gesicht lief rot an. Dann holte er tief Luft und sagte: »Gut, Sie haben mich überzeugt. Ich mache mit.« –
Und dann holte ich tief Luft.

Am selben Abend noch setzten wir uns zusammen.
Ich begann: »Mein Plan ist so: *Sanford*, meine Jacht, ist in der nächsten Woche klar für die Probefahrt. Sobald wir damit durch sind, bringe ich Ihnen beiden das Segeln bei. In höchstens vier Monaten, von heute an gerechnet, laufen wir aus nach Tanger.«
»Jesus!« sagte Walker. »So was hör ich ja nun nicht so gern.«
»Das ist doch gar nichts«, sagte ich. »Heutzutage treiben sich Hunderte von Leuten auf dem Atlantik herum. Deubel noch eins, da sind welche rund um die Welt gesegelt in Booten, die nur ein Viertel so groß waren.«
Ich blickte auf Coertze. »Das wird nun ein bißchen Geld kosten. Haben Sie was?«
»So um die Tausend«, sagte er.
»Die kommen mit in den Topf«, sagte ich, »zusammen mit meinen Fünfundzwanzigtausend.«
»*Magtig*«, sagte er, »das ist ein schöner Batzen Geld.«
»Wir werden jeden Pfennig brauchen«, sagte ich. »Vielleicht müssen wir in Italien eine kleine Bootswerft kaufen, wenn dies die einzige Möglichkeit sein sollte, den Kiel heimlich anzubringen. Ich leihe mein Geld der Firma

Walker, Coertze und Halloran zu 100 Prozent. Bevor das ganze in drei Teile geteilt wird, möchte ich fünfundzwanzigtausend zurückhaben. Sie können mit Ihren Tausend das gleiche machen.«
»Nichts gegen einzuwenden«, stimmte Coertze zu.
Ich fuhr fort: »Walker hat kein Geld, und wenn Sie Ihre Tausend in den Topf getan haben, dann haben Sie auch nichts mehr. Darum setze ich Sie beide in meine Lohnliste. Sie erhalten während des Unternehmens frei Rauchen und täglich drei Gin.«
Diese Ankündigung gab Walker sichtlich neuen Auftrieb. Coertze nickte lediglich zustimmend. Ich sah Walker scharf an. »Und Sie geben das Saufen auf, oder wir kippen Sie über Bord. Vergessen Sie das nicht!«
Er nickte verdrießlich.
Coertze fragte: »Warum gehen wir zuerst nach Tanger?«
»Wir müssen Vorbereitungen treffen, um das Gold wieder in handelsübliche Barren zurückzugießen«, erläuterte ich. »Ich kann mir nicht vorstellen, daß eine Bank in aller Ruhe einen goldenen Kiel in ihren Tresor nimmt. Aber das ist eine spätere Sorge; zunächst muß ich ein paar einigermaßen brauchbare Seeleute aus Ihnen machen — und dann müssen wir erst einmal zum Mittelmeer kommen.«

Ich ging mit der *Sanford* auf die Probefahrten, und Walker und Coertze kamen mit, um sich anzusehen, in was sie sich da eingelassen hatten. Die Jacht zeigte alle Eigenschaften, die ich immer von einem Boot verlangt hatte. Sie war schnell genug für einen Hochseekreuzer und nicht zu rank. Mit ein wenig Segeltrimm lag sie genau richtig im Ruder, und ich sah, daß sie ohne große Änderungen in Ordnung käme.
Auf einem längeren Schlag nahm sie Fahrt auf und glitt fröhlich durch die Wellen, die an der Leereling entlangwirbelten und auf das Deck spülten. Walkers Gesicht war

grünlich, als er sagte: »Sie erzählten uns doch, der Kiel würde das Ding senkrecht halten.« Er klemmte sich im Cockpit dicht an die Seite.

Ich lachte. Ich war so glücklich, wie ich es lange nicht gewesen war. »Machen Sie sich nichts draus. Das ist noch keine starke Krängung. Sie kentert noch lange nicht.«

Coertze sagte nichts – er hatte genug mit der Seekrankheit zu tun.

Die nächsten drei Monate ging es rauh und hart her. Die Leute haben vergessen, daß dies Kap früher »Kap der Stürme« hieß, bevor so ein Vorläufer dieser Public-relation-Leute es umtaufte in »Kap der Guten Hoffnung«. Wenn der Bergwind wehte, konnte es hier genauso ungemütlich werden wie überall in der Welt.

Unbarmherzig trieb ich Walker und Coertze an. In drei Monaten mußte ich brauchbare Seeleute aus ihnen machen; die *Sanford* war ein wenig zu groß, um einhand gesegelt zu werden. Ich hoffte, die beiden zusammen würden einem Vollmatrosen gleichkommen. Es war nicht ganz so schlimm, wie es klingt; denn in diesen drei Monaten erwarben sie mehr Seefahrtszeit als der durchschnittliche Wochenendsegler in drei Jahren, und obendrein hatten sie den zweifelhaften Vorteil, einen erbarmungslosen Ausbilder zu haben.

Die Zeit an Land war ausgefüllt mit Unterricht über die Theorie des Segelns und mit dem Erlernen der Grundlagen der Marlspieker-Seemannschaft: Splissen und Knoten und Segelnähen. Über die Theorie murrten sie ein wenig, aber ich brachte sie schnell zum Schweigen, indem ich sie fragte, was sie wohl anfangen wollten, wenn ich mitten im Atlantik über Bord gespült würde.

Dann liefen wir aus, um praktisch zu erproben, was ich sie gelehrt hatte – zuerst in der Bucht, dann in der offenen See, zuerst in Küstensicht um die Halbinsel herumkreuzend, dann auf längeren Fahrten außerhalb von Landsicht.

Ich hatte gedacht, Coertze würde sich auf See als ebenso

zäh erweisen, wie er es offensichtlich an Land war. Aber er war nicht seefest und würde es niemals werden. Er hatte einen schwachen Magen und konnte die Bewegungen des Bootes nicht aushalten. So erwies er sich als ziemlich unbrauchbar in der Handhabung des Bootes. Aber immerhin war er so heldenhaft, daß er auf den längeren Seetörns den Koch machte – eine undankbare Aufgabe für einen Seekranken.

Ich hörte ihn unten fluchen, wenn sich ihm bei rauhem Wetter eine Kanne mit heißem Kaffee über das Zeug ergoß. Einmal erzählte er mir, daß er nun wüßte, wie Pokerwürfeln zumute ist, wenn sie im Becher geschüttelt werden. Aus einem weniger gewichtigen Grunde würde er es nicht ausgehalten haben. Aber die Gier nach Gold war zu mächtig in ihm.

Walker war wirklich eine Überraschung. Coertze und ich hatten ihn, mochte er sich auch noch so sträuben, der Flasche entwöhnt, und nun aß er mehr, und die Luft und die körperliche Betätigung taten ihm gut. Er nahm zu, seine eingefallenen Wangen strafften sich, und seine Brust weitete sich. Die ausgegangenen Haare wuchsen zwar nicht nach, aber er sah doch nun dem netten jungen Mann, den ich vor zehn Jahren kennengelernt hatte, wieder sehr viel ähnlicher.

Was noch erstaunlicher war: er schien von Natur ein guter Seemann zu sein. Er liebte die *Sanford*, und offenbar liebte sie ihn. Er war ein guter Rudergänger, und er konnte sie höher an den Wind legen als ich, wenn wir kreuzten. Ich zögerte zuerst, ihm freie Hand mit der *Sanford* zu lassen, aber als er sich bewährte, widerstrebte ich nicht länger.

Schließlich waren wir fertig und brauchten auf nichts mehr zu warten. Wir rüsteten die *Sanford* aus und liefen am 12. November nach dem Norden aus, so daß wir Weihnachten in See feierten. Vor uns lag eine Wasserwüste, und dahinter lockte uns ein Köder von vier Tonnen Gold. Man konnte es eigentlich eine Vergnügungsreise nennen.

ZWEITES BUCH

Das Gold

Tanger

Nach zwei Monaten liefen wir in Tanger ein. Wir hatten die Flagge »Q« gesetzt und warteten auf den Hafenarzt, der uns die Landverkehrserlaubnis erteilen sollte, und auf die Abfertigung durch die Zollbeamten. An Backbord der *Sanford* lag die Europäerstadt mit ihren glatten, modernen Gebäuden, deren Umrisse sich scharf vom Himmel abhoben. An Steuerbord lag die alte, die Araberstadt: niedrige Hütten mit flachen Dächern, die sich einem Hügel anschmiegten und zwischen denen die Lanze eines Minaretts emporschoß.
An Backbord – Europa; an Steuerbord – Afrika.
Für Walker und Coertze war das nichts Neues. Sie hatten sich während des Krieges so manches Mal in Kairo und Alexandria ausgetobt. Auf der Fahrt nach Kapstadt hierher hatten sie sich oft über ihre Zeit in der Army unterhalten und immer auf italienisch. Wir hatten es uns zur Regel gemacht, soviel wie möglich italienisch zu sprechen, und während es für die beiden nur ein Wiederholungslehrgang war, blieb ich doch nicht weit hinter ihnen zurück, obwohl ich von Grund auf anfangen mußte.
Um unsere Tätigkeit im Mittelmeer zu verschleiern, hatten wir uns eine schöne Tarngeschichte ausgedacht. Ich war ein südafrikanischer Bootsbauer, der eine Vergnügungsreise mit einer Geschäftsreise verband. Ich dachte daran, mir den einträglichen Mittelmeermarkt zu erschließen und vielleicht eine Bootswerft zu kaufen, wenn Preis und Bedingungen mir zusagten. Diese Geschichte hatte den Vorteil, nicht gar zu weit von der Wahrheit entfernt zu sein, und sie würde uns dienlich sein, falls wir tatsächlich eine Werft kaufen mußten, um den goldenen Kiel zu gießen.

Coertze war ein Bergmann, der an Gesundheitsstörungen litt. Sein Arzt hatte ihm Ferien in frischer Luft angeraten, und so kam er dazu, bei mir auf der *Sanford* mitzusegeln. Seine Tarngeschichte würde jedes Interesse, das er etwa an Bleiminen nehmen sollte, verständlich machen.
Walker, der sich geradezu als Schauspieler entpuppte, war ein junger Lebemann in bescheidenem Wohlstand. Er hatte sein Auskommen und keine Lust, etwas zu tun; um das zu vermeiden, war ihm jeder Weg, und sei er noch so lang, recht. Unsere Mittelmeerreise machte er mit, weil ihm Südafrika zum Halse heraushing und es ihn nach einem Tapetenwechsel gelüstete. Seine Aufgabe sollte es sein, unsere Angelegenheiten in Tanger zu ordnen, ein abgelegenes Haus aufzutreiben, wo wir die letzten Arbeiten unseres Vorhabens erledigen könnten.
Alles in allem war ich ganz zufrieden, wenn mir auch Coertze auf der Fahrt nach dem Norden etwas auf die Nerven gegangen war. Es ärgerte ihn, daß ich anscheinend den Herrn herauskehrte, und ich mußte es ihm sehr nachdrücklich einbleuen, daß ein Schiff nur einen Skipper haben kann. Das hatte er schließlich einsehen müssen, als wir auf der Höhe der Kanaren in schlechtes Wetter kamen, und es wurmte ihn, daß der von ihm so verachtete Walker der bessere Seemann war.
Als wir erst in Tanger waren, hatte er sich schnell wiedergefunden und neigte dazu, sich in den Vordergrund zu spielen. Mir war klar, daß ich ihn bald wieder einmal zusammenstauchen mußte.
Walker blickte im Hafenbecken umher. »Nicht viele Segelboote hier«, bemerkte er.
Das stimmte. Da lagen ein paar plumpe Fischerboote und eine schneidige Ketsch, die aussah, als ob sie zum Karibischen Meer wollte. Aber dann waren da noch wenigstens zwanzig Motorboote, offenbar sehr schnelle Fahrzeuge, die niedrig zu Wasser lagen. Mir war klar, was das für welche waren. Es war die Schmugglerflotte. Zigaretten nach Spa-

nien, Feuerzeuge nach Frankreich, Antibiotika dahin, wo ein Geschäft damit zu machen war (dieser Handel war allerdings zurückgegangen), Narkotika überallhin. Gern hätte ich gewußt, ob viele Waffen nach Algerien geschmuggelt wurden.

Schließlich kamen die Beamten, und als sie gingen, hinterließen sie in meinen Decksplanken Löcher von ihren grobbenagelten Schuhen. Ich begleitete sie zu ihrer Barkasse, und kaum hatten sie abgelegt, tippte Walker mich am Arm:

»Wir kriegen noch mehr Besuch.«

Ich drehte mich um und sah ein Boot, das quer über den Hafen gewriggt wurde. Walker wies auf eines der Motorboote: »Von dem Boot da drüben hat er uns schon durch sein Glas beobachtet, und nun kommt er her.«

Ich wartete ab, daß das Dingi herankam. Es war ein Europäer am Riemen, nur konnte ich sein Gesicht nicht sehen. Als er aber geschickt die Fahrt aus dem Boot gebracht und gedreht hatte, um bei der *Sanford* längsseit zu kommen, sah er auf, und ich erkannte Metcalfe.

Metcalfe ist einer aus dieser internationalen Bande von Gaunern, von denen es vielleicht hundert in der Welt gibt. Es sind Glücksritter, die es zu jedem heißen Boden zieht, die auf ihrer Jagd nach dem Geld keine Gefahr scheuen. Ich war nicht eigentlich überrascht, Metcalfe hier zu sehen; Tanger ist seit undenklichen Zeiten ein Piratennest gewesen und gehörte sicher zu den natürlichen Stützpunkten Metcalfes.

Ich kannte Metcalfe flüchtig aus Südafrika, hatte aber keine Ahnung, was er dort damals trieb. Ich wußte nur, daß er ein verdammt guter Segler war und in Kapstadt viele Dingi-Regatten gewonnen hatte und beinahe die Dingi-Meisterschaft von Südafrika erreicht hätte. Er hatte eines meiner *Falcon-Boote* gekauft und war damit oft wieder auf der Werft erschienen, um es für die Regatten hinzutrimmen.

Ich hatte ihn gern gemocht und war etliche Male mit ihm gesegelt. Wir hatten in der Jachtklub-Bar manchen zusammen gehoben, und er hatte mit Jean und mir ein Wochenende in Kirstenbosch verbracht. Wir waren auf dem besten Wege, richtige Freunde zu werden, als er urplötzlich aus Südafrika verschwand, verduftete, um der Polizei zu entgehen, die ihn wegen Diamantenschmuggels schnappen wollte. Seitdem hatte ich ihn nicht wiedergesehen, aber seinen Namen hatte ich öfter nennen hören oder auch mal in der Zeitung gelesen, gewöhnlich im Zusammenhang mit irgendwelchen Affären in diesem oder jenem exotischen Brennpunkt.

Und nun kletterte er aufs Deck der *Sanford*.

»Dacht ich mir's doch, das müßten Sie sein«, sagte er. »Nun, ein Blick durchs Glas, und ich wußte es. Was machen Sie denn hier?«

»Och, ich kreuze nur so herum«, erwiderte ich, »und verbinde das Geschäft mit dem Vergnügen. Ich dachte, ich könnte mich mal umtun, wie die Aussichten im Mittelmeer sind.«

Er grinste. »Die sind gut, Freundchen, aber das liegt wohl nicht auf Ihrer Linie, wie?«

Ich schüttelte den Kopf und sagte: »Lange nichts gehört von Ihnen; das letzte war, Sie seien in Kuba.«

»Ja, in Havana, aber nur kurz, keine Gegend für mich. Es war eine *ehrliche* Revolution, wenigstens so lange, bis die Kommunisten dazwischenkamen. Mit denen konnte ich's nicht aufnehmen, und darum haute ich ab.«

»Und was machen Sie jetzt?«

Er schmunzelte und blickte auf Walker. »Erzähl ich Ihnen später.«

Ich stellte vor: »Mr. Walker, Mr. Coertze.« Allgemeines Händeschütteln, und Metcalfe sagte: »Tut einem wohl, mal wieder südafrikanischen Akzent zu hören. Wenn ihr da unten nicht solche tüchtige Polizei hättet, wär euer Land wunderbar.«

Er wandte sich mir zu. »Wo ist Jean?«
»Tot«, sagte ich. »Autounfall.«
»Wie kam das?«
Ich erzählte ihm von Chapmans Peak und dem betrunkenen Fahrer und dem Hundert-Meter-Sturz in die See. Während ich berichtete, verfinsterte sich sein Gesicht, und als ich geendet hatte, sagte er: »Dieser Hund hat also nur fünf Jahre gekriegt! Und führt er sich gut, kommt er schon nach dreieinhalb Jahren raus.«
Er rieb sich die Nase mit dem Finger. »Ich hatte Jean sehr gern«, sagte er. »Wie heißt dieser Schweinehund? Ich hab in Südafrika gute Freunde. Die können sich mal um ihn kümmern, wenn er rauskommt.«
»Wozu«, sagte ich, »das macht Jean nicht wieder lebendig.«
Er nickte. Dann klatschte er in die Hände: »So, und nun kommt ihr alle mit zu mir; ich habe Platz genug für eine ganze Armee.«
Ich zögerte. »Und das Boot?«
Er feixte. »Ich merk schon, Sie haben von den Hafendieben in Tanger reden hören. Und ich kann Ihnen nur sagen, das stimmt alles ganz genau. Aber das macht nichts; ich setze einen von meinen Leuten hier an Bord. Meinen Männern oder mir stiehlt niemand was.«
Er wriggte über das Hafenbecken zurück und kam gleich darauf wieder in Begleitung eines pockennarbigen Marokkaners, mit dem er in einem schnellen und kehligen Arabisch redete. Dann sagte er: »Alles klar. Ich laß es im Hafen rumsagen, daß ihr meine Freunde seid. Ihr Boot ist hier so sicher, als ob es in Ihrer eigenen Werft läge.«
Das glaubte ich ihm gern. Ich durfte wohl annehmen, daß er in einem Hafen wie Tanger größten Einfluß hatte.
»Also los, gehen wir an Land«, sagte er, »ich hab Hunger.«
»Ich auch«, meinte Coertze.
»Das gefällt Ihnen wohl, mal 'ne Zeitlang nicht kochen zu müssen, wie?« sagte ich zu Coertze.

»Mensch«, erwiderte Coertze, »ich hätt nichts dagegen, wenn ich nie wieder 'ne Bratpfanne zu sehen kriegte.«
»Schade«, sagte Metcalfe, »ich hatte mich schon auf ihre *Koeksusters* gefreut; südafrikanisches Futter hab ich immer gern gemocht.« Er lachte schallend und schlug Coertze auf die Schulter.
Metcalfe hatte eine große Wohnung in der Avenida de España; er gab mir ein Einzelzimmer, während Coertze und Walker sich eins teilen mußten. Als ich meinen Koffer auspackte, blieb er neben mir stehen und redete.
»Südafrika ist Ihnen wohl zu ruhig?« fragte er.
Ich sagte meine wohlvorbereitete Rede auf über die Gründe, die mich hergeführt hatten. Ich hatte keine Veranlassung, Metcalfe mehr zu trauen als sonst irgendwem – vielleicht sogar weniger, wenn ich in Betracht zog, was für eine Sorte Mensch er war. Ob er mir glaubte oder nicht, kann ich nicht sagen, jedenfalls bestätigte er mir, daß für eine gute Bootswerft im Mittelmeer was zu machen sei.
Er meinte: »Vielleicht bekommen Sie nicht gerade viele Neubauaufträge, aber für Pflege und Instandhaltung von Booten ist bestimmt großer Bedarf. Ich an Ihrer Stelle ginge ins östliche Mittelmeer, nach Griechenland oder so. Die Werften auf den Inseln haben meist nur mit den Fischern dort zu tun. Da ist ein Feld für einen, der mit Jachten und Jachtseglern umzugehen weiß.«
Ich zog ihn auf: »Und wozu haben Sie ein Boot? Vermieten Sie es für Charter-Kreuzfahrten?«
Er grinste. »Oho, Sie kennen mich! Ich nehme jede Ladung, nur keine Narkotika.« Er verzog das Gesicht. »Ich weiß, ich bin ein ziemlicher Gauner, aber bei Rauschgift mach ich 'n Punkt. Für alles andere bin ich zu haben.«
»Auch für Schußwaffen nach Algerien?« tippte ich an.
Er lachte. »Die Franzosen in Algier können mich nicht riechen. Vor ein paar Monaten haben sie versucht, mich reinzulegen. Ich packte meine Ladung in ein paar Fischerboote und lief dann zum Tanken in Algier ein. Sie konn-

ten mir nichts wollen, ich war einwandfrei, Papiere und alles in Ordnung.
Ich ließ die Crew an Land gehen, um einen zu genehmigen, und haute mich hin zum Pennen. Da weckte mich irgend etwas auf; ich hörte einen Bums und dann so 'n komisches Geräusch, und das hörte sich an, als ob es von außenbords, unterhalb des Bootes käme. Ich stand auf und sah mich um. Wie ich an Deck komme, seh ich ein Boot wegpullen, und mir war, als sähe ich einen Mann neben dem Boot herschwimmen!«
Er grinste. »Nun, ich bin sicher penibel und vorsichtig, greif mir also meine Schwimmflossen und meinen Schnorchel und geh über die Seite, um mal nachzusehen. Was meinen Sie wohl, was die französischen Sicherheitshunde mir da verpaßt hatten?«
Ich schüttelte den Kopf. »Keine Ahnung.«
»Eine Haftmine unter meinem Heck angebracht. Sie haben wohl gedacht, wenn sie mich nicht auf legale Weise am Kanthaken kriegen können, würden sie es eben illegal tun. Wenn das Ding hochgegangen wär, hätte es mir den ganzen Schiffsboden achtern aufgerissen. Na gut, ich nahm das Ding ab und dachte einen Augenblick scharf nach. Es war mir klar, daß sie den Zeitzünder nicht so eingestellt hatten, daß die Mine im Hafen krepiert wäre – das hätte nicht gut ausgesehen. Folglich mußte er so eingestellt sein, daß er nach meinem Auslaufen losging.
Ich hing mir das Biest mit einem Band um den Hals und schwamm über das Hafenbecken zu dem Polizeiboot und klebte es dem unters Heck. Mochten die ihre Freude haben, ein neues Boot zu kaufen.
Am nächsten Morgen liefen wir planmäßig früh aus, und als wir so losschippern, hör ich mein Polizeiboot hinter uns loskurbeln. Sie folgten uns eine ganze Zeit, und ich lief quietschvergnügt meine zehn Meilen, so daß sie mich nicht verlieren konnten. So etwa dreißig Meilen zuckelten sie hinter uns her und warteten auf den Bums, und

ich kann mir vorstellen, wie sie sich ins Fäustchen lachten, daß ich hochgehen würde. Aber als der Bums kam und ihrem eigenen Boot den Arsch wegriß, lachten sie gar nicht mehr.
Ich drehte und fischte sie auf. Es war ein sauberer Spaß, niemand war verletzt. Als wir alle aufgesammelt hatten, brachte ich sie nach Algier zurück – als edler Retter. Sie hätten bloß mal die Gesichter von diesen Sicherheitsburschen sehen sollen, als wir sie aufpickten. Sie mußten sich ja nun bequemen, mir zu danken, daß ich diese lausigen Schiffbrüchigen gerettet hatte. Ich machte ein ganz ernstes Gesicht und sagte, es müsse wohl eine der Wasserbomben gegen U-Boote am Heck losgegangen sein. Aber sie meinten, das könnte es nicht gewesen sein, da Polizeiboote keine Wasserbomben hätten. Ja, so war's.«
Er kicherte. »Nee, in Algier mögen sie mich leiden.«
Ich fiel in sein Lachen ein. Es war eine hübsche Geschichte und gut erzählt.
Meine Gefühle für Metcalfe waren zwiespältig; er konnte mir nützen, aber auch sehr schaden. Einerseits konnte er uns in Tanger mancherlei Hilfe leisten; er kannte alle Schliche und hatte die nötigen Verbindungen. Andererseits mußten wir sehr vorsichtig sein, daß er nicht von unserem Plan Wind kriegte. Er konnte zwar ein verteufelt guter Kamerad sein, aber wenn er wüßte, daß wir losfuhren, um mit vier Tonnen Gold aufzukreuzen, würde er uns, ohne mit der Wimper zu zucken, ausrauben. Wir wären ein gefundenes Fressen für ihn.
Ja, wir mußten äußerst vorsichtig sein in unseren Unterhaltungen mit Mr. Metcalfe. Ich nahm mir vor, den anderen auf die Seele zu binden, daß sie kein Wort vor seinen Ohren fallenlassen durften.
Ich fragte ihn: »Was für ein Boot haben Sie?«
»Einen Fairmile«, erwiderte er. »Ich hab natürlich einen neuen Motor einbauen lassen.«
Ich kannte die Fairmiles, aber ich hatte nie einen in der

Nähe gesehen. Während des Krieges hatte man sie zu Hunderten als Hafenschutzboote gebaut. Das machte man im Fließbandverfahren, und das wurde abgestoppt, wenn's genug waren. Ihre Länge war 35 Meter insgesamt, und sie hatten einen starken Motor, mit dem sie leicht über zwanzig Meilen laufen konnten. Aber sie standen auch in dem Ruf, schlecht in der See zu liegen. Es waren hölzerne Boote ohne jegliche Armierung; als einmal einige von ihnen mit der *Campbelltown* in St. Nazaire einliefen, wurden sie elend zusammengeschossen.

Nach dem Kriege konnte man überzählige Fairmiles für etwa 5000 £ kaufen, und bei den Schmugglern von Tanger waren sie besonders beliebt. Wenn Metcalfe einen neuen Motor in seinen Fairmile hatte einbauen lassen, so war es bestimmt geschehen, um den Zollfahrzeugen davonlaufen zu können, und im Notfall würde er mindestens seine sechsundzwanzig Meilen laufen. Jedenfalls hätte die *Sanford* keine Aussicht, ihm zu entwischen, wenn es zum Klappen käme.

»Ich würd mir das Boot gern mal ansehen«, sagte ich. Es konnte nichts schaden, einen etwaigen Gegner etwas näher kennenzulernen.

»Aber sicher«, erwiderte Metcalfe bereitwillig. »Nur nicht gerade jetzt. Morgen abend lauf ich aus.«

Das paßte großartig – wenn Metcalfe aus dem Wege war, konnten wir ungestört unsere Vorkehrungen treffen. Ich fragte: »Wann kommen Sie zurück?«

»Im Laufe der nächsten Woche«, entgegnete er. »Hängt ab von Wind und Regen und so was.«

»So was wie französische Sicherheitshunde?«

»Genau«, sagte er gleichmütig. »Und nun kommen Sie zum Essen.«

Metcalfe stellte uns seine Wohnung zur Verfügung und sagte, wir könnten während seiner Abwesenheit darin wohnen, seine Dienerschaft würde uns betreuen. Am Nachmittag führte er mich durch die Stadt und machte mich mit verschiedenen Leuten bekannt. Mit einigen von ihnen konnte die Verbindung ganz vorteilhaft sein, wie etwa mit einem Schiffshändler und mit einem Bootsbauer. Bei anderen war das weniger zu erkennen. Da war ein übel aussehender Café-Besitzer, dann ein Grieche mit undurchsichtiger Beschäftigung und ein Ungar, der wortreich erklärte, er sei ein »Freiheits-Kämpfer«, der nach der fehlgeschlagenen Revolution aus Ungarn entwichen sei. Er reizte mich, besonders zynisch zu ihm zu sein.

Mir schien, daß Metcalfe unauffällig die Parole verbreitete, wir seien seine Freunde, und also tabu für die üblichen kleinen Gaunereien, die man gewöhnlich bei durchreisenden Jachtseglern anwendet. Metcalfe war kein übler Umgang, wenn man sein Freund und obendrein Jachtsegler war. Aber ich war kein gewöhnlicher Jachtsegler, und das konnte unter Umständen Metcalfe zu meinem gefährlichsten Gegner machen.

Bevor wir aus dem Hause gingen, nahm ich die Gelegenheit wahr, allein mit Coertze und Walker zu sprechen. »Wir müssen hier eisern dichthalten und stets bei unserer Tarngeschichte bleiben. Wir unternehmen nicht das geringste, bevor Metcalfe ausgelaufen ist — und wir müssen versuchen, mit allem fertig zu sein, bevor er wiederkommt.«

»Wieso ist er denn gefährlich?« fragte Walker.

»Wissen Sie nicht über Metcalfe Bescheid?« Ich erklärte ihnen, was es mit ihm auf sich hatte. Gehört hatten sie beide schon davon; er hatte ziemlichen Wirbel in den südafrikanischen Zeitungen erregt — ein solch schillernder Charakter war für die Reporter ein gefundenes Fressen.

»Ach, der ist das!« sagte Walker bewundernd.

Coertze sagte: »Mir imponiert er nicht. Von dem haben wir nichts zu befürchten.«

»Wenn er's noch allein wäre«, sagte ich, »aber da steckt

eine ganze Organisation dahinter, und er ist hier in seinem Revier. Wir müssen uns doch über eins klar sein: er ist Fachmann, und wir sind Dilettanten. Also nehmt euch vor Metcalfe in acht!«

Fast hätte ich noch hinzugefügt: »Strenger Befehl!« Aber dann ließ ich es lieber. Coertze hätte sich womöglich dagegen aufgelehnt, und ich wollte es nicht gerade jetzt auf eine Kraftprobe ankommen lassen. Die würde schon bald genug von selber kommen.

So trieben wir uns einundeinhalben Tag in Tanger herum und schnüffelten neugierig in alle Winkel, wie es Touristen eben tun. Wenn unsere Köpfe nicht so voll von anderen Dingen gewesen wären, hätte es sehr amüsant sein können; aber wie die Dinge nun einmal lagen, war es nur ein Zeitverlust. Zum Glück hatte Metcalfe genug mit seinen eigenen geheimnisvollen Geschäften zu tun, und wir sahen ihn kaum. Aber bevor er uns verließ, hatte ich Walker veranlaßt, ihm eine knifflige Frage zu stellen.

Und so sagte er denn beim Frühstück zu Metcalfe: »Wissen Sie, mir gefällt's in Tanger. Es müßte sehr angenehm sein, hier einige Monate zu bleiben. Ist das Klima immer so?«

»Fast immer«, erwiderte Metcalfe. »Ein sehr angenehmes, ausgeglichenes Klima. Es gibt viele Menschen, die sich hierher zurückziehen.«

Walker lächelte. »Oh, ans Zurückziehen denke ich nicht. Wovon auch sollte ich mich zurückziehen?« Er schauspielerte noch besser, als ich es erwartet hatte. Diese Szene war echt. Er fuhr fort: »Ich hatte daran gedacht, mir hier vielleicht ein Haus zu kaufen, wo ich einen Teil des Jahres zubringen könnte.«

Metcalfe entgegnete: »Ich würde meinen, daß für Sie das Mittelmeer das richtige wäre, die Riviera oder so was.«

»Ach, ich weiß nicht recht«, sagte Walker. »Ich glaube, hier lebt es sich mindestens ebenso gut wie dort, und die Riviera ist heutzutage so schrecklich überlaufen.« Er hielt

inne, als schösse ihm ein anderer Gedanke durch den Kopf. Dann wandte er sich an mich: »Ein Boot brauch ich natürlich auch. Könnten Sie mir eins entwerfen? Ich lasse es dann in England bauen.«
»Sicher könnte ich das«, sagte ich. »Sie brauchen mir nur genug dafür zu bezahlen.«
»Natürlich«, antwortete Walker. »Ihr altes Boot können Sie wohl nicht entbehren, oder doch?«
Er trug jetzt ein wenig zu dick auf, und ich bemerkte, wie Metcalfe ihn mit belustigter Geringschätzung betrachtete, darum warf ich schnell ein: »Er segelt nämlich verdammt gut. Letztes Jahr hat er beinah die Kap-Dingi-Meisterschaft gemacht.«
Metcalfe reagierte genau, wie ich es berechnet hatte. Ein bewunderndes »Oh!« entfuhr ihm, und eine Zeitlang unterhielt er sich mit Walker über Boote. Schließlich kam Walker damit raus. »Wissen Sie, was mir wirklich zusagen würde, wäre ein Haus irgendwo an der Küste mit eigenem Ankerplatz und Bootsschuppen, alles in sich abgeschlossen.«
»Wollen Sie sich uns anschließen?« fragte Metcalfe grinsend.
»Aber nein«, wehrte Walker entsetzt ab. »Dazu hätte ich nicht die Nerven. Geld hab ich genug, und im übrigen kann ich Ihre übelriechenden Fairmiles mit ihrem stinkenden Dieselöl nicht ausstehen. Nein, ich dachte an ein richtiges Boot, an ein Segelboot.«
Er wandte sich an mich. »Wissen Sie, je mehr ich darüber nachdenke, um so besser gefällt mir der Gedanke. Sie könnten mir einen Zehntonner entwerfen, mit dem ich einhand segeln könnte. Hier ist es gerade richtig für einen Start zum Karibischen Meer. Eine Transatlantik-Fahrt könnte mich reizen.
Unter uns gesagt, Metcalfe, diese Burschen, die den Ozean überqueren, sind alles prima Kerle. Aber meistens sind es Habenichtse, und sie müssen auf ihren Booten woh-

nen. Warum sollte ich das auch so machen? Stellen Sie sich mal vor, wieviel besser es ist, hier ein Haus mit einem Bootsschuppen im Garten zu haben, wo ich mein Boot hintrimmen kann, anstatt in diesem Dreckshafen zu liegen.«

Alle Achtung vor Walkers Erfindungsgabe! Das war wirklich eine verdammt gute Idee, wenn er tatsächlich ein unabhängiger, reicher junger Mann gewesen wäre, den die Leidenschaft gepackt hatte, einhand über den Atlantik zu segeln.

Nun, Metcalfe fand jedenfalls nichts daran auszusetzen. »Kein übler Gedanke, wenn Sie sich das leisten können. Ich will Ihnen was sagen: Suchen Sie meinen alten Freund Aristide auf. Der kann Ihnen ein Grundstück vermitteln, der hat sie zu Dutzenden an der Hand. Sagen Sie ihm aber, Sie kämen von mir, dann ist er wesentlich umgänglicher.«

Er kritzelte eine Adresse auf ein Stück Papier und gab es Walker.

»Oh, danke verbindlichst«, sagte Walker. »Das ist wirklich sehr nett von Ihnen.«

Metcalfe trank seinen Kaffee aus. »Ich muß jetzt gehen; heut abend seh ich Sie noch mal, bevor ich auslaufe.«

Als er hinausgegangen war, sagte Coertze, der die ganze Zeit über mit ausdruckslosem Gesicht dagesessen hatte: »Ich hab nachgedacht über das Go . . .«

Ich stieß ihn am Fuß und wies mit dem Kopf auf den marokkanischen Diener, der gerade ins Zimmer kam. »*Tula*«, sagte ich. »*Moenie hier praat nie.*« Dann fuhr ich auf englisch fort: »Kommt, gehn wir 'n bißchen frische Luft schnappen.«

Wir verließen die Wohnung und setzten uns in ein Café in der Nähe. Ich sagte zu Coertze: »Wir können nicht wissen, ob Metcalfes Diener Englisch sprechen oder nicht. Aber wir müssen damit rechnen. Nun, was wollten Sie sagen?«

»Ich hab mir überlegt, wie wir das Gold hier reinbringen. Wie sollen wir das machen? Gestern sagten Sie, Goldbarren müßten beim Zoll angegeben werden. Wir können doch nun nicht ankommen und sagen: ›Hier, Mann, ich hab einen goldenen Kiel unterm Boot, so an die vier Tonnen schwer.‹«

»Hab ich auch schon darüber nachgedacht«, sagte ich. »Es wird uns wohl nichts anderes übrigbleiben, als es einzuschmuggeln und in Barren umzugießen. Die müssen wir dann so nach und nach wieder rausschmuggeln und später offen reinbringen und beim Zoll angeben.«

»Das kostet Zeit«, warf Coertze ein, »und die haben wir nicht.«

Ich seufzte. »Das ist richtig. Überlegen wir uns mal, wieviel Zeit uns bleibt. Heut haben wir den 12. Januar, und Tanger macht – was das Gold betrifft – den Laden am 19. April dicht. Das sind – Augenblick – äh – siebenundneunzig Tage – sagen wir – vierzehn Wochen.«

Ich begann zu rechnen und die Zeit einzuteilen. Eine Woche würde es dauern, bevor wir aus Tanger auslaufen könnten; zwei weitere Wochen, bis wir in Italien wären. Das bedeutete noch mal zwei Wochen für die Rückfahrt und eine Woche Reserve für schlechtes Wetter. Damit wären sechs Wochen weg. Zwei Wochen für die Vorbereitungen und für das Herausholen des Goldes; drei Wochen, um den Kiel zu gießen – zusammen elf Wochen, wobei wir noch drei Wochen Spielraum hätten. So kämen wir ganz gut hin.

Ich fuhr fort: »Wir müssen die Lage peilen, wenn wir mit dem Gold zurück sind. Kaufen wird es todsicher jemand, selbst wenn es ein Klumpen ist. Aber wir dürfen keinen Ton sagen, bevor wir's haben.«

Mir kamen Visionen, wie ich weitersegeln müßte nach Ägypten, ja, nach Indien, wie ein moderner Fliegender Holländer, der verdammt ist, mit einem Kiel von einer Million Pfund die Ozeane zu durchpflügen.

Walker nahm keinen großen Anteil an unseren Vorbesprechungen. Er war zufrieden, wenn er das Coertze und mir überlassen konnte. Er hatte dabeigesessen und nur mit einem halben Ohr hingehört, während er die Adresse studierte, die Metcalfe ihm gegeben hatte.
Plötzlich fing er an: »Ich dachte, der alte Aristide wäre Grundstücksmakler, aber das ist er gar nicht.« Er las die Anschrift von dem Zettel ab. »›Aristide Theotopopoulis, Handelsbank Tanger, Boulevard Pasteur.‹ Vielleicht könnten wir von dem etwas erfahren.«
»Ach nee!« sagte ich spöttisch. »Er ist mit Metcalfe befreundet.« Ich sah Walker an. »Und noch eins«, fuhr ich fort. »Sie haben das heute morgen mit Metcalfe sehr gut gemacht, aber lassen Sie um Gottes willen diesen falschen Oxford-Akzent weg und bloß nicht soviel von diesem ›danke verbindlichst‹. Metcalfe läßt sich so leicht nichts vormachen, und überdies war er in Südafrika und kennt den Laden. Sie hätten sich lieber auf den Malmesbury-Akzent verlegen sollen, aber nun ist es zu spät dazu. Nur dämpfen Sie's ein bißchen, hören Sie?«
Walker grinste. »O. K., alter Junge!«
»Und nun wollen wir uns mal Aristide Theoto-oder-wasseris ansehen. Wär übrigens keine schlechte Idee, uns einen Wagen zu mieten. Damit kommen wir schneller rum, und es stützt unsere Tarngeschichte. Ihr wißt ja, wir sind reiche Touristen.«

Aristide Theotopopoulis glich einer Kugel. Er war fast so breit wie lang, und wenn er sich hinsetzte, knickte er in der Mitte ein wie eine halbaufgepumpte Fußballblase. Die Fettwülste von den Wangen und vom Nacken wabbelten und schwabbelten über seinen Kragen. Sogar seine Hände waren rund, schwammige Fettbälle, aus denen hier und da ein Goldglanz von den tief eingebetteten Ringen drang.

»Ah, sieh da, Herr Walker, Sie suchen ein Haus«, legte er los. »Metcalfe rief mich heute morgen schon an deswegen. Ich glaube, ich hab genau das Richtige für Sie.« Er sprach ein fließendes Umgangsenglisch.
»Sie meinen, Sie haben ein passendes Haus?« fragte Walker.
»Natürlich! Was meinen Sie denn wohl, warum Mr. Metcalfe Sie zu mir schickt? Er kennt die Casa Saeta.« Er hielt kurz inne. »Es macht Ihnen doch nichts aus, wenn es ein altes Haus ist?« fragte er eifrig.
»Nicht im geringsten«, erwiderte Walker leichthin. »Ich kann es ja umbauen lassen, wenn es mir gefällt.« Er fing meinen Blick auf und fügte schnell hinzu: »Aber ich möchte vorschlagen, daß ich das Haus zunächst für sechs Monate miete mit Vorkaufsrecht.«
Aristide machte ein langes Gesicht, so daß aus dem Kreis eine Ellipse wurde. »Gut, wenn Sie es so wünschen«, sagte er unschlüssig.
Er fuhr uns mit seinem Cadillac zur Nordküste, und Coertze kam in unserem Mietwagen hinterher. Das Haus sah aus wie aus einem Charles-Addams-Cartoon, und ich wartete nur darauf, daß Boris Karloff irgendwo aus dem Fenster spähte. Maurischer Einschlag war nicht zu bemerken, es war scheußlichste Viktorianische Gotik übelsten Geschmacks. Aber das sollte uns gleich sein. Hauptsache, es eignete sich für unsere Zwecke.
Wir gingen hinein, musterten flüchtig die wurmzerfressenen Paneelierungen und bemerkten den Mangel sanitärer Anlagen. Die Küche war primitiv, und hinterm Haus lag ein verwilderter Garten. Dahinter dehnte sich die See, und über ein niedriges Kliff hinweg konnten wir den Strand sehen.
Es war alles da, was wir brauchten: ein Bootshaus, groß genug für die *Sanford*, wenn wir den Mast umlegten, und auch eine einfache Slipanlage, die allerdings in einem schlimmen Zustand war und repariert werden mußte.

Und sogar ein angebauter Schuppen war da, wo wir unsere Gießerei einrichten konnten.
Ich sah mir alles an und schätzte, wie lange es wohl dauerte, es in Ordnung zu bringen. Dann nahm ich Coertze beiseite, während Aristide dem armen Walker die Schönheiten des Hauses anpries.
»Nun, was halten Sie davon?« fragte ich.
»Mann, das nehmen wir. So was finden wir in ganz Nordafrika nicht zum zweiten Mal.«
»Ganz meine Meinung«, sagte ich. »Ich hoffe, wir finden etwas Ähnliches auch in Italien. Wir können ein paar Arbeiter aus der Stadt ranholen, die den Slip in Ordnung bringen, und wenn wir 'n bißchen Dampf dahinter machen, können wir in einer Woche damit fertig sein. Wir müssen zum Schein auch etwas am Haus machen lassen, aber in der Hauptsache müssen wir unser Geld für wesentliche Dinge aufsparen. Bewohnbar machen können wir es, wenn wir zurückkommen. Ich werde Walker dazu rankriegen, dazu ist er der Richtige; der denkt sich die verrücktesten Gründe für die unmöglichsten Dinge aus.« Wir schlenderten zu Walker und Aristide zurück, die immer noch laut am Feilschen und Handeln waren. Ich gab Walker einen unauffälligen Wink. Er lächelte Aristide strahlend an und sagte: »Hat alles keinen Zweck, Mr. Theotopopoulis, Sie können es mir nicht ausreden, ich nehme es, und zwar sofort. Sechs-Monats-Miete im voraus natürlich.«
Aristide, der gar nicht daran dachte, irgend jemand irgend etwas auszureden, war völlig verblüfft, fand sich aber schnell in die neue Rolle. »Sie verstehen, Mr. Walker, ich kann Ihnen keinerlei Garantien geben ...«, sagte er in einem Ton, als riete er Walker zu seinem Besten.
»Schon gut, old man«, sagte Walker munter. »Aber denken Sie daran, ich muß auch das Vorkaufsrecht haben.«
»Ich denke, es wird sich machen lassen«, erwiderte Aristide mit gespielter Ungewißheit.
»Muß doch Spaß machen, in diesem wunderbaren Haus

zu leben, was?« sagte Walker zu mir. Ich sah ihn warnend an. Es war schon ein Elend mit Walker, immer ließ er sich von seiner Rolle hinreißen. Er hatte sich schon wieder Aristide zugewandt und sah meinen Blick gar nicht. »Wie ist es, spukt's hier vielleicht?« fragte er, als setze er Gespenster mit toten Ratten hinter der Täfelung gleich.
Aristide wehrte lebhaft ab. »O nein, Gespenster gibt's hier nicht.«
»Schade«, sagte Walker mit lässigem Bedauern. »Das wünsch ich mir nämlich schon lange, in einem Haus zu wohnen, wo es spukt.«
Ich sah es Aristide an, wie er sich, was Gespenster anlangte, schnell anders besann und redete hastig dazwischen, um diesem Possenspiel ein Ende zu machen. Ich hatte zwar nichts dagegen, daß Aristide meinte, es mit einem Narren zu tun zu haben, aber einen so verdammt närrischen Narren, wie Walker ihn spielte, konnte es gar nicht geben, und ich fürchtete, Aristide könnte Lunte riechen.
»Also, ich schlage vor, wir fahren zurück in Herrn Theotopopoulis' Kontor und setzen den Vertrag auf. Es wird spät, und ich hab noch was an Bord zu tun.«
Zu Coertze sagte ich: »Sie brauchen nicht mitzukommen. Zum Essen treffen wir uns in demselben Restaurant, wo wir gestern waren.«
Ich sah seine Zornesader schwellen über Walkers Narrenpossen, und ich wollte ihn aus dem Wege haben, bevor er hochging. Der Umgang mit Menschen kann schon verdammt schwierig sein, zumal mit solchen Gegensätzen wie Walker und Coertze.
Wir kamen in Aristides Kontor zurück, und alles wickelte sich nach Wunsch ab. Er haute uns ganz schön übers Ohr, aber ich hatte gar nichts dagegen. Wenn einer so mit dem Geld um sich warf wie Walker, mußte er schon ein ehrlicher Kerl sein.
Dann sagte Walker etwas, das mir das Blut in den Adern gerinnen ließ, wenn ich auch hinterher nach ruhiger Über-

legung zugeben mußte, daß er sich das, so wie er seine Rolle spielte, erlauben konnte. Er sagte zu Aristide: »Tanger ist eine drollige Stadt. Man munkelt, hier lägen Goldbarren über die ganze Gegend verstreut.«
Aristide lächelte gemütlich. Er hatte sich sein Pfund Fleisch herausgeschnitten, warum sollte er nicht ein paar Minuten auf einen kleinen Schwatz verschwenden! Und außerdem, dieser Narr von Walker wollte ja in Tanger bleiben, bei dem war noch manches zu holen. Er antwortete: »Nun, verstreut will ich nicht gerade sagen; wir pflegen unser Gold in soliden Safes zu verwahren.«
»Hm«, sagte Walker, »wissen Sie, es ist doch eigenartig, ich hab mein Lebtag in Südafrika verbracht, wo haufenweise Gold gewonnen wird, und hab doch niemals was zu Gesicht bekommen. Man kann in Südafrika kein Gold kaufen, wissen Sie.«
Aristide zog die Brauen in die Höhe, als sei dies ganz unerhört.
»Ich habe gehört, man könne hier Gold pfundweise kaufen wie Butter über den Ladentisch. Es muß hübsch sein, Gold einzukaufen. Stellen Sie sich das mal vor, ich mit all meinem Geld, und hab nie einen Goldbarren gesehen«, sagte er hochtrabend. »Ich hab 'n Haufen Geld, wissen Sie. Die meisten Leute sagen, ich hätte zuviel.«
Aristide runzelte die Stirn. Das war ja pure Ketzerei. So was gab's ja gar nicht, zuviel Geld haben. Er wurde sehr ernsthaft.
»Mr. Walker, das Beste, was einer in diesen unsicheren Zeiten tun kann, ist, Gold kaufen. Es ist die einzig sichere Anlage. Der Wert des Goldes schwankt nicht wie all diese unstabilen Wertpapiere und Devisen.« Mit einem Fingerschnipsen tat er die Geltung von US-Dollar und Pfund Sterling ab. »Gold rostet nicht und schwindet nicht; immer ist es da, immer sicher, immer wertvoll. Wenn Sie etwas anlegen wollen, bin ich zu jeder Zeit gern bereit, Ihnen Gold zu verkaufen.«

»Tatsächlich?« fuhr es Walker heraus, »Sie verkaufen es, Sie verkaufen es wirklich?«
Aristide lächelte. »Ich verkaufe es wirklich.« Sein Lächeln verfinsterte sich. »Aber wenn Sie kaufen wollen, müssen Sie es sofort tun, der offene Markt in Tanger wird nämlich bald geschlossen.« Er zuckte die Achseln. »Sie sagen, Sie haben noch nie einen Goldbarren gesehen? Ich werde Ihnen Goldbarren zeigen, viele . . .« Er wandte sich mir zu. »Ihnen auch, Mr. Halloran, wenn Sie wollen«, sagte er unvermittelt. »Bitte, kommen Sie mit.«
Er führte uns hinab ins Innerste des Gebäudes, durch Gittertüren hindurch bis zu einem mächtigen Gewölbe. Zwei breitschultrige Leibwächter begleiteten uns auf diesem Weg. Aristide öffnete die Tür zum Gewölbe, die mehr als zwei Fuß dick war, und führte uns hinein.
Und in diesem Gewölbe lag Gold, viel Gold, wenn auch wohl nicht vier Tonnen, aber doch sehr viel Gold. Da waren Barren verschiedener Größe sauber aufgestapelt. Da war gemünztes Gold in Kisten. Ja, es war verdammt viel Gold.
Aristide zeigte auf einen Barren. »Dies ist der normale Tanger-Barren. Er wiegt 400 Unzen Goldgewicht, das sind etwa 27,5 Pfund Handelsgewicht. Sein Wert liegt über 5000 Pfund Sterling.« Er nahm einen kleineren Barren zur Hand. »Dies ist eine handlichere Größe. Wiegt ein Kilo, eben über 32 Unzen, und ist etwa 400 Pfund wert.«
Er öffnete eine Kiste und ließ die Münzen genüßlich durch seine fetten Finger rieseln. »Hier sind britische Sovereigns, amerikanische Doppeladler, hier französische Napoleons und hier österreichische Dukaten.« Er sah Walker an, es glitzerte in seinen Augen, als er sagte: »Verstehen Sie wohl, was ich meine, wenn ich sage, daß Gold nie seinen Wert verliert?«
Er machte eine andere Kiste auf. »Es gibt nicht nur die alten Goldmünzen. Diese hier zum Beispiel hat eine Bank in Tanger schlagen lassen – nicht meine Bank. Da ist der

Herkules von Tanger drauf. Enthält genau eine Unze Feingold.«
Er reichte Walker die Münze auf der Handfläche hin. Der drehte sie zwischen den Fingern und gab sie mir zögernd weiter.
In diesem Augenblick fühlte ich, wie dieses ganze verrückte, wahnwitzige Unternehmen aufhörte, nur gerade ein Abenteuer für mich zu sein. Das schwere, speckige Gefühl der Goldmünze kehrte etwas in meinem Inneren um, und ich verstand jetzt, was die Leute meinten, wenn sie vom Goldrausch sprachen. Ich verstand, warum Goldsucher sich abschinden, in unfruchtbarem, trockenem Boden nach Gold zu suchen. Es ist nicht nur der Wert des Goldes, was sie suchen, es ist das Gold selbst. Dieses gediegene gelbe Metall kann einen Menschen in seinen Bann schlagen, ist eine Droge, die es mit jedem noch so teuflischen Rauschgift aufnimmt.
Meine Hand zitterte, als ich Aristide die Münze zurückgab.
Er warf sie hoch und sagte: »Die kostet natürlich mehr als Barrengold, weil ja noch die Prägekosten hinzukommen. Aber sie ist handlicher.« Mit einem sardonischen Lächeln fügte er hinzu: »Die verkaufen wir viel an politische Flüchtlinge und südamerikanische Diktatoren.«
Als wir wieder im Kontor waren, sagte Walker: »'ne Menge Gold, was Sie da unten haben. Wo kriegen Sie das nun her?«
Aristide zuckte die Achseln. »Nun, ich kaufe Gold und ich verkaufe Gold. Bei beidem habe ich meinen Gewinn. Ich kaufe, wo ich kann, ich verkaufe, wenn ich kann; das ist in Tanger nicht verboten.«
»Aber es muß doch irgendwoher kommen«, beharrte Walker. »Wenn nun – nehmen Sie mal einen von diesen Piraten, diesen Schmuggelbrüdern mein ich –, wenn da nun einer mit 'ner halben Tonne Gold zu Ihnen käme, würden Sie ihm die abkaufen?«

»Warum nicht, wenn der Preis in Ordnung ist«, sagte Aristide ohne Zögern.
»Ohne zu wissen, woher es kommt?«
Aristide verzog den Mund zu einem Grinsen. »Nichts ist so anonym wie Gold. Gold hat keinen Herrn; es gehört nur zeitweilig dem, der es gerade berührt. Gewiß, ich würde das Gold kaufen.«
»Auch wenn der Goldmarkt geschlossen wird?«
Aristide zuckte nur die Achseln und lächelte.
»Nun gut, vergessen Sie es nicht«, sagte Walker albern, »Sie werden viel Gold kaufen müssen, das nach Tanger reinkommt.«
»Wenn Sie also Gold haben wollen, ich verkaufe es Ihnen jederzeit, Mr. Walker«, erwiderte Aristide und nahm hinter seinem Schreibtisch Platz. Dann war er wieder ganz Geschäftsmann: »Übrigens, da Sie jetzt in Tanger bleiben, wollen Sie doch sicherlich ein Bankkonto eröffnen lassen.«
Walker warf mir einen Blick zu, ehe er antwortete: »Ach, ich weiß noch nicht. Ich mache ja noch diese Kreuzfahrt mit Hal, und was ich so laufend brauche, hol ich mir auf einen Kreditbrief, den ich mir in Südafrika habe ausstellen lassen. Ich hab mir hier schon einen Haufen Zaster von einer anderen Bank abgeholt – ich konnte ja nicht wissen, daß wir das Glück hätten, einen freundlichen Bankier kennenzulernen.« Er grinste Aristide gewinnend an.
»Wir bleiben jetzt nicht lange hier«, fuhr er fort. »In ein paar Wochen laufen wir wieder aus. Aber ich komme ja wieder, ganz bestimmt. Wann meinst du, Hal, sind wir wieder hier?«
Ich sagte: »Wir segeln nach Spanien und Italien und dann nach Griechenland, nach der Türkei und dem Libanon. Ich würde sagen, in drei, vier Monaten sind wir wieder hier.«
»Sehen Sie«, sagte Walker, »und dann will ich mich hier häuslich einrichten. Ach, Casa Saeta«, sagte er träumerisch, »klingt das nicht wunderbar?«

Wir verabschiedeten uns von Aristide, und als wir draußen waren, fuhr ich Walker wütend an: »Was fällt Ihnen ein, solch ein Affentheater zu machen?«
»Wieso?« fragte Walker mit unschuldiger Miene.
»Sie wissen ganz gut, was ich meine. Wir hatten abgemacht, nicht von Gold zu reden.«
»Aber irgendwann mußten wir irgendwas darüber sagen«, entgegnete er. »Wir können doch nicht irgendwem Gold verkaufen, ohne ein Wort darüber zu reden. Ich hielt es gerade für eine gute Gelegenheit, herauszufinden, wie sich Aristide gegenüber Gold von unbekannter Herkunft verhalten würde. Ich denke doch, das hätte ich ganz gut hingekriegt.«
Ich mußte ihm das zubilligen und fuhr fort: »Noch eins: spielen Sie etwas weniger den dummen Esel. Sie haben mir einen schönen Schrecken eingejagt, als Sie Aristide mit den Gespenstern aufzogen. Was bei uns auf dem Spiele steht, ist zu wichtig, um darüber herumzualbern.«
»Ich weiß«, sagte er nüchtern. »Da im Gewölbe ist es mir wieder klargeworden. Ich hatte vergessen, wie Gold sich anfühlt.«
So hatte es ihn also auch gepackt. Ich beruhigte mich und sagte: »O. K., aber vergessen Sie's nicht wieder. Und um Gottes willen spielen Sie nicht den Hanswurst in Coertzes Gegenwart. Es macht mir ohnehin Mühe genug, den Frieden zu wahren.«

Als wir Coertze zum Essen trafen, erzählte ich ihm: »Wir haben einen Haufen Gold gesehen heut morgen.«
Er straffte sich: »Wo?«
Walker sagte: »In einem unheimlich großen Safe in Aristides Bank.«
»Ich dachte . . .«, begann Coertze.
»Es ist nichts passiert«, sagte ich, »es ging alles ganz glatt. Wir haben 'ne Menge Barren gesehen. Davon haben sie

zwei Standardgrößen, die hier in Tanger gehandelt werden, eine zu 400 Unzen, die andere zu ein Kilo.« Coertze machte ein finsteres Gesicht, und ich fügte hinzu: »Das sind beinah zweieinviertel Pound.«
Er knurrte und trank seinen Whisky. Ich fuhr fort: »Walker und ich haben schon darüber gesprochen, und wir sind zu der Meinung gekommen, daß Aristide uns das Gold unter der Hand abnimmt, auch wenn der Goldmarkt geschlossen ist — aber wir müssen uns wohl vorher mit ihm in Verbindung setzen, damit er sich darauf einrichten kann.«
»Ich finde, das tun wir am besten gleich«, sagte Walker.
Ich schüttelte den Kopf. »Nein! Aristide ist mit Metcalfe befreundet. Das wäre geradeso, als wollte man einen Tiger zum Essen einladen. Erst nach unserer Rückkehr dürfen wir mit ihm darüber sprechen, dann müssen wir es darauf ankommen lassen.«
Da Walker schwieg, sprach ich weiter: »Der springende Punkt ist, daß Aristide sicher nicht gern einen Vier-Tonnen-Klumpen Gold in sein Lager nimmt. Und so werden wir wohl nicht darum herumkommen, in Barren umzuschmelzen. Höchstwahrscheinlich wird Aristide, dieser Gauner, Mittel und Wege finden, um bei Kasse zu sein, für diese vier Extratonnen. Das bedeutet aber, er muß Bescheid wissen, bevor der Goldmarkt geschlossen wird. Wir müssen also vor dem 19. April zurück sein.«
»Nicht viel Zeit«, sagte Coertze.
Ich erwiderte: »Ich hab euch ja den voraussichtlichen Zeitbedarf für jede Phase unseres Unternehmens vorgerechnet, danach haben wir etwa einen Monat Reserve. Aber laß irgend etwas schieflaufen, dann brauchen wir alles. Doch darüber zerbrech ich mir jetzt noch nicht den Kopf — mir sind da andere Bedenken aufgestiegen.«
»Wieso?«
»Paßt auf. Wenn — und falls — wir das Gold hierherkriegen und mit Umschmelzen anfangen, haben wir 'n Haufen

Barren hier herumliegen. Ich möchte sie nämlich nicht Schub um Schub, wie sie fertig werden, Aristide übergeben — das wäre unklug, und da kann uns zu leicht jemand anders dazwischenkommen. Ich möchte ihm den ganzen Kram auf einmal geben gegen eine bombensichere Anweisung auf eine Schweizer Bank und dann abhauen. Das bedeutet aber, daß wir haufenweise Barren ungeschützt in der Casa Saeta herumliegen haben, und das gefällt mir nicht.«
Ich seufzte. »Wo nur hin mit den verdammten Dingern? Im Wohnzimmer aufstapeln? Und wie viele von diesen gottverfluchten Barren werden das überhaupt sein?« fügte ich nervös hinzu.
Walker blickte auf Coertze. »Du sagtest doch, etwa vier Tonnen, nicht?«
»Ja«, antwortete Coertze. »Aber natürlich nur geschätzt.«
Ich sagte: »Seitdem haben Sie ja nun mit Goldbarren zu tun gehabt. Was meinen Sie, wie genau die Schätzung sein mag?«
Er dachte nach, sandte seine Gedanken fünfzehn Jahre zurück und verglich das Bild von damals mit seiner Erfahrung von heute. Das menschliche Gedächtnis ist ein Wunderwerk. Schließlich sagte er langsam: »Ich glaube, es ist ziemlich genau geschätzt, ja, recht genau.«
»Schön«, sagte ich, »also vier Tonnen. Das sind 9000 Pounds, so genau wie's verflucht noch mal möglich ist. Jedes Pound zu 16 Unzen und . . .«
»Halt halt«, warf Coertze ein. »Gold wird in Goldunzen gewogen. Davon gehen 14.58333 — das ist 'n periodischer Bruch — auf das englische Pfund Handelsgewicht.«
Er hatte die Angaben so fix zur Hand, daß ich überzeugt war, er sei sich seiner Sache sicher. Schließlich war es ja sein Fach. Ich fuhr fort: »Wollen wir uns die Sache nicht unnötig schwer machen, sagen wir vierzehneinhalb Unzen aufs Pound, das genügt für unsern Zweck.«
Ich fing an zu rechnen und verrechnete mich ein paarmal, obwohl es doch eine ziemlich einfache Aufgabe war. Wenn man eine Jacht berechnet, ist man nicht so aufgeregt dabei.

Schließlich hatte ich's. »So gut ich es hinkriege, ganz rund, ergeben sich etwa 330 Barren zu je 400 Unzen.«
Walker fragte: »Und wieviel macht das, wenn wir 5000 £ für den Barren kriegen?«
Ich kritzelte wieder auf dem Papier und starrte das Resultat ungläubig an. Ich hatte es mir zum erstenmal in Geldeswert umgerechnet. Bis jetzt hatte ich stets zuviel anderes im Kopf gehabt, um darüber nachzudenken, und vier Tonnen Gold, das war so eine hübsche, runde Zahl, die man leicht behalten konnte.
Zögernd sagte ich: »Ich komme da auf 1 650 000 £.«
Coertze nickte befriedigt. »Dieselbe Zahl hab ich auch. Und dazu kommen noch die Juwelen.«
Über die Juwelen hatte ich meine eigenen Gedanken. Aristide hatte vollkommen recht, Gold ist anonym – aber Juwelen sind es nicht Juwelen haben ihre Persönlichkeit, und ihre Spur kann zu leicht verfolgt werden. Wenn es nach mir ginge, würden die Juwelen im Stollen bleiben. Aber das mußte ich den beiden ganz behutsam klarmachen, später, wenn es soweit war. »Das sind ja für jeden über eine halbe Million«, sagte Walker.
»Sagen wir, rund eine halbe Million. Die überschießenden 150 000 £ können wir als Unkosten verbuchen. Wenn das ganze vorbei ist, haben wir mehr ausgegeben, als wir im Topf hatten.«
Ich kam auf unseren Ausgangspunkt zurück. »Also, wir haben nun 330 Goldbarren. Was machen wir damit?«
Walker sagte nachdenklich: »Da ist ein Keller im Haus.«
»Immerhin ein Anfang.«
Walker fuhr fort: »Wissen Sie, welche phantastische Vorstellung ich vorhin im Gewölbe hatte? Ich dachte, es sähe aus wie ein Bauplatz, auf dem lauter Ziegelsteine herumlägen. Wir könnten doch eine Mauer im Keller bauen.«
Ich sah Coertze an, Coertze sah mich an, und dann platzten wir heraus vor Lachen.

»Was ist denn da nun wieder so komisch dran?« fragte Walker maulend.
»Nichts, gar nichts«, sagte ich, immer noch prustend, »es ist *die* Lösung, das ist alles.«
Coertze sagte grinsend: »Wenn ich anständig bezahlt kriege, bin ich ein tadelloser Maurer.«
Eine Stimme blökte mir ins Ohr, und ich wandte mich um. Ein fliegender Lotterielosverkäufer hielt mir ein Bündel Lose hin. Ich winkte ab, aber Coertze, ausnahmsweise gut gelaunt, sagte »Nee, Mann, laß uns man eins nehmen. Schad nichts, wenn wir uns versichern.«
Das Los kostete hundert Pesetas, die wir aus dem Wechselgeld, das auf dem Tisch lag, zusammenscharrten, und dann gingen wir nach Haus.

Am nächsten Morgen gingen wir ernsthaft an die Arbeit. Ich blieb auf der *Sanford*, um sie seeklar zu machen, und saß dem Schiffshändler und dem Segelmacher gehörig auf der Pelle. Zu meiner Genugtuung schafften wir es bis zum Ende der Woche, so daß wir nach jedem Punkt der Welt hätten auslaufen können.
Coertze und Walker arbeiteten am Haus, setzten den Bootsschuppen und den Slip instand und überwachten die einheimischen Arbeiter, die sie durch Metcalfes freundliche Vermittlung gefunden hatten. Coertze sagte: »Wenn man diese Arabesken grad so behandelt wie unsere Kaffern zu Haus, hat man keine Schwierigkeiten mit ihnen.«
Ich war mir dessen nicht so ganz sicher, aber es schien alles gutzugehen.
Als Metcalfe zurückkam, von welch finsterer Unternehmung auch immer, waren wir ziemlich fertig und klar zum Auslaufen. Ich sagte Metcalfe aber nichts darüber. Mein Gefühl sagte mir, je weniger er wüßte, um so besser wäre es.
Als ich die *Sanford* wieder in Schuß hatte, ging ich zu Met-

calfes Fairmile, um meinen versprochenen Besuch zu machen. Ein blonder Mann, der mit einem Schlauch das Deck spülte, sagte: »Sie sind gewiß Mr. Halloran. Ich bin Krupke, Metcalfes Steuermann.«
»Ist er da?«
Krupke schüttelte den Kopf. »Er ist mit Ihrem Freund Walker an Land gegangen. Er hat mir gesagt, ich sollte Ihnen alles zeigen, wenn Sie an Bord kämen.«
Ich fragte: »Sie sind Amerikaner, wie?«
Er grinste. »Ja, von Milwaukee. Hatt keine Lust, nach 'm Krieg wieder in die Staaten zu gehen, und so blieb ich hier. Mensch, ich war ja man 'n Kind, bloß zwanzig. Und da Onkel Sam mir nun mal das Fahrgeld hierher bezahlt hatte, sagt ich mir, dann kannste auch ebensogut dein Glück hier versuchen.«
Womöglich war er ein Deserteur und konnte nicht in die Staaten zurück, obwohl es ja vielleicht eine Amnestie für Deserteure gegeben hatte. Ich hatte keine Ahnung, wie zivile Verjährungsfristen im Militärrecht angewandt wurden. Ich äußerte mich aber nicht dazu: Renegaten pflegen empfindlich zu sein und oft sehr patriotisch.
Das Ruderhaus – Krupke nannte es Deckshaus – war wohlausgerüstet. Zwei Echolote waren da, eines mit Schreibvorrichtung. Den Umdrehungsanzeiger hatte der Rudergänger vor Augen. Die Frontfenster waren mit Klarsichtscheiben für schlechtes Wetter ausgestattet. Da war ein großes Marine-Funkgerät und – Radar.
Ich legte meine Hand auf den Radarschirm und fragte: »Welchen Meßbereich haben Sie hier?«
»Mehrere«, sagte er. »Man sucht sich den heraus, der im Augenblick am geeignetsten ist. Ich zeig's Ihnen mal.«
Er legte einen Schalter und drehte an einem Knopf. Nach wenigen Sekunden leuchtete der Bildschirm auf, und ich sah einen winzigen Hafenplan, als die Antenne sich drehte. Auch die *Sanford* war als einer unter vielen Flekken zu sehen.

»Das ist Nahbereich«, sagte Krupke und drehte an einem anderen Knopf. »Und dies ist der äußerste Meßbereich – fünfzehn Meilen, aber Sie werden nicht viel sehen, weil wir im Hafen liegen.«

Die Landseite auf dem Schirm war zu unübersichtlich, um von Wert zu sein, aber nach See zu sah ich einen winzigen Fleck. »Was ist das hier?«

Er sah auf die Uhr. »Das muß die Fähre von Gibraltar sein. Ist zehn Meilen entfernt – die Meilen können Sie auf dem Gradnetz ablesen.«

Ich sagte: »Dieser Dobbas muß doch ganz praktisch sein, wenn man nachts nahe an die Küste kommt.«

»Aber sicher«, sagte er. »Sie brauchen nur das Bild auf dem Schirm mit der Karte zu vergleichen. Ob kein Mond scheint, oder ob da Nebel ist, das ist völlig egal.«

Einen solchen Apparat hätte ich ja gern auf der *Sanford* gehabt, aber Radar läßt sich auf einem Segelboot schlecht aufstellen, da gibt's zu viele Leinen, die sich in der Antenne verfangen können. Und wo soll man schließlich den Betriebsstrom herkriegen?

Ich sah noch einmal im Ruderhaus umher. »Mit all dieser Ausstattung brauchen Sie ja keine große Crew, obwohl es ein ziemlich großes Boot ist«, sagte ich. »Wieviel Mann haben Sie an Bord?«

»Ich und Metcalfe, wir fahren es allein«, antwortete Krupke. »Wir machen ja keine so weiten Reisen. Aber gewöhnlich haben wir noch einen Mann mit – diesen Marokkaner, den Sie da auf der *Sanford* haben.«

Ich blieb noch eine ganze Zeit auf dem Fairmile, aber Metcalfe und Walker ließen sich nicht blicken, und ich ging schließlich in Metcalfes Wohnung zurück. Coertze war schon da, aber von den beiden war nichts zu sehen; so gingen wir denn zu zweit zum Essen.

Während der Mahlzeit sagte ich: »Wir sollten möglichst schnell losfahren. Wir sind mit allem fertig, und jeder weitere Tag hier ist Zeitverschwendung.«

»Ja«, stimmte Coertze mir bei, »ist ja schließlich keine Vergnügungsreise.«
Wir gingen wieder nach Hause und fanden außer den Dienstboten niemand vor. Coertze ging in sein Zimmer, und ich blätterte in einem Magazin. Um zehn Uhr hörte ich jemand hereinkommen und sah auf.
Was ich sah, versetzte mich in kochende Wut.
Walker war betrunken, sinnlos betrunken. Er knickte in den Knien ein und klammerte sich an Metcalfe. Der Unterkiefer hing ihm herunter, und seine schwimmenden Augen stierten blicklos umher. Metcalfe selbst hatte auch einen in der Krone, war aber nicht betrunken. Er gab Walker einen kleinen Ruck, damit er nicht umfiel, und sagte munter: »Wir wollten uns 'nen vergnügten Abend in der Stadt machen, aber unser Freund Walker verträgt ja nichts. Ihr müßt mir mal helfen, ihn auf sein Bett zu packen.«
Ich half Metcalfe, Walker ins Schlafzimmer zu schleppen, und wir legten ihn aufs Bett. Coertze, der in dem andern Bett schon schlief, wachte auf und fragte: »Was is 'n los?«
Metcalfe sagte: »Euer Kumpel kann kein'n Sprit vertragen, er is mir aus den Pantinen gekippt.«
Coertze musterte Walker, sah dann zu mir herüber, und seine schwarzen Augenbrauen zogen sich finster zusammen. Ich gab ihm einen Wink, ruhig zu sein.
Metcalfe dehnte und streckte sich und sagte: »Na, nun werd ich mich aber auch hinhauen.« Er sah auf Walker und äußerte etwas verächtlich: »Morgen wird's ihm schon wieder besser gehen bis auf einen gewaltigen Kater. Ich werd Ismael sagen, er soll ihm eine Prärieauster zum Frühstück machen.« Zu Coertze gewandt fuhr er fort: »Wie heißt das doch noch auf afrikaans?«
»*'n Regmaker*«, grunzte Coertze.
Metcalfe lachte. »Richtig, *Regmaker*. Das war das erste Wort, das ich auf afrikaans lernte.« Er ging zur Tür. »Alsdann, bis morgen«, sagte er und ging hinaus.

Ich schloß die Tür. »Dieser verdammte Idiot«, machte ich mir Luft.
Coertze kam aus dem Bett, packte Walker und schüttelte ihn. »Walker«, brüllte er, »hast du ihm was erzählt?«
Walker fiel der Kopf auf die Seite, und er begann zu schnarchen. Ich griff Coertze an der Schulter. »Seien Sie ruhig, Mann, Sie erzählen's ja dem ganzen Haus! Ist doch sinnlos jetzt; heut nacht kriegen Sie doch nichts aus ihm heraus, er ist doch nicht bei Besinnung. Lassen Sie das bis morgen.«
Coertze schüttelte meine Hand ab und fuhr herum, rot vor Wut. »Ich hab's Ihnen ja gesagt«, knurrte er, »ich hab's Ihnen ja gesagt, er taugt nichts. Wer weiß, was dieser *Dronkie* ausgeplaudert hat?«
Ich zog Walker die Schuhe aus und legte ihm eine Wolldecke über. »Das werden wir morgen herauskriegen«, sagte ich. »Und zwar *wir*. Fallen Sie bloß nicht über ihn her, dann kriegt er's nur mit der Angst und sagt erst recht kein Wort.«
»Bei Gott, der soll sein Donnerwetter haben«, fluchte Coertze.
»Lassen Sie ihn gefälligst in Ruhe«, entgegnete ich scharf. »Wir werden genug Schwierigkeiten haben, auch ohne daß wir uns untereinander streiten. Wir brauchen Walker.«
Coertze schnaufte verächtlich.
Ich fuhr fort: »Walker hat hier eine Sache fertiggekriegt, die keiner von uns beiden geschafft hätte. Er hat die Gabe, einen Idioten zu mimen, daß man's ihm glaubt.« Ich sah auf ihn hinunter und sagte dann bitter: »Schade, daß er auch ohne es zu spielen ein solch hirnverbrannter Idiot sein kann. Jedenfalls brauchen wir ihn noch, und darum lassen Sie ihn zufrieden. Morgen werden wir beide mit ihm reden, aber gemeinsam!«
Widerwillig gab Coertze nach, und ich ging in mein Zimmer.

Am nächsten Morgen war ich früh hoch, aber doch noch nicht so früh wie Metcalfe, der schon ausgegangen war. Ich ging, um nach Walker zu sehen, und fand Coertze schon aufgestanden und fast angezogen. Walker lag noch schnarchend im Bett. Ich nahm ein Glas Wasser und kippte es ihm übers Gesicht. Mir war nicht danach zumute, auf seine Empfindungen Rücksicht zu nehmen.
Er schüttelte sich, stöhnte und öffnete die Augen, gerade als Coertze sich die Wasserkaraffe langte und über ihn ausleerte. Prustend setzte er sich auf und sank wieder zurück. »Mein Kopf«, ächzte er und preßte die Hände gegen die Schläfen.
Coertze packte ihn vorn am Hemd. »*Jou Goggamannetje*, was hast du Metcalfe erzählt?« Er schüttelte Walker heftig. »He, was hast du ausgeplaudert?«
Diese Behandlung war nicht die richtige bei Walkers Kopfweh, darum griff ich ein: »Nu mal sachte; lassen Sie mich mal mit ihm reden.«
Coertze ließ von ihm ab, und ich stand neben Walker und wartete, daß er wieder zu Verstand käme. Schließlich sagte ich: »Sie haben sich gestern abend besoffen, Sie lächerlicher Narr, und als Trinkgenossen mußten Sie sich ausgerechnet Metcalfe aussuchen.«
Walker sah auf, sein Riesenkatzenjammer trübte seinen Blick. Ich setzte mich auf die Bettkante. »Nun, wie ist es, haben Sie ihm was von dem Gold erzählt?«
»Nein, nein« rief Walker aus, »nein, hab ich nicht.«
Ruhig sagte ich: »Versuchen Sie nicht, uns was vorzulügen. Sie wissen, was wir mit Ihnen machen, wenn wir Sie dabei erwischen.«
Er warf einen entsetzten Blick auf Coertze, der vor Wut kochend im Hintergrund saß und die Augen zusammenkniff. »Ich kann mich an nichts erinnern«, wimmerte er. »Es ist alles ratzekahl leer; ich weiß überhaupt nichts mehr.«
Das war schon besser; jetzt sagte er wahrscheinlich die Wahrheit. Dieser völlige Gedächtnisschwund ist typisch

bei einem Rausch. Ich dachte eine Weile darüber nach und kam zu dem Schluß, daß Walker, selbst wenn er Metcalfe nichts von dem Gold erzählt hatte, doch sicherlich mächtig angegeben, alle Vorsicht in den Wind geschlagen und im Suff womöglich seine so gut gespielte Rolle ein für allemal zuschanden gemacht hatte, zurückgefallen war in sein dem Trunk ergebenes, unerfreuliches Ich.

Metcalfe war auf Draht, anders hätte er in seinem anrüchigen Gewerbe gar nicht bestehen können. Der Wechsel in Walkers Charakter mußte ihm einen Wink geben, daß mit seinem alten Freund Hal und seiner Crew irgend etwas nicht ganz koscher war. Das würde für Metcalfe genügen, die Augen offenzuhalten. Wir mußten also bei allem, was wir taten, damit rechnen, daß Metcalfe uns mit seiner Aufmerksamkeit beehrte.

»Nun, geschehen ist geschehen«, sagte ich und sah Walker an. Er hatte die Augen niedergeschlagen und fingerte nervös an einem Zipfel der Wolldecke.

»Sehen Sie mich an», sagte ich, und er hob langsam den Blick. »Ich denke, Sie sprechen die Wahrheit«, sagte ich kalt. »Aber wehe, wenn ich Sie bei einer Lüge erwische, dann geht's Ihnen schlecht. Und wenn Sie auf dieser Reise noch einen Tropfen anrühren, brech ich Ihnen das Genick. Sie denken, Sie müßten vor Coertze Angst haben, aber Sie haben allen Grund, vor mir noch mehr Angst zu haben, wenn Sie auch nur ein Glas kippen, verstanden?«

Er nickte.

»Es ist mir schnuppe, wieviel Sie trinken, wenn wir diese Sache hinter uns haben. Wahrscheinlich werden Sie sich in einem halben Jahr zu Tode gesoffen haben, doch das geht mich nichts an. Aber nur noch ein einziges Glas auf dieser Reise, und Sie sind ein toter Mann.«

Er schrak zusammen, und ich wandte mich Coertze zu. »Lassen Sie ihn jetzt, er wird es sich zu Herzen nehmen.« Coertze knurrte: »Wenn ich den bloß zwischen die Finger kriegte! Nun sagen Sie schon ja.«

»Nein, Schluß«, sagte ich unwirsch. »Wir haben wichtigeres zu tun. Packen Sie Ihre Sachen, wir laufen aus.«
»Und Metcalfe?«
»Dem sag ich, wir wollen zu einem Festival in Spanien.«
»Zu welchem Festival?«
»Weiß ich's? In Spanien gibt's immer irgendwelche blöden Festivals; mir wird schon ein passendes einfallen. Wir segeln los, sobald ich bei den Hafenbehörden ausklariert hab.«
»Ob ich nicht doch lieber bei Metcalfe auf den Busch klopfe?« sagte Coertze nachdenklich.
»Lassen Sie Metcalfe in Ruh«, sagte ich, »wer weiß, vielleicht hat er gar keinen Verdacht geschöpft, aber wenn Sie ihn aushorchen, dann weiß er genau, daß etwas faul ist. Bloß kein Heckmeck mit Metcalfe, wenn's geht. Der ist uns über.«
Wir packten unsere Seesäcke und gingen an Bord, Walker trottete schweigsam hinterher. Moulay Idriss hockte auf dem Vordeck und rauchte eine Kif-Zigarette. Wir gingen hinunter und verstauten unsere Ausrüstung.
Ich hatte gerade die Karte mit der Straße von Gibraltar herausgeholt, um unseren Kurs abzusetzen, als Coertze achteraus kam und leise sagte: »Mir scheint, da hat jemand das Boot durchsucht.«
»Zum Teufel«, fluchte ich. Metcalfe hatte ja tatsächlich das Haus heute morgen sehr früh verlassen, hatte also reichlich Zeit gehabt, die *Sanford* gründlich zu durchsuchen. »Die Schmelzöfen?« fragte ich. Wir hatten die drei Schmelzöfen so gut es ging versteckt. Wir hatten die Klammern abgenommen und in Werkzeugkästen in der Vorspiek geworfen, wo sie aussahen wie irgendwelcher anderer Krimskram, der sich so mit der Zeit ansammelt. Die Hauptkästen mit den schweren Umformern waren auf der *Sanford* verteilt, einer fest eingebaut unter dem Kajütfußboden, der zweite als Radioapparat verkleidet mit allen dazugehörenden Knöpfen und Skalen, der dritte in eine Trockenbatterie im Motorenraum eingebaut.

Ob Metcalfe draus schlau wurde, wenn er sie sah, das war noch die Frage. Aber die Tatsache, daß sie sich so unschuldig gaben, mußte ihn doch stutzig machen, ihm einen Fingerzeig geben, daß wir etwas Bestimmtes im Schilde führten.
Eine Musterung des Bootes ergab, daß alles in Ordnung war. Abgesehen von den Schmelzöfen und den Reserve-Graphittiegeln, die das Innere des doppelten Kajütdaches füllten, gab es nichts an Bord, was uns von irgendeiner anderen Jacht in diesen Gewässern unterschied.
Ich sagte: »Vielleicht hat der Marokkaner auf eigene Faust herumgeschnüffelt.«
Coertze fluchte. »Wenn der seine Nase in was reingesteckt hat, was ihn nichts angeht, schmeiß ich ihn über Bord.«
Ich ging an Deck. Der Marokkaner hockte noch auf dem Vordeck. Ich sagte fragend: »Mr. Metcalfe?«
Er streckte den Arm aus und wies über den Hafen zum Fairmile. Ich brachte das Dingi zu Wasser und pullte hinüber. Als ich näher kam, rief Metcalfe mich an: »Wie geht's Walker?«
»Tut sich selber schrecklich leid«, sagte ich, als Metcalfe die Vorleine wahrnahm. »Schade, daß das passieren mußte. Er wird sich wohl hundeelend fühlen, wenn wir unterwegs sind.«
»Sie laufen aus?« fragte Metcalfe verblüfft.
»Ja, nach Spanien«, erwiderte ich. »Gestern abend hatte ich ja keine Gelegenheit mehr, es Ihnen zu sagen.« Ich tischte ihm meine Geschichte auf und fuhr dann fort: »Ich weiß nicht, ob wir auf dem Rückweg wieder herkommen. Walker will es natürlich, aber Coertze und ich möchten vielleicht an der Ostküste nach Südafrika zurücksegeln.« Mir schien, so verschleierte ich am besten unsere Absichten.
»Das tut mir aber leid«, sagte Metcalfe, »ich hatte Sie gerade bitten wollen, mir während Ihrer Anwesenheit hier ein Dingi zu entwerfen.«

»Ich will Ihnen was sagen«, erwiderte ich. »Ich schreib nach Kapstadt, sie sollen Ihnen einen *Falcon*-Bausatz schicken. Das geht auf meine Rechnung; Sie hätten dann nur noch die Versandkosten zu tragen.«
»Großartig, vielen Dank«, sagte Metcalfe. »Verdammt anständig von Ihnen.« Er schien sich sehr zu freuen.
»Das ist wohl das mindeste, was mir zu tun bleibt, nach all Ihrer Gastfreundschaft«, wehrte ich ab.
Er reichte mir die Hand, und ich nahm sie. »Viel Glück, Hal, auf allen Fahrten. Ich hoffe, Sie haben Erfolg mit Ihrem Plan.«
Ich vergaß die Vorsicht. »Mit welchem Plan?« fragte ich einen Ton zu scharf.
»Wieso, Sie planen doch eine Bootswerft. Sonst haben Sie doch nichts weiter im Sinn, wie?«
Ich verfluchte mich selbst und lächelte matt. »Natürlich nicht.« Ich schickte mich an, in mein Dingi zu gehen, und Metcalfe sagte ruhig zu mir: »Für meine Art zu leben sind Sie nicht gebaut, Hal. Versuchen Sie es lieber nicht, falls Ihnen das mal in den Sinn kommen sollte. Es ist hart und überdies ein unbarmherziger Konkurrenzkampf.«
Als ich zur *Sanford* zurückpullte, grübelte ich darüber nach, ob das wohl eine versteckte Warnung hatte sein sollen, daß er unserm Vorhaben auf der Spur sei. Trotz seiner zwielichtigen Affären war Metcalfe ein ehrlicher Kerl, der nicht gern einen Freund niederschlüge. Wenn ihm aber der Freund in die Quere käme, würde er es doch tun.
Um drei Uhr nachmittags liefen wir aus und nahmen Kurs auf Gibraltar. Nun waren wir unterwegs, aber wir hatten mehr Mißgriffe hinter uns, als wir uns leisten konnten.

Francesca

Als wir durch die Straße von Gibraltar kreuzten, schlug Coertze vor, gleich nach Italien zu segeln. Ich lehnte ab: »Bedenken Sie, wir haben Metcalfe gesagt, wir gingen nach Spanien, und dabei muß es bleiben.«
Er schlug gegen das Setzbord. »Aber wir haben doch keine Zeit.«
»Die Zeit müssen wir eben rausschlagen«, sagte ich hartnäckig. »Ich sagte ja schon, wir müssen mit Verzögerungen rechnen, die unsern Reservemonat aufbrauchen; dies ist so eine Verzögerung. Für unsere Reise bis Italien müssen wir eben einen Monat nehmen anstatt zwei Wochen. Dadurch verlieren wir zwei der Reservewochen, aber es geht nicht anders. Vielleicht können wir das in Italien wieder rausschinden.«
Er murrte und meinte, meine Furcht vor Metcalfe sei unsinnig. Ich entgegnete: »Sie haben fünfzehn Jahre auf diese Gelegenheit gewartet – nun werden Sie es auch noch weitere vierzehn Tage aushalten. Wir werden Gibraltar, Malaga und Barcelona anlaufen; dann gehen wir an die Riviera, nach Nizza und Monte Carlo, dann nach Italien. Wir werden Stierkämpfe und Spielkasinos besuchen und uns genauso verhalten wie andere Touristen auch. Wir werden die harmlosesten Leute sein, auf die Metcalfe jemals sein Augenmerk gerichtet hat.«
»Aber Metcalfe sitzt doch wieder in Tanger.«
Ich lächelte dünn. »Wahrscheinlich ist er schon in Spanien. Mit seinem Fairmile könnte er uns jederzeit überholen. Er könnte auch geflogen sein oder die Fähre nach Gibraltar genommen haben. Er wird verdammt ein Auge auf uns haben, wenn er vermutet, daß wir auf irgendwas aus sind.«

»Dieser verfluchte Walker«, platzte Coertze heraus.
»Zugestimmt«, sagte ich. »Aber da kommt noch mehr zusammen.« Und ich zählte die Fehler auf, die wir gemacht hatten. Der erste war Walkers unvorsichtige Äußerung Aristide gegenüber, daß er auf einen Kreditbrief Geld abgehoben hätte. Das war eine Lüge, und obendrein eine überflüssige. Den Kreditbrief hatte ich, und das hätte Walker ja auch sagen können. Daß ich die Kontrolle über die Finanzen des Unternehmens behielt, war meine einzige Garantie dafür, daß mir Coertze nicht aus der Hand glitt. Ich kannte das Versteck des Goldes ja noch nicht.
Aristide würde nun natürlich unter seinen Bankierkollegen Erkundigungen über die finanziellen Verhältnisse des reichen Mr. Walker einziehen. Mühelos würde er erfahren, was er wissen wollte – die Bankiers hängen alle zusammen und pfeifen auf Diskretion –, nämlich daß der Mr. Walker von keiner Bank in Tanger Geld abgehoben hatte. Das würde ihn zwar nicht weiter stören, aber immerhin könnte er Metcalfe deswegen befragen und ihm so einen weiteren Punkt für seine Verdachtsliste liefern. Metcalfe würde Aristide ausholen und erfahren, daß Walker und Halloran ein auffälliges Interesse für die Gold-Ein- und -Ausfuhr von Tanger gezeigt hätten.
Er brauchte bloß zur Casa Saeta zu gehen und dort herumzuschnüffeln. Zwar würde er dort nichts finden, was Walkers Tarngeschichte widerspräche, aber eben dieser Tarngeschichte traute er nicht, weil Walker sie in seinem Suff unglaubwürdig gemacht hatte. Beim Wort Gold würde er die Ohren spitzen. Ein Mann wie Metcalfe fackelt nicht lange, wenn er Gold riecht, und wenn ich Metcalfe wäre, würde ich die Wege der *Sanford* mit hellwachem Interesse verfolgen.
Alles das unter der Voraussetzung, daß Walker in seinem Rausch nichts über das Gold ausgeplaudert hatte. Hatte er das doch getan, dann war es das gefundene Fressen für Metcalfe.

Wir liefen in Gibraltar ein und vertrödelten einen Tag mit dem Begaffen der Berberaffen und der Besichtigung der Höhlenmenschen-Höhlen. Dann segelten wir nach Malaga und bekamen da verflucht mehr Flamencomusik vorgesetzt, als wir verknusen konnten.

Am zweiten Tag in Malaga, als Walker und ich als brave Touristen uns die Zigeunerhöhlen ansehen gingen, merkte ich, daß wir beschattet wurden. Auf Schritt und Tritt stießen wir auf einen blassen, schnurrbärtigen jungen Mann. Als wir zum Essen in ein Café einkehrten, saß er in einer entfernten Ecke; er tauchte im Jachthafen auf; er klatschte den Flamencotänzern Beifall, als wir zu den Zigeunern kamen.

Den andern sagte ich nichts davon, aber es bestätigte mir meine Einschätzung von Metcalfes Möglichkeiten. Sicherlich hatte er in jedem Mittelmeerhafen Freunde; ihn auf dem laufenden zu halten, war also kein Problem. Die Bewegungen einer Jacht kann man nicht gut verbergen, und er saß sicher in Tanger wie die Spinne im Netz und wurde telefonisch angerufen, von wo immer wir auftauchten. Gewiß erfuhr er von jedem unserer Spaziergänge und kannte unsere Ausgaben bis zur letzten Peseta.

Uns blieb nur eins übrig, die Harmlosen zu spielen und zu hoffen, daß er es überkriegte; ihn so lange hinzuhalten, bis er zu dem Schluß kam, daß sein Verdacht doch wohl unbegründet sei.

In Barcelona gingen wir alle drei zum Stierkampf. Vorher hatte ich mir schon den Spaß gemacht, Metcalfes Mann herauszufinden. Er war nicht schwer zu entdecken, wenn man auf ihn gefaßt war, und entpuppte sich als ein langer hohlwangiger »Mackie-Messer«, der sich geradeso verhielt wie der Mann in Malaga.

Ich war mir ziemlich sicher, daß, wenn jemand auf der *Sanford* einbrechen sollte, es einer von Metcalfes Freunden wäre. Seine Parole mußte herum sein, daß wir seine Beute seien, und so würden die kleinen Haie von uns ablassen. Ich heuerte einen Wachmann an, der so aussah, als würde er seine Großmutter für zehn Peseten verkaufen, und dann gingen wir alle zum Stierkampf.

Vorher jedoch hatte ich wohlüberlegt meine Köder ausgelegt. Ich hatte einen Haufen erfundener Angaben notiert über die Kosten für die Einrichtung einer Bootswerft in Spanien, dazu eine Menge technischer Notizen, die ich aufgeschnappt hatte. Das alles ließ ich auf dem Tisch liegen zusammen mit einem ungefähren Plan unserer Route bis nach Griechenland und einer Adressenliste von Leuten, die wir besuchen wollten. Und dann maß ich auf den Millimeter genau aus, wo jeder Zettel lag.

Als wir wieder an Bord kamen, meldete der Wachmann, alles sei ruhig gewesen. Ich gab ihm seinen Lohn, und er verschwand. Aber die Notizzettel waren verschoben worden. Also war jemand erfolgreich in die verschlossene Kajüte eingebrochen trotz – oder wahrscheinlich wegen – des Wachmannes. Ich hätte gern gewußt, wieviel man ihm gezahlt hatte – und ich hätte gern gewußt, ob meine Unterlagen Metcalfe überzeugt hatten, daß wir harmlose Reisende wären.

Von Barcelona aus nahmen wir unseren Weg quer über den Golfe du Lion nach Nizza. Mallorca ließen wir aus, weil die Zeit zu knapp wurde, und wieder machte ich meine Runde bei den Bootswerften, und wieder entdeckte ich unseren Bewacher. Aber diesmal beging ich einen Fehler. Ich erzählte es Coertze.

Er kochte über. »Warum haben Sie mir das nicht vorher gesagt«, fragte er.

»Was sollte das für einen Sinn haben«, entgegnete ich. »Wir können ja doch nichts dagegen tun.«

»So, meinen Sie«, sagte er finster und versank in brütendes Schweigen. In Nizza passierte nichts weiter. Es ist ein angenehmes Plätzchen, wenn einen nicht anderwärts dringende Geschäfte erwarten; wir hielten uns hier gerade so lange auf, wie es nötig war, um unsere Tarnung glaub-

haft zu machen, und dann segelten wir die paar Meilen nach Monte Carlo, abermals einer netten Stadt für müßige Touristen.
In Monte Carlo blieb ich am Abend auf der *Sanford*, während Coertze und Walker an Land gingen. Außer dem üblichen Haushaltskram war nicht viel zu tun, und so ruhte ich mich im Cockpit aus und genoß die Stille der Nacht. Die beiden blieben lange aus, und als sie zurückkamen, war Walker ungewöhnlich schweigsam.
Coertze war hinuntergegangen, und ich fragte Walker: »Was ist denn mit Ihnen los? Hat die Katze Ihre Zunge gefressen? Wie war's denn in Monte?«
Er wies mit dem Kopf zur Kajüte. »Er hat einen zusammengeschlagen.«
Mir wurde eiskalt. »Wen?«
»Da ist uns so 'n Bursche den ganzen Nachmittag gefolgt. Coertze bemerkte ihn und sagte, den wolle er sich mal vorknöpfen. Wir ließen den Kerl weiter hinter uns herlaufen, bis es dunkel geworden war. Dann lockte Coertze ihn in eine kleine Seitenstraße und schlug ihn zusammen.«
Ich stand auf und ging nach unten. Coertze kühlte sich in der Kombüse seine angeschwollenen Handgelenke. Ich stellte ihn zur Rede. »Nun haben Sie es also doch getan. Statt Ihres Köpfchens mußten Sie Ihre verdammten Fäuste gebrauchen. Sie sind schlimmer als Walker; dem kann man immerhin zugute halten, daß er ein Kranker ist.«
Coertze tat erstaunt. »Was ist denn?«
»Ich habe gehört, daß Sie einen zusammengeschlagen haben.«
Coertze betrachtete seine Fäuste, dann grinste er mich an. »Der schleicht uns nicht noch einmal nach, der ist reif für vier Wochen Krankenhaus«, erklärte er noch voller Stolz – daß Gott erbarm'!
»Nun haben Sie's vermasselt«, sagte ich knapp. »Beinahe hatte ich Metcalfe so weit, daß er von unserer Harmlosigkeit überzeugt sein müßte, und da schlagen Sie einen von

seinen Leuten zusammen. Jetzt weiß er, daß wir ihn auf dem Kieker und etwas zu verbergen haben. Geradesogut hätten Sie ihn anrufen und ihm sagen können: ›Hier, wir haben 'ne Portion Gold erwischt; kommen Sie her und nehmen Sie's uns ab.‹ Sie sind ein gottverdammter Narr.«
Seine Miene wurde finster. »So laß ich niemanden mit mir reden.« Er hob die Faust.
»Nun, *ich* rede so mit Ihnen«, antwortete ich, »und wenn Sie einen Finger gegen mich rühren, können Sie dem Gold adieu sagen. Sie können kein Boot segeln, weder dieses noch ein anderes, und Walker hilft Ihnen nicht, er haßt Sie wie die Pest. Schlagen Sie mich aber, dann ist der Spaß für Sie zu Ende. Ich weiß, Sie können mich vielleicht in Stücke brechen, und wenn Sie es versuchen wollen, bitte! Das Vergnügen kostet sie bloß eine kleine halbe Million.«
Diese Kraftprobe war seit langem fällig.
Er zögerte unsicher. »Sie verfluchter Engländer!« sagte er.
»Na los – schlagen Sie zu«, sagte ich und machte mich auf seinen Angriff gefaßt.
Er lockerte die Faust und wies drohend mit dem Finger auf mich. »Warten Sie nur ab, bis wir alles hinter uns haben«, sagte er, »warten Sie nur ab, dann werden wir aber abrechnen!«
»Einverstanden, dann werden wir abrechnen«, entgegnete ich. »Aber bis dahin bin ich der Boß, verstanden?«
Sein Gesicht wurde wieder finster, und er fuhr mich an: »Ich lasse mir nicht befehlen, von niemandem.«
»Gut«, sagte ich. »Dann laufen wir den Weg zurück, den wir gekommen sind, Nizza, Barcelona, Malaga, Gibraltar. Walker wird mir beim Segeln helfen, aber für Sie wird er nicht ein Jota tun.« Ich wandte mich zum Gehen.
»Warten Sie«, sagte Coertze, und ich drehte mich noch mal um. »All right«, stieß er heiser hervor. »Aber warten Sie, bis wir's geschafft haben; bei Gott, Sie können sich auf was gefaßt machen.«
»Aber bis dahin bin ich der Boß?«

»Ja«, knurrte er.
»Und Sie führen meine Befehle aus?«
Seine Fäuste ballten sich, aber er hielt an sich. »Ja.«
»Alsdann, hier ist der erste Befehl für Sie: Sie unternehmen verdammt nichts, ohne mich vorher zu Rate zu ziehen.« Ich stieg den Niedergang hinauf, aber auf halbem Wege schoß mir ein Gedanke durch den Kopf, und ich kehrte noch einmal um: »Übrigens, lassen Sie es sich nicht einfallen, mich oder Walker zu hintergehen; wenn Sie das nämlich tun, haben Sie es nicht nur mit mir, sondern auch mit Metcalfe aufzunehmen. Und es soll mir ein Vergnügen sein, Metcalfe einen Anteil zu überlassen. Wenn Metcalfe hinter Ihnen her ist, gäbe es auf der ganzen Welt nicht ein Eckchen, wo Sie sich verstecken könnten.«
Er sah mich finster an und wandte sich ab. Ich ging an Deck. Walker saß im Cockpit. »Haben Sie's gehört?« fragte ich. Er nickte. »Es freut mich, daß Sie mich zu Ihrer Seite gerechnet haben.«
Ich war gereizt und bebte noch von der Anspannung. Es war kein Spaß, sich mit einem Bären wie Coertze anzulegen — sein Handeln war triebhaft, nicht vom Verstand gezügelt, und er hätte mich zerbrechen können, wie man ein Streichholz zerbricht. Man mußte ihn an die Kandare nehmen wie ein störrisches Pferd.
Es fuhr mir heraus: »Verdammter Mist! Warum bloß hab ich mich auf diese irrsinnige Fahrt eingelassen, mit einem Saufbold wie Ihnen und einem Wahnsinnigen wie Coertze. Erst setzen Sie Metcalfe auf unsere Spur, und dann hält er ihn drauf.«
Walker erwiderte leise: »Aber das hab ich nicht gewollt, und ich glaube nicht, daß ich etwas erzählt habe.«
»Glaub ich auch nicht, aber irgendwie haben Sie sich in die Karten gucken lassen.« Ich rekelte mich, um die Muskeln zu lockern. »Nun, und wennschon. Entweder wir kriegen das Gold, oder wir kriegen's nicht. Mehr ist dazu nicht zu sagen.«

»Sie können sich auf mich verlassen, ich helfe Ihnen gegen Coertze, wenn es nötig ist.«
Ich mußte lächeln. Sich auf Walker verlassen, das hieß, sich im Orkan auf einen gebrochenen Mast verlassen – und dieser Orkan hieß Coertze; so wirkte er auf die Menschen, wie eine blinde, elementare Naturgewalt, alles in allem: ein überwältigender Mann.
Ich schlug Walker aufs Knie. »Schön, Sie sind mein Mann von nun ab.« Aber auch Walker mußte im Zaum gehalten werden, darum fuhr ich mit strenger Stimme fort: »Aber lassen Sie das Saufen! Was ich Ihnen in Tanger sagte, war bitterer Ernst.«

Als nächsten Hafen liefen wir Rapallo an, das wir in erster Linie als unsere italienische Basis vorgesehen hatten, falls wir dort einen geeigneten Unterschlupf für unsere Arbeit fänden. Mit Motorkraft liefen wir in den Jachthafen ein – und das erste, was mir ins Auge stach, war doch wahrhaftig eine *Falcon*, die sie aufs Trockene gezogen hatten. Ich wußte wohl, daß meine Werft einige Bausätze nach Europa geliefert hatte, aber einen zu sehen zu kriegen, damit hatte ich nicht gerechnet.
Da wir aus einem fremden Hafen kamen, gab es die üblichen Fragen von Zoll und Hafenarzt – reine Formsachen. Jachtsegler werden im Mittelmeer sehr nett behandelt. Ich klönte mit den Zöllnern über Jachten und Jachtsegeln und erzählte ihnen, daß ich selber Bootsbauer sei. Ich tischte ihnen unsere Tarngeschichte auf, daß ich mich mit dem Gedanken trüge, eine Bootswerft im Mittelmeer aufzumachen, wobei ich auf die *Falcon* deutend fallenließ, daß sie übrigens von meiner Werft stamme. Das machte großen Eindruck auf sie. Ein Mann, dessen Erzeugnisse sechstausend Meilen vom Herstellungsort entfernt verwendet wurden, mußte schon jemand sein. Über die örtlichen Verhältnisse konnten sie mir nicht viel sagen, aber sie gaben mir ein paar brauchbare Adressen.

Ich war überaus zufrieden. Wenn ich schon die Leute davon überzeugen wollte, daß ich in Ordnung sei, konnte ich damit auch bei den Zöllnern beginnen. Daß sich ausgerechnet hierher eine *Falcon* verirrt hatte, kam mir sehr zupaß.
Ich ging an Land und befahl Walker und Coertze an Bord zu bleiben. Es war nicht gerade notwendig, daß ich mich so herrisch gab, aber ich wollte meine neugewonnene Autorität über die beiden erproben. Coertze hatte sich mehr oder weniger wieder gefangen. Er gab sich gelassen und riß die üblichen Witze.
Aber ich machte mir keine Illusionen darüber, daß er etwas vergessen habe. Der Afrikaner ist bekannt dafür, daß er nachtragend ist wie ein Elefant.
Ich ging zum Jachtclub hinauf und legte meine Empfehlungsschreiben vor. Zu den erfreulichsten Dingen für den Jachtsegler gehört es, daß er gewiß sein kann, überall in der Welt willkommen geheißen zu werden. Die Jachtleute verbindet eine Kameradschaft, die in einer Welt, die nahe daran ist, sich selbst in die Luft zu jagen, um so herzerquickender ist. Diese internationale Brüderlichkeit, zusammen mit der Tatsache, daß die Schiffahrtsgesetze keine Lizenz für die Führung kleiner Boote verlangen, macht das Hochseesegeln zu einem der angenehmsten Erlebnisse der Welt.
Ich plauderte mit dem Sekretär des Klubs, der tadellos Englisch sprach und verbreitete mich eingehend über meine Pläne. Er führte mich in die Bar, lud mich zu einem Kognak ein und machte mich mit einigen Mitgliedern und Klubgästen bekannt. Nachdem wir lang und breit über unsere Reise von Südafrika herauf geklönt hatten, zog ich los, um mich über die Bootswerften zu informieren.
Auf unserer bisherigen Fahrt durchs Mittelmeer war ich mir darüber klargeworden, daß meine Tarngeschichte durchaus keine Tarnung zu sein brauchte; sie konnte jederzeit wahr werden. Das Gold war mir gleichgültig ge-

worden, zumal nach den dummen Streichen von Walker und Coertze, während sich mein Interesse an den geschäftlichen Möglichkeiten im Mittelmeer belebt hatte. Ich war mir keineswegs sicher, ob wir drei unser eigentliches Vorhaben durchführen könnten – unsere Charaktere waren so verschieden, daß sich Spannungen ergaben, die das ganze kunstvolle Gewebe unseres Planes zu zerreißen drohten. Also begann ich mich abzusichern und meine beruflichen Aussichten ernsthaft zu studieren.

Die Gier nach Gold, die mich in Aristides Gewölbe kurz überkommen hatte, war zwar noch da, aber sie schlief. Immerhin war sie noch so wirksam, daß sie mich antrieb, Coertze und Walker im Schach zu halten und zu versuchen, Metcalfe ein Schnippchen zu schlagen.

Hätte ich allerdings damals gewußt, daß neue Kräfte sich anschickten, auf den Plan zu treten, dann hätte ich's wohl in der Bar des Rapallo-Jacht-Klubs ein für allemal aufgegeben.

Am Nachmittag besichtigte ich mehrere Bootswerften, und zwar nicht nur, um Geschäftsmöglichkeiten zu erkunden – die *Sanford* hatte einen langen Seetörn hinter sich, und ihr Boden war bewachsen. Sie mußte aus dem Wasser genommen und abgekratzt werden; dadurch würde sie mindestens eine halbe Meile mehr laufen. Darüber waren wir uns schon einig geworden, daß dieses unser vorgeblicher Grund sein sollte, die Jacht aus dem Wasser zu holen; und wenn ich später im Jacht-Klub eine beiläufige Bemerkung fallenließe, daß mit den Kielbolzen etwas nicht in Ordnung sei, so genügte das, um den Austausch des Kiels plausibel zu machen. Darum hielt ich nun nach einem ruhigen Platz Ausschau, wo wir unseren goldenen Kiel gießen konnten.

Ich war beunruhigt, als mir plötzlich bewußt wurde, daß ich keinen Spion von Metcalfe bemerkte. Wenn er seine Wachköter zurückgepfiffen hatte, weil er uns für harmlos hielt, war ja alles in Ordnung. Nachdem aber Coertze das

Spiel verpatzt hatte, schien mir das überaus unwahrscheinlich. Viel wahrscheinlicher war, daß sich etwas zusammenbraute – und was es auch sein mochte, es mußte sich jedenfalls um die *Sanford* drehen. Ich brach meine Erkundungen ab und eilte zum Jachthafen zurück.

»Kein Mensch hat mir nachspioniert«, sagte ich zu Coertze.

»Sagte ich Ihnen ja, meine Methode ist die beste«, erwiderte er. »Die haben die Nase voll.«

»Wenn Sie denken, Metcalfe ließe sich ins Bockshorn jagen, nur weil eine angeheuerte Hafenratte zusammengeschlagen wird, denken Sie besser noch einmal darüber nach«, sagte ich. Ich sah ihn scharf an. »Wenn Sie nun an Land gehen, um sich die Beine zu vertreten, kann ich mich drauf verlassen, daß Sie nicht gleich auf irgendeinen losdreschen, weil Sie sich von ihm schief angeguckt fühlen?«

Er versuchte, meinem Blick standzuhalten, aber dann wurden seine Augen flackerig. »Ist gut«, sagte er mürrisch. »Werd mich in acht nehmen. Aber Sie werden's schon noch sehen, meine Methode ist die beste.«

»Na schön; also dann können Sie und Walker an Land gehen und 'n Happen essen.« Zu Walker gewandt fügte ich hinzu: »Und Sie denken mir daran: nichts trinken, auch keinen Wein.«

Coertze sagte: »Werd schon aufpassen. Wir halten uns zusammen, wie?« Er gab Walker einen Schag auf die Schulter.

Sie kletterten auf die Kaimauer, und ich sah ihnen nach; Coertze schritt kräftig aus, und Walker bemühte sich mitzukommen.

Ich grübelte noch, was Metcalfe wohl im Schilde führen mochte, aber ich sah ein, daß das müßig war. Darum ging ich nach unten, um nachzusehen, was wir für die nächsten paar Tage dringend brauchten. Ich machte mich auf der Backbord-Schlafbank lang, und ich muß wohl sehr müde

gewesen und eingeschlafen sein; denn als ich erwachte, war schon alles dunkel, nur von der Stadt her drang ein Lichtschimmer durch das Deckslicht.
An Deck bewegte sich was, und das hatte mich aufgeweckt.
Ich blieb noch einen Augenblick liegen, bis ich ein neues Geräusch hörte; ich erhob mich vorsichtig, ging leise zum Niedergang und hob meinen Kopf bis in Deckshöhe. Leise rief ich: »Coertze?«
Jemand fragte: »Ist dort Signor Halloran?« Die Stimme klang sehr weiblich.
Im Nu war ich im Cockpit. »Wer ist da?«
Ein dunkler Schatten kam auf mich zu. »Mr. Halloran, ich muß Sie sprechen.« Sie sprach ein gutes Englisch mit leichtem italienischen Akzent, und ihre Stimme war wohltuend tief und ruhig.
Ich fragte: »Wer sind Sie?«
»Es wäre wohl richtiger, wir könnten uns sehen, wenn wir uns miteinander bekannt machen wollen.« In ihrer Stimme war ein gebieterischer Klang, als wäre sie es gewohnt, daß alles nach ihrem Willen ging.
»Gut«, sagte ich, »gehen wir hinunter.«
Sie glitt an mir vorbei, und ich folgte und schaltete das Licht in der Kajüte an. Sie wandte sich mir zu, so daß ich sie sehen konnte, und sie war es schon wert, angesehen zu werden. Ihr rabenschwarzes Haar war zu beiden Seiten des Gesichts in weiche Wellen gelegt, wie um den Schwung der dunklen Brauen über ihren kühlen braunen Augen aufzufangen. Die hohen Jochbogen ließen in ihren Wangen eine geringe Spur einer Einbuchtung erscheinen, aber sie ähnelte auch nicht entfernt den modisch mageren Mannequins, wie man sie en vogue sieht.
Sie trug ein einfaches Wollkleid, das ihre gute Figur vollkommen zur Geltung brachte. Es konnte ebensogut von einem Warenhaus hier am Ort wie aus einem großen Pariser Modenhaus stammen; ich vermutete das letztere

— wenn man lange genug mit einer Frau verheiratet ist, bekommt man schon einen Riecher für den Wert weiblichen Modezubehörs.
Sie trug die Schuhe in der Hand und stand da in Strümpfen; ein Punkt zu ihren Gunsten. Selbst ein Mädchen von nur hundert Pfund tritt mit bleistiftspitzen Absätzen mit einer Wucht von zwei Tonnen auf, und das mögen die Decksplanken gar nicht gern. Entweder verstand sie etwas von Jachten, oder . . .
Ich wies auf die Schuhe und sagte: »Sie haben noch nicht viel Erfahrung als Einbrecher. Sie müßten sie an einem Band um den Hals tragen, um die Hände frei zu haben.«
Sie lachte. »Ich bin aber kein Einbrecher, Mr. Halloran. Ich trage nur nicht gern Schuhe. Und schließlich bin ich schon auf Jachten gewesen.«
Ich ging auf sie zu. Sie war groß, fast so groß wie ich selbst. Ich schätzte sie auf Ende Zwanzig oder vielleicht, aber unwahrscheinlich, Anfang Dreißig. Ihre Lippen waren blaß, sie trug fast kein Make-up. Und — ja, sie war eine sehr schöne Frau!
»Sie kennen mich nun, aber ich kenne Sie noch nicht«, sagte ich.
»Ich bin die Contessa di Estrenoli.«
Ich wies auf die Schlafbank. »Bitte, nehmen Sie Platz, Contessa.«
»Nicht Contessa, bitte — Madame«, sagte sie und setzte sich, zog mit einer Hand ihr Kleid über die Knie und stellte die Schuhe neben sich. »In unserer gemeinsamen Verbindung wollen Sie mich bitte Madame nennen.«
Langsam setzte ich mich auf die gegenüberliegende Bank. Metcalfe wartete uns wohl mit Überraschungen auf. Vorsichtig sagte ich: »Wir werden uns also miteinander verbinden? Nun, ich wüßte nicht, was mir lieber wäre. Wann soll's denn losgehen?«
Ihre Stimme war eisig. »Nicht die Art von Verbindung, an die Sie zu denken scheinen, Mr. Halloran.« Sie wechselte

das Thema. »Ich sah Ihre ... nun ... Gefährten an Land. Sie haben mich nicht gesehen – ich möchte mit Ihnen allein sprechen.«

»Wir sind allein«, sagte ich kurz.

Sie sammelte sich, dann begann sie zielsicher: »Mr. Halloran, Sie sind mit Mr. Coertze und Mr. Walker nach Italien gekommen, um etwas Wertvolles aus dem Lande zu bringen, unerlaubt und ungesetzlich. Ihr Plan muß also geheim bleiben. Sie können nicht – sagen wir ›arbeiten‹, wenn Ihnen jemand über die Schulter blickt. Ich habe die Absicht, Ihnen über die Schulter zu blicken.«

Ich stöhnte innerlich. Metcalfe kannte die ganze Geschichte. Das einzige, was er nicht wußte, war offenbar das Versteck des Schatzes. Das Mädchen hatte ganz recht, wenn sie sagte, wir könnten den Schatz nicht heben, wenn wir beobachtet würden – und so erschien er denn nun und verlangte seinen Anteil. Walker hatte also doch in Tanger geplaudert, sonst hätte er uns nicht schon hier in Rapallo festnageln können.

Ich erwiderte: »O. K., Contessa; wieviel verlangt Metcalfe?«

Sie zog die geschwungenen Brauen hoch. »Metcalfe?«

»Ja, Metcalfe, Ihr Boß.«

Sie schüttelte den Kopf. »Ich kenne keinen Metcalfe, wer es auch sein mag. Ich bin mein eigener Boß, darauf können Sie sich verlassen.«

Ich glaube, es gelang mir, keine Miene zu verziehen. Eine Überraschung nach der anderen! Wenn diese Dame Estrenoli mit Metcalfe zusammenhing, warum leugnete sie es? Und wenn nicht, wer war sie dann, in drei Teufels Namen – und wieso wußte sie etwas von dem Schatz?

Ich sagte: »Wenn ich Sie nun auffordere, sich aus der Sache herauszuhalten?«

Sie lächelte. »Dann werden Sie diese Schätze nie aus Italien herausbekommen.«

Da schien mir doch der Ansatzpunkt für ein Zugeständnis

herauszuklingen, und ich erwiderte: »Und wenn ich es nicht tue, dann werden wir den Kram also herausbekommen, meinen Sie es so?«
»Einen Teil davon«, räumte sie ein. »Aber ohne meine Mitwirkung werden Sie für lange Zeit in einem italienischen Gefängnis verschwinden.«
Nun, das zu bedenken, blieb mir später noch Zeit.
Ich sagte also: »Na gut, wer sind Sie nun, und was wissen Sie?«
»Ich weiß, daß an der Küste durchgesagt worden ist, es solle auf die *Sanford* aufgepaßt werden. Ich weiß, daß die Jacht Mr. Halloran gehört und daß Mr. Coertze und Mr. Walker ihn begleiten. Das sagt mir genug.«
»Und was hat die Contessa di Estrenoli mit Küstenparolen zu tun? Was hat eine italienische Aristokratin mit den Ganoven zu tun, für die solche Parolen bestimmt sind?«
Lächelnd antwortete sie: »Ich habe seltsame Freunde, Mr. Halloran. Ich erfahre alles, was sich Interessantes an der Küste ereignet. Ich sehe jetzt, daß möglicherweise Ihr Mr. Metcalfe diese Nachrichten verbreitet hat.«
»Sie erfuhren also, daß drei Männer in einer Jacht nach Rapallo kämen, und sie sagten sich: ›Aha, diese drei Männer kommen, um etwas illegal aus Italien hinauszubringen‹«, sagte ich mit beißendem Spott. »Da müssen Sie schon mit besseren Sachen kommen, Contessa.«
»Sie hören doch, ich kenne Mr. Coertze und Mr. Walker«, erwiderte sie. »Dieser Coertze, dieser Kerl, war schon ziemlich oft in Italien. Jedesmal hab ich's gewußt, und jedesmal habe ich ihn überwacht.« Sie lächelte. »Er war wie ein Hund, der vor einem Kaninchenloch jault, weil es zu klein für ihn ist und er nicht hineinkann. Jedesmal mußte er Italien wieder mit leeren Händen verlassen.«
Das war's! Auf einer seiner Routinereisen nach Italien mußte sie Coertze in die Karten geguckt haben. Aber, zum Teufel, woher kannte sie Walker? Der war doch in den letzten Jahren nicht in Italien gewesen – oder etwa doch?

Sie fuhr fort. »Als ich nun hörte, daß Mr. Coertze zurückkehrte, und zwar mit Mr. Walker und dem mir noch unbekannten Mr. Halloran, war mir sofort klar, daß da irgendeine große Sache im Gange war. Daß Sie dabei waren, irgend etwas Vergrabenes mitzunehmen, Mr. Halloran.«

»Sie wissen also nicht genau, worauf wir aus sind?«

»Ich weiß, daß es sehr wertvoll ist«, sagte sie einfach.

Ich erwiderte: »Und wenn ich nun Archäologe bin?«

Sie lachte. »Nein, Mr. Halloran, Sie sind kein Archäologe, Sie sind Bootsbauer.« Sie sah die Überraschung in meinen Augen und setzte hinzu: »Ich weiß eine ganze Menge über Sie.«

Ich sagte: »Hören wir auf mit diesem Drumherum-Gerede. Woher wissen Sie, was immer es auch sein mag?«

Langsam entgegnete sie: »Ein gewisser Alberto Corso hat einen Brief an meinen Vater geschrieben. Er wurde getötet, bevor er den Brief beendet hatte, und so konnte er nicht mehr alles schreiben, was ich wohl gern erfahren hätte. Aber es genügte mir, um zu wissen, daß man auf Mr. Coertze aufpassen mußte.«

Ich schnippte mit dem Finger. »Sie sind die kleine Tochter des Grafen! Sie sind . . . ähm . . . Francesca!«

Sie senkte den Kopf. »Ja, ich bin die Tochter eines Grafen.«

»Nun ja, nicht mehr so klein«, sagte ich. »Dann ist also der Graf hinter der Beute her.«

Ihre Augen weiteten sich. »Oh, nein, nein. Mein Vater weiß nichts davon, gar nichts.«

Ich dachte, das müsse eigentlich noch ein wenig erläutert werden und wollte sie gerade nach den näheren Umständen ausholen, da sprang jemand an Deck. »Wer ist das?« fragte die Contessa.

»Anscheinend kommen die andern zurück«, sagte ich und wartete. Vielleicht gab es heute abend noch mehr Überraschungen.

Walker kam den Niedergang herunter und stutzte, als er die Contessa erblickte. »Oh«, entfuhr es ihm. »Ich störe doch hoffentlich nicht?«
Ich stellte vor: »Mr. Walker – die Contessa di Estrenoli«, und beobachtete ihn, ob er sie wohl wiedererkannte – aber nein, er erkannte sie nicht. Er sah sie an, wie eben ein Mann eine schöne Frau anblickt und sagte auf italienisch: »Es ist mir ein Vergnügen, Signora.«
Sie lächelte ihn an und fragte: »Kennen Sie mich nicht mehr, Mr. Walker? Ich habe Ihnen das Bein verbunden, als Sie während des Krieges in unser Berglager gebracht wurden.«
Er sah sie genauer an und sagte ungläubig: »Francesca!«
»Ja, ich bin Francesca.«
»Sie haben sich aber verändert«, stotterte er, »Sie sind gewachsen, ich meine ... äh ...« Er verwirrte sich.
Sie sah ihn an. »Gewiß, wir alle haben uns verändert«, sagte sie, und mir schien, es klang Bedauern aus ihrer Stimme. Sie plauderten noch ein paar Minuten, und dann nahm sie ihre Schuhe auf. »Ich muß gehen«, sagte sie.
Walker sagte: »Jetzt schon?«
»Ja, ich habe in zwanzig Minuten eine Verabredung.« Sie erhob sich, und ich begleitete sie an Deck.
Sie wandte sich zu mir: »Coertze kann ich verstehen, und ich kann jetzt auch Walker verstehen; aber Sie kann ich nicht verstehen, Mr. Halloran. Warum machen Sie dies? Sie sind ein erfolgreicher Mann, Sie haben sich einen Ruf erworben in einem angesehenen Gewerbe. Warum nur tun Sie dies?«
Ich seufzte und erwiderte: »Anfangs hatte ich einen Grund; vielleicht habe ich ihn noch – ich weiß es nicht. Aber da ich nun mal so weit gegangen bin, muß ich auch weitergehen.«
Sie nickte, dann sagte sie: »An der Hafenstraße ist ein Café, ›Drei Fische‹ heißt es; kommen Sie doch bitte morgen früh um neun dahin, aber allein, ohne Walker und

Coertze. Coertze habe ich nie gemocht, und Walker mag ich auch nicht mehr leiden. Ich möchte lieber nicht mit ihnen reden.«

»Wie Sie es wünschen«, erwiderte ich, »ich komme.«

Leichtfüßig sprang sie auf die Pier und schwankte ein wenig, als sie sich die Schuhe anzog. Ich sah ihr nach und hörte das helle Klicken ihrer Absätze noch lange, nachdem die Dunkelheit sie verschluckt hatte. Dann ging ich nach unten.

Walker fragte mich: »Wo kam sie denn her? Woher wußte sie, daß wir hier sind?«

»Nun, unser Geheimnis ist ausposaunt worden«, sagte ich. »Sie weiß alles – oder so gut wie alles – und nun setzt sie die Daumenschrauben an.«

Walker fiel der Kiefer runter. »Sie weiß von dem Gold?«

»Allerdings«, antwortete ich. »Aber warten wir, bis Coertze da ist. Ich hab keine Lust, es zweimal durchzukauen.«

Walker protestierte, aber als er merkte, daß er doch nichts aus mir herauskriegte, schluckte er seine Ungeduld runter und rutschte unruhig auf der Bank hin und her. Nach einer halben Stunde hörten wir Coertze an Bord kommen.

Er war aufgekratzt, hatte zur Abwechslung einmal tüchtig aus einer anderen Küche als seiner gegessen und auch etliches getrunken. »Mensch«, sagte er, »diese Italiener können vielleicht kochen!«

»Francesca war hier«, sagte ich.

Er starrte mich an. »Die Tochter des Grafen?«

»Jawohl.«

Walker warf ein: »Möcht bloß mal wissen, wie sie uns aufgestöbert hat.«

»Was wollte denn dieses hochnäsige Luder?« fragte Coertze.

Ich zog die Brauen hoch. Offensichtlich war die Abneigung gegenseitig.

»Ihren Teil von der Beute«, sagte ich rundheraus.

Coertze fluchte. »Woher zum Teufel weiß sie denn was davon?«

»Alberto hat einen Brief geschrieben, kurz vor seinem Ende.«
Coertze und Walker tauschten Blicke, und nach einem bedeutsamen Schweigen sprach Coertze: »Also wollte Alberto uns doch hochgehen lassen.«
»Er hat euch hochgehen lassen«, sagte ich.
»Und wieso ist das Gold trotzdem noch da?« fragte Coertze.
»Der Brief blieb unvollendet«, sagte ich. »Wo das Gold ist, stand nicht drin.«
Coertze seufzte erleichtert auf. »Na, dann ist es ja halb so schlimm.«
Seine Blödheit regte mich auf. »Wie stellen Sie sich denn vor, sollen wir den Kram rauskriegen, wenn halb Italien uns überwacht?« fragte ich.
»Sie hat Sie schon die ganze Zeit auf dem Kieker, jedesmal, wenn Sie in Italien waren, hat sie Sie nicht aus den Augen gelassen—die lacht sich ja ins Fäustchen über Sie. Und sie weiß ganz genau, daß jetzt 'ne große Sache anläuft.«
»Hätt ich mir denken können, daß dieses Luder über mich lacht«, sagte Coertze gehässig. »Die hat mich immer schon wie Dreck behandelt. Und der Graf lacht sich wohl auch halbtot, wie?«
Nachdenklich rieb ich mir das Kinn. »Sie sagt, der Graf wüßte nichts davon. Was ist das eigentlich für einer?«
»Der Graf? Ach, das ist jetzt ein alter Jammergreis. Nach dem Krieg hat er seinen Landbesitz nicht zurückbekommen – warum, weiß ich nicht – und nun ist er arm wie eine Kirchenmaus. Er hat eine erbärmliche Wohnung in Mailand, wo sich kaum 'ne Katze rumdrehen kann.«
»Und wer unterhält ihn?«
Coertze zuckte die Achseln. »Keinen Schimmer. Sie vielleicht – leisten kann sie sich's. Sie hat einen römischen Grafen geheiratet, der vor Geld stinken soll. Da wird sie wohl vom Haushaltsgeld etwas für den alten Knaben abzweigen.«

»Was haben Sie eigentlich gegen sie?«

»Och, das ist auch so eine von diesen eingebildeten ›Gesellschaftsnobs‹ – diese Sorte ist mir immer auf die Nerven gefallen. In Houghton haben wir die massenweise, aber hier sind sie noch schlimmer. Die ließ sich nicht mal zu einem ›Guten Tag‹ herab. Ihr Alter ist da ganz anders, mit dem bin ich gut ausgekommen.«

Mir kam es so vor, als hätte Coertze vielleicht während eines seiner Besuche in Italien Annäherungsversuche gemacht und sei abgeblitzt worden. Eine Werbung von Coertze mußte so plump und täppisch ausfallen, wie von einem Gorilla vorgebracht.

Ich fragte ihn: »War sie oft dabei, wenn Sie in Italien waren?«

Er dachte einen Augenblick lang nach und sagte dann: »Manchmal, aber einmal mindestens tauchte sie immer auf.«

»Das genügte ihr auch. Um Sie im Auge zu behalten, meine ich. Mir scheint, sie hat einen Kreis tüchtiger und ergebener Freunde, und zwar von der Sorte, daß man sich wundern muß, wieso sie sich damit abgibt. Sie hat Metcalfes Durchgaben an die Mittelmeerhäfen mitgekriegt, und wie sie sie auslegt, beweist, daß sie ebenso klug wie schön ist.«

Coertze schnaubte verächtlich. »Schön? Diese Hopfenstange?«

Es war ihm also doch unter die Haut gegangen. Ich sagte: »Mag ja sein, jedenfalls hat sie uns erst mal matt gesetzt. Wir können nicht 'nen Finger rühren, solange sie uns auf der Pelle sitzt. Von Metcalfe gar nicht zu reden, der sich als nächster an uns ranmachen wird. Komisch übrigens, daß wir in Rapallo noch nichts von ihm gemerkt haben.«

»Ich sag Ihnen doch, der hat die Nase voll«, brummte Coertze.

Ich ging nicht weiter darauf ein. »Egal, aber wozu uns den Kopf zerbrechen, bevor wir nicht genau wissen, was sie

nun eigentlich will. Ich seh sie morgen früh. Vielleicht kann ich Ihnen hinterher mehr darüber sagen.«
Sofort sagte Coertze: »Ich komm mit Ihnen.«
»Mich will sie sprechen, nicht Sie«, entgegnete ich, »das hat sie ausdrücklich gesagt.«
»Dieses verdammte Luder«, entfuhr es Coertze.
»Nun denken Sie sich um Gottes willen mal 'n anderes Wort aus, das kann ich schon nicht mehr hören!« sagte ich angewidert.
Er sah mich lauernd an. »Sind Sie auf sie reingefallen?«
Ich hatte allmählich genug davon. »Ich kenne die Frau ja noch gar nicht, war gerade eine Viertelstunde mit ihr zusammen. Aber auch darüber kann ich Ihnen morgen genauer Bescheid sagen.«
»Sagte sie irgend etwas über mich?« fragte Walker.
»Nein«, schwindelte ich. Ich hatte keine Veranlassung, die beiden gegen sie aufzubringen. Wer wußte, ob wir nicht bald alle eng zusammen arbeiten mußten, und je weniger Reibungspunkte es dann gab, um so besser.
Coertze knurrte vor sich hin, und ich sagte: »Wozu regen Sie sich eigentlich auf? Sie weiß nicht, wo das Gold steckt, und ich weiß es auch nicht. Wir können also ohne Sie gar nichts machen, weder Sie noch ich noch Metcalfe — wir dürfen Metcalfe nicht dabei vergessen.«

Am nächsten Morgen zog ich frühzeitig los, um die »Drei Fische« zu suchen. Es war eines dieser gewöhnlichen kleinen Cafés, wie man sie in allen Häfen findet. Als ich es gefunden hatte, machte ich noch einen kleinen Bummel im Jachthafen und sah mir die eleganten Jachten und Motorboote der wohlhabenden Europäer an. Es waren eine Menge großer Boote da, für deren Handhabung man bezahlte Kräfte brauchte, während der Eigner und seine Gäste es sich bequem machen konnten, aber einige waren nach meinem Geschmack, kleine, handige Segler, die von ihren

Eignern gesegelt werden konnten, wenn er ein bißchen Arbeit nicht scheute.

Nach einer angenehm verbrachten Stunde bekam ich Hunger und ging zu einem späten Frühstück zu den »Drei Fischen« zurück und kam Punkt neun Uhr dort an. Sie war noch nicht da; ich bestellte mein Frühstück, und es fiel besser aus, als ich erwartet hatte. Ich hatte gerade angefangen zu essen, als sie auf den Stuhl mir gegenüber glitt.

»Entschuldigen Sie meine Verspätung«, sagte sie.

»Ah, macht nichts.«

Sie hatte Hosen und einen Sweater an. Der Sweater stand ihr gut. Sie sah auf meinen Teller und sagte: »Ich habe schon früh gefrühstückt, aber ich denke, ich laß mir noch eins kommen, haben Sie etwas dagegen?«

»Sie sind es ja, die mich herbestellt hat.«

»Man ißt hier gut«, sagte sie und rief den Kellner, dem sie ihre Bestellung in raschem Italienisch aufgab. Ich aß weiter und sagte nichts. Es war ihre Sache, den Anfang zu machen.

Auch sie sagte nichts, sondern beobachtete mich nur, während ich aß. Als ihr Frühstück gebracht wurde, fiel sie darüber her, als hätte sie eine Woche lang gehungert. Sie war ein gesundes Mädchen mit gesundem Appetit. Ich beendete mein Frühstück und holte eine Schachtel Zigaretten heraus.

»Haben Sie etwas dagegen?« fragte ich.

Sie hatte gerade den Mund voll und schüttelte den Kopf; ich steckte mir also eine Zigarette an. Schließlich schob sie den Teller mit einem Seufzen beiseite und nahm auch eine Zigarette, die ich ihr anbot. »Kennen Sie unseren Espresso?« fragte sie.

»Ja, den kenn ich.«

Sie lachte. »Natürlich, das hätte ich mir ja denken können, daß er schon bis in ihr dunkelstes Afrika gedrungen ist. Man trinkt ihn sonst eigentlich nach dem Dinner, aber

ich trinke ihn zu jeder Zeit. Wie ist es, nehmen Sie auch einen?«
Da ich bejahte, rief sie dem Kellner zu: »*Due Espressi*«, und wandte sich dann wieder mir zu. »Nun, Mr. Halloran, haben Sie über unsere Unterhaltung von gestern abend nachgedacht?«
Ich sagte, ich hätte darüber nachgedacht.
»Und nun?«
»Und nun?« wiederholte ich. »Oder richtiger – was nun? Bevor ich Ihnen etwas anvertraue, muß ich noch eine ganze Menge über Sie wissen, Contessa.«
Sie war offenbar etwas verwirrt. »Lassen Sie die Contessa«, sagte sie pikiert. »Was wollen Sie noch wissen?«
Ich streifte die Asche von meiner Zigarette im Aschenbecher ab. »Zunächst einmal, wie haben Sie die Nachricht von Metcalfe aufgefangen? Mit solchen Dingen pflegt sich eine Contessa wohl im allgemeinen nicht abzugeben.«
»Ich sagte Ihnen ja, ich habe Freunde«, erwiderte sie kühl.
»Und was sind das für Freunde?«
Sie seufzte. »Sie wissen wohl, daß mein Vater und ich während des Krieges gegen das faschistische Regime Widerstand geleistet haben?«
»Ich weiß, Sie gehörten zu den Partisanen.«
Sie machte eine Handbewegung. »Gut, zu den Partisanen, meinetwegen. Aber lassen Sie das nicht meine Freunde hören. Die Kommunisten haben ein anrüchiges Wort daraus gemacht. Meine Freunde waren also Partisanen, und ich habe nie die Verbindung mit ihnen verloren. Sie wissen ja, ich war damals noch ein kleines Mädchen, und sie machten so etwas wie eine Maskotte der Brigade aus mir. Nach dem Kriege gingen die meisten an ihre Arbeit zurück, aber einige hatten nie etwas anderes kennengelernt, als Deutsche umzubringen. Das vergißt sich nicht so leicht, verstehen Sie?«
Ich erwiderte: »Sie meinen, sie haben Geschmack gefunden an Abenteuern und haben nun Appetit auf weitere.«

»So ist es. Auch nach dem Kriege war daran kein Mangel. Einige töteten nun nicht mehr Deutsche sondern Kommunisten – italienische Kommunisten. Es war sehr schrecklich. Aber die Kommunisten waren jedenfalls zu stark. Daher wandten sich einige anderen Abenteuern zu, einige wurden sogar zu Verbrechern, aber meistens waren es keine so ernsthaften Sachen, wissen Sie, etwas Schmuggel, auch mal etwas Schlimmeres, aber eben meist doch keine ganz üblen Sachen. Als Gesetzesbrecher kennen sie natürlich auch andere Kriminelle.«

Allmählich wurde mir klar, wie das gelaufen war; es war in der Tat alles ganz logisch.

»In Genua gibt es einen gewissen Torloni, eine Art Gangsterboß, ein sehr bedeutender Mann auf seinem Gebiet. Der schickte seine Parole nach Savona, nach Livorno, nach Rapallo, nach den Häfen südwärts bis Neapel, daß er an Ihnen interessiert sei und jede Information honorieren würde. Er gab auch Ihre Namen durch und den Namen Ihres Bootes.«

Das war ein Vorgehen, das ganz nach Metcalfe aussah. Wahrscheinlich hatte er diesem Torloni mal einen Gefallen getan, für den dieser sich jetzt revanchierte?

Francesca fuhr fort: »Meine Freunde hörten den Namen Coertze. Der fällt in Italien durch seine Fremdheit auf, und sie wußten, daß ich an einem Mann dieses Namens Interesse hatte; darum erzählten sie mir davon. Als ich dann auch noch den Namen Walker hörte, war mir klar, daß da was im Busch war.« Sie zuckte die Achseln. »Und dann war da dieser Halloran – Sie. Über Sie wußte ich nichts, darum suchte ich das herauszufinden.«

»Hat man Torloni etwas über uns berichtet?«

Sie schüttelte den Kopf. »Ich bat meine Freunde, darauf zu achten, daß Torloni nichts erführe. An dieser Küste sind meine Freunde sehr stark; während des Krieges waren alle diese Hügel hier in unserer Hand, nicht in der der Deutschen.«

Allmählich kam ich ins Bild. Francesca war die Maskotte

gewesen und überdies die Tochter des verehrten Führers. Sie war die Gutsherrin, die junge Herrin, die nichts Böses tun konnte.

Es sah auch so aus, als wäre Metcalfe blockiert – zumindest im Augenblick. Dafür hatte ich jetzt Francesca und ihre muntere Bande auf dem Hals, die den Vorteil hatten, ganz genau zu wissen, was sie wissen wollten.

Ich sagte: »Da ist noch etwas. Sie sagten, Ihr Vater wüßte von all diesen Dingen nichts. Wie ist das möglich, da Alberto Corso ihm doch diesen Brief geschrieben hat?«

»Den habe ich ihm nie gegeben«, erwiderte sie einfach.

Ich sah sie spöttisch an. »Handelt so eine Tochter gegenüber ihrem Vater? Daß sie nicht nur seine Korrespondenz liest, sondern sie auch noch zurückhält?«

»Es war ganz und gar anders«, versetzte sie entschieden. »Ich werde es Ihnen erzählen.« Sie stützte die Ellbogen auf den Tisch. »Während des Krieges war ich noch sehr jung. Aber mein Vater wies mir meine Arbeit zu, wie jeder seine Arbeit zu tun bekam. Zu meinen Aufgaben gehörte es, den Nachlaß der Toten zu sammeln, so daß alles Wertvolle gerettet und alle persönliche Habe den Angehörigen zugestellt werden konnte.

Als Alberto auf dem Hügel getötet wurde, sammelte ich auch seine Habseligkeiten und fand dabei den Brief. Er war an meinen Vater gerichtet und enthielt zwei Seiten, war aber im übrigen unvollendet. Ich überflog ihn und er schien mir wichtig zu sein. Ich war aber noch zu jung, um zu erkennen, wie wichtig er war. Ich steckte ihn in die Tasche, um ihn meinem Vater zu geben.

Da griffen die Deutschen an, und wir mußten fliehen. Wir fanden Zuflucht in einem Bauernhaus, mußten von dort aber auch sehr bald weiter. Nun führte ich mein persönliches Eigentum in einer kleinen Blechschachtel mit mir und vergaß sie in dem Bauernhaus. Erst 1946 kam ich wieder einmal dorthin, um den Leuten zu danken – früher ging es nicht.

Sie setzten mir Wein vor, und die Bauersfrau kam mit der Schachtel an und fragte mich, ob sie mir gehöre. Ich hatte sie ganz und gar vergessen, ich wußte nicht einmal mehr, was darin gewesen war.« Sie lächelte. »Es war eine Puppe darin – nein, nicht Puppe, wie sagen Sie noch ... Eddybär?«

»Teddybär.«

»Richtig, Teddybär, ich hab ihn immer noch. Dann waren noch ein paar Kleinigkeiten drin und auch Albertos Brief.«

Ich fragte: »Und auch dann haben Sie ihn nicht Ihrem Vater gegeben. Warum nicht?«

Sie schlug mit ihrer kleinen Faust auf den Tisch. »Sie werden es sich kaum vorstellen können, wie es in Italien nach dem Kriege aussah, aber ich will versuchen, es Ihnen klarzumachen. Die Kommunisten waren sehr stark, besonders hier im Norden, und sie haben meinen Vater nach dem Kriege kaputtgemacht. Sie behaupteten, er sei Kollaborateur gewesen und habe die kommunistischen Partisanen bekämpft statt der Faschisten. Das von meinem Vater, der all sein Lebtag die Faschisten bekämpft hatte! Sie brachten falsche Zeugen an, und auf ihn selbst hörte niemand.

Seine Besitzungen waren von der faschistischen Regierung beschlagnahmt worden, und er bekam sie nicht zurück. Wie sollte er auch, da doch Togliatti, der Vize-Premier der Regierung, Führer der italienischen kommunistischen Partei war! Sie sagten einfach: ›Nein, er war Kollaborateur, also muß er bestraft werden.‹ Trotz aller falschen Zeugnisse wagten sie es nicht, ihn vor Gericht zu stellen, aber seinen Besitz bekam er nicht zurück, und heute ist er ein armer Mann.«

Francescas Augen standen voller Tränen. Sie tupfte sie mit ihrem Tüchlein ab und sprach: »Entschuldigen Sie, aber es überwältigt mich einfach.«

Verlegen stotterte ich: »Aber ja doch.«

Sie blickte auf und sagte: »Diese Kommunisten mit ihrem Kampf gegen die Faschisten! Mein Vater hat zehnmal härter gekämpft als irgendeiner von ihnen. Haben Sie einmal von der 52. Partisanenbrigade gehört?«
Ich schüttelte den Kopf.
»Das war die berühmte Kommunistenbrigade, die Mussolini gefangengenommen hat. Die berühmte Garibaldi-Brigade. Wissen Sie, wieviel Mann 1945 zu dieser so berühmten Garibaldi-Brigade gehörten?«
»Ich weiß kaum etwas darüber.«
»Achtzehn Mann«, sagte sie verächtlich. »Achtzehn Mann betitelten sich 52. Brigade. Mein Vater befehligte mehr als fünfzigmal soviel. Aber als ich 1949 zur Jahresfeier in Parma war, marschierten Hunderte von Männern als Garibaldi-Brigade durch die Straßen. Der ganze kommunistische Pöbel war jetzt aus seinen Löchern hervorgekrochen, jetzt, da der Krieg zu Ende und keine Gefahr mehr war. Jeder trug ein rotes Halstuch, so marschierten sie durch die Straßen, und jeder von ihnen nannte sich Partisan. Sie pinselten sogar das Denkmal Garibaldis an, so daß er nun in roter Bluse und mit einem roten Hut dastand. Darum nennen meine Freunde und ich uns nicht mehr Partisanen, und Sie dürfen uns auch nicht mit diesem Wort benennen, das die Kommunisten zum Gespött gemacht haben.«
Sie bebte vor Wut. Sie hatte die Fäuste geballt und sah mich an mit Augen, die von unvergossenen Tränen glänzten.
»Die Kommunisten richteten meinen Vater zugrunde, weil sie wußten, daß er ein starker Mann war und ihnen in Italien widerstehen würde. Er war liberal, er war für den mittleren Weg – für den Ausgleich. Und er, auf seinem Wege der Vermittlung, er wird zusammengeschlagen, und das war ihm unverständlich«, sagte sie finster. »Er glaubte, es sei ein ehrenhafter Kampf – als ob die Kommunisten jemals ehrenhaft gekämpft hätten!«

Es war eine bewegende Geschichte, und sie war kennzeichnend für unsere Zeit. Ich bemerkte auch, daß sie übereinstimmte mit dem, was Coertze mir erzählt hatte. Ich sagte: »Aber heute sind die Kommunisten doch nicht mehr annähernd so stark. Kann Ihr Vater nichts tun, damit sein Fall wieder aufgerollt wird?«

»Wenn jemand mit Schmutz beworfen wird, bleibt immer etwas hängen, von wem's auch kommt«, sagte sie mutlos. »Außerdem, der Krieg liegt lange zurück, die Menschen wollen nicht gern erinnert werden an diese Zeit, und schließlich gestehen Menschen, zumal in öffentlichen Ämtern, nicht gern ihre Irrtümer ein.«

Sie sah die Welt realistisch an, und ich machte mir klar, daß auch ich realistisch sein mußte. Ich fragte sie: »Aber was hat das alles nun mit dem Brief zu tun?«

»Sie möchten wissen, warum ich den Brief meinem Vater auch nach dem Kriege nicht gegeben habe, nicht wahr?«

»Allerdings.«

Sie lächelte schwach. »Wenn Sie meinen Vater kennenlernten, verstünden Sie es sofort. Sie wissen es ja selbst, was Sie suchen, mag es sein, was es will, ist wertvoll. Albertos Brief konnte ich entnehmen, daß es sich um Papiere und viele Goldbarren handelt. Nun, mein Vater ist ein Ehrenmann. Er würde alles der Regierung zurückgeben, da es von der Regierung kommt. Für ihn wäre undenkbar, auch nur das geringste bißchen Gold für sich zu behalten. Es wäre unredlich.«

Sie sah auf ihre Handrücken nieder. »Nun, ich bin keine ehrenhafte Frau. Es wurmt mich, meinen Vater so arm zu sehen, daß er in Mailand in einem Elendsquartier hausen muß, daß er seinen Hausrat verkaufen muß, um etwas zu essen zu haben. Er ist ein alter Mann – es ist unrecht, daß er so leben muß. Darum, könnte ich zu Geld gelangen, würde ich dafür sorgen, daß seine alten Tage glücklicher wären. Woher das Geld käme, brauchte er ja nicht zu wissen.«

Ich lehnte mich in meinem Stuhl zurück und sah sie nachdenklich an. Ich betrachtete die teure modische Kleidung, und sie errötete unter meinen forschenden Blicken. Ruhig fragte ich sie: »Und warum schicken Sie ihm kein Geld? Wie ich hörte, haben Sie eine gute Partie gemacht; es sollte Ihnen doch möglich sein, das wenige, was ein alter Mensch braucht, ihm zuzustecken.«

Ihr Mund verzog sich zu einem bitteren Lächeln. »Was wissen Sie schon über mich, Mr. Halloran, gar nichts! Ich kann Ihnen versichern, ich habe weder Geld noch einen Mann – oder doch niemand, den ich meinen Mann nennen möchte.« Sie schob die Hände auf den Tisch. »Ich habe meine Ringe verkauft, um Geld für meinen Vater zu bekommen, aber das ist schon lange her. Wenn ich nicht meine Freunde hätte, läge ich auf der Straße. Nein, Mr. Halloran, ich habe kein Geld.«

Nun, wenn es auch so manches gab, das ich nicht verstand, so drängte ich doch nicht weiter. Weshalb sie sich einmischte, war belanglos; worauf es ankam, war nur, daß sie uns in der Hand hatte. Bei ihren Beziehungen konnten wir in Italien keinen Schritt tun, ohne über einen ihrer Freunde von den Expartisanen zu stolpern. Wenn wir den Versuch machen wollten, das Gold zu holen, ohne uns mit ihr geeinigt zu haben, würde sie ganz kalt im richtigen Augenblick dazustoßen und den ganzen Haufen nehmen. Sie hatte uns umstellt.

»Sie sind auch nicht besser als Metcalfe«, sagte ich.

»Danach habe ich Sie immer schon fragen wollen«, erwiderte sie, »wer ist dieser Metcalfe?«

»Er ist hinter demselben Wild her wie Sie.«

Ihre Sprachkenntnisse ließen sie im Stich. »Wild?« fragte sie verwirrt, »das sind doch Tiere?«

»Er ist einer unserer gemeinsamen Konkurrenten«, entgegnete ich. »Auch er ist hinter dem Gold her.« Ich beugte mich über den Tisch. »Nun, wenn wir Sie mit hereinnehmen sollen, müßten wir gewisse Garantien haben.«

Sie erwiderte kühl: »Meines Erachtens sind Sie nicht in der Lage, Garantien verlangen zu können.«
»Egal, wir brauchen sie. Aber seien Sie unbesorgt, es liegt auch in Ihrem Interesse. Metcalfe ist der Mann, der hinter Torloni steckt, und er ist ein ganz gefährlicher Bursche. Und also brauchen wir Schutz gegen Metcalfe und alles, was er uns entgegenstellen kann. Nach allem, was Sie sagen, steckt bei Torloni schon einiges dahinter, und wenn er nicht weiterkann, wird Metcalfe in der Lage sein, etwas mehr auf die Beine zu stellen. Was ich wissen möchte — können Sie uns gegen diesen Haufen abschirmen?«
»Ich könnte jederzeit hundert Mann zusammenkriegen«, sagte sie stolz.
»Was für Leute«, fragte ich geradezu. »Alte Soldaten im Ruhestand?«
Sie lächelte. »Die meisten meiner Kriegskameraden gehen jetzt friedlich ihrer Arbeit nach. Ich möchte sie nicht in eine ungesetzliche oder harte Sache verwickeln, obwohl sie mir helfen würden, wenn's darauf ankäme. Aber meine ... « sie suchte den passenden Ausdruck » ... meine weniger begünstigten Freunde würde ich gern mit dieser Sache betrauen. Ich sagte ja schon, es sind Abenteurer, und es sind keine alten Männer — nicht älter als Sie, Mr. Halloran«, sagte sie kokett.
»Hundert solcher Leute?«
Sie überlegte. »Sagen wir fünfzig. Die Gebirgsschützen meines Vaters werden diesen Hafenbanditen mehr als gewachsen sein.«
Daran zweifelte ich nicht, wenn es um einen Kampf Mann gegen Mann ging. Metcalfe und Torloni aber könnten wahrscheinlich alle schweren Jungen Italiens zusammenbringen, und sie würden es auch tun für ein Unternehmen dieses Umfangs.
»Ich brauche aber noch weitere Garantien. Wie soll ich wissen, daß wir nicht hintergangen werden?«
»Das werden Sie nicht«, sagte sie schlicht.

Ich entschied mich, etwas melodramatisch zu werden. »Ich möchte, daß Sie es mir schwören, uns nicht zu hintergehen.«
Sie hob die Hand. »Ich, Francesca di Estrenoli, gelobe feierlich, daß ich Mr. Halloran aus Südafrika in keiner Weise täuschen werde.« Sie lächelte mich an. »Reicht das?«
Ich schüttelte den Kopf. »Nein. Sie sagten selbst, daß Sie keine ehrenhafte Frau seien; darum möchte ich, daß Sie beim Namen und bei der Ehre Ihres Vaters schwören.«
Rote Zornesflecken brannten auf ihren Wangen, und einen Augenblick schien es mir, als wollte sie mir ins Gesicht schlagen. Ruhig fragte ich: »Schwören Sie?«
Sie senkte die Augen. »Ich schwöre«, sagte sie leise.
»Beim Namen Ihres Vaters und bei seiner Ehre«, beharrte ich.
»Beim Namen meines Vaters und bei seiner Ehre«, wiederholte sie und blickte auf. »Nun sind Sie hoffentlich zufrieden.« Wieder standen ihr Tränen in den Augen.
Ich begnügte mich damit. Es war nicht viel, aber doch das Beste, was ich erreichen konnte, und ich hoffte, sie fühlte sich gebunden.
Der Mann von der Theke kam langsam zu unserem Tisch herüber. Er sah mich feindselig an und fragte Francesca: »Ist alles in Ordnung, Madame?«
»Ja, Giuseppi, alles in Ordnung.« Sie lächelte ihn an.
Giuseppi erwiderte ihr Lächeln, richtete noch einen strengen Blick auf mich und verzog sich wieder hinter die Theke.
Ich fühlte ein Prickeln im Nacken. Ich hatte das Empfinden, hätte Francesca gesagt, es sei nicht alles in Ordnung, so wäre ich für ein nasses Grab im Hafen reif gewesen, bevor noch die Woche herum wäre.
Ich wies mit dem Daumen zum Tresen. »Einer Ihrer Soldaten-Freunde?«
Sie nickte. »Er sah, daß Sie mich gekränkt hatten, darum kam er herüber, um sich zu erkundigen, ob er mir beistehen könnte.«

»Es war nicht meine Absicht, Sie zu kränken«, sagte ich.
»Sie hätten nicht hierherkommen sollen, nein, Sie hätten nicht nach Italien kommen sollen. Was bedeutet das für Sie? Coertze und Walker kann ich verstehen; sie haben gegen die Deutschen gekämpft, sie haben das Gold vergraben. Aber Sie kann ich nicht verstehen.«
Ruhig warf ich ein: »Auch ich habe gegen die Deutschen gekämpft, in Holland und in Deutschland.«
»Verzeihen Sie«, erwiderte sie. »Das hätte ich nicht sagen dürfen.«
»Schon gut. Im übrigen . . .«, ich zuckte die Achseln. »Einer mußte dasein, um den Plan zu entwerfen und durchzuführen — dazu waren Coertze und Walker nicht imstande. Walker ist ein Alkoholiker und Coertze lauter Fleisch ohne Scharfsinn. Sie brauchten jemand, der sie anleitete und antrieb.«
»Aber warum sind gerade Sie es, der sie antreiben muß?«
»Ich hatte einmal einen Grund«, erwiderte ich kurz. »Aber lassen wir das. Reden wir lieber über das, was uns vor der Nase liegt. Wie ist es mit der Teilung?«
»Welcher Teilung?«
»Wie teilen wir die Beute?«
»Daran habe ich noch gar nicht gedacht — das müßte man sich erst einmal überlegen.«
»Allerdings müßte man das«, stimmte ich zu. »Also, wir drei, Sie und fünfzig Freunde von Ihnen — zusammen vierundfünfzig. Sollten Sie etwa an vierundfünfzig gleiche Teile denken, können Sie die Sache aufstecken; dann wollen wir nichts mehr damit zu tun haben.«
»Mir ist es noch ganz unklar, wie wir da zu einem Ergebnis kommen sollen, wenn wir nicht wissen, wieviel an Geldeswert darin steckt.«
»Wir müssen das in angemessener Weise aufteilen«, antwortete ich ungeduldig. »Meine Meinung ist — jedem von uns dreien einen Anteil, einen für Sie und einen, der unter Ihren Freunden aufgeteilt wird.«

»Nein«, entgegnete sie entschieden. »Das ist nicht gerecht. Sie haben nichts dabei getan, absolut nichts. Sie sind nichts als ein Plünderer.«
»Dacht ich mir's doch, daß Sie diesen Standpunkt einnehmen würden«, sagte ich. »Nun hören Sie einmal zu, und ich bitte Sie, hören Sie verdammt aufmerksam zu, ich habe keine Lust, das noch einmal zu wiederholen. Coertze und Walker haben ein Anrecht auf je einen Anteil. Sie haben gekämpft für das Gold und haben es sorgfältig untergebracht. Im übrigen sind sie die einzigen, die wissen, wo es ist. Haben Sie das gut verstanden?«
Sie nickte.
Ich mußte ingrimmig lächeln. »Und nun zu mir, den Sie so verachten.«
Sie wollte die Hand heben, aber ich winkte ab. »Ich bin der Kopf des Unternehmens. Ich weiß, wie man den Kram aus Italien hinausbekommt, wie man ihn verkaufen kann. Ohne mich würde die ganze Sache auffliegen, und schließlich habe ich eine Menge Zeit und Geld hineingesteckt. Daher meine ich, daß ich mir wohl den Anspruch auf einen gleichen Anteil erworben habe.«
Ich wies mit dem Finger auf sie. »Und nun kommen Sie daher, um uns zu erpressen. Jawohl, erpressen!« wiederholte ich, als sie den Mund zum Widerspruch öffnete. »Sie haben nichts Positives zu dem Plan beigesteuert, und Sie jammern hier herum, um gleiche Anteile herauszuschinden. Und Ihre Freunde sind, wie ich die Sache sehe, doch nur gedingte Muskelkräfte, die dafür bezahlt werden. Wenn Sie meinen, daß sie nicht genügend bezahlt sind, wenn sie ein Fünftel unter sich aufteilen, können Sie ihren Lohn ja von Ihrem eigenen Anteil erhöhen.«
»Aber das ist doch zuwenig für sie«, sagte sie.
»Wenig!« fuhr es mir heraus – und ich schnappte nach Luft. »Haben Sie 'ne Ahnung, wieviel da drinsteckt?«
»Nicht genau«, sagte sie zögernd.
Ich schlug alle Besonnenheit in den Wind. »Allein in Gold

sind es mehr als 1 500 000 £ — und wahrscheinlich der gleiche Wert steckt in den geschliffenen Edelsteinen. Das Gold allein bedeutet einen Fünfer-Anteil in Höhe von 300 000 £, das sind 6000 £ für jeden Ihrer Freunde. Wenn Sie die Juwelen mitrechnen, können Sie diese Zahlen verdoppeln.«

Ihre Augen weiteten sich, als sie meine Angaben im Geiste in Lire umrechnete. Es war ein Rechnen mit astronomischen Zahlen und dauerte seine Zeit. »So viel!« flüsterte sie.

»Ja, so viel«, echote ich. Mir kam ein Gedanke. Die Steine machten mir Sorge, sie würden »heiße Ware« sein — im kriminalistischen Sinne. Sie müßten umgeschliffen und verborgen werden, und die ganze Geschichte war ziemlich riskant. Nun bot sich mir die Möglichkeit zu einem vorteilhaften Handel.

»Nun passen Sie mal auf«, sagte ich großzügig. »Ich habe Ihnen und Ihren Freunden zwei Fünftel des Fanges angeboten. Wenn wir nun annehmen, daß die Juwelen mehr wert sind als zwei Fünftel — und damit rechne ich bestimmt —, dann können Sie die alle nehmen, wenn Sie uns dreien das Gold dafür überlassen. Schließlich sind Juwelen auch noch bequemer fortzuschaffen und leicht zu verbergen.«

Sie fiel darauf herein. »Ich kenne einen Juwelier, der während des Krieges bei uns war, der könnte sie abschätzen. Ja, das scheint mir ein billiger Vorschlag.«

Er erschien auch mir billig, da ich die ganze Zeit nur mit dem Gold gerechnet hatte. Für Coertze, Walker und mich würden immer noch je eine halbe Million herausspringen.

»Dann ist da noch etwas«, fuhr ich fort.

»Und das wäre?«

»Da ist eine Menge Papiergeld in dem Schatz — Lire, Francs, Dollars und so weiter. Davon darf niemand etwas nehmen — jede Bank der Welt hat bestimmt ein Verzeichnis der Nummern erhalten. Sie müssen Ihre Freunde überwachen, wenn wir darankommen.«

»Die werde ich schon überwachen«, sagte sie von oben herab. Dann lächelte sie und reichte mir die Hand. »Also, abgemacht?«
Ich sah auf ihre Hand, aber ich nahm sie nicht, sondern schüttelte den Kopf. »Noch nicht. Ich muß noch mit Coertze und Walker darüber sprechen. Es wird noch höllisch schwierig sein, sie zu überzeugen – besonders Coertze. Was haben Sie dem übrigens getan?«
Sie zog die Hand langsam zurück und sah mich mit einem seltsamen Blick an. »Beinahe gewinne ich die Überzeugung, daß Sie ein ehrlicher Mann sind.«
Ich grinste sie belustigt an. »Der Not gehorchend, das ist alles. Die beiden sind die einzigen, die wissen, wo das Gold ist.«
»Ach ja, das hatte ich vergessen. Nun, Coertze ist ein Bauer.«
»Er wäre der erste, der Ihnen zustimmen würde«, sagte ich. »Aber auf afrikaans hat das eine andere Bedeutung.« Mir kam ein plötzlicher Gedanke. »Weiß außer Ihnen noch jemand etwas über Albertos Brief und was damit zusammenhängt?«
Sie wollte schon den Kopf schütteln, hielt aber plötzlich inne – sie wollte ehrlich sein. »Ja«, antwortete sie. »Ein Mann, aber der verdient Vertrauen, er ist ein treuer Freund.«
»O. K.«, sagte ich. »Ich wollte nur die Gewißheit haben, daß nicht noch ein anderer die gleiche Masche dreht, wie Sie es getan haben, sonst wird noch so langsam das ganze vermaledeite Mittelmeer in die Sache verwickelt. Ich würde auch Ihren Freunden nichts erzählen, was sie nicht unbedingt wissen müssen, wenigstens nicht, bis alles vorüber ist. Wenn Kriminelle darunter sind, wie Sie sagen, könnten sie ihre eigenen Ideen haben.«
»Ich habe ihnen nichts erzählt und werde es auch jetzt nicht tun.«
»Schön. Was Sie ihnen aber sagen können, ist, daß sie auf Torlonis Leute aufpassen sollen. Wenn die auf der Suche

nach der *Sanford* rumlaufen, wird das Boot dabei gleichzeitig von Ihren Leuten bewacht.«

»Aber ja doch, Mr. Halloran; ganz gewiß werde ich ihnen sagen, daß sie Ihr Boot im Auge behalten sollen«, sagte sie mit süßlicher Stimme.

Ich lachte. »Ich weiß, ich weiß. Also wenn Sie alles eingeleitet haben, kommen Sie und verständigen Sie uns, zu jeder Zeit. Aber machen Sie schnell, die Zeit, die uns bleibt, ist begrenzt.«

Am Nachmittag dieses Tages kam sie zu uns in Begleitung eines Mannes, gewaltiger noch als Coertze, den sie als Piero Morese vorstellte. Er nickte mir mit gemessener Höflichkeit zu, nahm von Walker keine Notiz und heftete wachsame Blicke auf Coertze.

Mit Coertze hatte ich meine liebe Not gehabt. Mit grollendem Baß hatte er immer wieder gesagt: »Ich laß mich nicht übers Ohr hauen, nein, ich laß mich nicht übers Ohr hauen!«

Schließlich sagte ich erschöpft: »O. K. Das Gold liegt dort oben irgendwo in den Bergen; Sie wissen, wo es ist. Gehen Sie doch los und holen Sie es sich. Mit Torloni und Metcalfe und der Contessa und ihren Räuberbanden werden Sie ja sicher allein fertig, und ich bin gewiß, Sie können das Gold rausschaffen und bis zum 19. April nach Tanger gebracht haben. Los, gehen Sie doch ran und lassen Sie mich in Ruhe damit!«

Darauf hatte er klein beigegeben, aber zufrieden war er nicht, und er grummelte wie ein Vulkan, der nicht recht weiß, ob er ausbrechen soll oder nicht. Nun saß er in der Kajüte und sah die Contessa geringschätzig, den mächtigen Italiener mißtrauisch an.

Morese konnte kein Englisch, und so entwickelte sich das Gespräch auf italienisch, das ich auch verstehen konnte, wenn es nicht zu schnell gesprochen wurde. Die Contessa sagte: »Ich halte es für richtig, daß Piero bei unserem Gespräch dabei ist; er weiß alles, was ich weiß.«

»Wir kennen uns, Sie waren mit Umberto zusammen«, sagte Coertze in genuscheltem Italienisch.
Morese nickte kurz, ohne ein Wort zu sagen. Die Contessa fuhr fort: »Wir haben jetzt ernsthaft miteinander zu reden.« Sie blickte auf mich. »Haben Sie sich besprochen?«
»Ja, das haben wir.«
»Nehmen die andern die Bedingungen an?«
»Ja.«
»Sehr gut. Und wo ist das Gold?«
Coertze ließ ein Knurren hören, das ich aber schnell übertönte, indem ich in Lachen ausbrach. »Contessa, Sie sind noch mein Tod«, sagte ich. »Ich ersticke noch vor Lachen. Glauben Sie wirklich, das werden wir Ihnen erzählen? Meinen Sie das im Ernst?«
Sie lächelte säuerlich. »Nein – das nicht gerade – aber ich dachte, ich könnte es ja mal versuchen. Na schön, also, wie gehen wir an die Sache heran?«
Ich sagte: »Vor allem anderen: wir sind in der Zeit beschränkt. Spätestens am 1. März müssen wir das Gold hier in Rapallo haben. Dann brauchen wir einen Platz, wo wir ungestört an diesem Boot arbeiten können, entweder einen privaten Bootsschuppen oder eine Bootswerft. Das muß sofort in die Wege geleitet werden.«
Sie kniff die Augen zusammen. »Wieso am 1. März?«
»Das ist für Sie ohne Interesse. Es ist notwendig.«
Morese warf ein: »Da bleibt uns nicht viel Zeit. Der Erste ist schon in zwei Wochen.«
»Stimmt«, sagte ich. »Aber es ist durchaus notwendig. Der nächste Punkt: Nur wir fünf hier gehen an das Gold ran, kein anderer darf dabeisein. Wir öffnen das Versteck, packen alles, was wir brauchen, in Kisten und holen die raus. Dann wird das Versteck wieder zugemacht. Nach diesem Arbeitsgang, und nur dieses eine Mal, brauchen wir die Hilfe anderer Arbeitskräfte, und auch nur dazu, die Kisten zu verladen und an die Küste zu bringen. Es ist nicht nötig, daß zu viele wissen, was wir machen.«

»Ganz richtig«, warf Morese ein.
Ich fuhr fort: »Alles muß in den Bootsschuppen gebracht werden, alles, auch die Juwelen. Wir fünf werden einen Monat lang zusammen leben, während meine Freunde und ich unsere Arbeit tun. Wenn Sie die Juwelen abschätzen lassen möchten, müssen Sie den Schätzer zu den Juwelen bringen – nicht umgekehrt. Über die endgültige Verteilung wird entschieden, wenn die Steine abgeschätzt worden sind, aber nicht bevor das Boot wieder im Wasser ist.«
»Sie sprechen, als wenn Sie uns nicht übern Weg trauen«, sagte Morese.
»Tu ich auch nicht«, sagte ich geradeheraus. Ich wies mit dem Daumen auf die Contessa. »Hier, Ihre Freundin hat uns erpreßt in dieser ganzen Sache, da sehe ich nicht, wo das Vertrauen herkommen soll.«
Seine Züge verfinsterten sich. »Das ist Ihrer unwürdig.«
Ich zuckte die Achseln. »Sagen Sie lieber, es ist ihrer unwürdig. Sie hat diese ganze Geschichte angefangen, und dies sind die Tatsachen.«
Die Contessa legte Morese die Hand auf die Schulter, und er sagte nichts weiter. Coertze stieß ein kurzes Lachen aus. »*Magtig*, aber Sie haben sie richtig eingeschätzt.« Er nickte. »Sie werden auf sie aufpassen müssen, sie ist eine *slim meisie.*«
Ich wandte mich ihm zu. »Nun sind Sie dran. Was brauchen Sie, um das Gold rauszukriegen?«
Coertze beugte sich vor. »Als ich im letzten Jahr hier war, war nichts verändert oder in Unordnung. Es ist eine Stelle in den Bergen, wo niemand hinkommt. Eine holperige Straße führt dahin, auf der wir mit einem Lastwagen ganz ranfahren können. Die nächste Ortschaft ist vier Meilen entfernt.«
Ich fragte: »Können wir bei Nacht arbeiten?«
Coertze dachte nach. »Der Felsenhang sieht schlimmer aus als er ist«, sagte er. »Mit Sprengen weiß ich Bescheid.

Und das habe ich schon festgestellt: zwei Mann mit Pikken und Schaufeln können in vier Stunden durchkommen – bei Nacht vielleicht etwas länger – sagen wir in sechs Stunden bei Nacht.«
»Dann werden wir also wenigstens eine ganze Nacht brauchen und vielleicht länger.«
»Ja«, sagte er. »Wenn wir nur nachts arbeiten, brauchen wir zwei Nächte.«
Die Contessa sagte: »Italiener pflegen nicht nachts in den Bergen zu spazieren. Wir werden ohne Gefahr Laternen benutzen können, wenn man sie vom Ort aus nicht sehen kann.«
Coertze erwiderte: »Vom Dorf aus kann man kein Licht sehen.«
»Auf alle Fälle müssen wir uns tarnen«, sagte ich. »Wenn wir uns da mindestens einen Tag lang in der Gegend rumtreiben, müssen wir einen glaubhaften Grund vorbringen können. Hat da jemand einen guten Gedanken?«
Alles schwieg, aber da erhob plötzlich Walker zum erstenmal seine Stimme. »Wie wär's mit einem Wagen mit angehängtem Wohnwagen? Die Engländer sind ja bekannt für dergleichen – Camping und so. Die Italiener haben nicht einmal ein eigenes Wort dafür, die gebrauchen auch den englischen Ausdruck. Wenn wir da für ein paar Nächte kampieren, sind wir für die Bauern da nichts weiter als ein paar von den vielen Engländern, die auch so was machen.«
Wir dachten alle nach und fanden, der Gedanke sei nicht schlecht. Die Contessa erklärte: »Einen Wagen mit Wohnanhänger und ein Zelt kann ich beschaffen.«
Ich notierte alles, was wir brauchten. »Beleuchtung fehlt uns noch.«
»Wir nehmen die Autoscheinwerfer«, sagte Coertze.
»Das ist für draußen«, entgegnete ich. »Im Stollen müssen wir auch Licht haben. Taschenlampen brauchen wir – sagen wir ein Dutzend – und einen Haufen Batterien

dafür.« Ich nickte Morese zu. »Die können Sie besorgen. Ferner müssen wir Picken und Schaufeln haben, vier Stück von jedem. Dann Lastwagen. Wie viele, wenn wir alles auf einmal schaffen wollen?«
»Zwei 3tonner«, sagte Coertze ohne Zögern. »Die Deutschen hatten vier, aber da war auch noch eine Menge Zeugs drauf, das wir nicht brauchen.«
»Die müssen wir in der Nähe mit den Fahrern in Bereitschaft haben«, fuhr ich fort. »Und viel Holz brauchen wir, um Kisten zu machen. Das Gold muß umgepackt werden.«
»Warum, es ist ja schon in Kisten verpackt«, wandte Coertze ein. »Das wär ja ein Haufen Extraarbeit.«
»Denken Sie einmal zurück«, erwiderte ich geduldig. »Denken Sie einmal daran, wie Sie diese Kisten zum erstenmal auf den deutschen Wagen sahen. Sie erkannten sie doch sofort als Kisten für Barren. Wir können es uns nicht leisten, daß irgendein Schnüffler sie auf unserem Rückweg ebenfalls erkennt.«
Walker bemerkte: »Sie brauchen das Gold nicht auszupacken, und Sie brauchen auch nicht viel Holz. Nageln Sie einfach dünne Bretter außen dran, so daß sie eine andere Form kriegen und ganz anders aussehen.«
Wenn Walker nicht betrunken war, war er eine richtige Gedankenmaschine. Er fügte hinzu: »Da muß noch viel Holz an Ort und Stelle sein, das wir nehmen können.«
»Nein«, warf ich ein. »Wir müssen neues Holz haben. Wir können nichts gebrauchen, was so aussieht oder auch nur so riecht, als käme es aus einer Erdhöhle. Überdies könnte eine Markierung auf dem Holz sein, die wir vielleicht übersehen, und die uns verraten könnte.«
»Sie gehen keinerlei Risiko ein, wie?« bemerkte die Contessa.
»Ich bin kein Spieler«, erwiderte ich kurz. »Das Holz kann mit den Lastwagen raufkommen.« Ich blickte Morese an.
»Ich werde dafür sorgen«, sagte er.
»Denken Sie auch an Hämmer und Nägel«, setzte ich hin-

zu. Ich bemühte mich, an alles zu denken. Wenn wir mit unserem Vorhaben reinfielen, so könnte es nur wegen einer unscheinbaren Einzelheit sein, die niemand wichtig genommen hatte.
Ein wiederholter leiser Pfiff kam vom Kai. Morese sah die Contessa an, und sie nickte fast unmerklich. Er stand auf und ging an Deck.
Ich fragte Coertze: »Ist da noch irgend etwas, was wir wissen müssen — was Sie vergessen oder ausgelassen haben?«
»Nein«, antwortete er, »das ist alles.«
Morese kam zurück und meldete der Contessa: »Er möchte Sie sprechen.«
Sie erhob sich und verließ die Kajüte, und Morese folgte ihr an Deck. Durch die offene Tür hörte ich eine gedämpfte Unterhaltung.
»Ich traue ihnen nicht«, fuhr Coertze heftig heraus. »Ich traue weder diesem Luder noch diesem Morese. Es ist ein übler Bursche; ich kenne ihn schon vom Kriege her als üblen Burschen. Er hat nie einen Gefangenen eingebracht — nach seiner Meldung waren sie alle auf der Flucht erschossen.«
»Wie Ihre«, warf ich ein, »als Sie das Gold nahmen.«
Er warf den Kopf zurück. »Das war etwas anderes, sie waren wirklich auf der Flucht.«
»Sehr bequem«, sagte ich säuerlich. Ich ärgerte mich, daß dieser Mann, den ich mit gutem Grund im Verdacht hatte, wenigstens vier ermordet zu haben, jetzt so zimperlich tat.
Er brütete ein wenig vor sich hin und sagte dann: »Wie sollen wir sie daran hindern, uns alles wegzunehmen, wenn wir es herausgeholt haben? Wie sollen wir sie daran hindern, uns abzuknallen und im Tunnel zu lassen, wenn sie ihn wieder verschließen?«
»Das würden Sie nicht verstehen«, entgegnete ich. »Das Ehrgefühl eines Mädchens für Vater und Familie.« Ich

verbreitete mich nicht weiter darüber; ich war mir ja selber nicht sicher, ob das ein triftiges Argument war.
Die Contessa und Morese kamen zurück. Sie sagte: »Zwei von Torlonis Leuten sind in Rapallo. Vor noch nicht zehn Minuten haben Sie beim Hafenkapitän nach Ihnen gefragt.«
Ich erwiderte: »Nun sagen Sie mir nicht, daß auch der Hafenkapitän zu Ihren Freunden gehört.«
»Nein, aber der leitende Zollbeamte gehört dazu. Der erkannte sie sofort. Einen von ihnen hat er vor drei Jahren wegen Heroinschmuggels hinter Gitter gebracht; auf den andern macht er schon seit langem Jagd. Wie er sagt, arbeiten beide für Torloni.«
»Nun gut, wir konnten nicht hoffen, daß wir ihnen lange verborgen blieben«, sagte ich. »Aber sie dürfen Sie nicht mit uns in Verbindung bringen – jedenfalls jetzt noch nicht –, darum werden Sie bis zum Dunkelwerden warten müssen, bevor Sie fortgehen.«
Sie sagte: »Ich lasse sie überwachen.«
»Das ist gut, aber es genügt nicht«, erwiderte ich. »Ich muß mit Metcalfe das gleiche machen, was er mit uns macht. Ich möchte, daß Torloni in Genua überwacht wird. Ich wünsche, daß alle Häfen dieses Küstenstrichs nach Metcalfes Boot überwacht werden. Ich muß es wissen, wenn er nach Italien kommt.« Bis ins einzelne beschrieb ich ihr Metcalfe, Krupke und den Fairmile.
»Können Sie das alles schaffen?«
»Natürlich. Sobald Metcalfe italienischen Boden betritt, werden Sie alles über ihn erfahren.«
»Gut«, sagte ich. »Und wie steht's nun mit einem Drink?« Ich sah Coertze an. »Mir scheint nach allem, daß Sie Metcalfe doch nicht abgeschreckt haben.« Er erwiderte meinen Blick mit ausdruckslosem Gesicht, und ich mußte lachen. »Gucken Sie nicht so finster. Holen Sie die Pulle raus, und muntern Sie sich etwas auf.«

Danach kriegten wir die Contessa und Morese vorerst nicht wieder zu sehen; sie verschwanden aus unserem Gesichtskreis. Aber am nächsten Morgen fand ich eine Nachricht im Cockpit, ich solle in die »Drei Fische« gehen und sagen, daß ich einen Wachmann für die *Sanford* suchte.

Natürlich ging ich hin, und Giuseppi war freundlicher als bei meinem vorigen Besuch. Er bediente mich persönlich, und als er den Teller vor mich setzte, begann ich: »Sie kennen sich ja sicher hier am Wasser aus. Könnten Sie mir wohl einen Wachmann für mein Boot empfehlen? Aber zuverlässig muß er sein.«

»Aber ja, Signore«, erwiderte er. »Da habe ich den richtigen Mann für Sie – den alten Luigi da. Es ist ein Jammer mit ihm; er wurde im Kriege verwundet und kann seitdem nur noch leichte Arbeit tun. Im Augenblick hat er keine Beschäftigung.«

»Schicken Sie ihn mir doch rüber, wenn ich mit Frühstücken fertig bin«, sagte ich.

So kamen wir zu einem ehrlichen Wachmann, und der alte Luigi wurde der Meldegänger zwischen der Contessa und der *Sanford*. Jeden Morgen brachte er einen Brief, in welchem die Contessa im einzelnen berichtete, wie die Vorbereitungen vorankamen.

Torloni wurde bewacht, aber es schien nichts zu passieren. Seine Leute waren noch in Rapallo, bewachten die *Sanford* und wurden selber bewacht. Die Lastwagen waren bereitgestellt worden, und die Fahrer hielten sich klar. Das Holz war vorbereitet und das Werkzeug gekauft. Man hatte der Contessa einen deutschen Wohnanhänger angeboten, aber sie hatte von einem englischen Anhänger gehört, der in Mailand zu verkaufen sei und der ihr besser zu sein schien – ich müßte ihr nur etwas Geld geben, sie hätte keins.

Es schien alles zur Zufriedenheit zu verlaufen.

Wir drei von der *Sanford* verbrachten unsere Zeit mit Besichtigungen, sehr zum Verdruß von Torlonis Spionen.

Ich hielt mich auch viel im Klub auf, und es hatte sich bald herumgesprochen, daß ich mich am Mittelmeer niederlassen wollte und mich nach einer geeigneten Bootswerft umsähe, die ich kaufen wollte.
An unserem fünften Tage in Rapallo empfahl mir der Morgenbrief, zur Bootswerft von Silvio Palmerini zu gehen und mir einen Kostenanschlag für das Anlandsetzen und Anstreichen der *Sanford* machen zu lassen. »Der Preis wird schon in Ordnung sein«, schrieb die Contessa. »Silvio ist einer meiner – unserer – Freunde.«
Palmerinis Werft lag ein Stück außerhalb von Rapallo. Palmerini war ein knochiger Mann von etwa Sechzig, der seine Werft und seine drei Söhne mit sanften Worten und eisernem Willen regierte. Ich sagte zu ihm: »Sie werden mich gewiß verstehen, Signor Palmerini, da ich selber Bootsbauer bin, möchte ich die Arbeit auf Ihrer Werft selbst machen.«
Er nickte. Es wäre ja nur natürlich, daß ein Mann nach seinem eigenen Boot sähe, wenn er dazu imstande wäre. Überdies wäre es auch billiger.
»Und ich möchte die Arbeit unter Dach machen«, sprach ich weiter. »Ich habe bei der Befestigung des Kiels ein Experiment gemacht, und ich muß ihn jetzt einmal abnehmen, um zu sehen, ob das Ergebnis befriedigend ist.« Er nickte abermals. Experimente wären eine gewagte Sache, und man sollte lieber bei den bewährten herkömmlichen Arbeitsweisen bleiben. Wenn Mylord seinen Kiel mitten im Mittelmeer verlöre, würde er sich in der Tat lächerlich machen.
Ich stimmte zu, daß ich wie ein Narr dastehen würde, und sagte: »Meine Freunde und ich sind imstande, die Sache selbst zu machen. Alles, was wir brauchen, ist ein Platz, an dem wir ungestört arbeiten können.«
Er nickte ein drittes Mal. Er hätte einen großen Schuppen, den wir benutzen könnten und der auch verschließbar sei. Niemand würde uns stören, nicht einmal er selber – und

schon gar niemand, der nicht zu seiner Familie gehöre – dafür werde er schon sorgen. Und wären Mylord vielleicht der reiche Engländer, der eine Bootswerft kaufen wollte? Wenn ja, dann möchte doch der Mylord vielleicht auch die Bootswerft Palmerini in Betracht ziehen, das Glanzstück ihrer Art im westlichen Mittelmeer.

Das gab mir einen Ruck. Da braute sich eine andre, eine höfliche Art von Erpressung zusammen, und ich sah schon kommen, daß ich die Werft kaufen müßte, vielleicht zu einem ungeheuren Preis – dem des Stillschweigens.

Ich sagte diplomatisch: »Ja, ich denke schon daran, eine Werft zu kaufen, aber der weise Mann erkundet erst alle Wege.« Verdammt! Jetzt verfiel ich schon in seine Sprechweise. »Ich bin in Spanien gewesen, und ich bin in Frankreich gewesen. Nun bin ich in Italien, und von Italien werde ich nach Griechenland gehen. Zuerst muß ich alles gesehen haben.«

Er nickte nachdrücklich, und sein Holzapfelkopf hüpfte auf und nieder. Ja, der Mylord sei in der Tat weise, sich zunächst alles anzusehen, aber trotzdem sei er sicher, daß der Mylord unfehlbar zu der Bootswerft Palmerini zurückkehren würde, da sie gewiß die beste im ganzen Mittelmeer sei.

Pah, was verstünden schon die Griechen vom Bau eleganter Boote? Die kannten ja nur ihre plumpen Kajiks. Der Preis würde für Mylord diskutabel sein, zumal sie ja offenbar gemeinsame Freunde hätten, und die Bezahlung könnte sich ja über einen längeren Zeitraum erstrecken, wenn ausreichende Garantien gegeben werden könnten.

Daraus entnahm ich, daß der alte Gauner warten wollte, bis unser ganzes Geschäft abgewickelt war und ich über flüssige Mittel verfügte, falls ich mich als Mann von Wort erweisen würde.

Zufrieden, daß es mit diesem Punkt unseres Programms so gut geklappt hatte, ging ich zur *Sanford* zurück. Selbst wenn ich Palmerinis Werft kaufen mußte, so war das

noch nicht das schlechteste, und jede Überschreitung des Preises konnte ich ganz einfach als Expeditionsunkosten absetzen.
Am neunten Tage unseres Aufenthaltes in Rapallo meldete der übliche Morgenbrief, daß alles nun fertig sei und daß wir jederzeit starten könnten. Da jedoch der nächste Tag ein Sonntag sei, würde es für passender gehalten, mit dem Ausflug ins Binnenland am Montag zu beginnen. Mir schien, das brachte einen aufmunternden Ton in die Sache; ein neuer verrückter Gesichtspunkt eines verrückten Abenteuers.
Die Contessa schrieb: »Torlonis Leute werden mit aller Vorsicht beobachtet; sie werden ihre Unfähigkeit, Sie zu finden, nicht mit irgendwelchen Tricks von Ihrer Seite in Verbindung bringen. Sie werden keinen Verdacht schöpfen. Lassen Sie das Boot in Luigis Obhut und treffen Sie mich morgen früh um neun in den ›Drei Fischen‹.«
Ich hielt ein Streichholz an den Brief, dann rief ich Luigi herunter.
»Man sagt, Sie seien ein ehrlicher Mann, Luigi; würden Sie ein Bestechungsgeschenk annehmen?«
Er war ehrlich entsetzt. »Aber nein, Signore.«
»Sie wissen, daß dieses Boot überwacht wird?«
»Ja, Signore, von Ihren und Madames Feinden.«
»Wissen Sie, was Madame und ich vorhaben?«
Er schüttelte den Kopf. »Nein, Signore. Ich kam, weil Madame mir sagte, Sie brauchten meine Hilfe. Ich habe nichts weiter gefragt«, sagte er mit Würde.
Ich klopfte auf den Tisch. »Meine Freunde und ich gehen demnächst für ein paar Tage weg, und wir überlassen das Boot Ihrer Obhut. Was werden Sie tun, wenn die Männer, die das Boot überwachen, Sie bestechen wollen, damit Sie sie das Boot durchsuchen lassen?«
Er richtete sich auf. »Ich würde ihnen das Geld aus der Hand schlagen, Signore.«
»Nein, das werden Sie nicht«, sagte ich. »Sie werden sa-

gen, das sei nicht genug, und Sie werden mehr Geld verlangen. Wenn Sie das bekommen haben, lassen Sie sie das Boot durchsuchen.«

Er sah mich verständnislos an. Ich sagte langsam: »Ich habe nichts dagegen, wenn sie es durchsuchen — es ist nichts zu finden. Es gibt keinen Grund, weshalb Sie nicht Madames Feinden etwas Geld aus der Tasche ziehen sollten.«

Plötzlich lachte er auf und klatschte sich auf den Schenkel. »Das ist gut, Signore, das ist großartig! Sie wollen es also, daß sie suchen.«

»Richtig«, erwiderte ich. »Aber machen Sie es ihnen nicht zu leicht. Sonst werden sie argwöhnisch.«

Ich wollte, zur weiteren Sicherheit, versuchen, Metcalfe an der Nase herumzuführen, wie es mir in Barcelona gelungen war, richtiger, wie ich gehofft hatte, daß es mir gelungen wäre, bis Coertze die Sache verpatzte. Ich schrieb einen Brief an die Contessa und berichtete ihr, was ich tun wollte, und gab ihn Luigi zur Besorgung.

»Wie lange kennen Sie Madame schon?« fragte ich neugierig.

»Seit dem Kriege, Signore, als sie noch ein kleines Mädchen war.«

»Und Sie würden alles für sie tun, nicht wahr?«

»Wie sollte ich nicht?« fragte er überrascht. »Sie hat mehr für mich getan, als ich jemals gutmachen kann. Sie bezahlte die Ärzte, als sie nach dem Kriege mein Bein richteten. Wenn sie es nicht ganz gerade kriegen konnten, so kann sie nichts dafür, aber ohne das wäre ich ein Krüppel geblieben.«

Das warf ein neues Licht auf Francesca. »Vielen Dank, Luigi«, verabschiedete ich ihn, »und wenn Sie Madame treffen, geben Sie ihr den Brief.«

Ich unterrichtete Coertze und Walker über die Lage. Im Augenblick konnten wir nichts weiter tun, als auf den Montagmorgen warten.

Der Stollen

Am Montagmorgen begann ich wieder, Papiere so zu verstecken, daß sie gefunden werden mußten. Nach dem Prinzip der »Gestohlenen Briefe« hatte ich sogar die Kosten für eine Wiederinstandsetzung der *Sanford* auf Palmerinis Werft berechnet, ebenso einige Schätzungen aufgestellt über die vermutlichen Kosten bei einem Kauf der Werft. Das würde uns eine gute Rechtfertigung geben, wenn wir später dort gesehen würden.
Kurz vor neun verabschiedeten wir uns von Luigi, der mir kräftig zublinzelte, und zogen los. Mit dem Glockenschlag kamen wir in den »Drei Fischen« an. Die Contessa und Morese erwarteten uns schon, und wir frühstückten zusammen. Mit Genugtuung stellte ich fest, daß sich die Contessa unauffällig auf englische Art gekleidet hatte; sie gebrauchte ihren Verstand.
Ich fragte: »Wie sind Sie Torlonis Männer losgeworden?«
Morese grinste: »Der eine hatte eine Wagenpanne. Der andere erwartete ihn am Hafen, wurde vom Warten müde und fiel auf unerklärliche Weise ins Wasser. Er mußte in sein Hotel fahren, um sich umzuziehen.«
»Ihr Freund Metcalfe ist gestern abend in Genua angekommen«, berichtete die Contessa.
»Sind Sie sich dessen sicher?«
»Ganz sicher. Er ging unverzüglich zu Torloni und war lange mit ihm zusammen. Dann ging er in ein Hotel.«
Nun war's also raus. Ich hatte schon seit einiger Zeit überlegt, ob mein Verdacht gegen Metcalfe vielleicht nur das Werk überhitzter Einbildung sei. Alles, was ich gegen ihn hatte, gründete sich schließlich nur auf Vermutungen und auf meiner Kenntnis seines Charakters.

»Lassen Sie ihn beschatten?«
»Aber selbstverständlich.«
Das Frühstück wurde gebracht, und die Unterhaltung verstummte, bis Giuseppi sich wieder hinter den Tresen zurückgezogen hatte. Dann begann ich: »Nun also, Freund Kobus, wäre es wohl soweit, uns zu verraten, wo das Gold steckt.«
Mit einem Ruck kam Coertze hoch. »Denkste!« sagte er. »Hinbringen will ich euch, aber ich werd mich hüten, es vorher zu sagen.«
Ich seufzte. »Nun bedenken Sie doch mal, diese guten Leutchen haben den Transport vorbereitet. Wie sollen sie denn den Wagen einen Treffpunkt angeben, wenn wir nicht wissen, wo's hingehen soll?«
»Sie können ja hierher zurücktelefonieren.«
»Von wo aus.«
»Im Dorf wird es ja wohl ein Telefon geben.«
»Niemand von uns kommt in die Nähe des Dorfes«, erwiderte ich, »jedenfalls keiner von uns Fremden. Sollten Sie aber meinen, ich ließe einen von diesen beiden allein dorthin gehen, dann sind Sie schief gewickelt. Von nun an lassen wir keinen von ihnen aus dem Auge.«
»Viel Vertrauen haben Sie wohl nicht, wie?« bemerkte die Contessa.
Ich sah sie an. »Vertrauen Sie mir?«
»Na, nicht übermäßig.«
»Dann sind wir quitt.« Ich wandte mich wieder Coertze zu. »Jedes Telefongespräch, das die Contessa noch zu erledigen hat, wird sie von dem Apparat drüben in der Ecke führen – mit mir daneben.«
»Nennen Sie mich nicht Contessa«, fauchte sie mich an.
Ich beachtete sie nicht und konzentrierte mich auf Coertze. »Sie sehen also, wir müssen den Ort wissen. Wenn Sie es uns nicht sagen wollen, Walker tut es sicher – aber lieber wär's mir, Sie täten es.«
Er dachte ziemlich lange darüber nach und sagte dann:

»*Magtig*, aber mit Ihrem Mundwerk werden Sie Petrus eines Tages noch bereden, Sie in den Himmel zu lassen. Also schön, es ist etwa fünfundsechzig Kilometer nördlich von hier, zwischen Varsi und Tassaro.« Er fügte noch genauere Erläuterungen hinzu, und Morese sagte: »Mitten in den Bergen.«

Ich fuhr fort: »Wie denken Sie darüber, können Sie die Wagen an diese Stelle kommen lassen?«

Francesca antwortete: »Ich werde sie in Varsi warten lassen. Wir brauchen sie erst in der zweiten Nacht; wir können morgen nach Varsi fahren und sie von dort aus hinführen.«

»O. K.«, sagte ich, »dann lassen Sie uns jetzt anrufen.«

Ich begleitete sie in die Ecke und stand daneben, während sie ihre Anordnungen durchgab, und paßte auf, daß sie nichts verriet. Wir waren schon eine Bande des Vertrauens! Während wir zum Tisch zurückgingen, sagte ich: »Das wär's; wir können nun jederzeit aufbrechen.«

Wir beendigten unser Frühstück und machten uns fertig zum Gehen. Francesca sagte: »Nicht vorne raus; Torlonis Leute können jetzt zurück sein und das Lokal beobachten. Wir nehmen diesen Weg.«

Sie führte uns zur Hintertür hinaus in einen Hof, in dem ein Wagen stand, an den ein Wohnwagen angekuppelt war. Sie sagte: »Ich habe Verpflegung für eine Woche reingepackt — falls es nötig werden sollte.«

»Das wird's nicht«, sagte ich grimmig. »Wenn wir den Kram nicht morgen nacht rauskriegen, bekommen wir ihn nie — nicht, solange Metcalfe auf unserer Spur rumschnüffelt.«

Ich betrachtete unsere Gesellschaft und traf eine schnelle Entscheidung. »Wir sehen alle genügend englisch aus, nur Sie nicht, Morese. Sie sind nicht danach gebaut. Sie müssen im Wohnwagen reisen und sich nicht sehen lassen.«

Er runzelte die Stirn und sah Francesca an. Sie sprach:

»Gehen Sie in den Wohnwagen, Piero, tun Sie, was Mr. Halloran sagt.« Dann wandte sie sich zu mir. »Piero nimmt nur von mir Befehle entgegen, Mr. Halloran. Vielleicht denken Sie in Zukunft daran.«
Ich zuckte die Achseln und sagte: »Alsdann gehen wir!«
Coertze fuhr, weil er den Weg wußte. Walker saß neben ihm, und Francesca und ich saßen hinten. Wir sprachen kaum ein Wort; Coertze fuhr sehr langsam, es war ihm ungewohnt, einen Wohnwagen zu schleppen und gleichzeitig auch noch rechts zu fahren.
Wir verließen Rapallo und stiegen bald in die Berge auf — in den Ligurischen Apennin. Es war offenbar ein armes Land, der Boden war steinig und wenig bebaut. Nur an verstreuten Stellen wurde Landwirtschaft betrieben, und sie beschränkte sich auf Wein und Oliven, die beiden Gewächse, die aussehen wie zu Tode gemartert. In einer Stunde waren wir in Varsi, und bald darauf verließen wir die Hauptstraße und rumpelten eine zweitrangige Straße entlang, die unbeschottert war und eine jämmerliche Fahrbahn bot. Es hatte einige Tage nicht geregnet, und der Staub stieg in dicken Wolken auf.
Als wir nach einer Weile an eine Ecke kamen, ging Coertze mit der Fahrt fast bis zum Halten runter und sagte: »Hier haben wir die Lkws abgeschossen.«
Wir fuhren um die Ecke und sahen ein langes Stück leerer Straße vor uns liegen. Coertze hielt, und Walker stieg aus. Seit fünfzehn Jahren sah er diesen Ort zum erstenmal wieder. Er ging ein kleines Stück auf der Straße weiter bis zu einem großen Felsen auf der rechten Seite; dann wandte er sich um und sah zurück. Ich sagte mir, daß dies wohl der Felsen war, wo er gestanden hatte, als er seine Geschosse dem Fahrer des Stabswagens in den Leib jagte.
Ich dachte an das plötzliche und entsetzliche Abschlachten, das hier stattgefunden hatte; ich sah den überwucherten Abhang hinauf und stellte mir die um ihr Leben rennen-

den Gefangenen vor, die dort gejagt und abgeschossen wurden. Dann stieß ich heraus: »Wozu warten wir hier; fahren wir weiter!«
Coertze schaltete und fuhr langsam weiter, bis Walker eingestiegen war; dann nahm er wieder Fahrt auf, und wir verfolgten weiter unseren Weg. »Jetzt ist es nicht mehr weit«, sagte Walker mit erregter Stimme.
Keine Viertelstunde später hielt Coertze wieder an bei der Abzweigung einer anderen Straße, die so wenig befahren war, daß man sie kaum erkennen konnte. »Zur alten Mine sind es hier hinauf noch etwa zweieinhalb Kilometer«, sagte er. »Wie wollen wir's nun machen?«
Francesca und ich stiegen aus und vertraten uns die steifen Beine. Ich sah mich um und bemerkte in etwa hundert Metern Abstand einen Bach. »Da ist 'ne passende Stelle«, sagte ich. »Der vollkommene Lagerplatz. Und merkt's euch – niemand von uns läßt sich, solange es hell ist, dort auf der Straße blicken.«
Wir zogen den Wohnwagen von der Straße und brachten die Stützen aus. Dann schlugen wir das Zelt auf. Francesca ging in den Wohnwagen und sprach mit Morese. Ich sagte: »Nun benehmt euch um Himmels willen wie harmlose Touristen. Wir sind spleenige Engländer, die lieber unbequem leben, als daß sie in ein Hotel gehen.«
Es war ein langer Tag. Nach dem Essen, das Francesca in der kleinen Kombüse des Wohnwagens gemacht hatte, saßen wir herum, klönten über dies und das und warteten auf den Sonnenuntergang. Francesca blieb die meiste Zeit im Wohnwagen, um Morese Gesellschaft zu leisten; Walker zappelte nervös herum; Coertze war offenbar in Betrachtung seines Nabels versunken; ich versuchte zu schlafen, konnte aber nicht.
Die einzige Aufregung brachte am Nachmittag ein gemächlich näher kommender Bauernkarren. Er kam am Ende der Straße als Staubwolke in Sicht, und ganz langsam, im Schneckentempo, näherte er sich so weit, daß man ihn er-

kennen konnte. Coertze ermunterte sich hinreichend, um ein paar kleine Wetten anzubieten, wann der Karren in Höhe des Lagers sein würde. Endlich knarrte er vorbei, gezogen von zwei Ochsen und so aussehend, als ob er aus einem Gemälde von Breughel entflohen sei. Ein Bauer trottete nebenher, und ich holte mein schlechtestes Italienisch hervor, winkte ihm zu und sagte: »*Buon Giorno.*« Er sah mich kurz von der Seite an, murmelte etwas, was ich nicht verstehen konnte, und zog seines Weges. Das war der einzige Verkehr auf dieser Straße, dem wir, solange wir hier waren, begegneten.

Um halb fünf raffte ich mich zu einem Besuch bei Francesca im Wohnwagen auf. »Es ist besser, wir essen frühzeitig«, sagte ich. »Sowie es dunkel ist, fahren wir mit dem Wagen zur Mine.«

»Ich hab lauter Fertiggerichte in Dosen«, antwortete sie, »die sind schnell angerichtet. Während der Nacht werden wir wohl auch etwas brauchen, darum hab ich zwei große Thermosbehälter mitgebracht. Vor unserem Aufbruch mach ich das Essen heiß, und es hält sich dann so die Nacht hindurch. Für Kaffee habe ich Thermosflaschen.«

»Sie haben mein Geld gut angelegt«, sagte ich.

Sie überhörte meinen Spott. »Ich brauche Wasser. Würden Sie mir wohl etwas aus dem Bach holen?«

»Wenn Sie mitkommen –«, entgegnete ich. »Sie müssen auch etwas Bewegung haben.« Ich hatte das plötzliche Bedürfnis, mit ihr zu reden, um mehr über die Motive ihres Handelns zu erfahren.

»Gut«, sagte sie und holte aus dem Geschirrschrank drei Segeltucheimer.

Während wir zum Bach gingen, begann ich: »Sie müssen während des Krieges noch sehr jung gewesen sein.«

»Allerdings. Als mein Vater mit mir in die Berge floh, war ich zehn Jahre alt.« Sie wies auf die Berge ringsumher. »Diese Berge waren es.«

»Kein vergnügliches Leben für ein kleines Mädchen.«

Sie überlegte. »Zuerst machte es Spaß. Ferien mit Lagerleben mag wohl jeder gern, und dies waren ja Dauerferien für mich. Ja, das hat Spaß gemacht.«
»Und wann hörte es auf, Spaß zu machen?«
Eine stille Trauer legte sich über ihr Gesicht. »Als das Sterben der Männer begann; als das Kämpfen losging. Da war es kein Spaß mehr, es wurde bitterer Ernst, was wir taten. Es war eine gute Sache — aber es war furchtbar.«
»Und Sie halfen im Hospital?«
»Ja. Ich habe Walker gepflegt, als er aus dem Gefangenenlager kam. Wußten Sie das schon?«
Ich erinnerte mich an Walkers Schilderung des ernsthaften kleinen Mädchens, das wollte, daß er wieder gesund würde, um Deutsche töten zu können. »Ja, er hat es mir erzählt«, erwiderte ich.
Wir kamen zum Bach, und ich sah ihn mißtrauisch an. Das Wasser sah zwar ganz klar aus, dennoch fragte ich: »Ob es genießbar ist?«
»Ich koche es, dann ist es einwandfrei«, antwortete sie und kniete nieder, um in den flachen Grund eine Kuhle zu graben. »Wir müssen eine Kuhle machen, die so tief ist, daß ein Eimer reingeht; dann geht's leichter.«
Ich half ihr, die Kuhle zu machen und dachte darüber nach, daß dies auch ein Stück ihrer Guerilla-Erfahrung war. Ich hätte versucht, die Eimer in kleinen Portionen vollzukriegen. Als das Loch tief genug war, setzten wir uns ans Ufer und warteten ab, daß der Schlamm sich setzte. Ich fragte: »Ist Coertze mal verwundet worden?«
»Nein, er hatte immer Glück. Abgesehen von einer kleinen Schramme, ist er nie verwundet worden, obwohl es ihm an Gelegenheit nicht gefehlt hat.«
Ich bot ihr eine Zigarette an und gab ihr Feuer. »Dann hat er also an vielen Kämpfen teilgenommen?«
»Alle haben sie gekämpft«, sagte sie und sog nachdenklich an ihrer Zigarette. »Aber Coertze schien gern zu kämpfen. Er hat eine Menge Deutsche getötet — und Italiener.«

»Was für Italiener?« fuhr es mir heraus. Walkers Bericht fiel mir ein.
»Die Faschisten«, antwortete sie. »Die während der Salo-Republik zu Mussolini hielten. In diesen Bergen spielte sich ein Bürgerkrieg ab. Wußten Sie das nicht?«
»Nein, das wußte ich nicht«, erwiderte ich. »Es gibt vieles über Italien, was ich nicht weiß.«
Eine Zeitlang schwiegen wir, dann sagte ich: »Dann war Coertze also ein Menschenschlächter?«
»Er war ein guter Soldat – so einer, wie wir sie brauchten. Und er war eine Führernatur.«
Ich lenkte ab. »Wie wurde Alberto umgebracht?«
»Er stürzte von einem Felsen, als Umbertos Gruppe von den Deutschen verfolgt wurde. Ich hörte, daß es Coertze fast gelungen wäre, ihn zu retten, aber er kam nicht mehr rechtzeitig hin.«
Ich sagte: »Hm, so was Ähnliches hab ich auch gehört. Und wie kamen Harrison und Parker ums Leben?«
Sie runzelte die Stirn. »Harrison und Parker – ach ja, die gehörten zur Fremdenlegion, wie wir sie nannten. Die beiden sind im Gefecht gefallen. Aber zu verschiedenen Zeiten, nicht beide gleichzeitig.«
»Und Donato Rinaldi? Wie wurde der getötet?«
»Ja, das war eine seltsame Sache. Er wurde nicht weit vom Lager tot aufgefunden, mit zerschmettertem Schädel. Er lag unter einem Felsen, und man nahm an, daß er beim Klettern abgestürzt sei.«
»Warum sollte er klettern? War er Bergsteiger oder so?«
»Ich glaub nicht, aber er war ein junger Bursche, und junge Leute machen ja manchmal solchen Unsinn.«
Ich mußte lächeln, als ich an mich selber dachte, nicht nur die ganz jungen Leute machen manchmal Unsinn. Ich warf einen Kieselstein in den Bach. »Das klingt wie das Lied von den zehn kleinen Negerlein. ›Da waren's nur noch zwei.‹ Und warum ging Walker fort?«
Sie sah mich forschend an. »Wollen Sie damit sagen, daß

diese Männer nicht zu sterben brauchten? Daß jemand aus dem Lager sie getötet hätte?«

Ich zuckte die Achseln. »Ich sage gar nichts – aber für irgend jemand war es doch ganz günstig. Stellen Sie sich das doch einmal vor: sechs Mann haben das Gold versteckt, und kurz danach nahm es mit vier von ihnen ein plötzliches Ende.« Ich warf noch einen Kiesel ins Wasser. »Wer hat den Vorteil davon? Nur zwei kommen in Frage – Walker und Coertze. Warum ging Walker fort?«

»Ich weiß es nicht. Er verließ uns plötzlich. Wie ich mich erinnere, erzählte er meinem Vater, er wolle versuchen, zu den alliierten Streitkräften zu stoßen. Die waren damals schon ziemlich nahe.«

»War Coertze im Lager, als Walker ging?«

Nach langem Nachdenken sagte sie: »Das weiß ich nicht mehr, ich kriege das nicht mehr zusammen.«

»Mir hat Walker erzählt, daß er ging, weil er Angst vor Coertze hatte. Hat er übrigens immer noch, was das betrifft. Unser guter Kobus ist ja auch gelegentlich ein furchteinflößender Knabe.«

Nachdenklich zögernd sagte Francesca: »Die Sache mit Alberto damals auf dem Felsen – Coertze könnte . . .«

». . . ihn hinuntergestoßen haben? Ja, das könnte er. Und was Parker betrifft, so betont Walker, daß er von hinten in den Schädel geschossen worden ist. Nach allen Schilderungen, Ihre eingeschlossen, ist Coertze der geborene Mörder. Da fügt sich eins zum andern.«

Francesca entgegnete: »Das wußte ich schon lange, daß Coertze ein jähzorniger Mann ist, aber . . .«

»Aber? Und warum mögen Sie ihn nicht, Francesca?«

Sie warf ihren Zigarettenstummel in den Bach und sah ihn mit dem Wasser wegtreiben. »Nun, es war so eine Angelegenheit, wie sie zwischen einem Mann und einer Frau gelegentlich vorkommt. Er war . . . zu aufdringlich.«

»Wann war das?«

»Vor drei Jahren, gleich nach meiner Heirat.«

Ich zögerte. Ich wollte sie nach dieser Heirat fragen, aber sie erhob sich plötzlich und sagte: »Wir müssen jetzt das Wasser holen.«
Als wir zum Wohnwagen zurückgingen, sagte ich: »Es sieht so aus, als müßte ich jederzeit bereit sein, Coertze unschädlich zu machen, er könnte gefährlich werden. Ich denke, Sie erzählen Piero besser die Geschichte, damit er vorbereitet ist, wenn was passiert.«
Sie blieb stehen. »Ist Coertze denn nicht Ihr Freund? Sie sind doch auf seiner Seite?«
»Ich bin auf niemandes Seite«, erwiderte ich kurz. »Aber ich bin gegen Mord.«
Den Rest des Weges legten wir schweigend zurück.
Die folgenden Stunden bis zum Dunkelwerden war Francesca im Wohnwagen mit Kochen beschäftigt. Als es dämmerte, fingen wir Männer mit unseren Vorbereitungen an. Die Spitzhacken und Schaufeln und ein paar Taschenlampen packten wir in den Gepäckraum des Wagens. Piero hatte eine Tilley-Lampe mit zwei Litern Paraffinöl besorgt; die würde uns im Stollen bessere Dienste leisten als Taschenlampen. Auch eine Schiebkarre zog er aus dem Wohnwagen und meinte: »Ich dachte mir, die könnten wir zum Wegräumen der Steine nehmen; wir dürfen vor dem Eingang zum Stollen keine losen Felstrümmer liegen lassen.«
Ich war froh, daß er daran gedacht hatte.
Coertze prüfte die Hacken mit sachverständigem Blick, fand aber keinen Fehler. Hacke ist Hacke für mich, und ein Spaten ist eben eine blöde Schaufel, aber anscheinend hat auch das Hacken- und Schaufelwesen seine Wissenschaft.
Als ich Piero half, die Schiebkarre im Gepäckraum zu verstauen, stolperte ich über einen Stein und fiel mit voller Wucht gegen Coertze.
»Tut mir leid«, sagte ich.
Er knurrte: »Braucht Ihnen nicht leid zu tun; passen Sie lieber auf!«

Schließlich hatten wir die Schiebkarre drinnen, wenn wir auch den Gepäckraum nicht mehr zukriegten. Leise sagte ich zu Coertze: »Ich möchte mit Ihnen sprechen ... gehen wir etwas abseits.«
Wir entfernten uns ein Stück von den anderen, bis uns die zunehmende Dunkelheit verbarg. »Was ist los?« fragte Coertze.
Ich klopfte auf eine harte Ausbeulung in Brusthöhe unter seinem Jackett. »Eine Pistole, vermute ich.«
»Allerdings, eine Pistole«, antwortete er.
»Und auf wen gedenken Sie zu schießen?«
»Auf jeden, der mir den Weg zum Gold versperren will.«
»Nun hören Sie mal gut zu«, sagte ich in einem Ton, der keinen Widerspruch duldete. »Sie werden auf niemanden schießen, denn Sie werden mir jetzt diese Pistole geben. Tun Sie es nicht, dann können Sie ihr Gold allein holen. Ich bin nicht nach Italien gekommen, um irgend jemand umzubringen. Was mich betrifft, so bin ich kein Mörder.«
Coertze erwiderte: »*Klein Man*, wenn Sie meine Pistole haben wollen, müssen Sie sie mir schon wegnehmen.«
»O. K. Sie können uns alle mit vorgehaltener Pistole zur Mine zwingen. Aber es ist dunkel, und sobald Sie den Rücken gekehrt haben, werden Sie einen Stein an den Schädel kriegen – und kein anderer als ich wird ihn werfen. Und wenn Sie das Gold rausgekriegt haben – mit vorgehaltener Pistole –, welche andere Möglichkeit haben Sie dann, als drauf sitzen zu bleiben? Ohne Francescas Leute kriegen Sie es nicht an die Küste, und ohne mich kriegen Sie es nicht aus Italien raus.«
Ich hatte ihn schön in die Enge getrieben, ihm seine Zwangslage wieder bewußt gemacht, in der er sich seit Südafrika befand. Ihm blieb kein Ausweg.
Er entgegnete: »Woher wissen Sie denn, ob sich Francescas Partisanen nicht in diesen verdammten Bergen versteckt haben und über uns herfallen, sobald der Stollen geöffnet ist?«

»Weil sie nicht wissen, wo wir sind«, erwiderte ich. »Die Lkw-Fahrer haben lediglich den Auftrag erhalten, nach Varsi zu fahren. Überdies würden sie schon deshalb nicht über uns herfallen, weil wir die Contessa als Geisel haben.«
Er zögerte, und ich sagte: »Nun, geben Sie schon die Pistole her.«
Langsam schob er die Hand unter sein Jackett und zog die Pistole heraus. In der Dunkelheit konnte ich seine Augen nicht erkennen, aber ich wußte, daß sie von Haß erfüllt waren. Er richtete die Pistole auf mich, und sicherlich juckte es ihm in den Fingern zu schießen – aber er ließ sie sinken und legte sie mir in die ausgestreckte Hand.
»Wenn wir dies alles erst einmal hinter uns haben, wird es eine gewaltige Abrechnung zwischen uns geben«, sagte er.
Ich schwieg und sah mir die Waffe an. Es war eine Luger, geradeso eine wie meine eigene, die ich in Südafrika gelassen hatte. Ich richtete sie auf ihn und sagte: »Nun stehen Sie ganz still, ich durchsuche Sie jetzt.«
Er verfluchte mich, stand aber ruhig, während ich seine Taschen abklopfte. Und richtig, in seiner Jackett-Tasche fand ich noch ein Reservemagazin. Dann nahm ich das Magazin aus der Luger und sah nach, ob eine Patrone im Lauf war. Natürlich war eine drin.
Coertze sagte: »Morese hat bestimmt auch eine Pistole.«
»Das werden wir sofort feststellen«, erwiderte ich. »Ich werde ihn mir vornehmen, und Sie stellen sich hinter ihn in Bereitschaft, ihn notfalls niederzuschlagen.«
Wir gingen zum Wohnwagen zurück, und ich rief Francesca und Piero heraus, und als sie kamen, baute sich Coertze unauffällig hinter dem großen Italiener auf. Ich fragte Francesca: »Hat Piero eine Schußwaffe?«
Überrascht antwortete sie: »Ich weiß nicht«, und zu ihm gewandt: »Hast du eine Schußwaffe, Piero?«
Er zögerte, dann nickte er. Ich hob meine Luger und richtete sie auf ihn. »Dann hole sie heraus – aber langsam.«

Er blickte auf die Luger und zog grimmig die Brauen herunter; aber er folgte meinem Befehl und nahm langsam eine Pistole aus dem Schulterhalfter. Ich sprach: »Dieses eine Mal erhalten Sie Ihre Befehle von mir. Geben Sie Francesca die Waffe.«
Er übergab die Pistole Francesca, und ich steckte meine Luger weg und nahm dann Francescas Pistole an mich. Es war eine Armee-Beretta, wahrscheinlich ein Überrest aus den Partisanentagen. Ich nahm die Patronen raus, entspannte den Schlagbolzen und steckte sie in die andere Tasche. Coertze reichte mir zwei Reservemagazine, die er Pieros Taschen entnommen hatte.
Ich fragte Walker: »Haben Sie eine Schußwaffe?«
Er schüttelte den Kopf.
»Kommen Sie her und lassen Sie sich durchsuchen.« Wir fanden nichts.
Da Walker waffenlos war, sagte ich: »Durchsuchen Sie jetzt den Wagen und stellen Sie fest, ob dort irgendwas versteckt ist.«
Ich wandte mich an Francesca. »Haben Sie irgend etwas, womit man Menschen töten kann?«
Sie verschränkte die Arme. »Wollen Sie auch mich durchsuchen?«
»Nein, wenn Sie mir Ihr Wort geben, genügt mir das.«
Sie gab ihre Verteidigungsstellung auf und sagte leise: »Ich habe keine Schußwaffe.«
Dann sagte ich: »Hören Sie zu, jeder einzelne. Ich habe Coertze und Morese je eine Pistole abgenommen. Die Munition für beide Waffen halte ich in meinen Händen.«
Mit schnellem Doppelwurf schleuderte ich die Magazine in die Finsternis, und wir hörten sie metallisch klappernd auf Felsen aufschlagen. »Wenn es nun zu irgendeinem Kampf zwischen uns kommen sollte, so wird er mit der nackten Faust ausgefochten. Es wird niemand getötet. Sie verstehen mich!«

Ich zog die leeren Pistolen aus den Taschen und gab sie Coertze und Piero zurück. »Die können Sie als Hammer benutzen, wenn Sie die Kisten vernageln.«
Sie nahmen die Waffen ohne Dank, und ich sagte: »Wir haben nun genug Zeit mit diesem lächerlichen Kram verplempert. Ist der Wagen klar?«
»Nichts drin gefunden«, meldete Walker.
Als die andern einstiegen, sagte Francesca leise zu mir: »Ich bin froh, daß Sie das getan haben. Ich hatte keine Ahnung, daß Piero eine Pistole hatte.«
»Ich hab's von Coertze auch nicht gewußt, obgleich ich's mir eigentlich hätte denken können – nach allem, was ich von ihm weiß.«
»Wie haben Sie sie denn von ihm bekommen?« fragte sie.
»Kleiner psychologischer Trick«, antwortete ich. »Das Gold zu kriegen war ihm wichtiger als mich umzubringen. Wenn er's erst hat, sieht die Sache anders aus.«
»Sie müssen sehr vorsichtig sein«, sagte sie.
»Es ist hübsch zu wissen, daß Sie sich darüber Gedanken machen«, erwiderte ich. »Aber nun kommen Sie in den Wagen.«

Langsam und ohne Licht fuhr Coertze auf der überwucherten Straße weiter; ich hörte das lange Gras an der Unterkante unseres Wagens entlangfegen. Nachdem wir um eine Biegung gekommen waren und von der Hauptstraße aus nicht mehr gesehen werden konnten, machte er Licht und fuhr schneller.
Niemand sprach ein Wort. Coertze und Morese waren wütend auf mich, und auch Francesca war wegen meiner letzten Worte eingeschnappt. In Walker brodelte eine schlechtverhehlte Erregung, aber angesteckt von der üblen Laune der übrigen schwieg auch er. Ich sagte nichts, weil ich nichts zu sagen hatte.
Bis zur Mine hatten wir nicht lange zu fahren, und bald

glitten die Scheinwerfer über Gebäudetrümmer, die trübseligen Überbleibsel einer industriellen Anlage. Nichts zeigt so bedrückend den Anblick des Verfalls wie verlassene Fabrikgebäude und verkommene Maschinen-Überreste. Viel war allerdings nicht übriggeblieben. Bald nachdem die Mine aufgegeben worden war, muß die Landbevölkerung ringsum wie ein Heuschreckenschwarm darüber hergefallen sein und alles, was irgend von Wert war, weggeschleppt haben. Das noch Vorhandene war keine zehn Lire wert, es zu beseitigen würde aber sicher hunderttausend Lire kosten.

Coertze hielt, und wir stiegen alle aus. Piero fragte: »Was für eine Art Mine war dies?«

»Eine Bleimine«, antwortete Coertze. »Sie wurde schon vor langer Zeit aufgegeben, so um 1908 hörte ich.«

»Das war gerade die Zeit, als die großen Lager in Sardinien entdeckt wurden«, entgegnete Piero. »Es war leichter, den Bleiglanz zur Hütte in Spezia zu verschiffen, als ihn hier mit der Eisenbahn abzufahren.«

»Und wo ist nun Ihr Stollen?« fragte ich.

Coertze zeigte dorthin. »Da drüben. Neben dem, den ich versperrte, waren noch vier andere.«

»Wir bringen am besten den Wagen gleich in die richtige Stellung«, sagte ich, und Coertze stieg ein und setzte den Wagen vor. Die Lichtkegel fuhren herum und beleuchteten den eingebuchteten Eingang des Stollens. Es machte den Eindruck, als hätte ein Regiment Pioniere einen Monat damit zu tun, den Stollen freizulegen.

Coertze lehnte sich zum Seitenfenster heraus. »Da hab ich saubere Arbeit geleistet«, sagte er selbstzufrieden.

»Und Sie sind sicher, daß wir da in einer Nacht durchkommen?« fragte ich.

»Mit Leichtigkeit«, sagte er.

Ich hatte keinen Zweifel daran, daß er damit Bescheid wüßte, er war ja ein alter Bergmann. Ich half Piero und Walker, das Werkzeug aus dem Kofferraum zu holen,

während Coertze den Steinhaufen untersuchte. Von jetzt ab übernahm er die Leitung, und ich überließ sie ihm – er verstand ja den Laden und ich nicht. Er gab seine Anordnungen sicher und bestimmt, und wir befolgten sie ohne Einwände.
Er sagte: »Wir brauchen nicht den ganzen Kram wegzubuddeln. Ich hab die Ladungen so gesetzt, daß der Trümmerhaufen an dieser Seite möglichst klein blieb, es sind nicht mehr als drei Meter.«
»Drei Meter, das ist doch ein Riesenhaufen«, wandte ich ein.
»Ist 'ne Kleinigkeit«, begegnete er geringschätzig meiner Unwissenheit. »Ist ja kein gewachsener Felsen mehr, dies lockere Zeug.« Dann wandte er sich um und zeigte mit der Hand: »Dort hinter dem Gebäude liegen ein paar Holzbalken, die ich vor drei Jahren ausgesucht habe. Sie und Morese holen die her, während ich mit Walker anfange, diesen Kram hier rauszuholen.«
»Und was kann ich tun?« fragte Francesca.
»Sie können das, was wir ausräumen, auf die Schiebkarre laden, und dann verteilen Sie es so in der Gegend, daß es ganz natürlich aussieht. Morese hat ganz recht, es ist nicht nötig, daß wir hier einen Steinhaufen hinterlassen.«
Piero und ich zogen mit Taschenlampen los und fanden die Balken, nach denen Coertze uns geschickt hatte. Ich mußte daran denken, daß Coertze alle drei, vier Jahre hergekommen war und immer wieder einem unlösbaren Problem gegenüberstand. Er mußte sich die Frage, wie man den Schatz heben könnte, oft überlegt haben und hatte sicher Stunden damit verbracht, das Holz für ein Unternehmen zusammenzusuchen, zu dem es vielleicht nie kommen würde. Kein Wunder, daß er so reizbar war. Wir brauchten etwa eine Stunde, um das Holz ranzuschleppen, und mittlerweile waren Coertze und Walker drei Fuß tief in das Gestein eingedrungen. Ich fand, das ließ sich gut an, und das sprach ich auch aus. Coertze aber erwiderte:

»Es wird nicht die ganze Zeit so leicht gehen wie jetzt. Wir müssen die Arbeit unterbrechen und den Durchbruch oben abstützen; das kostet allerhand Zeit.«

Der Durchgang wurde nicht sehr groß, vielleicht anderthalb Meter hoch und sechzig Zentimeter breit, gerade ausreichend für einen Mann, um hindurchzuschlüpfen. Coertze machte sich daran, seine Hölzer zum Abstützen auszusortieren, und Piero und ich halfen Francesca, den Schutt zu verteilen.

Coertze hatte recht, das Abstützen des Gesteins nahm viel Zeit in Anspruch, aber gemacht werden mußte es. Es wäre übel gewesen, wenn der ganze Laden zusammenkrachte und wir von neuem beginnen müßten; überdies konnte dabei auch jemand verletzt werden. Als der Mond aufging, erleichterte sein Schein die Verteilung des abgeräumten Gesteins; wir stellten die Scheinwerfer ab, und Coertze arbeitete beim Licht der Tilley-Lampe.

Die Arbeit ganz vorn am Gestein behielt er sich selber vor. Walker, Piero und ich halfen ihm abwechselnd; dabei standen wir hinter ihm und schafften die losen Steine aus dem Eingang raus. Nach weiteren drei Stunden hatten wir fast zwei Meter sicher abgestützten Durchgangs in die Felswand getrieben und legten eine Essenspause ein.

Piero sprach mit mir über die Wegnahme seiner Pistole. Er sagte: »Ich war wütend, als Sie das taten. Ich mag es nicht haben, wenn man eine Waffe auf mich richtet.«

»Sie war ungeladen«, erwiderte ich.

»Das hab ich nachher auch gemerkt, aber das machte mich noch wütender.« Dann kicherte er plötzlich. »Inzwischen hab ich's mir überlegt, Sie haben es doch wohl richtig gemacht. Es ist besser, wenn's keine Schießerei gibt.«

Wir hatten uns etwas von den andern entfernt. »Hat Francesca mit Ihnen über Coertze gesprochen?« fragte ich.

»Ja, sie hat mir berichtet, was Sie ihr erzählt haben. Ich muß sagen, auf diesen Gedanken wäre ich nie gekommen. Als Donato Rinaldi damals tot aufgefunden wurde, war ich sehr überrascht, aber ich habe nie daran gedacht, daß ihn jemand umgebracht haben könnte. Wir waren doch alle gut Freund.«

Gold ist ein Lösungsmittel, das sogar Freundschaften auflöst, dachte ich, aber meine Sprachfertigkeit reichte nicht aus, um es auf italienisch zu sagen. Statt dessen fragte ich: »Nach allem, was Sie aus der Zeit wissen – meinen Sie, daß Coertze diese vier Männer hat töten können?«

Piero antwortete: »Harrison kann er nicht umgebracht haben, ich habe selbst gesehen, wie er fiel. Er wurde von einem Deutschen erschossen, und dieser Deutsche fiel von meiner Hand. Was die andern betrifft – Parker, Corso und Rinaldi –, ja, ich glaub schon, daß Coertze die getötet haben kann. Er war so einer, dem es nichts ausmachte zu töten.«

»Er kann sie getötet haben, aber hat er es tatsächlich getan?« fragte ich.

Piero zuckte die Achseln. »Wer kann darüber was sagen? Es ist lange her, und Zeugen sind nicht da.«

Das war alles, und weiter nachzubohren schien aussichtslos; wir gingen darum wieder an unsere Arbeit.

Coertze beeilte sich mit dem Essen, um wieder an seinen Felsen zu kommen. Seine Augen funkelten im Lampenlicht; der Goldrausch hatte ihn gepackt; nur vier Fuß noch trennten ihn von dem Schatz, dem er vierzehn Jahre lang entgegengewartet hatte. Mit Walker war's ebenso; kaum machte Coertze eine Bewegung, da war Walker auf den Füßen, und beide machten, daß sie zum Stollen kamen.

Piero und Francesca waren gelassener. Sie hatten das Gold nicht selber gesehen, und bloße Berichte zünden nicht so unmittelbar. Francesca beendete ruhig ihr mitternächtliches Mahl, sammelte dann das Geschirr ein und brachte es in den Wagen.

»Eine seltsame Frau«, sagte ich zu Piero.

»Jedes Kind, das in einem Lager des Kleinkrieges auf-

wächst, wird dadurch verändert«, entgegnete er. »Sie hat ein schweres Leben gehabt.«
Ich tastete mich vorsichtig vor. »Ich hörte, sie sei eine unglückliche Ehe eingegangen.«
Er spie aus. »Estrenoli ist ein degenerierter Bursche.«
»Und warum hat sie ihn genommen?«
»Die oberen Zehntausend sind da anders als wir gewöhnlichen Sterblichen«, sagte er. »Die Ehe war vereinbart worden zwischen den Familien — so ähnlich sprach man darüber. Aber die Sache war noch ein wenig anders.«
»Und was meinen Sie?«
Er nahm eine Zigarette von mir an. »Wissen Sie, was die Kommunisten mit ihrem Vater gemacht haben?«
»Sie hat mir etwas darüber erzählt.«
»Es war schändlich. Er war ein Mann, ein guter, richtiger Mann, und sie waren nicht wert, ihm die Stiefelsohlen abzulecken. Und jetzt ist er ein Wrack, ein alter, gebrochener Mann.« Er strich ein Streichholz an, und die Flamme beleuchtete sein Gesicht. »Ungerechtigkeit kann einem Mann das Mark aus den Knochen saugen, wenn sein Körper auch in den Straßen rumläuft«, fuhr er fort.
»Und was hat das mit Francescas Heirat zu tun?«
»Der alte Herr war dagegen, er kannte die Estrenoli-Brut. Aber Madame bestand darauf. Sehen Sie, der junge Estrenoli wollte sie. Liebe war nicht dabei, nur Sinnenlust — Madame ist eine Schönheit —, und so wollte er sie besitzen, konnte sie aber nicht kriegen. Sie durchschaute ihn.«
Das verwirrte mich. »Warum zum Deubel hat sie ihn dann geheiratet?«
»Der Estrenoli ist ein gerissener Bursche. In der Regierung sitzt ein Onkel von ihm, und er sagte, man würde vielleicht den Fall ihres Vaters wieder aufrollen. Natürlich hatte die Sache ihren Preis.«
»Ja, ich versteh«, sagte ich nachdenklich.
»So hat sie ihn denn geheiratet. Mir wär's lieber gewesen, sie hätte ein Tier geheiratet.«

»Und er sah, daß er sein Versprechen nicht halten konnte?«

»Nicht konnte?« rief Piero empört aus. »Er hatte von vornherein nicht die Absicht gehabt, es zu halten. Seit fünfhundert Jahren haben die Estrenolis kein Versprechen gehalten.« Er seufzte auf. »Sie wissen vielleicht, daß sie eine treue Tochter ihrer Kirche ist, und als sie ihn heiratete, wußte Estrenoli, daß sie ihm für immer gehörte. Und er war stolz auf sie, o ja, das war er, sehr stolz. Sie war die schönste Frau in Rom, und er kaufte ihr Kleider und zog sie an, wie ein Kind seine Puppe anzieht. Sie war das am kostbarsten gekleidete Mannequin Italiens.«

»Und dann?«

»Dann wurde er ihrer müde. Er ist Päderast und kam wieder auf seine Knaben und seine Rauschgifte zurück und was es in Rom sonst noch für Laster gibt. Signore Halloran, die römische Gesellschaft ist die korrupteste der Welt.«

Das war mir nichts Neues; vor kurzem erst hatte man ein junges Mädchen ertränkt, das gedroht hatte, den ganzen Schmutz aufzudecken. Man sagte aber, daß die italienische Regierung die Sache vertuschen wollte.

Piero setzte seine Erzählung fort. »Damals half sie ihrem Vater und ihren alten Kameraden. So mancher war in Not geraten, und sie tat, was in ihrer Kraft stand. Aber Estrenoli kam dahinter und erklärte, er wünsche nicht, daß sein Geld unter einem Haufen dreckiger Partisanen verschwendet würde, und gab ihr kein Geld mehr – nicht eine Lira. Er versuchte sie zu korrumpieren, sie auf sein Niveau hinunterzuziehen, aber das gelang ihm nicht, sie ist unantastbar. Da setzte er sie auf die Straße. Er hatte bekommen, was er wollte, soweit er es erlangen konnte. Er war fertig mit ihr.«

»Und so kam sie nach Ligurien zurück.«

»Ja. Wo wir können, helfen wir ihr, um ihrer selbst und um ihres Vaters willen. Wir versuchen, auch ihm zu hel-

fen, aber das ist schwierig, weil er alles ablehnt, was nach Almosen aussieht.«
»Und sie ist immer noch mit Estrenoli verheiratet?«
»In Italien gibt's keine Scheidung, und sie gehorcht der Kirche. Aber ich sage vor Gottes Angesicht, die Kirche hat unrecht, wenn solches geschehen kann.«
»Und nun helfen Sie ihr also in diesem Unternehmen.«
»Ich halte es nicht für richtig und meine, sie ist mißberaten«, erwiderte er. »Ich fürchte, dies kann manches Menschenleben kosten. Aber ich helfe ihr.«
»Eins ist mir noch nicht ganz klar«, sagte ich. »Ihr Vater ist alt; ihm kann das Gold nicht mehr viel nützen.«
»Es soll auch nicht nur für ihren Vater sein«, antwortete Piero. »Sie sagt, daß das Geld für alle sein soll, die mit ihrem Vater gekämpft haben und durch die Kommunisten Schäden erlitten. Sie sollen dafür ins Krankenhaus kommen, wenn es nötig ist, und es soll für die Erziehung ihrer Kinder verwendet werden. Wenn niemand dabei ums Leben kommt, wird es ein gutes Werk sein.«
»Ja, das wird es«, sagte ich nachdenklich. »Ich will nicht, daß jemand getötet wird, Piero, niemand.«
»Ich weiß, Signore Halloran, das haben Sie bewiesen. Aber da gibt's ja noch andere — Torloni und diesen Metcalfe. Und ihr Freund Coertze ist auch noch da.«
»Sie trauen ihm auch nicht, wie? Und Walker?«
»Pah — ein Würstchen.«
»Und ich? Trauen Sie mir?«
Er trat nachdenklich seine Zigarette aus. »Überall sonstwo würde ich Ihnen vertrauen, Signore Halloran, in einem Boot oder auf einem Berg. Aber Gold verdirbt den Charakter.«
Was ich schon früher gedacht hatte, sprach er nun aus. Ich wollte etwas erwidern, aber Coertze rief aufgeregt: »Was treibt ihr euch denn da herum? Kommt schon zum Ausräumen!«
Also gingen wir wieder an die Arbeit.

Um drei Uhr morgens waren wir durchgebrochen. Coertze stieß einen Jubelruf aus, als seine Spitzhacke ohne Widerstand zu finden ins Leere stieß. Innerhalb von zehn Minuten hatte er die Öffnung so erweitert, daß ein Mann hindurchkriechen konnte, und er schlüpfte hinein wie ein Hund, der hinter einer Ratte her ist. Ich reichte die Tilley-Lampe durch und folgte ihm.

Coertze stieg über Gesteinsbrocken, die den Boden der Mine bedeckten. »Nu mal ganz langsam«, sagte ich. »Wir brauchen nichts zu überstürzen.«

Er kümmerte sich nicht darum und stürzte sich weiter in die Finsternis hinein. Ich hörte ein Krachen und dann sein Fluchen. Er brüllte: »Los schon, her mit dem verdammten Licht.«

Ich drang weiter vor und der Lichtkegel mit mir. Coertze war mit voller Wucht gegen einen Lastwagen gerannt. Aus einer Wunde auf seiner Backe rann das Blut und zeichnete rote Streifen in den Staub, der sein Gesicht bedeckte; seine Augen glühten, er sah aus wie ein Wahnsinniger.

Aufgeregt schnatterte er los: »Hier ist es, hier ist es. *Magtig,* was hab ich Ihnen gesagt? Hab ich nicht gesagt, daß das Gold hier ist? Und hier ist es, so viel Gold, wie das Reef in einem ganzen Monat hergibt.« Wie von einem Wunder betroffen sah er mich an. »Mein Gott, was bin ich glücklich! Nie hätte ich gedacht, daß es mir gelingen würde.«

Ich hörte die andern durch das Loch kommen und wartete, bis sie heran waren. »Kobus Coertze wird für uns eine Führung durch seine Schatzhöhle veranstalten«, sagte ich.

Walker schwatzte drauflos: »Das Gold ist im ersten Wagen, hier, in diesem hier. Das meiste jedenfalls, das ist hier drin. Dann ist noch mehr da, im zweiten Wagen, da ist auch noch Gold drin, aber das meiste ist hier im ersten Wagen. Die Juwelen sind im zweiten, Halsketten und Ringe haufenweise, Diamanten und Smaragde und Perlen, goldene Feuerzeuge und Zigarettenetuis und Geld, viel Geld, Lire und Dollars und Pfunde und so, und 'ne Unmenge Papiere, aber die sind auf den Lastwagen ganz hinten, wo die Leichen drauf sind ...« Sein Redefluß versiegte, »... wo die Leichen drauf sind«, wiederholte er mechanisch.

Schweigen befiel uns, als es uns bewußt wurde, daß wir nicht nur in einer Schatzkammer sondern auch in einer Grabkammer waren. Coertze ermannte sich als erster und gewann seine gewohnte sachliche Haltung wieder. Er nahm mir die Lampe ab und beleuchtete damit den ersten Wagen. »Ich hätte ihn aufbocken sollen«, brummte er vor sich hin.

Die Reifen waren platt und verrottet. Coertze sagte: »Sie müssen bedenken, als ich den Kram hier abstellte, dachte ich, ich könnte die Lkws in absehbarer Zeit wieder rausfahren. Daß darüber fünfzehn Jahre vergehen würden, konnte ich damals ja nicht ahnen.« Er lachte kurz auf. »Wir hätten ganz schön zu tun, die Dinger jetzt in Gang zu bringen.«

Walker wurde ungeduldig. »Nun laß uns schon voranmachen!« Das Schreckbild, das er selber heraufbeschworen hatte, beschwerte ihn offensichtlich nicht mehr.

Ich sagte: »Wir wollen doch nun mal ganz methodisch vorgehen und uns Wagen für Wagen vornehmen. Sehen wir uns mal den ersten an.«

Coertze zeigte uns mit der Lampe den Weg. Zwischen Wagen und Stollenwand konnte man sich gerade so durchquetschen. Ich bemerkte die zertrümmerte Windschutzscheibe, durch die ein Feuerstoß aus der Maschinenpistole Fahrer und Beifahrer getötet hatte. Alles war mit einer dicken Staubschicht bedeckt. Den meisten Staub mußte Coertze aufgewirbelt haben, als er den Stolleneingang sprengte.

Coertze hämmerte mit einem Stein auf den Verschlußbolzen der Ladeklappe. »Das verdammte Ding hat sich festgefressen«, sagte er, »ich brauch 'n Hammer.«

»Piero«, rief ich, »holen Sie mal einen Hammer.«
»Hier, ich hab schon einen«, sagte Francesca ruhig, so nahe hinter mir, daß ich mich überrascht umdrehte. Ich nahm ihn und reichte ihn Coertze. Mit wenigen Schlägen kriegte er nun den Bolzen los und schlug auch den anderen heraus; dann fing er den Schwung der herunterfallenden Ladeklappe auf. »Hier ist es richtig«, rief er aus, »hier holen wir uns das Gold«, und er sprang auf den Wagen.
Ich reichte ihm die Lampe, stieg selber hinauf und wandte mich, um Francesca die Hand zu reichen. Walker drängte sich gleich hinter mir ran, voller Gier, das Gold zu sehen. Dann stieg Piero ruhig auf den Wagen. Nun hockten wir im Kreis herum auf den Kisten mit den Goldbarren.
»Wo ist die Kiste, die wir geöffnet haben?« fragte Coertze.
»Sie muß dahinten irgendwo sein.«
Da schrie Francesca auf. »Ich hab einen Nagel in den Fuß gekriegt.«
»Das ist sie«, sagte Coertze befriedigt.
Francesca ging zur Seite, und Coertze leuchtete auf die Kiste, auf der sie gesessen hatte; sie war aufgebrochen gewesen und flüchtig wieder zugemacht worden. Ich hob den Deckel langsam hoch. Im Licht der Lampe sah man den gelben Schimmer des Metalls, den matten Glanz des Goldes, das weder Rost noch Motten fressen – gleichsam ein Schatz, im Himmel aufbewahrt. Dies Gold aber war in der Hölle aufbewahrt worden.
Coertze seufzte auf. »Ja, da ist es.«
Ich fragte Francesca: »Haben Sie sich den Fuß verletzt?«
Sie starrte das Gold an und sagte abwesend: »Nein, ist schon gut.«
Piero langte nach einem Barren. Aber er unterschätzte das Gewicht und wollte nur eine Hand dazu nehmen; dann mußte er mit beiden Händen zugreifen und packte sich den Barren auf den Oberschenkel. »Wahrhaftig, das ist Gold«, sagte er, in Staunen versunken.

Der Barren machte die Runde, und wir alle befühlten, begriffen und streichelten ihn. Ich fühlte plötzlich wieder den Goldrausch in mir aufsteigen, der mich in Aristides Stahlkammer überkommen hatte, als ich den schweren goldenen Herkules in meinen Fingern fühlte.
Aus Walkers Stimme klang ein plötzliches Entsetzen: »Woher wissen wir überhaupt, daß in allen Kisten Gold ist? Wir haben doch gar nicht nachgesehen.«
»Doch, das weiß ich«, sagte Coertze, »ich habe damals vor fünfzehn Jahren das Gewicht jeder einzelnen Kiste probiert. Da hab ich keinen Zweifel. Auf diesem Wagen sind rund drei Tonnen Gold und eine weitere auf dem nächsten Wagen.«
Das Gold fesselte uns ganz niederträchtig, wir konnten uns nicht davon trennen. Für Walker und Coertze war dies der Gipfelpunkt des Kampfes, den sie vor fünfzehn Jahren auf der staubigen Landstraße ausgefochten hatten. Für mich war es das Ende der Geschichte, die man mir vor vielen Jahren in den Kneipen Kapstadts erzählt hatte.
Ich riß mich plötzlich zusammen. Dies war noch nicht das Ende der Geschichte, und wenn sie ein glückliches Ende nehmen sollte, blieb uns noch viel zu tun.
»Schön, machen wir hiermit erst mal Schluß«, sagte ich. »Es gibt noch mehr zu sehen und dann verdammt viel Arbeit.«
Als der Goldbann gebrochen war, gingen wir zum nächsten Wagen, und Coertze hämmerte wieder die Ladeklappe los. Die Barrenkisten lagen hier verborgen unter anderen Kisten, die darauf gestapelt waren.
»Das ist die Kiste, wo die Krone drin ist«, sagte Walker aufgeregt.
Wir stiegen alle hinauf und drängten uns hinten auf dem Wagen, und Coertze sah sich um. Dann blickte er auf Francesca und sagte: »Machen Sie mal die Kiste auf und nehmen Sie sich 'ne Probe.« Er zeigte auf eine starke Kiste mit erbrochenem Schloß.

Sie öffnete die Kiste und atmete schwer. War das ein Glitzern und Funkeln, das reine Weiß der Diamanten, das leuchtende Grün der Smaragde, das tiefe Rot der Rubine. Sie griff auf gut Glück hinein und holte das erste Stück heraus, das ihr in die Finger kam, ein Halsband mit Diamanten und Smaragden.
Sie ließ es durch die Finger gleiten. »Wie entzückend!«
Aus Pieros Stimme klang Habgier: »Wieviel mag das wert sein?« fragte er heiser.
»Keine Ahnung«, sagte ich. »Vielleicht fünfzigtausend Pfund?« Spöttisch setzte ich hinzu: »Das heißt, wenn die Steine echt sind.«
Coertze sagte: »Kriegt den ganzen Kram raus, dann sehen wir, was wir alles haben. Als wir's reinbrachten, hatte ich keine Zeit dazu.«
»Ein fabelhafter Gedanke«, erwiderte ich, »aber wir haben jetzt leider auch keine Zeit. Es wird bald hell, und es ist nicht nötig, daß man uns hier in der Gegend sieht.«
Wir machten uns daran, die Kisten rauszuholen. Coertze hatte mit Vorbedacht den Abstand der Wagen so bemessen, daß es sich ohne Schwierigkeiten machen ließ. Vier Kisten mit Juwelen waren dabei, und eine enthielt nur Trauringe, Tausende von Trauringen. Ich hatte so eine vage Erinnerung, daß die patriotischen Italienerinnen im Kriege ihre Trauringe geopfert hatten – und hier waren sie nun.
Da war die Kiste mit der Krone, einer massiven, mit Juwelen besetzten Haube. Dann waren da acht große Behälter mit dem Papiergeld, säuberlich verpackt und umwunden von verrotteten Gummibändern. Die Lirebündel hatten noch die originalen Bankstreifbänder. Und da, auf dem Boden des Wagens, waren die restlichen Barrenkisten – eine weitere Tonne Gold.
Francesca ging zu unserm Wagen und kam mit einigen Flaschen Kaffee zurück, und wir setzten uns und betrachteten unsere Beute. Die Kiste, aus der Francesca das Hals-

band genommen hatte, war die einzige, die Juwelen hohen Wertes enthielt, aber das genügte auch schon. Ich verstehe zwar nichts von Edelsteinen, aber mit aller Vorsicht schätzte ich doch den Wert dieser einen Kiste auf reichlich eine Million Pfund.

Eine andere Kiste enthielt verschiedene Wertgegenstände, vor allem goldene, wie altmodische Taschenuhren, Zigarettenetuis, Feuerzeuge, Goldmünzen und Medaillons, Zigarrenabschneider und was es sonst noch alles gibt. In viele Stücke waren Namen eingraviert, und ich dachte mir, dies müsse wohl der Tribut der Männer sein für den Krieg.

Die dritte Kiste war die mit den Trauringen, und die letzte war voller Goldmünzen, darunter viele britische Sovereigns und solche von der Art, wie Aristide sie uns gezeigt hatte. Amerikanische Adler und österreichische Dukaten waren dabei, sogar auch der Herkules von Tanger. Es war eine sehr schwere Kiste.

Francesca nahm wieder ihren Halsschmuck in die Hand.

»Ist doch schön, nicht wahr?« sagte ich.

»Es ist das Schönste, was ich je gesehen habe«, flüsterte sie.

Ich nahm ihr das Schmuckstück aus der Hand. »Drehn Sie sich mal um«, sagte ich und legte ihn ihr um den Hals. »Dies ist die einzige Gelegenheit, daß Sie ihn jemals tragen können. Wär ja schade, wenn wir uns die entgehen ließen.«

Unwillkürlich richtete sie sich auf, und die dreifache Reihe von Edelsteinen hob sich glitzernd von ihrem schwarzen Sweater ab. Ganz weiblich äußerte sie den Wunsch: »Jetzt möcht ich einen Spiegel haben«, und ihre Finger liebkosten das Halsband.

Walker lachte und sprang taumelnd auf die Füße. Dann packte er die Krone mit beiden Händen und setzte sie Coertze auf, so daß dessen runder Kopf zwischen den Schultern einzusinken schien. Übergedreht kreischte er: »Heil König Coertze!«

Coertze saß steif unter dem Gewicht der Krone. »*Nee, Man*«, sagte er, »ich bin Republikaner.« Dann grinste er mich diabolisch an und sagte: »Dort ist der König der Expedition.«

Für einen Unbeteiligten wäre es ein närrischer Anblick gewesen. Vier schmutzige Männer in Räuberzivil, einer mit einer goldenen Krone über dem mit Streifen trocknenden Blutes gezierten Gesicht, und eine auch nicht gerade saubere Frau mit einem Halsschmuck, der einer Königin würdig gewesen wäre. Uns selbst wurde die Ungereimtheit dieses Schauspiels gar nicht bewußt; unsere Wunschträume hatten uns diesen Augenblick schon zu oft vorgegaukelt.

Ich mahnte: »Na, nun laßt uns mal wieder an die Arbeit denken.«

Coertze nahm die Krone herunter. Der Spaß war vorbei, es wurde wieder ernst.

»Sie müssen den Eingang noch fertigmachen«, sagte ich, »das letzte Stück ist nicht groß genug, um alles rauszukriegen.«

Coertze erwiderte: »Ja, aber das geht schnell.«

»Trotzdem, es wird am besten sofort gemacht, bald wird's hell.« Ich wies mit dem Daumen auf den dritten Wagen. »Dahinten drin noch irgendwas von Wert?«

»Weiter nichts als Kisten mit Papieren und tote Deutsche. Wenn Sie wollen, können Sie sich's ja mal ansehen.«

»Ja, das will ich.« Ich sah im Stollen umher. »Ich denke mir, daß Walker und ich heute hierbleiben, die Sachen rausholen und nach vorn bringen, so daß wir sie nachher fixer nach draußen kriegen. Wir haben dann Zeit gewonnen, wenn die Wagen kommen; ich möchte nicht, daß die sich hier lange rumtreiben.«

Diese Maßnahme hatte ich mir sorgfältig zurechtgelegt. Darauf konnte man sich verlassen, daß Coertze scharf auf Piero und Francesca aufpassen und keinen Unfug von ihnen durchgehen lassen würde, wenn sie nach Varsi gingen.

Aber in Coertze sprang sofort das Mißtrauen hoch; er wollte mich und Walker nicht mit dem Schatz allein lassen. »Verdammt noch mal«, fuhr ich ihn an, »Sie können uns hier ja einsperren, und selbst, wenn wir ausbrächen, was wir uns da in die Taschen stopfen könnten, wär ja nicht der Rede wert, wenn man's mit dem Rest vergliche. Mir kommt es nur auf den Zeitgewinn an.«
Einen Augenblick brummte er noch vor sich hin, fügte sich dann aber meinem Vorschlag und ging mit Piero daran, den Eingang fertigzumachen. Ich forderte Walker auf: »Kommen Sie, wollen dahinten noch mal hinsehen.«
Erst zögerte er, dann aber erklärte er: »Nee, nee, dahinten geh ich nicht hin. Kommt nicht in Frage.«
»Ich geh mit«, sagte Francesca ruhig. »Ich fürchte mich nicht vor Deutschen, schon gar nicht vor toten.« Sie sah Walker geringschätzig an.
Ich nahm die Tilley-Lampe auf, und Walker schrie hysterisch los: »Nicht das Licht wegnehmen!«
»Benehmen Sie sich nicht so kindisch«, sagte ich. »Bringen Sie die Lampe zu Coertze, die ist besser für ihn als 'ne Taschenlampe. Sie können ihm auch gleich helfen.« Als er losgezogen war, schaltete ich meine Taschenlampe ein und Francesca die ihre. Ich griff mir den Hammer und sagte: »So, nun wollen wir mal den Geistern einen Schrekken einjagen.«
Der dritte Wagen war mit Kisten und Waffen vollgepfropft. Es schienen genug Gewehre zu sein, um einen Krieg anzufangen. Ich suchte mir eine Maschinenpistole heraus und probierte das Schloß. Es war etwas schwer gängig, aber es funktionierte, und als ich es öffnete, wurde eine leere Hülse ausgeworfen. Ich dachte, daß mein tapferes Bemühen, Coertze und Piero zu entwaffnen, vergebens gewesen war – oder gewesen wäre, wenn Coertze an all diese Waffen gedacht hätte. Ich hätte nur gern gewußt, ob die Munition noch brauchbar war.
Francesca hatte einige Gewehre beiseite geräumt und den

Deckel einer Kiste geöffnet. Sie war voller Akten, staubiger Akten, auf deren Decken die *Faszes* der faschistischen Regierung geprägt waren. Francesca zog eine Akte heraus, blätterte und las darin.
»Was Interessantes?« fragte ich.
»Betrifft Albanien«, erwiderte sie, »Sitzungsprotokolle des Armeestabs.« Dann vertiefte sie sich in eine andere Akte. »Das gleiche über den äthiopischen Feldzug.«
Ich überließ sie den verstaubten Zeugen vergessener Kriege und ging weiter zurück zu dem vierten Wagen. Es war kein sehr schöner Anblick. Die Mine war sehr trocken und Ratten gab es offensichtlich nicht. Die Körper waren mumifiziert, die Gesichter schwarz geworden, und die zusammengeschrumpfte Haut hatte sie mit einem scheußlichen Grinsen überzogen – die starre Maske des Todes. Ich zählte die Leichen – es waren fünfzehn auf dem Lastwagen, wie Kraut und Rüben durcheinandergeworfen – und zwei im Stabswagen, einer davon ein SS-Offizier. Hinten auf dem Lastwagen war noch ein hölzerner Kasten, aber ich forschte nicht weiter nach – wenn irgend etwas von Wert darin war, mochten die Toten das behalten.
Ich ging noch einmal zum Stabswagen. Ich hatte da etwas gesehen, was mich interessierte. Auf dem Rücksitz, halb von dem Motorrad verborgen, lag eine Schmeisser-Maschinenpistole. Ich nahm sie und wog sie nachdenklich in der Hand. Ich dachte mehr an Coertze als an Metcalfe, und es waren nicht eben freundliche Gedanken. Coertze stand im Verdacht, mindestens drei Menschen getötet zu haben, um diesen Schatz für sich allein zu retten. Die Verteilung der Beute lag noch vor uns, und es war immer noch drin, daß er des einen oder anderen Tages das alte Spiel spielen würde. Schließlich ging es um einen riesigen Einsatz.
Die Schmeisser-MPi ist eine sauber gearbeitete Waffe, die ich während des Krieges gesehen und bewundert hatte. Sie sieht genauso aus wie eine gewöhnliche Selbstlade-

pistole und kann auch so benutzt werden. Sie hat aber auch noch einen einfachen Ansatzkolben, der im Halfter untergebracht wird und den man hinten im Handgriff einrasten lassen kann, so daß sich die Pistole an der Schulter ansetzen läßt.

In der Konstruktion ähnelt sie der alten Mauserpistole, aber mehr auch nicht. Magazine für die Schmeisser gibt es in zwei Größen, eins mit acht Schuß wie bei einer gewöhnlichen Pistole und ein großes Magazin mit dreißig Schuß. Wenn das große Magazin eingeführt und Dauerfeuer eingestellt ist, so hat man eine sehr handliche Maschinenpistole, die auf nahe Entfernung überaus wirksam ist.

Seit dem Kriege hatte ich keinen Schuß abgegeben, und der Gedanke, daß dies Ding hier, mit seiner Fähigkeit, die Geschosse nur so herauszuspritzen, meinem Mangel an Schießkunst aufhelfen könnte, war sehr verlockend. Ich sah umher, ob ich wohl Reservemagazine entdecken könnte, fand aber keine. Maschinenpistolen werden gewöhnlich an Unteroffiziere und junge Offiziere ausgegeben. Ich machte mich also auf ein unerquickliches Suchen gefaßt.

Nach zehn Minuten hatte ich, was ich brauchte, Halfter und Leibriemen, steif vom langen Lagern, aber mit dem Ansatzkolben, vier langen und vier kurzen Magazinen. Es war noch eine Maschinenpistole da, aber die ließ ich liegen. Ich steckte die Waffe ins Halfter und packte alles zusammen mit der Munition in eine Nische der Stollenwand. Dann ging ich wieder zu Francesca.

Beim Schein der Taschenlampe las sie noch in den Akten. Ich redete sie an: »Na, immer noch beim Geschichtsstudium?«

Sie blickte auf. »Ein jämmerlicher Bericht: dieser Zank und Streit in den höchsten Stellen, alles säuberlich geordnet und niedergeschrieben.« Sie schüttelte den Kopf. »Am besten bleiben diese Akten hier, dem Vergessen anheimgegeben.«

»Sie wären sicher 'ne Million Dollar wert«, erwiderte ich, »wenn wir eine amerikanische Universität auftun könnten, die unredlich genug wäre, sie uns abzukaufen. Mancher Historiker würde seinen rechten Arm dafür hergeben. Aber Sie haben schon recht, wir dürfen sie nicht in die Außenwelt lassen, das würde uns unweigerlich verraten.«
»Und was ist da hinten los?«
»Scheußlich.«
»Ich möchte es sehen«, sagte sie und sprang vom Wagen. Ich dachte an das kleine Mädchen aus dem Kriege, das die Deutschen haßte, und versuchte nicht, sie zurückzuhalten.
Bleich und mit starrem Blick kam sie vor Ablauf von fünf Minuten zurück und sprach kein Wort. Lange Zeit später hat sie mir einmal erzählt, daß sie sich bei diesem Anblick vor Entsetzen erbrechen mußte. Sie meinte, daß den Leichen eigentlich ein anständiges Begräbnis zukäme, wenn es auch Deutsche seien.
Als wir zum Stolleneingang zurückkamen, war Coertze mit seiner Arbeit fertig, und das Loch war groß genug, um die Kisten hindurchzubringen. Ich schickte Walker und Francesca zum Wohnwagen, um Verpflegung und Bettzeug zu holen. Dann nahm ich mir Coertze beiseite und sprach Englisch mit ihm, damit Piero uns nicht verstehen konnte.
Ich fragte ihn: »Führt noch irgendein anderer Weg hierher zur Mine außer der Straße, auf der wir gekommen sind?«
Er antwortete: »Höchstens wenn Sie querfeldein laufen.«
Ich fuhr fort: »Bleiben Sie mit Piero und Francesca bis zum späten Nachmittag im Wohnwagen. Und passen Sie auf, ob irgend jemand hier die Straße heraufgeht. Sollte das geschehen, kommen Sie so schnell Sie können und auf dem kürzesten Wege quer durchs Gelände her und warnen Sie uns; es könnte ja sein, daß wir uns durch Geräu-

sche verraten würden. Am Nachmittag werden wir voraussichtlich schlafen; so wird es wohl am besten sein.«
»Ja, das scheint mir auch.«
»Piero wird vielleicht die Magazine suchen wollen, die ich weggeworfen habe. Haben Sie also ein Auge auf ihn. Und wenn sie nach Varsi fahren, um die Lkws zu holen, sorgen Sie dafür, daß Sie alle zusammenbleiben, und lassen Sie niemand mit irgend jemand sprechen, wenn Sie nicht dabei sind.«
»*Moenie panik nie*«, sagte er, »sie werden nichts hinter meinem Rücken tun.«
»Gut«, erwiderte ich. »Ich geh jetzt noch mal einen Augenblick raus, um frische Luft zu schnappen. Das wird dann für längere Zeit das letzte Mal sein.«
Ich ging hinaus und schlenderte eine Zeitlang umher. Ich überlegte mir, daß sich eigentlich alles ganz gut machte, und wenn es so weiterginge, würde ich zufrieden sein. Nur eins machte mir Sorge. Da Francesca und Piero mit uns gekommen waren, hatten wir uns selbst von unserem Nachrichtendienst abgeschnitten und wußten nicht, was Metcalfe und Torloni unternahmen.
Nach einer Weile kam Piero aus dem Stollen und gesellte sich zu mir. Er blickte zum Himmel und sagte: »Bald wird es dämmern.«
»Ja«, erwiderte ich, »hoffentlich kommen Walker und Francesca bald zurück.« Ich wandte mich ihm zu. »Piero, ich mach mir Gedanken.«
»Um was denn, Signore Halloran!«
»Um Coertze«, erwiderte ich. »Er hat noch seine Pistole, und ich fürchte, er wird versuchen, die Magazine wiederzufinden, die ich fortgeworfen habe.«
Piero lachte. »Ich paß schon auf. Er wird mir nicht aus den Augen kommen.«
Das war also in Ordnung. Die beiden würden sich so eifrig gegenseitig bewachen, daß sie keine Zeit finden würden, Dummheiten anzustellen, und sie würden wach

bleiben und die Straße beobachten. Ich fühlte mich wie ein kleiner Machiavelli. Um Francesca machte ich mir keine Sorgen mehr; ich glaubte nicht, daß sie irgend jemand hintergehen würde. Mit Piero war es schon anders; wie er selbst gesagt hatte – Gold hat einen schlechten Einfluß auf den Charakter.

Ein paar Minuten später kamen Walker und Francesca mit dem Wagen zurück und brachten Verpflegung und Wolldecken und ein paar Sitzpolster aus dem Wohnwagen als Kissen. Leise fragte ich Walker: »Irgendwas los?«

»Nein, nichts«, entgegnete er.

Im Osten kam der erste bleiche Morgenschimmer hoch. »Zeit hineinzugehen«, sagte ich und ging mit Walker wieder in die Mine. Coertze machte sich daran, den Eingang zu verbauen, und ich half von drinnen. Als die Wand aus Felsstücken höher wuchs, kam ich mir vor wie ein Eremit, der sich zu seinem Seelenheil einmauern ließ. Bevor die letzten Felsbrocken eingefügt wurden, sagte Coertze: »Machen Sie sich keine Sorgen wegen Varsi; das kommt schon in Ordnung.«

Ich erwiderte: »Morgen bei Anbruch der Nacht erwarte ich Sie zurück.«

»Wir sind pünktlich hier«, entgegnete er. »Sie glauben doch wohl nicht, daß ich Ihnen unbegrenzt vertraue mit all dieser reichen Beute hier?«

Dann versperrte der letzte Stein den Eingang; aber ich hörte ihn noch eine ganze Zeit rumwirtschaften und sich abmühen, dem Abschluß draußen ein möglichst natürliches Aussehen zu geben.

Als ich in die Mine zurückging, fand ich Walker vor einer Kiste knien, die Arme ellbogentief in Sovereigns vergraben. Dann zog er sie heraus und ließ die Münzen mit lieblich klingelndem Geräusch fallen. »Wir können ebensogut mit der Arbeit anfangen«, sagte ich. »Wir bringen zunächst die Hälfte der Kisten zum Eingang, frühstücken dann und bringen dann die andere Hälfte nach vorn. Und

dann wird uns inzwischen wohl nach Schlafen zumute sein.«
Die Arbeit mußte getan werden, also konnten wir sie auch gleich tun. Überdies lag mir daran, Walker todmüde zu machen, damit er fest schliefe, wenn ich mir die Schmeisser wieder holte.
Zunächst gingen wir daran, vor dem ersten Wagen die Felstrümmer wegzuräumen. Diesen Platz brauchten wir zum Arbeiten, wenn wir die Bretter auf die Barrenkisten nagelten und den andern Kram verpackten. Wir arbeiteten schnell und schweigend. Man hörte nur unser schweres Atmen, das dumpfe Summen der Tilley-Lampe und gelegentlich das Aufschlagen von Gesteinsbrocken.
Nach einer Stunde hatten wir den Platz frei gemacht und begannen nun damit, das Gold zum Eingang zu schleppen. Diese Barrenkisten waren verdammt schwer, und man mußte vorsichtig mit ihnen umgehen. Eine wäre Walker beinahe auf den Fuß gefallen, bis ich schließlich darauf kam, sie vom Wagen auf die aufgestapelten Polstersitze aus dem Wohnwagen gleiten zu lassen. Wenn die Kissen auch darunter litten, das war nicht so schlimm wie ein gebrochener Fuß.
Es war eine scheußliche Arbeit, die Kisten nach vorn zu bringen. Der Platz zwischen Wagen und Stollenwand war zu eng, als daß wir beide zusammen eine Kiste tragen konnten, und für einen allein waren die Dinger ein bißchen schwer. Ich verfluchte Coertze, daß er die Wagen rückwärts in die Mine gefahren hatte.
Auf gut Glück suchte ich zwischen den Wagen herum und fand schließlich eine lange Schleppkette, die wir an den Kisten festmachten, so daß wir sie über den Boden ziehen konnten. So ging's schneller.
Als wir alles Gold vom ersten Wagen runter und nach vorn gebracht hatten, verkündete ich Frühstückspause. Francesca hatte eine warme Mahlzeit für uns gemacht, und Kaffee war reichlich da. Beim Essen plauderten wir

miteinander. Neugierig fragte ich Walker: »Was gedenken Sie mit Ihrer Beute anzufangen?«
»Och, das weiß ich noch nicht. Ich hab noch keine ernsthaften Pläne gemacht. Aber erst mach ich mir mal 'ne gute Zeit, kann ich Ihnen sagen.«
Ich verzog das Gesicht. Ich dachte mir, die Buchmacher würden einen großen Teil seines Vermögens einstreichen, und die Kneipen würden plötzlich Rieseneinnahmen haben, vielleicht ein Jahr lang, und dann würde Walker an Leberzirrhose und Delirium tremens gestorben sein.
Walker sagte: »Wahrscheinlich werde ich furchtbar viel reisen. Ich hab immer schon gern reisen wollen. Und Sie? Was wollen Sie tun?«
Ich lehnte den Kopf zurück und träumte. »Eine halbe Million ist ein schöner Haufen Geld«, sagte ich. »Ich möchte viele Boote entwerfen, Versuchsboote, an die kein vernünftiger Mensch sich rantrauen würde, einen großen Kreuzer-Katamaran zum Beispiel; auf diesem Gebiet kann noch viel getan werden. Ich hätte dann Geld genug, um von jedem Entwurf Modell-Schleppversuche machen zu lassen, wie es sich gehört. Ich könnte es mir auch leisten, um den Amerikacup mitzusegeln; ich wollte immer schon mal eine 12-Meter-Jacht entwerfen. Wär das nicht eine großartige Sache, wenn mein Boot gewönne?«
»Sie wollen sagen, daß Sie weiter arbeiten wollen?« rief Walker entsetzt aus.
»Ich habe meine Freude dran, und darum empfinde ich es nicht als Arbeit.«
Und so bauten wir Luftschlösser, eins immer großartiger als das andere, bis ich schließlich auf die Uhr sah und sagte: »Wollen mal wieder weitermachen; je eher wir's geschafft haben, desto eher können wir schlafen.« Die Uhr war neun und ich dachte, bis Mittag könnten wir fertig sein.
Wir holten nun das Gold vom dritten Wagen. Da hatten wir einen längeren Weg zu ziehen, und es dauerte also länger. Schließlich waren nur noch die Kisten mit dem

Papiergeld übrig. Walker sah sie an und fragte zögernd: »Sollten wir nicht . . .?«
»Auf keinen Fall«, sagte ich scharf. »Wenn ich bestimmt wüßte, daß man den Rauch nicht sehen könnte, würde ich den ganzen Kram verbrennen.«
Über solche Ketzerei, daß jemand Geld verbrennen wollte, schien er sehr bekümmert zu sein. Während ich meine Wolldecken herkriegte, um mein Lager zu bauen, setzte er sich hin, das Geld zu zählen. Ich hatte mich kaum hingelegt, da sagte er plötzlich: »Hier sind etwa tausend Millionen Lire drin — eine unheimliche Menge Geld. Und da ist jede Menge in Sterling, Tausende von britischen Fünfern.«
Ich gähnte. »Welche Farbe?«
»Weiß; der größte Notenwert, den ich je gesehen habe.«
»Da brauchen Sie nur eine auszugeben, dann sind Sie aber dran«, sagte ich. »Sie haben ganz neue Fünfer rausgegeben, als sie entdeckten, daß die Deutschen wer weiß wie viele Millionen nachgemacht hatten. Wenn ich's so bedenke, dann ist es sehr leicht möglich, daß dies welche von den deutschen Fälschungen sind.«
Offenbar war er sehr enttäuscht. Ich sagte: »Nun schlafen Sie erst mal. Später werden Sie froh sein.«
Er nahm seine Wolldecken und legte sich hin. Ich lag wach und wehrte den Schlaf ab, bis ich das langsame, gleichmäßige Atmen tiefen Schlafes hörte; dann stand ich auf und schlich mich den Stollen entlang. Ich holte die Schmeisser und die Magazine und kam mit ihnen zurück. Zuerst wußte ich nicht, wohin damit. Dann entdeckte ich, daß das Sitzpolster, das mir als Kissen diente, an einer Stelle einen Riß hatte, aus dem die Füllung herausquoll. Ich zerrte noch mehr von der Füllung heraus und stopfte die MPi und die Magazine hinein. Es war nun ein hartes Kissen, aber das machte mir nichts aus — wenn mir jemand mit der Pistole zuwinkt, wollte ich ihm wenigstens mit einer Pistole zurückwinken können.

Wir konnten beide nicht recht schlafen, dafür lag uns zu viel auf der Seele. Ich lag unruhig, wälzte mich hin und her und hörte, daß es Walker nicht anders erging. Schließlich hielten wir es nicht länger aus und gaben es auf, so zu tun, als ob wir schliefen. Es war vier Uhr nachmittags, und ich dachte mir, daß die andern jetzt wohl gerade nach Varsi aufbrächen.

Wir gingen noch einmal zum Eingang des Stollens, um zu sehen, ob alles in Ordnung sei, und konnten jetzt nur noch den Anbruch der Nacht erwarten. Wenn meine Uhr uns nicht eines anderen belehrte, hätte es für uns schon Nacht sein können, es gab ja kein Licht im Tunnel, abgesehen von dem Lichtkreis der Lampe, der sich schnell im Dunkel verlor.

Walker war nervös. Zweimal fragte er mich, ob ich nicht ein Geräusch gehört hätte, nicht vom Eingang her, sondern vom Hintergrund des Stollens. Die Leichen der Männer, die er getötet hatte, beschwerten ihn. Ich riet ihm, hinzugehen und sie sich anzusehen, weil ich dachte, eine Schocktherapie wäre das beste für ihn. Aber er wollte nicht.

Schließlich hörte ich ein schwaches Geräusch vom Eingang her. Ich nahm den Hammer zur Hand und wartete – Coertze konnte das bestimmt nicht sein. Ein Felsbrocken polterte herunter und eine Stimme sagte: »Halloran?« Ich entspannte mich und atmete tief. Es war Coertze.

Wieder klapperte ein Stein. Ich fragte: »Alles klar?«

»Gar keine Schwierigkeiten«, erwiderte er und riß dabei wie ein Wilder die steinerne Abschlußwand ein, »die Lkws sind hier.«

Walker und ich halfen von drinnen, die Wand niederzureißen, und Coertze leuchtete mir mit einer Taschenlampe ins Gesicht. »Mann«, sagte er, »Sie haben aber mal 'ne Wäsche nötig, mein Lieber.«

Ich konnte mir schon vorstellen, wie ich aussah. Waschwasser hatten wir nicht, und wir waren voller Dreck. Fran-

cesca stand neben Coertze. »Geht's Ihnen gut, Mr. Halloran?«
»Danke, O. K. Wo sind die Lastwagen?«
Sie trat zur Seite und war in der Dunkelheit kaum noch zu sehen. »Hier hinten sind sie.«
»Vier Italiener sind dabei«, sagte Coertze.
Ich fragte schnell: »Wissen sie, was hier vor sich geht?«
Piero tauchte aus dem Dunkel auf. »Sie wissen, daß die Sache geheim ist, also bestimmt ungesetzlich. Aber weiter wissen sie nichts.«
Ich überlegte einen Augenblick. »Schicken Sie zwei davon zum Wohnwagen und lassen Sie sie das Lager abbrechen. Dann sollen sie dort warten, die Straße überwachen, und uns warnen, wenn jemand kommen sollte. Die beiden andern sollen sich so auf dem Berg aufstellen, daß sie die Mine überblicken können, einer rechts, einer links. Sie müssen auf jeden aufpassen, der querfeldein in die Nähe kommt. Dies ist jetzt unsere heikelste Arbeit, und wir können keinen gebrauchen, der uns überrascht, wenn wir das Gold im Freien haben.«
Piero ging los, und ich hörte, wie er die Leute mit schnellen Worten instruierte. Dann ordnete ich an: »Wir andern arbeiten jetzt drinnen. Holt mal das Holz von dem Wagen ran.«
Die Lkws waren in Ordnung und größer, als unbedingt nötig gewesen wäre. Auf dem einen lagen die Bretter aus ungehobeltem Kistenholz, und auch einige rohe Kisten waren da, in das wir die losen Sachen packen konnten. Wir holten das Holz heraus und schafften es in die Mine, ebenso das Werkzeug, ein paar Sägen, vier Hämmer und mehrere Pakete Nägel, und dann begannen wir, die Barrenkisten mit Brettern zu benageln, so daß sie ihr Aussehen änderten und man ihnen nicht mehr ansah, was drin war.
Zu viert kamen wir flott voran, und beim Arbeiten entwickelten wir schnell eine Art Fließbandverfahren. Wal-

ker sägte das Holz in die richtige Länge, Coertze nagelte Böden und Deckel, ich die Längsseiten und Piero die Querseiten. Francesca war eifrig dabei, die Juwelen und die kleinen Goldsachen aus den alten in die neuen Kisten umzupacken.

In drei Stunden waren wir fertig; nun mußten wir die Kisten nur noch rausschaffen und verladen.

Ich packte meine Wolldecken zusammen und brachte sie und mein Kissen hinaus und klemmte sie hinter den Fahrersitz eines der Lastwagen – so brachte ich die Schmeisser sehr schön unter.

Die Kisten waren schwer, aber Coertze und Piero hatten die nötige Muskelkraft, sie auf die Wagen raufzubringen und sauber zu stauen. Walker und ich arbeiteten wieder mit der Kette, um die Kisten durch den engen Eingang zu ziehen. Francesca, die sich wohl sagte, daß Essen Leib und Seele zusammenhielte, holte ein paar Thermosflaschen Kaffee heraus und stellte uns einen Berg Butterbrote hin, und wir aßen und tranken während der Arbeit.

Schließlich hatten wir alles geschafft. Ich sagte: »Wir müssen jetzt alles aus dem Stollen rausholen, was wir reingebracht haben, wir dürfen nicht die geringste Spur hinterlassen, nichts, was jemand auf unsere Fährte setzen könnte.«

Wir gingen also noch mal in die Mine und sammelten alles ein – Wolldecken, Kissen, Werkzeuge, Taschenlampen, Flaschen, sogar die krummgeschlagenen Nägel und die Stoffreste aus den beschädigten Polsterkissen. Alles wurde hinausgebracht und auf die Wagen gepackt, und ich blieb als letzter, um mich noch einmal umzusehen.

Ich hatte gerade ein noch unzersägtes langes Brett aufgenommen, das vergessen worden war, und wandte mich zum Gehen.

Da geschah's.

Coertze hatte wohl etwas hastig gearbeitet beim Abstützen der Steine für den letzten Rest der Eingangstür – er

hatte das Gold gesehen und war nicht mehr recht bei der Sache. Als ich mich zum Eingang umdrehte, stieß ich mit dem Brett gegen die Seite des Mauerloches, so daß ein Stein herausfiel. Ich hörte ein warnendes Geräusch und wollte weglaufen — aber es war zu spät.
Ich fühlte einen schweren Schlag gegen meine Schulter, der mich auf die Knie schleuderte. Ein dröhnendes Poltern fallender Felsstücke — dann schwanden mir die Sinne.

Als ich wieder zu mir kam, hörte ich, noch ganz benommen, eine Stimme: »Halloran, sind Sie heil geblieben? Halloran!«
Ich fühlte etwas Weiches meine Backen berühren und danach etwas Kaltes und Feuchtes. Ich stöhnte und schlug die Augen auf, konnte aber nur ganz verschwommen sehen. In meinem Hinterkopf hämmerte es, und Schmerzwellen schossen mir von dort in die Augen.
Ich muß wieder ohnmächtig geworden sein. Als ich dann wieder die Augen aufmachte, sah ich schon klar. Ich hörte Coertze fragen: »Können Sie denn die Beine bewegen, Mann, können Sie die Beine bewegen?«
Ich versuchte es. Es war mir nicht klar, warum ich die Beine bewegen sollte, aber ich versuchte es. Anscheinend waren sie in Ordnung, darum versuchte ich mich aufzurichten, wenn mir auch noch ganz schwindelig war. Ich kam nicht hoch. Ein Gewicht in meinem Rücken hielt mich nieder.
Wieder hörte ich Coertzes Stimme: »Na, nu, Mann, mal sachte. Wir kriegen Sie hier schon raus, keine Bange.«
Er schien wegzugehen, und dann hörte ich Francesca sagen: »Halloran, Sie müssen ganz ruhig liegen und dürfen sich nicht bewegen. Können Sie mich hören?«
»Ich hör Sie«, murmelte ich. »Was ist denn passiert?« Das Sprechen wurde mir schwer; mit der rechten Gesichtshälfte lag ich auf etwas Rauhem und Hartem.

»Sie sind von einem Steinhaufen niedergeschlagen worden«, antwortete sie. »Können Sie die Beine bewegen?«
»Ja, kann ich.«
Sie ging fort, und ich hörte sie mit jemandem sprechen. Meine Sinne wurden wieder klarer, und ich bemerkte, daß ich mit einem schweren Gewicht im Rücken auf dem Bauch lag. Den Kopf nach links gedreht, lag ich mit dem Gesicht auf einem Felsen. Mein rechter Arm lag mir längs dem Körper; ich konnte ihn nicht bewegen. Mein linker Arm schien nach oben eingeklemmt zu sein.
Francesca kam wieder und sprach zu mir: »Nun hören Sie bitte einmal ganz genau zu. Coertze sagt, daß, wenn Ihre Beine frei sind, Sie nur in der Mitte des Körpers festsitzen. Er wird sie frei machen, aber es wird ganz langsam gehen, und Sie dürfen sich keinesfalls bewegen. Haben Sie alles verstanden?«
»Hab verstanden«, sagte ich.
»Wie fühlen Sie sich? Haben Sie Schmerzen?« fragte sie mit leiser, gütiger Stimme.
»Alle Glieder sind mir wie betäubt«, gab ich zur Antwort. »Ich fühle einen unheimlichen Druck im Rücken.«
»Ich hab etwas Kognak, möchten Sie einen?«
Ich wollte den Kopf schütteln, aber es ging nicht. »Nein«, sagte ich, »sagen Sie Coertze, er soll mich hier rauskriegen.«
Sie verließ mich, und Coertze kam wieder zu mir.
»Mann, Sie sitzen schön drin«, sagte er. »Aber kein Grund zur Aufregung, ich kenn den Laden, so was hab ich schon gemacht. Sie müssen sich nur eisern ruhig halten.«
Er trat beiseite, und dann hörte ich das Klappern und Kratzen von Felsstücken, die bewegt wurden, und frischer Staub legte sich auf mein Gesicht.
Es dauerte lange. Coertze ging langsam und vorsichtig zu Werke, bewegte immer nur einen Stein zur Zeit und probierte jeden einzelnen, bevor er ihn fortnahm. Manchmal ging er wohl weg, und ich meinte eine leise Unter-

haltung zu hören, aber dann kam er immer zurück und setzte seine Arbeit mit unendlicher Geduld fort.
Endlich sagte er: »Nun dauert's nicht mehr lange.«
Mit einemmal fing er an, in schnellerem Tempo Gesteinstrümmer fortzuschaffen, und das Gewicht auf meinem Rücken verringerte sich. Ein herrliches Gefühl! Dann sagte Coertze: »Ich zieh Sie jetzt raus; vielleicht tut es ein bißchen weh.«
»Ziehen Sie, los«, erwiderte ich.
Er griff mich am linken Arm und zog. Ich fühlte, wie mein Körper folgte. Zwei Minuten später war ich im Freien und sah die verblassenden Sterne. Ich wollte hochkommen, aber Francesca sagte: »Still liegen!«
Es dämmerte, und es war hell genug, daß ich ihr Gesicht erkennen konnte, als sie sich über mich beugte. Die geschwungenen Augenbrauen zogen sich herunter, als sie in ernsthafter Konzentration meinen Körper sanft nach Knochenbrüchen abtastete. Dann fragte sie: »Können Sie sich umdrehen?«
Es tat weh, aber ich drehte mich auf die Seite, und dann hörte ich, wie sie mein Hemd aufschnitt. Sie stieß die Luft zwischen den Zähnen aus. »Ihr Rücken ist bös zerschunden.«
Wie bös, das konnte ich mir vorstellen. Ihre Hände waren sanft und milde, wie sie über meinen Rücken glitten.
»Sie haben gar nichts gebrochen«, sagte sie verwundert.
Ich mußte grinsen. Für mich fühlte es sich so an, als ob mein Rücken zerbrochen sei, und als ob jemand ein Feuer darauf entzündet hätte; aber es tat gut zu hören, daß keine Knochen kaputt waren. Sie zerriß ein Stück Leinen und verband meine Wunden, und als sie fertig war, setzte ich mich auf.
Coertze zeigte mir einen Balken von sechs mal sechs Zoll. »Sie haben unverschämtes Glück gehabt, Mann. Dies Ding lag quer über Ihrem Rücken und hat das ganze Gewicht der Felsstücke über Ihnen aufgenommen.«

Ich sagte nur: »Danke, Kobus.«
Er wurde plötzlich verlegen und blickte zur Seite. »Schon gut – Hal«, erwiderte er. Zum erstenmal hatte er mich Hal genannt.
Er blickte auf den Himmel. »Am besten machen wir uns jetzt auf.« Er wandte sich an Francesca. »Kann er fahren?«
Ich stand langsam auf. »Natürlich kann ich«, sagte ich. Francesca machte eine plötzliche Gebärde, die ich nicht beachtete. »Wir müssen raus hier.«
Ich blickte auf die Mine. »Vielleicht holen Sie jetzt den Rest von dem kleinen Schmutz da runter, und machen Sie's gut. Dann können wir weg.«
Coertze ging zum Stollen, und ich fragte: »Wo steckt Walker?«
Piero antwortete: »Der sitzt schon lange in einem der Lastwagen.«
»Schicken Sie ihn zum Wohnwagen, und holen Sie Ihre zwei Burschen ran, sie können mit ihm gehen. Sie können jetzt alle losfahren nach Rapallo.«
Piero nickte und ging. Francesca fragte mich: »Wollen Sie nicht lieber noch etwas ruhen?«
»Ausruhen kann ich mich in Rapallo. Können Sie so einen fahren?«
Ich nickte zu einem der Lkws hin.
»Selbstverständlich.«
»Gut. Coertze und Piero können einen nehmen; wir nehmen den anderen. Aber ich werde wohl nicht imstande sein zu fahren.«
Ich wollte Piero und Francesca nicht allein lassen, und Walker brauchte ich zur Überwachung der anderen Italiener. Natürlich hätte ich als Pieros Passagier fahren können, aber wenn er irgendeine krumme Sache versuchte, war ich ihm in meinem zerschlagenen Zustand nicht gewachsen. Coertze konnte es mit ihm aufnehmen. Also mußte ich mit Francesca fahren.
»Ich kann fahren«, sagte sie.

Wir hörten es vom Stollen her rumpeln, als Coertze den Zugang einstürzen ließ, ihn versiegelte für immer, wie ich hoffte. Als er zurückkam, sagte ich: »Gehen Sie mit Piero in den Wagen dort, in einer Minute ist er wieder da. Und nicht zu dicht auffahren, wir wollen nicht wie eine Kolonne aussehen.«

Er fragte: »Na, geht's jetzt besser?«

»Ja, es wird schon gehen«, gab ich zur Antwort und ging steif auf den Wagen zu, auf den ich meine Sachen gepackt hatte. Es war eine peinvolle Angelegenheit, ins Fahrerhaus zu kommen, aber ich kam schließlich damit zu Rande und pflanzte mich ganz vorsichtig auf meinen Sitz; anzulehnen wagte ich mich nicht. Mit leichtem Schwung war Francesca auf dem Fahrersitz und schlug die Tür zu. Sie sah mich an, und ich winkte mit der Hand. »Also los!«

Sie ließ den Motor an, fuhr jammervoll an und strapazierte die Gänge, und dann ging's mit stuckernder Fahrt die Straße von der Mine hinunter; durch die Windschutzscheibe schien die aufgehende Sonne.

Die Rückfahrt nach Rapallo war für mich kein Vergnügen. Der Lkw war so unbequem, wie es eben nur Lkws sein können in dieser besten aller Zeiten. Es war eine Marter für mich, daß ich mich nicht zurücklehnen konnte. Ich war hundemüde, die Glieder waren mir wie zerschlagen und taten weh, und mein Rücken war wund. Unter diesen Umständen fühlte ich mich nicht gerade glänzend.

Wenn Francesca auch gesagt hatte, sie könne einen Lastwagen fahren, so gut jedenfalls konnte sie es nicht. Sie war die synchronisierten Gänge eines Personenwagens gewöhnt und hatte dauernd Schwierigkeiten beim Schalten. Um meine Gedanken von meinen Beschwerden abzuziehen, fuhren wir langsamer, und ich brachte ihr bei, Zwischengas zu geben; danach ging es leichter, und wir unterhielten uns.

Sie sagte: »Sie müssen zum Arzt, Mr. Halloran.«

»Meine Freunde nennen mich Hal«, erwiderte ich.

Sie warf mir einen Blick zu und zog die Brauen hoch. »Bin ich nun Ihr Freund?«

»Sie haben mir nicht die Zähne eingeschlagen, als ich im Stollen eingeklemmt war. Demnach sind Sie doch mein Freund.«

Wieder traf mich ein Blick aus dem Augenwinkel. »Das hat Coertze auch nicht getan.«

»Der braucht mich noch. Ohne mich kriegt er das Gold nicht aus Italien raus.«

»Er war tatsächlich sehr bestürzt«, stimmte sie mir bei, »aber ich glaube nicht, daß er dabei das Gold im Sinne hatte.« Sie schwieg, da sie ihre Aufmerksamkeit gerade auf eine Wegbiegung richtete. »Walker dagegen lag das Gold im Sinn. Er saß die ganze Zeit in einem Lastwagen, immer auf dem Sprung, schnell abzufahren. Ein schäbiger kleiner Mann.«

Ich war zu benommen vor Müdigkeit, um alles aufzufassen, was damit gesagt war. Ich sah das Band der Straße sich abrollen und glitt unwillkürlich in eine Art Dämmerzustand. Mancherlei Vorstellungen huschten mir durchs Gehirn; ganz flüchtig kam mir auch der Gedanke, daß ich das Zigarettenetui gar nicht gesehen hatte, von dem Walker vor vielen Jahren erzählt hatte – das Zigarettenetui, von dem man annahm, Hitler habe es Mussolini 1940 auf dem Brennerpaß geschenkt.

Dieser Gedanke tauchte auf und kam mir wieder aus dem Sinn und kam nicht wieder, bis es zu spät war, irgend etwas zu unternehmen.

Metcalfe

Am nächsten Tag fühlte ich mich schon besser.

Mittlerweile war alles ohne widrigen Zwischenfall in Palmerinis Bootswerft eingetroffen, und wir hatten uns in den großen, für uns reservierten Schuppen zurückgezogen. Die Lastwagen waren ausgeladen und mit Dank ihren Eigentümern zurückgegeben worden. Der Wohnwagen stand in einer Ecke und bot uns Kochgelegenheit und Schlafraum.

Zu richtiger Arbeit war ich noch nicht wieder in Form. Ich überließ es daher Walker und Coertze, die *Sanford* vom Jachthafen herzubringen, nachdem ich mich nach Metcalfe und Torloni umgetan hatte. Francesca hatte mit Palmerini gesprochen, und bald schlich sich immer mal wieder ein Italiener in die Werft, der einen Bericht zu liefern hatte. Sie redeten ernsthaft mit Francesca und tauchten dann wieder unter; es machte ihnen offensichtlich Freude, wieder Partisan zu spielen.

Als Francesca alles, was ihre Männer ihr erzählen konnten, in sich aufgenommen hatte, kam sie mit steinernem Gesicht zu mir. »Luigi liegt im Krankenhaus«, sagte sie bekümmert. »Sie haben ihm den Schädel eingeschlagen.«

Der arme Luigi. Torlonis Leute hatten sich also nicht die Mühe gemacht, ihn zu bestechen. Die Hafenpolizei suchte nach den Tätern, aber ohne Erfolg; sie wollte mich sprechen, um zu erfahren, was gestohlen worden war. In den Augen der Polizei war es eben nur ein weiterer Einbruch.

Eisige Kälte war um Francesca. »Wir wissen, wer es war«, sagte sie. »Sie werden nicht auf eigenen Füßen aus Rapallo hinauskommen.«

Ich erhob Einspruch. »Nein, lassen Sie sie laufen.« Ich wollte mir keine Blöße geben; wenn wir ein wenig Glück hatten, konnten ja Metcalfe und Torloni auf die Geschichte hereingefallen sein, die ich aufgebaut hatte. Und aus einem gewissen Grunde, über den ich mir selber noch nicht klar war, schien es mir nicht ratsam, daß Francesca offen mit uns im Bunde war – schließlich sollte sie ja weiter in Italien leben, wenn wir fort waren.

»Lassen Sie sie jetzt zufrieden«, sagte ich. »Wir können uns später um sie kümmern. Aber was ist mit Metcalfe und Torloni?«

Die waren noch in Genua und sahen sich jeden Tag. Als sie herausgekriegt hatten, daß wir aus Rapallo verschwunden waren, hatten sie schleunigst noch drei Mann auf die Beine gestellt, so daß es jetzt also fünf waren. Metcalfe hatte seinen Fairmile an Land ziehen lassen, und Krupke war eifrig dabei, den Bodenanstrich zu erneuern. Der Araber, Moulay Idriss, war verschwunden; niemand wußte, wo er war, in Rapallo jedenfalls bestimmt nicht.

Abgesehen von der Verstärkung von Torlonis Leuten in Rapallo schien das ganz befriedigend. Ich rief Coertze und erzählte ihm, was los war. »Wenn Sie die *Sanford* holen, sagen Sie der Polizei, daß ich einen Unfall bei einer Kletterpartie hatte und noch nicht wieder auf bin. Regen Sie sich tüchtig über den Einbruch auf, so als ob Sie ein ehrlicher Mann wären. Besuchen Sie auch Luigi im Krankenhaus und sagen Sie ihm, daß die Rechnung dort für ihn in voller Höhe bezahlt wird und daß er auch noch eine Sondervergütung für seinen Schaden haben soll.«

»Den Hunden, denen werd ich's geben! Einen alten Mann niederzuschlagen.«

»Nein, kommen Sie ihnen jetzt nicht zu nahe«, entgegnete ich. »Später, bevor wir lossegeln, will ich Ihnen gern freie Hand lassen.«

Er murrte, aber er fügte sich; dann zog er mit Walker

los, um sich die Schäden auf der *Sanford* anzusehen. Als sie gegangen waren, sprach ich mit Piero. »Haben Sie die Sache mit Luigi gehört?«
Er zog die Mundwinkel nach unten. »Ja, 'ne dolle Schweinerei — aber echt Torloni.«
Ich sagte: »Ich meine, wir müßten uns hier schützen.«
»Dafür ist schon gesorgt«, erwiderte er. »Wir werden gut bewacht.«
»Weiß Francesca Bescheid?«
Er schüttelte den Kopf. »Frauen verstehen nichts davon — wenn es soweit ist, werd ich's Madame schon sagen. Aber die Werft ist gut bewacht. Innerhalb einer Viertelstunde kann ich zehn Mann zusammenhaben.«
»Das müssen aber kräftige und zähe Burschen sein, wenn sie's mit Torlonis Gangstern aufnehmen wollen.«
Sein Gesicht verzog sich zu einem grimmigen Lächeln. »Torlonis Leute sind Stümper«, sagte er verächtlich. »Meine Männer sind Kämpfer, die mit unbewaffneter Faust bewaffnete Deutsche niedergemacht haben. Torlonis Bande täte mir leid, wenn sie nicht die Sache mit Luigi gemacht hätten.«
Ich war sehr zufrieden. Ich konnte mir gut diese Sorte Rowdys vorstellen, die Torloni für sich arbeiten ließ; die hatten keine Aussicht, standzuhalten gegen disziplinierte Männer mit militärischer Schulung.
Schließlich sagte ich noch: »Denken Sie aber daran, wir wollen keine Toten.«
»Wenn die nicht damit anfangen, wird es keine Toten geben. Dann aber ...« Er zuckte die Achseln. »Wenn die Wut der Männer gereizt wird, kann ich keine Garantie übernehmen.«
Ich verließ Piero und ging in den Wohnwagen, um die Schmeisser zu reinigen und zu ölen. Der Stollen war trokken gewesen, und die Pistole hatte keinen Schaden genommen. Mit der Munition war ich mir nicht so sicher; ich fragte mich, ob die Pulverladung sich in diesen fünf-

zehn Jahren nicht chemisch verändert haben könnte. Das würde ich aber erst herausbekommen, wenn die Schießerei losging.
Aber vielleicht kam es ja gar nicht zum Schießen. Wir hatten immerhin gute Aussicht, daß Metcalfe und Torloni nichts von unserer Verbindung mit den Partisanen wußten — ich hatte mir Mühe genug gegeben, sie zu tarnen. Sollte Torloni angreifen, so würde er die Überraschung seines Lebens erleben, aber ich hoffte, er täte es nicht — es war mir nicht recht, wenn die Italiener zu sehr in die Sache verwickelt würden.
Am späten Nachmittag kamen Coertze und Walker mit der *Sanford* in der Werft an, und Palmerinis Söhne machten sich sogleich eifrig daran, das Boot an Land zu setzen und den Mast umzulegen. Coertze berichtete: »Eine kräftige Barkasse ist uns gefolgt.«
»Dann wissen sie also, daß wir hier sind?«
»Ja«, erwiderte er. »Aber wir haben es Ihnen ein bißchen ungemütlich gemacht.«
Walker fiel ein: »Wir segelten ein Stück raus, und sie mußten uns folgen, weil sie dachten, wir wollten auslaufen. Draußen stand ein bißchen Seegang, und sie wurden alle drei seetoll.« Er grinste. »Coertze auch.«
»Haben sie bei dem Einbruch auf der *Sanford* viel Schaden angerichtet?«
»Nicht viel«, erwiderte Coertze. »Sie haben sämtliche Spinde ausgeräumt, aber die Polizei hat wieder in Ordnung gebracht, was diese Ferkel angerichtet haben.«
»Und die Schmelzöfen?«
»Sind in Ordnung, danach hab ich gleich zuerst gesehen.«
Das erleichterte mich sehr. Die Schmelzöfen waren jetzt der Angelpunkt unseres Unternehmens, wenn sie die weggenommen hätten, wäre damit unsere ganze Arbeit zunichte gemacht. Wir hätten keine Zeit mehr gehabt, sie zu ersetzen und dann noch den Stichtag in Tanger nicht zu verpassen. Wir mußten uns ohnehin schon gehörig beeilen.

Coertze ging sofort daran, die Schmelzöfen von Bord zu nehmen. Es dauerte nicht lange, und er hatte sie zusammen auf einer Bank in einer Ecke des Schuppens. Piero sah sie verständnislos an, sagte aber kein Wort.
Ich sah ein, daß es sinnlos war, unseren Plan vor Piero und Francesca geheimzuhalten – es ging einfach nicht. Und schließlich wurde ich allmählich der Wolke des Argwohns, mit der ich mich selbst umgeben hatte, überdrüssig. Die Italiener hatten sich uns gegenüber bisher immer anständig verhalten, und wir waren ihnen ohnehin auf Gnade oder Ungnade ausgeliefert; wenn es ihnen gefiel, konnten sie uns zu jeder Zeit alles wegnehmen.
Ich sagte: »Wir wollen einen neuen Kiel für die *Sanford* gießen.«
»Warum das?« fragte Piero. »Was fehlt denn dem alten?«
»Nichts weiter, als daß er nur aus Blei gemacht wurde. Ich hab so meine Eigenheiten – ich möchte einen goldenen Kiel haben.«
Ein entzücktes Lächeln ließ sein Gesicht aufleuchten. »Und ich wundere mich schon die ganze Zeit, wie Sie bloß das Gold aus dem Land bringen wollen. Ich hab gegrübelt und gegrübelt und kam auf keine Möglichkeit. Aber Sie machten immer einen so sicheren Eindruck.«
»Ja, so woll'n wir's machen«, sagte ich und ging zu Coertze hinüber. »Hören Sie«, sagte ich. »Ich bin in den nächsten Tagen nicht für schwere Arbeit zu gebrauchen. Ich werd die Schmelzöfen zusammenbauen – das kann ich im Sitzen machen – und Sie machen besser etwas anderes. Wie wär es mit den Gußformen?«
»Ja, das werd ich übernehmen. Palmerini hat genügend Formsand.«
Ich löste meinen Gürtel und zog die Werkzeichnung des neuen Kiels, die ich vor vielen Monaten gezeichnet hatte, aus der Geheimtasche. Dann sagte ich: »Ich hab Harry die Änderungen am Kielschwein machen lassen, die für den neuen Kiel nötig sind. Er hielt mich für verrückt. Sie

brauchen nur den Kiel genau nach der Zeichnung zu gießen, und er wird haarscharf passen.«
Er nahm die Zeichnung und machte sich auf den Weg zu Palmerini. Ich ging daran, die Schmelzöfen zusammenzubauen – es dauerte nicht lange, und ich wurde noch an diesem Abend damit fertig.

Ich könnte mir denken, daß nicht eben viele Menschen Gelegenheit gehabt haben, Goldbarren mit einer Metallsäge zu zerteilen. Es ist eine gemeine Schufterei, weil sich die Zähne der Säge von dem weichen Metallstaub immer wieder verstopfen. Walker meinte, es wäre, als sägte man durch Sirup.
Es mußte aber gemacht werden, weil wir immer nur ein paar Pfund Gold auf einmal schmelzen konnten, und es war Walkers Aufgabe, die Barren in handliche Stücke zu zerkleinern. Der Goldstaub war ein Problem, das ich löste, indem ich einen kleinen Staubsauger besorgen ließ, und Walker benutzte ihn unablässig, um jedes Partikelchen Gold, das er sah, aufzusaugen.
Wenn er mit seiner Sägerei für den Tag fertig war, fegte er rings um seinen Arbeitsplatz und wusch den Staub in einer Pfanne wie die Goldwäscher in alten Zeiten. Aber ich schätze, daß wir trotz aller Vorsichtsmaßnahmen etliche Pfund Gold durch das Sägen verloren haben.
Voller Spannung standen wir alle um den Schmelzofen, um das erste Schmelzen zu beobachten. Coertze legte ein kleines Stück Gold in den Graphittiegel und schaltete den Apparat ein. Ein intensives weißes Flackern zeigte an, wenn der Tiegel zur Weißglut kam, das Gold fiel zusammen und floß auseinander und konnte nach wenigen Sekunden in die Form gegossen werden.
Die drei Schmelzöfen arbeiteten großartig, aber schließlich waren es ja nur Laboratoriumsinstrumente, die immer nur ein kleines Quantum zur Zeit schmelzen konnten;

dieser Arbeitsgang nahm also viel Zeit in Anspruch. In die Gußform hatten wir ein Drahtgeflecht gelegt, welches das Gold zusammenhalten sollte. Coertze stand dieser Methode, lauter kleine Portionen zu gießen, sehr kritisch gegenüber; mehrere Male unterbrach er die Arbeit und holte das schon gegossene Gold wieder heraus.

»In diesem Kiel werden so viele Fehler und Risse sein, ich kann mir nicht denken, daß er hält«, sagte er.

Wir legten also immer mehr Draht ein und gossen das Gold herum in der Hoffnung, daß es so besser zusammengehalten würde.

Ich war steif und hatte starke Schmerzen, und jede Bewegung des Rückens verursachte schreckliche Qualen; so konnte ich nicht viel wirksame Hilfe leisten. Ich besprach das mit Coertze und sagte: »Sie wissen ja, daß es besser ist, wenn sich einer von uns in Rapallo sehen läßt. Metcalfe weiß, daß wir hier sind und wird es seltsam finden, wenn wir alle immer im Schuppen hocken und niemals herauskommen. Er wird sofort wissen, daß wir etwas im Schilde führen.«

»Warum laufen Sie dann nicht lieber in der Stadt umher«, fragte Coertze. »Hier können Sie ja doch nicht viel anfangen.«

Ich ließ mir also von Francesca den Rücken neu verbinden und ging in die Stadt und zum Jacht-Klub. Der Sekretär sprach mir wegen des Einbruchs auf der *Sanford* sein Bedauern aus und hoffte, daß nichts gestohlen worden sei. »Jemand aus Rapallo kann's nicht gewesen sein«, sagte er.

Da er mein zerschundenes Gesicht mit stummer Frage betrachtete, lächelte ich und sagte: »Ihre Berge hier in Italien sind anscheinend aus härterem Fels gemacht als unsere in Südafrika.«

»Ach, haben Sie eine Kletterpartie gemacht?«

»Sagen wir: versucht«, erwiderte ich. »Darf ich Sie zu einem Drink einladen?«

Da er ablehnte, ging ich in die Bar und bestellte mir einen Whisky. Ich setzte mich damit an den Tisch vor dem Fenster, von wo ich den Jachthafen überblicken konnte. Ein neues Boot war eingelaufen, eine große Motorjacht von etwa hundert Tonnen. Die sieht man häufig in den Mittelmeerhäfen, die Luxusboote der Reichen. Nur bei ruhigem Wetter gehen sie in See, und die hochbezahlte Besatzung lebt wie der Herrgott in Frankreich – kaum was zu tun und Landurlaub noch und noch. Zum Zeitvertreib sah ich mir die Jacht durch das große Doppelglas des Klubs an. Sie hieß *Calabria*.

Als ich den Klub verließ, bemerkte ich meine Aufpasser und machte mir das Vergnügen, sie zu den harmlosesten Stellen zu führen, die jeder Tourist aufgesucht hätte. Wenn es mir besser gegangen wäre, hätte ich sie sich die Beine ablaufen lassen, aber ich war zu einem Kompromiß gezwungen und nahm ein Taxi. Ihre Zusammenarbeit war gut organisiert, denn schon kam von irgendwoher ein Wagen, der sie in aller Ruhe aufnahm.

Ich ging nach Haus und erzählte Francesca davon. Sie sagte: »Torloni hat noch mehr Leute nach Rapallo geschickt.«

Das klang weniger schön. »Wie viele?«

»Drei – nun sind es acht. Ich denke, er wird allerhand Leute brauchen, wenn er jeden von Ihnen beobachten lassen will, auch wenn Sie sich teilen. Und schlafen müssen sie ja auch mal.«

»Wo ist Metcalfe?«

»Noch in Genua. Sein Boot wurde heute morgen zu Wasser gebracht.«

»Vielen Dank, Francesca, Sie machen das alles großartig.«

»Ich bin froh, wenn diese Sache erst einmal zu Ende ist«, sagte sie bedrückt. »Ich wollte, ich hätte mich nie darauf eingelassen.«

»Kriegen Sie kalte Füße?«

»Ich weiß nicht, was Sie damit meinen; aber ich befürchte, daß es demnächst zu Gewalttätigkeiten kommt.«

»Mir gefällt das auch nicht«, gestand ich offen ein. »Aber die Sache läuft nun mal, und wir können sie nicht mehr aufhalten. Sie haben da so eine italienische Redensart — *che sera, sera.*«

Sie seufzte. »Ja, in solchen Angelegenheiten wie dieser kann man nicht mehr umkehren, wenn man erst einmal angefangen hat.«

Ich ließ sie allein im Wohnwagen zurück; ich sah, daß es ihr allmählich klarwurde, daß es kein fröhliches Abenteuer war, in das sie sich begeben hatte. Dies war tödlicher Ernst, ein Spiel mit höchstem Einsatz, in welchem man vor ein paar Morden nicht zurückschrecken würde, jedenfalls unsere Gegner nicht — und Coertzes war ich mir auch nicht sicher.

Mit dem Kiel ließ es sich gut an. Coertze und Piero schwitzten über ihren Schmelzöfen; sie sahen gespenstisch aus, wenn das Licht aufblitzte. Coertze schob die Schutzbrille hoch und fragte: »Wie viele Graphittiegel hatten wir noch?«

»Wieso?«

»Sie reichen nicht mehr weit. Ich kann mit jedem nur viermal schmelzen, dann sind sie ausgebrannt. Kann sein, daß sie alle werden, bevor wir fertig sind.«

»Ich werde es klären«, sagte ich und nahm Papier und Bleistift zur Hand. Nachdem ich meine Berechnungen geprüft und den Tiegelvorrat gezählt hatte, ging ich wieder zu Coertze. »Können Sie auf Kraft fünfmal mit einem Tiegel schmelzen?«

Er grunzte. »Dann müssen wir sehr vorsichtig arbeiten, und das heißt langsamer. Können wir die Zeit rausschinden?«

»Wenn wir die Tiegel verbrennen, bevor wir fertig sind, spielt die Zeit keine Rolle mehr — dann ist sie sowieso nutzlos verschwendet. Wir müssen einfach die Zeit rausschinden. Wie oft können Sie am Tag schmelzen, wenn Sie jeden Tiegel fünfmal benutzen?«

Er dachte nach. »Dann schaffen wir nur noch zwölf in der Stunde, mehr nicht.«
Ich machte mich wieder ans Rechnen. Wenn wir das Gold mit 9000 Pfund einsetzten, dann hieß das, daß wir 4500 mal schmelzen mußten, und 500 davon hatte Coertze schon erledigt. Zwölfmal schmelzen in der Stunde ergaben 340 Arbeitsstunden — das bedeutete bei einem Zwölfstundentag achtundzwanzig Tage.
Zuviel — noch mal von vorn anfangen!
340 Stunden bei einem Sechzehnstundentag — einundzwanzig Tage. Aber konnte er sechzehn Stunden am Tag arbeiten? Ich verwünschte meinen wunden Rücken, der mich hinderte zu helfen. Aber wenn etwas passierte und es schlimmer mit ihm wurde, dann war es mit der Durchführung unseres Planes ohnehin Essig. Einer mußte die *Sanford* zurücksegeln, und Walker gegenüber wuchs mein Mißtrauen; er war sehr schweigsam und verschlossen geworden.
Ich begab mich zu Coertze zurück und ging ganz steif, weil mir der Rücken wie das höllische Feuer brannte.
»Sie werden lange Arbeitstage machen müssen«, sagte ich. »Die Zeit ist knapp.«
Er antwortete nur: »Wenn ich könnte, würde ich vierundzwanzig Stunden am Tag arbeiten, einfach bis ich umfalle.«
Ich dachte darüber nach, ob sich nicht noch eine andere Möglichkeit finden ließ. Ich beobachtete genau, wie Coertze und Piero ihre Arbeit angingen. Und dann kam ich auch darauf, wie man die Arbeit beschleunigen könnte.
Am nächsten Morgen übernahm ich die Leitung. Ich wies Coertze an, nur noch das Gießen zu besorgen; mit dem Beschicken der Schmelzöfen, dem Reinigen der Tiegel sollte er nichts mehr zu tun haben: nur gießen sollte er noch. Piero bekam den Auftrag, das Gold zu schmelzen und die Schmelzöfen mit dem geschmolzenen Gold Coertze zu reichen. Die Schmelzöfen waren leicht genug, daß sie

sich bewegen ließen, und obendrein stellte ich einen Tisch so auf, daß man sie mühelos darauf verschieben konnte. Walker hatte einen reichlichen Goldvorrat zersägt. Ich nahm ihn daher von seiner Bank weg. Er sollte von Coertze die Öfen übernehmen, die Tiegel erneuern und die Goldklumpen fertig zum Schmelzen darauflegen. Ich selbst übernahm es, die gebrauchten Tiegel zu reinigen, so daß sie wieder benutzt werden konnten. Das konnte ich im Sitzen tun.

Alles in allem war es die einfache Aufgabe, aus Zeit- und Bewegungsstudien eine Art Fließbandverfahren zu entwickeln. Am Ende des Tages brachten wir es auf sechzehn Schmelzvorgänge in der Stunde ohne zu starken Verschleiß an Tiegeln.

So vergingen die Tage. Wir arbeiteten nun sechzehn Stunden am Tag, aber wir konnten es nicht durchhalten, und langsam sank unsere Tagesleistung wieder ab, trotz höheren Stundenertrages. Es wurden immer mehr Fehler gemacht, und der Anteil ausgebrannter Tiegel wuchs beängstigend. Das Arbeiten in den plötzlichen Hitzeausbrüchen der Schmelzöfen war höllisch; wir alle verloren Gewicht, und unser Durst war unstillbar.

Als unsere Tagesleistung unter 150 Schmelzvorgänge am Tag sank, machte ich mir ernstliche Sorgen. Um nach Tanger zu segeln, brauchte ich glatte drei Wochen, und es sah so aus, als ob die nicht mehr übrigblieben.

Es mußte entschieden etwas getan werden.

Als wir eines Tages nach Feierabend beim Essen saßen, sagte ich, bevor wir erschöpft ins Bett sanken: »Hört mal zu: wir machen uns kaputt. Morgen arbeiten wir mal nicht. Wir tun gar nichts – nur rumfaulenzen.«

Ich ließ es mal darauf ankommen, in der Annahme, daß die höhere Leistung erfrischter Kräfte den Verlust eines Tages mehr als ausgleichen würde. Aber Coertze warf stur dazwischen: »Nee, wir arbeiten. Wir haben keine Zeit zu verlieren.«

Coertze war ein tüchtiger Mann, nur schrecklich dickköpfig. Ich setzte ihm entgegen: »Bisher hab ich doch noch immer recht behalten, stimmt's?«
Das mußte er widerwillig zugestehen.
»Wenn wir erst mal ausgeruht haben, schaffen wir auch wieder mehr, kann ich euch versichern.«
Coertze brummelte noch ein bißchen, gab aber nach – er war zu müde, sich noch zu streiten. Die andern stimmten müde zu, und wir legten uns in dem Bewußtsein hin, daß der kommende Tag ein Ruhetag werden sollte.

Am nächsten Morgen beim Frühstück fragte ich Francesca: »Was macht der Feind?«
»Bewacht uns noch.«
»Hat er Verstärkung gekriegt?«
Sie schüttelte den Kopf. »Nein, bisher sind es nur die acht. Die lösen sich ab.«
Ich sagte: »Wir könnten ihnen eigentlich etwas zu tun geben. Wir teilen uns und lassen sie durch die Stadt laufen, meinetwegen sogar nach außerhalb. Sie haben's die letzte Zeit zu leicht gehabt.«
Ich sah Coertze an. »Aber keinesfalls rangehen – für einen Entscheidungskampf sind wir jetzt nicht bereit, und je später der kommt, um so besser für uns. Wir können es uns nicht leisten, daß auch nur einer von uns jetzt außer Gefecht gesetzt wird; wenn das passiert, sind wir verratzt. Wir brauchen unsere ganze Zeit, um mit dem Kiel fertigzuwerden, damit wir den Stichtag einhalten können.«
Und zu Walker sagte ich: »Und Sie bleiben mir vom Alkohol. Vielleicht kommen Sie in Versuchung, aber geben Sie nicht nach. Sie wissen wohl noch, was ich Ihnen in Tanger sagte?«
Er nickte verdrießlich und sah auf seinen Teller nieder. Er gefiel mir nicht; er war mir in letzter Zeit zu still gewesen, und ich hätte gern gewußt, was ihm im Kopfe herumging.

Zu Francesca sagte ich: »Wollten Sie nicht einen Juwelier ranholen, um die Juwelen zu schätzen?«
»Ich werde ihn heute sehen«, erwiderte sie. »Er wird wahrscheinlich morgen kommen.«
»Ist recht. Aber es muß irgendwie kaschiert werden, wer da kommt. Wenn Torlonis Leute erst spitzkriegen, daß es sich um Juwelen handelt, dann ist womöglich kein Halten mehr.«
Darauf bemerkte Piero: »Palmerini bringt ihn in einem geschlossenen Lieferwagen rein.«
»Ist in Ordnung.« Ich stand auf vom Tisch und reckte mich. »Alsdann verwirren wir die Lage und den Feind. Wir gehen alle in verschiedene Richtungen. Piero, Sie und Francesca verlassen die Werft besser etwas später; ich möchte nicht, daß unsere Gegner uns irgendwie miteinander in Verbindung bringen. Und wird hier auch alles sicher sein, wenn wir alle gehen?«
Francesca antwortete: »Zehn von unsern Männern sind den ganzen Tag auf der Werft.«
»Sehr schön«, sagte ich. »Sagen Sie ihnen noch, daß sie sich möglichst unauffällig verhalten sollen.«
Ich fühlte mich richtig wohl, als ich in die Stadt ging. Mein Rücken heilte nun, und mein Gesicht sah nicht mehr wie ein Schlachtfeld aus. Mich beschwingte die Aussicht auf einen vor mir liegenden freien Tag, und ich stellte mir vor, daß Coertze noch vergnügter sein müsse als ich. Er war nicht mehr aus der Werft gekommen, seit er die *Sanford* hineingebracht hatte, während ich doch ein paarmal in der Stadt gewesen war.
Ich bummelte den ganzen Morgen herum. In der Piazza Cavour, wo ich auch einen Laden mit englischen Büchern fand, machte ich einige Einkäufe, wie Touristen es zu tun pflegen. Dann saß ich längere Zeit in einem Boulevard-Café und las in aller Muße einen Roman zu unzähligen Tassen Kaffee – seit Monaten hatte ich keine Zeit für so etwas gehabt.

Gegen Mittag ging ich auf einen Drink in den Jachtklub. In der Bar ging es geräuschvoller zu als gewöhnlich, und ich ermittelte die Ursache der Störung in einer Gruppe halbbetrunkener, streitsüchtiger Leute am anderen Ende des Raumes. Die meisten Mitglieder waren peinlich bemüht, dieses Schauspiel zu ignorieren, aber bei jedem lauteren Geschrei gingen doch die Augenbrauen in die Höhe. Ich ließ mir einen Whisky kommen und fragte den Steward: »Was wird denn da gefeiert?«

Er sah geringschätzig lächelnd zum Ende der Bar hin. »Das ist keine Feier, Signore; bloß Betrunkenheit.«

Ich war erstaunt, daß der Sekretär die Leute nicht aus dem Hause schickte und sagte das dem Steward. Der hob hilflos die Schultern. »Was kann man dabei machen, Signore? Es gibt eben Leute, die sich alles erlauben dürfen – und hier ist so einer drunter.«

Ich bohrte nicht weiter nach; es war nicht meine Angelegenheit, und es war auch nicht meine Aufgabe, den Italienern beizubringen, wie sie einen Klub zu führen hätten, in dem ich ihr Gast war. Aber ich nahm mein Glas und setzte mich damit in die angrenzende Vorhalle, um meinen Roman zu Ende zu lesen.

Das Buch war sehr interessant, aber ich habe es nie zu Ende gelesen, und ich habe noch oft darüber nachgedacht, wie der Held wohl aus der Bredouille herausgekommen ist, in die ihn der Autor hat reinschlittern lassen. Ich hatte noch kein halbes Dutzend Seiten gelesen, als der Steward kam und meldete: »Eine Dame möchte Sie sprechen, Signore.«

Ich ging ins Entree und erblickte Francesca. »Was zum Teufel tun Sie hier?« fragte ich.

»Torloni ist in Rapallo.«

Ich wollte gerade weitersprechen, als der Klubsekretär um die Ecke kam und uns bemerkte. Ich sagte: »Kommen Sie besser mit hinein, hier fallen wir zu sehr auf.«

Der Sekretär kam eilends zu uns herüber: »Ah, Madame,

Sie haben uns lange nicht die Ehre Ihres Besuches erwiesen.«
Ich war Mitglied des Klubs, wenn auch nur als Ehrengast. Daher fragte ich: »Vielleicht darf ich Madame als meinen Gast einführen?«
Er sah seltsam erschrocken aus und sagte nervös: »Ja, ja, natürlich. Madame braucht sich nicht ins Gästebuch einzutragen.«
Als ich Francesca in die Halle begleitete, sann ich noch darüber nach, was wohl den Sekretär so aufgeregt haben mochte. Aber ich hatte andere Sachen in den Kopf zu nehmen und ließ den Gedanken fallen. Ich bot Francesca einen Platz an und sagte: »Am besten trinken Sie etwas.«
»Campari, bitte«, sagte sie und fuhr dann schnell fort: »Torloni hat einen Haufen Leute mitgebracht.«
»Beruhigen Sie sich erst mal«, sagte ich und bestellte einen Campari beim Steward. Als er gegangen war, fragte ich: »Was ist mit Metcalfe?«
»Der Fairmile ist aus Genua ausgelaufen. Wo er im Augenblick ist, wissen wir nicht.«
»Und Torloni? Wo steckt der?«
»Vor einer Stunde hat er sich in einem Hotel an der Piazza Cavour eingetragen.«
Das war gerade zu der Zeit, als ich in dem Promenaden-Café saß. Möglich, daß ich ihn sogar gesehen hatte. Ich fragte: »Sie sagten, daß er einige Leute mitgebracht hat?«
»Ja, acht Mann hatte er mit.«
Das war übel; es sah aus, als ob ein Angriff vorbereitet würde. Acht und acht sind sechzehn, dann Torloni selbst, womöglich Metcalfe, Krupke, der Marokkaner und was der Fairmile etwa sonst noch an Bord haben mochte. Mehr als zwanzig Mann!
Francesca fuhr fort: »Wir mußten schnell zu Werke gehen. Es gab eine Menge umzuorganisieren – darum bin ich auch selbst hergekommen, es war niemand weiter da.«

»Und wieviel Mann haben wir nun dagegen aufzubieten?«
Sie runzelte die Stirn. »Fünfundzwanzig – später vielleicht auch mehr. Im Augenblick kann ich's nicht so genau sagen.«
Das klang schon besser; der Unterschied in der Zahl ging noch zu unseren Gunsten. Ich wunderte mich nur über Torlonis Kräftemassierung. So viele Leute wären nicht nötig gewesen, um drei vermutlich ahnungslose Opfer anzugreifen; sicher hatte er Wind bekommen von unserem Bündnis mit den Partisanen, und so hätten wir vielleicht nicht mehr den Vorteil der Überraschung.
Der Steward brachte den Campari, und während ich bezahlte, sah Francesca durch das Fenster über den Jachthafen hin. Als der Steward gegangen war, fragte sie: »Was ist das für ein Schiff?«
»Welches?«
Sie zeigte auf die Motorjacht, die ich schon bei meinem früheren Besuch im Klub bemerkt hatte. »Ach das da, das ist irgendeines reichen Mannes schwimmendes Bordell.«
Mit gepreßter Stimme fragte sie: »Wie heißt es?«
Ich suchte in meinem Gedächtnis. »Ähm – *Calabria* glaub ich.«
Sie umklammerte die Armlehnen ihres Sessels, daß ihre Knöchel weiß wurden. »Das ist Eduardos Boot«, sagte sie leise.
»Wer ist Eduardo?«
»Mein Mann.«
Jetzt ging mir ein Licht auf. Daher also die Aufregung des Sekretärs. Es ist ja nicht gerade üblich, daß ein Fremder eine Dame bittet, sein Gast zu sein, wenn der Gatte dieser Dame in nächster Nähe, wohl gar im selben Augenblick im Klub ist. Ich kicherte und sagte: »Ich wette, dann ist er der Bursche, der in der Bar solchen Krakeel macht.«
Sie erklärte: »Ich muß gehen.«
»Warum?«

»Ich möchte ihm nicht begegnen.« Sie schob ihr Glas zur Seite und nahm die Handtasche auf.
»Sie können ruhig Ihr Glas austrinken«, erwiderte ich. »Es ist das erste Mal, daß ich Sie dazu eingeladen habe. Das ist kein Mann wert, daß man seinetwegen sein Glas stehen läßt.«
Sie hielt inne und griff dann nach ihrem Campari. »Eduardo ist überhaupt nichts wert«, warf sie knapp hin. »Also gut, ich will mich korrekt benehmen und erst austrinken. Aber dann geh ich.«
Und dann begegneten wir ihm doch. Als er in der Tür erschien, theatralisch verhielt, dann die Richtung auf unseren Tisch einschlug und schließlich Francesca anredete — das brachte nur ein Estrenoli fertig, nach allem, was ich von der Sippschaft gehört hatte.
»Ah, mein liebendes Weib«, begann er. »Ich bin überrascht, Sie in dieser zivilisierten Umgebung zu finden. Ich dachte, Sie tränken in der Gosse.«
Er war untersetzt, seine Züge waren entstellt durch rotgeränderte Augen und einen schlaffen Mund. Ein dünner Schnurrbart verunstaltete seine Oberlippe, und sein Gesicht war vom Trinken gerötet. Mich ignorierte er völlig.
Mit zusammengepreßten Lippen sah Francesca steinern geradeaus, und sie wandte ihm das Gesicht auch nicht zu, als er sich schwer neben ihr in einen Sessel fallen ließ.
Ich sagte: »Sie sind nicht eingeladen worden, bei uns Platz zu nehmen, Signore.«
Er schwang sich herum und stieß ein kurzes Lachen aus, wobei er mich mit einem unverschämten Anstarren musterte. Dann wandte er sich wieder an Francesca. »Wie ich sehe, ist Ihnen der Abschaum Italiens nicht mehr gut genug; nun sind Sie schon auf einen ausländischen Galan angewiesen.«
Ich streckte meinen Fuß aus und hakte ihn hinter die Querleiste seines Sessels; dann ruckte ich hart an. Der Sessel rutschte unter ihm weg, so daß er hinfiel und länge-

lang auf dem Boden lag. Ich erhob mich und stand nun über ihm. »Ich sagte, Sie wären nicht eingeladen worden, Platz zu nehmen.«
Mit wutverzerrtem Gesicht sah er zu mir auf und kam langsam wieder auf die Füße. Dann funkelte er mich an. »Ich werde dafür sorgen, daß Sie innerhalb von vierundzwanzig Stunden des Landes verwiesen werden«, kreischte er. »Sie wissen wohl nicht, wer ich bin?«
Die Gelegenheit war zu günstig, um sie sich entgehen zu lassen. »Abschaum schwimmt gewöhnlich oben«, sagte ich von obenhin, dann setzte ich mit harter Stimme hinzu: »Estrenoli, gehen Sie nach Rom zurück. Ligurien ist eine ungesunde Gegend für Sie.«
»Was wollen Sie damit sagen«, fragte er unsicher. »Wollen Sie mir drohen?«
»Im Umkreis von einer Meile sind fünfzig Mann, die untereinander um das Vorrecht kämpfen würden, Ihnen die Gurgel durchzuschneiden«, sagte ich. »Ich will Ihnen was sagen: ich bin es, der Ihnen vierundzwanzig Stunden Zeit gibt, aus Ligurien zu verschwinden. Danach gebe ich keine lumpige Lira mehr für Ihr Leben.«
Ich wandte mich Francesca zu: »Gehen wir, hier riecht's nicht gut.«
Sie nahm ihre Tasche und begleitete mich in stolzer Haltung zur Tür und ließ Estrenoli unschlüssig zurück. Ich hörte, wie die Vorgänge in der Halle in unterdrücktem Flüstern besprochen wurden und wie hier und da über seine Niederlage gekichert wurde. Sicher waren da viele, die gern das gleiche an ihm getan hätten, aber er war zu mächtig, als daß man ihm in die Quere kommen durfte. Ich kümmerte mich den Teufel darum; ich kochte vor Wut.
Das Kichern war zuviel für Estrenoli, und er holte uns ein, als wir gerade durch das Entree gingen. Ich fühlte seine Hand auf meiner Schulter und wandte den Kopf. »Nehmen Sie die Hand da weg«, sagte ich kalt.

In seiner Wut ging ihm alles durcheinander. »Ich weiß nicht, wer Sie sind, aber der britische Botschafter wird dies erfahren.«

»Mein Name ist Halloran, und nun nehmen Sie Ihre verfluchte Pfote da weg.«

Er tat es nicht, im Gegenteil, er griff fester zu und drehte mich um, so daß ich ihm ins Gesicht sehen mußte. Das war zuviel.

Ich stieß ihm drei steife Finger in den weichen Bauch, so daß er aufjapste und zusammenknickte. Dann rammte ich ihm die Faust ins Gesicht, so hart ich es überhaupt vermochte. Alle Wut, die sich in mir über die Fehlschläge der letzten Wochen angestaut hatte, setzte ich hinter diesen Schlag; mit ihm traf ich Metcalfe und Torloni und alle diese Banditen, die sich wie die Geier ansammelten. Ich mußte Estrenoli den Kiefer zerbrochen haben, und auch meine Knöchel waren ganz schön poliert. Er fiel um wie ein Mehlsack und lag zu einem Häufchen zusammengekrümmt; Blut quoll ihm aus dem Mund.

Als meine Faust bei ihm landete, fuhr mir ein brennender Schmerz durch den Rücken. »Verflucht, mein Rücken!« stöhnte ich und drehte mich nach Francesca um; aber sie war verschwunden.

Statt dessen stand ich Metcalfe gegenüber.

»Das war 'n Schlag!« sagte er anerkennend. »Dem Burschen haben Sie bestimmt den Kinnbacken zerbrochen, ich hab gehört, wie er krachte. Wollen Sie nicht als Halbschwergewichtler gehen, Hal?«

Vor Verblüffung kriegte ich kein Wort raus. Dann dachte ich an Francesca und sah mich verzweifelt um. Da sah ich sie hinter Metcalfe wieder auftauchen.

Er fragte: »Sagte diese Type nicht was vom britischen Botschafter?«

Er sah sich in der Vorhalle um. Zum Glück war sie leer, und niemand war Zeuge des Spektakels gewesen. Metcalfe blickte zur nächsten Tür, die zur Herrentoilette führte.

Er grinste. »Sollen wir den Kadaver nach nebenan schleppen?«
Ich verstand, was er meinte; gemeinsam zerrten wir Estrenoli in die Toilette und stopften ihn dort in ein Kabinett. Metcalfe richtete sich auf und sagte: »Wenn dieser Vogel mit dem britischen Botschafter verkehrt, muß er 'n ziemlich hohes Tier sein. Wer ist er denn?«
Ich sagte es ihm, und Metcalfe pfiff durch die Zähne.
»Sie haben ihn verdammt angeknackst! Ich hab auch schon von Estrenoli gehört. Warum haben Sie ihn geschlagen?«
»Aus persönlichen Gründen«, erwiderte ich.
»Hängt es mit der Dame zusammen?«
»Es ist seine Frau.«
Metcalfe knurrte. »Freundchen, das gibt Schwierigkeiten. Sie sind in der Patsche, da ist gar kein Zweifel – innerhalb von zwölf Stunden wird man sie dreikantig aus Italien rauspfeffern.« Er kratzte sich hinterm Ohr. »Aber vielleicht auch nicht; vielleicht kann ich das noch einrenken. Warten Sie mal hier und passen Sie auf, daß niemand diesen Apparat hier benutzt. Ihrer Freundin sag ich, daß sie auf uns warten soll – ich bin gleich wieder zurück, paar Minuten nur.«
Ich lehnte mich gegen die Wand und versuchte, mir ein Bild über Metcalfe zu machen, aber ich konnte mich nicht konzentrieren. Mein Rücken brannte wie die Hölle, und in meiner Hand, mit der ich Estrenoli geschlagen hatte, klopfte es dumpf. Mir schien, ich hätte alles verkehrt gemacht, alles verdorben. Wie oft hatte ich Coertze gewarnt, er solle Streitigkeiten vermeiden, und nun hatte ich selbst dagegen verstoßen – und obendrein war ich auch noch an Metcalfe geraten.
Metcalfe hielt Wort und war in zwei Minuten zurück. Er brachte einen stämmigen Italiener mit, mit einem bläulichen Schimmer auf den Wangen, höchst elegant gekleidet. Metcalfe machte uns bekannt: »Ein Freund von mir, Guido Torloni, Peter Halloran.«

Torloni warf mir einen schnellen überraschten Blick zu, Metcalfe sagte: »Hal ist in der Klemme. Er hat einen Regierungs-Kinnbacken zerschmettert.« Er nahm Torloni beiseite und sprach leise mit ihm. Ich beobachtete Torloni und dachte bei mir, daß wir immer mehr in die Bredouille kämen. Metcalfe kam wieder heran. »Also nun machen Sie sich keine Sorgen weiter, Guido kriegt das schon hin — der kriegt alles hin.«
»Auch Estrenoli?« fragte ich zweifelnd.
Metcalfe lächelte. »Auch Estrenoli. Hierzulande ist Guido Mr. Krieg-es-hin in eigener Person. Kommen Sie, wir wollen es ihm überlassen.«
Wir gingen in die Vorhalle, aber ich sah Francesca nicht. Metcalfe sagte: »Mrs. Estrenoli wartet draußen in meinem Wagen.«
Wir gingen zum Wagen hinaus, und Francesca fragte: »Ist alles in Ordnung?«
»Alles«, sagte ich.
Metcalfe kicherte. »Ihr Gatte ausgenommen, Madame. Wenn er wieder zu sich kommt, wird er sich selbst leid tun.«
Francescas Hand lag auf der Türkante. Ich legte meine Hand darauf und drückte sie warnend. »Es tut mir leid«, sagte ich. »Hier, Francesca, ist Mr. Metcalfe, ein alter Freund aus Südafrika.«
Ich fühlte die plötzliche Anspannung ihrer Finger und fuhr schnell fort: »Mr. Metcalfes Freund, Mr. Torloni, bemüht sich um Ihren Gatten, da ist er bestimmt gut aufgehoben.«
»Aber ganz gewiß«, stimmte Metcalfe vergnügt zu. »Ihr Gatte ist in den besten Händen; er wird niemand mehr in die Quere kommen.« Dann wurde er ernst. »Wie steht's mit Ihrem Rücken, Hal? Sie sollten ihn lieber mal richtig behandeln lassen. Ich bringe Sie gern zu einem Arzt.«
»Nicht nötig«, sagte ich. Ich wollte nicht gern mit Metcalfe fahren.
»Ach Unsinn! Wer ist Ihr Arzt?«

Wenn es schon sein mußte, suchten wir uns besser selber den Arzt aus. Ich sah Francesca fragend an, und sie sagte: »Ich kenne hier einen tüchtigen Arzt.«
Metcalfe klatschte in die Hände. »Schön, dann also los!«
Er fuhr uns durch die Stadt, und Francesca lotste ihn zur Praxis. Metcalfe hielt und sagte: »Ihr beiden geht rein; ich erwarte euch hier und fahr euch nachher zu Palmerinis Werft.«
Wieder 'n Reinfall. Es machte Metcalfe anscheinend gar nichts aus, uns wissen zu lassen, wo wir uns aufhielten. Es lag irgend etwas in der Luft, was mir nicht gefiel.
Kaum waren wir im Wartezimmer, da sagte Francesca: »Das ist Metcalfe? Scheint doch ein sehr netter Mann zu sein.«
»Das ist er auch«, erwiderte ich. »Aber kommen Sie ihm ja nicht in den Weg, da überfährt er Sie glatt.« Ich fuhr zusammen, da ein besonders unangenehmer Schmerz meinen Rücken durchzuckte. »Was zum Teufel machen wir jetzt?«
»Es hat sich nichts geändert«, sagte Francesca nüchtern. »Wir wußten, daß er kommen würde, und nun ist er da.«
Und sie hatte recht. Dann sagte ich: »Tut mir leid, daß ich Ihren Gatten geschlagen habe.«
»Mir nicht«, sagte sie ganz natürlich. »Mir tut's nur leid, daß Sie sich dabei verletzt haben, und daß Sie vielleicht Unannehmlichkeiten dadurch haben.«
»Die werde ich nicht haben«, erwiderte ich grimmig. »Solange er in Torlonis Händen ist, nicht. Aber das versteh ich auch wieder nicht – was für ein Interesse haben Metcalfe und Torloni daran, mir aus diesen Schwierigkeiten zu helfen? Ich kann keinen Sinn darin sehen.«
Der Arzt rief uns hinein und untersuchte meinen Rücken. Er erklärte, ich hätte einen Sehnenriß und wickelte mich ein wie einen Säugling. Er verband auch meine Hand; sie war leicht beschädigt, wo die Knöchel an Estrenolis Zähnen entlanggeschrammt waren.

Als wir das Haus verließen, winkte uns Metcalfe vom Wagen aus zu und sagte: »Ich bring euch jetzt zur Werft.« Wir fanden in unserer Lage keinen Anlaß abzulehnen und stiegen ein. Unterwegs fragte ich beiläufig: »Woher wissen Sie, daß wir in Palmerinis Werft sind?«
»Ich wußte ja, daß Sie in diesen Gewässern kreuzten«, erwiderte Metcalfe ungezwungen, »und da hab ich den Hafenkapitän gefragt, ob Sie noch nicht aufgetaucht seien. Der hat mir dann genau über Sie berichtet.«
Das klang alles ganz folgerichtig, und ich hätte ihm auch geglaubt, wenn ich es nicht besser gewußt hätte. Er fuhr fort: »Wie ich hörte, haben Sie Kummer mit Ihrem Kiel.«
Das ging schon fast bis an den Knochen. Ich gab ihm zur Antwort: »Ja, ich hab eine Methode, den Kiel zu befestigen, ausprobiert, aber die bewährt sich offenbar nicht. Ich werd ihn wohl abnehmen und neu befestigen müssen.«
»Machen Sie ihn nur recht fest«, erwiderte er. »Es wäre schade, wenn sie ihn mitten auf See verlören. Sie müßten sofort kentern.«
Es war eine ungemütliche Unterhaltung; im Grunde war es eine ganz vernünftige Kleinbootsfachsimpelei – aber bei Metcalfe konnte man nie wissen. Zu meiner Erleichterung kam er auf etwas anderes zu sprechen.
»Was haben Sie mit Ihrem Gesicht gemacht? Hatten Sie kürzlich schon einmal eine Auseinandersetzung?«
»Ich bin in den Bergen abgestürzt«, sagte ich leichthin.
Mitleidig schnalzte er leicht mit der Zunge. »Sie müssen besser auf sich aufpassen, Hal, alter Junge. Ich möchte nicht gern, daß Ihnen etwas zustößt.«
Das ging zu weit. »Warum plötzlich so besorgt?« fragte ich spitz.
Erstaunt sah er mich an. »Ich seh es nicht gern, wenn meine Freunde ringsherum anecken, bei Ihnen schon gar nicht. So 'n anständiger Kerl wie Sie.« Er wandte sich an Francesca. »Ist er doch, nicht?«
»Ich glaub schon«, gab sie zur Antwort.

Ich war überrascht. Als Metcalfe vor dem Werfteingang vorfuhr, sagte ich: »Ich werd schon überleben. Ich werde da so langsam sachkundig.«
Francesca und ich stiegen aus, und Metcalfe sagte: »Wollen Sie mir nicht mal zeigen, wie Ihr neuer Kiel befestigt wird, Hal?«
Ich grinste. »Menschenskind, ich bin Bootskonstrukteur von Beruf. Sie glauben doch wohl nicht, daß ich jemandem meine Fehler vorzeige.« Wenn er sich auf eine zweideutige Unterhaltung verstand, ich tat's auch.
Er lächelte. »Sehr klug von Ihnen. Na, ich denke, wir kriegen uns hier noch mal zu sehen?«
Ich ging nahe an ihn heran, so daß Francesca uns nicht hören konnte. »Was geschieht mit Estrenoli?«
»Nichts Besonderes. Guido bringt ihn zu einem tüchtigen und verschwiegenen Arzt, und wenn sie ihn zusammengeflickt haben, wird er ihn in Rom abladen, nachdem er ihm genügend Angst eingeimpft hat. Nach meiner Einschätzung ist Estrenoli ein Feigling, und unser Guido kann ihn schon genügend einschüchtern. Er wird keinen Ärger mehr machen.«
Erleichtert trat ich vom Wagen zurück. Ich hatte schon befürchtet, man würde Estrenoli in einem Betonmantel auf dem Grunde der Bucht versenken, und ich wollte kein Menschenleben auf dem Gewissen haben, nicht einmal seines. »Vielen Dank«, sagte ich, »ja, wir sehen uns noch. In einer so kleinen Stadt läßt sich das wohl kaum vermeiden, wie?«
Er schaltete und fuhr langsam an. Er grinste zum Seitenfenster heraus. »Sie sind ein guter Bursche, Hal; lassen Sie sich von niemand unterkriegen.«
Dann war er fort, und ich war meinem Grübeln überlassen, was das nun alles zu bedeuten hatte.

Im Schuppen herrschte eine gespannte Atmosphäre. Auf dem Wege durch die Werft war mir aufgefallen, daß da viel mehr Leute waren als sonst, wohl Francescas Freunde. Als ich eintrat, kam Piero auf mich zu und fragte: »Was ist im Klub passiert?« Seine Stimme bebte vor Erregung.

»Nichts ist passiert«, entgegnete ich. »Nichts Besonderes.« — Im Hintergrund sah ich ein fremdes Gesicht, einen kleinen Mann mit klaren, wachen Augen. »Wer ist das?«

Piero wandte sich um. »Cariaceti, der Juwelier. Um den brauchen Sie sich nicht zu kümmern. Aber was ist im Klub passiert? Erst sind Sie reingegangen, dann Madame, bald danach Metcalfe und Torloni. Dann kamen Sie und Madame mit Metcalfe raus. Was war da los?«

Ich erwiderte: »Das brauchen Sie nicht weiter tragisch zu nehmen, das ist schon alles in Ordnung. Wir stießen mit Estrenoli zusammen und haben ihn abserviert.«

»Estrenoli?« Piero staunte und blickte auf Francesca, die zustimmend nickte. »Und wo ist er jetzt«, fragte er aufgeregt.

»Torloni hat sich seiner angenommen.«

Das war zuviel für Piero. Er sackte auf einen Schemel und starrte auf den Boden. »Torloni?« fragte er verwirrt. »Was wollte denn Torloni mit Estrenoli?«

»Das möcht ich auch gern wissen. Die ganze Geschichte gehört zu Metcalfes überraschenden Spielen. Ich kann nur berichten, daß ich eine Prügelei mit Estrenoli gehabt habe und daß Metcalfe ihn für eine Weile aus dem Verkehr gezogen hat, aber fragen Sie mich nicht warum.«

Er blickte auf. »Ich hörte, daß Sie heute mit Metcalfe sehr freundschaftlich umgingen.« In seiner Stimme klang tiefes Mißtrauen.

»Und warum nicht? Dabei ist nichts zu gewinnen, wenn man ihm feindselig gegenübersteht. Wenn Sie genau wissen wollen, was geschehen ist, fragen Sie Francesca — sie war dabei.«

»Hal hat recht«, sagte Francesca. »Er hat sich Metcalfe gegenüber einwandfrei verhalten. Er hat sich allerlei Anzüglichkeiten anhören müssen, ohne sich aus der Reserve locken zu lassen. Überdies«, fügte sie mit einem leichten Lächeln hinzu, »dürfte es nicht ganz einfach sein, Metcalfe als Gegner zu haben.«

»Torloni als Gegner zu haben ist nicht schwierig«, murrte Piero, »und Metcalfe ist sein Freund.«

Dieses Gespräch führte zu nichts, ich fragte daher: »Wo stecken Coertze und Walker?«

»In der Stadt«, erwiderte Piero. »Wir wissen, wo sie sind.«

»Es ist besser, sie kommen her«, sagte ich. »Es kann sich jetzt schnell etwas zusammenbrauen. – Wir müssen uns überlegen, was wir machen wollen.«

Schweigend stand er auf und ging hinaus. Ich ging zu dem kleinen Juwelier hinüber. »Signore Cariaceti«, redete ich ihn an. »Wie ich höre, sind Sie hier, um sich ein paar Edelsteine anzusehen.«

»So ist es«, entgegnete er, »aber ich habe nicht die Absicht, lange zu bleiben.«

Ich ging zu Francesca zurück und sagte: »Lassen Sie Cariaceti jetzt lieber auf die Juwelen los. Möglich, daß wir nicht mehr viel Zeit haben.«

Sie ging, um mit Cariaceti zu sprechen, und ich sah trübselig auf den Kiel, dem noch etwa zwei Tonnen fehlten. Die Dinge hatten einen Tiefpunkt erreicht, und ich fühlte mich ziemlich mutlos. Wir mußten noch acht Tage mit Hochbetrieb arbeiten, um den Kiel fertigzukriegen, einen weiteren Tag, um ihn am Boot festzumachen und noch einen Tag, um die Glasfiberverkleidung anzubringen und die *Sanford* ins Wasser zu setzen.

Zehn Tage! Ob Metcalfe und Torloni uns so viel Zeit ließen?

Nach einigen Augenblicken kam Francesca zurück. »Cariaceti ist überrascht – staunt Bauklötze –«, sagte sie. »Ich habe selten jemand so glücklich gesehen.«

»Freut mich, wenn jemand glücklich ist«, sagte ich finster. »Die ganze Sache droht zu Bruch zu gehen.«
Sie legte ihre Hand auf meinen Arm. »Sie dürfen sich nicht selbst Vorwürfe machen«, sagte sie. »Mehr als Sie hätte niemand tun können.«
Ich setzte mich auf den Schemel. »Gewiß, es könnte noch schlimmer kommen. Walker kann sternhagelvoll sein, wenn wir ihn gerade brauchen, Coertze kann Amok laufen wie ein wütender Bulle, ich kann fallen und mir ein paar Knochen brechen.«
Sie nahm meine verbundene Hand in ihre. »Das habe ich noch zu keinem Manne gesagt – aber Sie sind ein Mann, den ich sehr bewundern könnte.«
Ich betrachtete ihre Hand, die auf meiner ruhte. Leise fragte ich: »Nur bewundern?«
Ich blickte zu ihrem Gesicht auf und sah sie erröten. Sie zog schnell die Hand zurück und wandte sich ab von mir. »Manchmal können Sie mich recht ärgerlich machen, Mr. Halloran.«
Ich erhob mich. »Eben hieß es noch Hal. Ich hab Ihnen ja gesagt, meine Freunde nennen mich Hal.«
»Ich bin Ihr Freund«, sagte sie langsam.
»Francesca, ich möchte, daß Sie mehr sind als nur mein Freund.«
Sie war plötzlich ganz still, und ich legte meinen Arm um sie. Dann sagte ich: »Ich glaube, ich liebe dich, Francesca.«
Schnell drehte sie sich herum, unter Tränen lachend. »Das glaubst du nur, Hal! Was seid ihr Engländer doch für eine kühle und schwerfällige Gesellschaft. Ich weiß es, daß ich dich liebe.«
Mir war, als löste sich ein Druck von meinem Magen, und der ganze dunkle Schuppen erschien mir plötzlich viel heller. »Ja,«, sagte ich, »ich liebe dich; aber ich wußte nicht, wie ich das so geradeheraus sagen sollte – ich wußte nicht, was du dazu sagen würdest.«
»Bravo, sag ich.«

»Was werden wir für ein Leben haben!« sagte ich. »Am Kap ist es wundervoll – und die ganze weite Welt steht uns offen.«
Ein Schatten kam auf ihre Freude. »Ach, Hal, ich weiß nicht, wie es werden soll. Ich bin ja noch verheiratet; ich kann dich nicht heiraten.«
»Italien ist nicht die Welt«, sagte ich sanft. »In den meisten anderen Ländern ist eine Scheidung nichts Anstößiges. Die Männer, welche die Scheidungsgesetze gemacht haben, waren weise Leute. Sie wollten keine Frau für ihr ganzes Leben an einen Mann wie Estrenoli binden.«
Sie schüttelte den Kopf. »Bei uns in Italien – und in den Augen meiner Kirche – ist Scheidung eine Sünde.«
»Dann haben Italien und deine Kirche unrecht. Das sagt sogar Piero.«
Langsam fragte sie: »Was geschieht mit meinem Mann?«
»Das weiß ich nicht, aber Metcalfe sagte mir, man würde ihn unter Begleitung nach Rom zurückbringen.«
»Ist das alles? Wird Torloni ihn nicht umbringen?«
»Das glaub ich nicht. Metcalfe sagte nein – und ich glaube ihm. Er mag ein Schurke sein, aber bei einer lumpigen Lüge habe ich ihn noch nie erwischt.«
Sie nickte zustimmend. »Ja, das glaub ich ihm auch.« Sie schwieg einen Augenblick und fuhr dann fort: »Wenn ich Eduardo in Sicherheit weiß, geh ich mit dir, nach Südafrika oder wo auch immer. Ich laß mich im Ausland scheiden, und wir heiraten. Nur Eduardo muß am Leben und wohlauf sein. Ich könnte ihn nicht auf dem Gewissen haben.«
Ich erwiderte: »Ich werde mich darum kümmern und Metcalfe aufsuchen.«
Ich blickte auf den Kiel. »Aber ich muß auch sehen, wie wir hiermit zu Rande kommen. Ich hab da nun mal mit angefangen – und dann muß ich ja auch an die anderen denken, an Coertze, Walker, Piero, an all deine Freunde – ich kann's nicht mehr abstoppen. Nicht bloß des Goldes wegen, das weißt du ja.«

»Ja, das weiß ich. Aber dir muß einer einen Floh ins Ohr gesetzt haben, daß du dich in solche Sache eingelassen hast. Das sieht dir gar nicht ähnlich.«
Ich sagte: »Ich hatte eine Frau, und durch einen Trunkenbold wie Walker ist sie zu Tode gekommen.«
»Ich weiß so wenig von deinem früheren Leben«, sagte sie voller Anteilnahme. »Du wirst mir noch viel erzählen müssen. Und deine Frau – wie tief hast du sie geliebt.« Das war keine Frage, es war eine Feststellung.
Ich erzählte ihr etwas über Jean, mehr aber über mich selbst, und eine ganze Zeitlang redeten wir leise miteinander, wie es Verliebte tun.

Dann kam Coertze herein.
Er wollte wissen, was die ganze Aufregung zu bedeuten habe und warum er um den Rest seines freien Tages gebracht wurde. Er mochte nicht seine Arbeit unterbrechen, aber ebenso zuwider war es ihm, wenn er in seinen kargen Vergnügungen unterbrochen wurde.
Ich berichtete ihm die neuesten Ereignisse, und er war verblüfft wie jeder von uns. »Wieso hilft Metcalfe uns?«
»Das weiß ich nicht, und ich gedenke ihn auch nicht danach zu fragen. Vielleicht würde er mir die Wahrheit sagen, und die Wahrheit könnte schlimmer sein als jeder Verdacht, den wir hegen mögen.«
Coertze tat das gleiche wie ich und starrte auf den Kiel.
Ich sagte: »Mindestens acht Tage brauchen wir noch zum Gießen.«
»*Magtig*«, brach er los. »Jetzt laß ich mich hier von niemandem vertreiben.« Er zog sich die Jacke aus. »Jetzt woll'n wir aber gleich tüchtig rangehen.«
»Für 'ne Stunde müssen Sie schon noch auf mich verzichten«, erwiderte ich. »Ich habe eine Verabredung.«
Coertze glotzte mich an, sagte aber nichts, als ich mich in mein Jackett quälte. Francesca half mir, es über den

Panzer von Binden unter meinem Hemd zu kriegen.
»Wohin willst du?« fragte sie ruhig.
»Zu Metcalfe. Ich möchte alles in die Reihe bringen.«
Sie nickte. »Aber sei bitte vorsichtig.«
Auf dem Wege hinaus stieß ich auf Walker, der sehr niedergeschlagen dreinblickte. »Was ist denn mit Ihnen los?« fragte ich ihn. »Sie sehen ja aus, als ob Sie einen Shilling verloren und ein Sixpence-Stück gefunden hätten.«
»Irgend so 'n Schweinehund hat mir die Tasche ausgeräubert«, sagte er wütend.
»War viel drin?«
»Ja, mein Zi...« er verbesserte sich, »meine Brieftasche.«
»Darum würde ich mir jetzt keine Gedanken machen. Aber wir werden unser Gold los, wenn wir nicht aufpassen. Lassen Sie sich alles von Coertze erzählen.« Ich schob mich an ihm vorbei, und er starrte mir nach.
Ich ging zu Palmerini ins Büro und bat ihn, mir seinen Wagen zu leihen. Da er nichts dagegen hatte, nahm ich seinen kleinen Fiat und fuhr damit zum Jachthafen. Ich fand sofort den Fairmile und stellte fest, daß man ihn vom Jachtklub aus nicht sehen konnte; darum auch hatte ich ihn nicht schon früher bemerkt. Krupke wienerte das Messing am Ruderhaus.
»Hallo«, rief er. »Freut mich, Sie zu sehen. Metcalfe erzählte mir schon, daß Sie hier seien.«
»Ist er an Bord? Ich möchte ihn sprechen.«
»Einen Moment«, sagte Krupke und ging nach unten. Fast im gleichen Augenblick kam er zurück. »Sie möchten runterkommen.«
Ich jumpte an Bord und folgte Krupke hinunter in den Salon. Metcalfe lag auf einem Sofa und las.
»Nun, was führt Sie so schnell schon zu mir?«
»Ich hab Ihnen was zu erzählen«, sagte ich und warf einen Blick zu Krupke hinüber.
»O. K., Krupke«, sagte Metcalfe, und Krupke ging hinaus.

Metcalfe holte eine Flasche und zwei Gläser aus einem Spind. »'n Drink?«
Er schenkte zwei große ein und trank mir zu. »Mast- und Schotbruch!«
Wir kippten die Gläser runter, dann fragte er: »Na, was haben Sie auf dem Herzen?«
»Sie sagten mir, daß Torloni sich um Estrenoli kümmern würde – ist das wahr?«
»Sicher, Estrenoli ist jetzt beim Arzt.«
»Ich wollte mich nur vergewissern, und um es ganz klar zu machen: Sagen Sie doch bitte Torloni von mir, daß ich ihn eigenhändig kaltmachen werde, wenn Estrenoli nicht gesund und sicher in Rom eintrifft.«
Metcalfes Augen weiteten sich. »Hoho! Hat man Sie mit Tigermilch gesäugt? Warum liegt Ihnen denn Estrenolis Sicherheit so am Herzen?«
Er sah mich mit verkniffenen Augen an, dann lachte er auf und schlug sich auf die Schenkel. »Aber natürlich, die Contessa hat kalte Füße gekriegt.«
»Lassen Sie die Contessa aus dem Spiel.«
Metcalfe lächelte verschmitzt. »Ihr junges Volk, euch ist doch nicht übern Weg zu trauen.«
»Halten Sie den Mund!«
In gespieltem Erschrecken hielt er die Hände hoch. »Schon gut, schon gut.« Dann mußte er lachen. »Und dabei haben Sie Estrenoli beinah selbst umgebracht. Hätten Sie nur ein bißchen härter zugeschlagen, dann wär er jetzt ein toter Mann.«
»Härter konnte ich nicht.«
»Das würd ich nicht so sagen«, entgegnete Metcalfe. »Er ist immer noch bewußtlos. Der Medizinmann hat ihm den Kiefer geschient, und er wird wohl einen Monat lang nicht sprechen können.« Er schenkte neu ein. »Schön, ich will sehen, daß er nicht kaputter nach Rom kommt, als er jetzt schon ist.«
»Ich wünsche eine schriftliche Bestätigung«, sagte ich.

»Und zwar von Estrenoli selbst, in einem Brief, von Rom aus durch die Post befördert, von der Post nicht später als heut in einer Woche abgestempelt.«

Metcalfes heitere Miene schwand. »Meinen Sie nicht auch, daß Sie's ein bißchen weit treiben?« fragte er sanft.

»Eben das ist meine Absicht«, erwiderte ich stur.

Er sah mich scharf an. »Irgendwer hat einen Mann aus Ihnen gemacht, Hal«, sagte er. »Schön, dann muß es wohl so sein.« Er schob mir das Glas über den Tisch zu. »Wissen Sie«, fuhr er nachdenklich, wie zu sich selbst, fort, »ich an Ihrer Stelle würde mich nicht lange in Rapallo aufhalten. Ich würde schleunigst meinen Kiel anmachen und abhauen. Mit Torloni ist nicht gut Kirschen essen.«

»Ich hab noch keine Kirschen mit Torloni gegessen. Ich hab ihn heute zum erstenmal gesehen.«

Er nickte. »O. K. Wenn Sie das Spiel machen wollen, das ist Ihre Sache. Aber sieh mal, Hal, Sie haben mich gerade eben rangenommen, und ich hab mitgespielt, weil Estrenoli nicht meine Angelegenheit ist und weil Sie ein alter Kumpel von mir sind und weil es mir nichts ausmacht, in dieser Sache rangenommen zu werden. Aber legen Sie sich nicht mit Torloni an; das ist ein übler Bursche, der verspeist Sie zum Frühstück.«

»Ich lege mich nicht mit Torloni an, solange er mich zufrieden läßt.«

Ich trank aus und stand auf. »Wir sehen uns noch.«

Metcalfe grinste. »Bestimmt. Sie sagten's ja schon – es ist eine kleine Stadt.«

Er begleitete mich an Deck, um mich zu verabschieden, und als ich zur Werft zurückfuhr, dachte ich gründlich über Metcalfe nach. Einiges war sehr deutlich gesagt worden – aber noch nicht deutlich genug – und das Geheimnis um Metcalfes Absichten war nur noch tiefer geworden. Er hatte doch klar genug gesagt: paß auf, daß Torloni dich nicht zusammenschlägt! Aber ich konnte seine Gründe nicht verstehen, schließlich war Torloni doch sein Mann.

Das ging über meinen Horizont.
Als ich zur Werft zurückkam, war die Arbeit im Schuppen im Gange, als wäre sie nie unterbrochen gewesen. Ein Goldklumpen zerschmolz mit grellem Aufblitzen, und Coertze beugte sich zum Gießen über die Form.
Francesca kam zu mir heran, und ich sagte: »Es ist abgemacht. Innerhalb einer Woche bekommst du Nachricht von Eduardo.«
Sie seufzte. »Komm zum Abendbrot. Du hast überhaupt noch nichts gegessen.«
»Vielen Dank«, sagte ich und folgte ihr zum Wohnwagen.

Der goldene Kiel

Und wir schufteten, du meine Güte, wie wir schufteten! Die Erinnerung an jene Woche haftet in mir als ein tiefes, geheimnisvolles Dunkel, aus dem blendende, farbige Blitze hervorstechen. Sechzehn Stunden am Tag schmolzen und gossen wir Gold, bis uns die Arme lahm waren und die Augen von der grellen Überhelle der Schmelzöfen brannten. Spätabends taumelten wir in die Kojen und schliefen, bevor wir noch die Kissen berührt hatten; uns schien es, als blieben uns nur Minuten, bevor wir wieder an dieses verdammte Teamwork ranmußten, das ich mir ausgedacht hatte.

Ich begann, den Anblick und das Gefühl des Goldes zu hassen und auch den Geruch – wenn es geschmolzen war, hatte es einen ganz eigenen Geruch –, und ich sehnte die Zeit herbei, da wir wieder in See sein würden, wo uns höchstens ein Sturm und eine Leeküste Sorgen machen könnten. Lieber allein in einem Boot in einem Hurrikan als noch eine Woche dieser Höllenqualen.

Aber wir schafften es! Die Menge des Goldes in der Form wuchs und wuchs, und der Stapel ungeschmolzener Barren nahm stetig ab. Wir brachten es auf mehr als 250 Schmelzvorgänge am Tag, und ich rechnete mir aus, daß wir einen halben Tag gegenüber meinem ursprünglichen Zehntagesplan gewinnen würden. Ein Gewinn von zwölf Stunden war nicht eben viel, aber er konnte zwischen Sieg und Niederlage entscheiden.

Metcalfe und Torloni verhielten sich merkwürdig ruhig. Wir wurden überwacht – vielmehr die Werft wurde überwacht –, und damit genug. Trotz der Verstärkung, die Torloni nach Rapallo geworfen hatte, und obwohl er selber

seine Maßnahmen überwachte, gab es keine offene Bewegung gegen uns. Die Sache war mir rätselhaft.
Der einzige erfreuliche Anblick in dieser Lage war Francesca. Sie kochte für uns und besorgte unseren Haushalt, empfing Botschaften und gab Instruktionen an den Nachrichtendienst, und wenn wir bei dieser Hetzarbeit auch kaum Zeit füreinander fanden, es gab doch immer mal einen Händedruck oder ein Lächeln quer durch den Raum, das meinen Willen stärkte weiterzumachen.
Fünf Tage, nachdem ich mit Metcalfe gesprochen hatte, bekam sie einen Brief, den sie gleich nach dem Lesen mit düsterer Miene verbrannte. Dann kam sie zu mir und sagte: »Eduardo ist sicher in Rom.«
»Metcalfe hat also Wort gehalten«, erwiderte ich.
Ein kleines Lächeln huschte über ihre Lippen. »Das will ich auch tun.«
Dann wurde sie wieder ernst. »Du mußt morgen zum Arzt gehen.«
»Kind, ich hab doch keine Zeit«, sagte ich unwillig.
Aber sie blieb hartnäckig. »Die Zeit mußt du dir nehmen. Bald sollst du die *Sanford* segeln, dann mußt du wieder in Form sein.«
Sie holte Coertze zu Hilfe. Der sagte: »Sie hat völlig recht. Wir können uns doch nicht von Walker abhängig machen, nicht wahr?«
Das war wieder eine andere Sorge. Mit Walker wurde es immer schlimmer. Er war schlecht gelaunt und unzuverlässig, neigte zu heftigen Ausbrüchen und war unberechenbar. Das Gold verdarb ihn langsam aber sicher, sicherer als aller Alkohol.
Coertze wiederholte: »Mann, gehen Sie zum Arzt.« Mit verlegenem Lächeln setzte er hinzu: »Und schließlich ist es ja meine Schuld, daß Sie einen schlimmen Rücken haben. Ich hätte den Eingang besser abstützen sollen. Sie gehen los, und ich werd schon dafür sorgen, daß die Arbeit nicht darunter leidet.«

Es war das erste Mal, daß Coertze zugab, für etwas verantwortlich zu sein, und das rechnete ich ihm hoch an. Aber meine zerschrammten Knöchel taten ihm nicht leid. Er behauptete, ein Mann müsse es lernen zuzuschlagen, ohne sich selbst dabei Schaden zu tun.

Am nächsten Tage jagte Francesca mich also zum Arzt. Nachdem er mich mit vielen Ausrufen des Entsetzens und Abscheus untersucht und neu verbunden hatte, erklärte er schließlich, daß er mit meinen Fortschritten zufrieden sei und daß ich in acht Tagen zur gleichen Zeit wiederkommen solle. Ich sagte zu, aber ich wußte ja, daß wir dann schon in See auf dem Wege nach Tanger waren.

Als wir wieder im Wagen saßen, sagte Francesca: »Jetzt fahren wir zum Hotel Levante.«

»Ich muß aber wieder zurück.«

»Ein kleiner Drink wird dir guttun. Auf die paar Minuten kommt es nicht an.«

Wir fuhren also zum Levante, gingen in die Halle und bestellten was zu trinken. Francesca spielte mit ihrem Glas und begann dann stockend: »Ich muß dir noch etwas sagen — ich hab da noch einen besonderen Grund, weshalb ich dich hierhergebracht habe. Du sollst hier jemand kennenlernen.«

»Hier jemand kennenlernen? Wen denn?«

»Mein Vater ist oben. Ich halte es für richtig, daß ihr euch kennenlernt.«

Ich war überrascht. »Weiß er über uns Bescheid?«

Sie schüttelte den Kopf. »Ich habe ihm von dem Gold und den Juwelen erzählt. Er war sehr böse deshalb, und was er tun wird, weiß ich nicht. Über uns hab ich noch nichts gesagt.«

Das schien eine etwas schwierige Unterredung zu werden. Es kommt sicher nicht häufig vor, daß ein angehender Schwiegersohn zunächst beichten muß, daß er ein Goldschmuggler ist, bevor er um die Hand der Tochter anhält, einer Tochter, die bereits mit einem anderen verheiratet ist, um die Sache noch schlimmer zu machen.

»Natürlich freue ich mich sehr, deinen Vater kennenzulernen«, sagte ich.
Wir tranken aus und gingen zum Zimmer des alten Herrn hinauf. Er saß in einem Lehnstuhl mit einer Wolldecke über den Knien und blickte uns aufmerksam an, als wir eintraten. Er sah alt und müde aus. Seine Haare waren weiß, und sein Bart war nicht mehr struppig, wie man ihn mir geschildert hatte, sondern lag wohlgepflegt in weichen Strähnen. Sein Blick war der eines gebrochenen Mannes, ohne Kampfeslust darin.
»Darf ich dir Mr. Halloran vorstellen, Vater?« fragte Francesca.
Ich ging zu ihm hinüber. »Ich bin sehr erfreut, Sie zu sehen, Sir.«
Ein Glitzern erschien in seinen Augen. »So, wirklich?« fragte er und übersah die Hand, die ich ihm bot. Er lehnte sich im Stuhl zurück. »Sie sind also der Dieb, der das Gold meines Vaterlandes stehlen will.«
Ich biß die Zähne zusammen; dann antwortete ich ruhig: »Offenbar kennen Sie die Gesetze Ihres eigenen Landes nicht, Sir.«
Er zog die buschigen weißen Augenbrauen hoch. »Oh! Vielleicht können Sie mich darüber aufklären, Mr. Halloran.«
»Dieser Schatz fällt unter das Gesetz, das sich mit aufgegebenem Eigentum befaßt«, erwiderte ich. »Nach diesem Gesetz ist derjenige, der zuerst Besitz davon ergreift, fortan der rechtmäßige Eigentümer.«
Er dachte darüber nach. »Ich gebe zu, daß Sie vielleicht recht haben; wozu dann aber all diese Heimlichkeit?«
Ich lächelte. »Da stecken Riesenwerte drin. Schon sammeln sich die Geier, trotz all unserer Bemühungen, das Geheimnis zu wahren.«
Seine Augen blitzten auf. »Ich glaube, Sie legen das Gesetz nicht richtig aus, junger Mann. Es handelt sich nicht um aufgegebenes Eigentum. Die Deutschen haben es mit

Waffengewalt genommen. Das wäre für die Juristen ein gefundenes Fressen.«

»Der ganze Wert würde durch die Prozeßkosten draufgehen, selbst wenn wir gewönnen«, erwiderte ich.

»Sie haben mir Ihren Standpunkt klargemacht, aber mir gefällt er nicht, und es gefällt mir auch nicht, daß meine Tochter damit zu tun hat.«

»Ihre Tochter hat mit schlimmeren Dingen zu tun«, konterte ich.

»Was wollen Sie damit sagen«, fragte er in scharfem Ton.

»Estrenoli meine ich.«

Er seufzte und lehnte sich in seinem Stuhl zurück; der Funken, der in ihm aufgeglüht war, erlosch, und er wurde wieder ein müder alter Mann. »Ach ja, ich weiß«, sagte er gequält. »Es ist schmachvoll. Ich hätte es verbieten sollen, aber Francesca . . . «

»Ich mußte es tun«, fiel Francesca ihm ins Wort.

»Nun, Sie brauchen sich keine Sorge mehr zu machen seinetwegen, er wird sich jetzt von Ihnen fernhalten.«

Der Graf richtete sich auf. »Was ist mit ihm?«

Ein Lächeln zuckte um Francescas Lippen, als sie sagte: »Hal hat ihm den Kinnbacken zerbrochen.«

»Was, das haben Sie wirklich getan?« Der Graf winkte mich heran.

»Kommen Sie zu mir, junger Mann, setzen Sie sich neben mich. Wahrhaftig, Sie haben Estrenoli geschlagen? Wie kam das?«

»Sein Benehmen gefiel mir nicht.«

Er lachte in sich hinein. »Das Benehmen der Estrenolis gefällt sehr vielen nicht, aber noch niemand hat bisher einen Estrenoli geschlagen. Und Sie haben ihn verletzt?«

»Wie mir ein Freund erzählte, habe ich ihn beinahe totgeschlagen.«

»Ach, wie schade!« sagte der Graf doppelsinnig. »Aber Sie müssen sich in acht nehmen. Er ist ein einflußreicher

Mann und hat mächtige Freunde in der Regierung. Sie müssen schleunigst aus Italien raus.«
»Das will ich auch, aber nicht Estrenolis wegen. Der ist jetzt sehr eingeschüchtert und wird uns keine Schwierigkeiten machen.«
Der Graf erwiderte: »Ein Mann, der es mit einem Estrenoli aufnimmt, verdient meinen Dank – und meine Hochachtung.«
Francesca kam zu mir herüber und legte mir die Hand auf die Schulter.
»Auch ich will Italien verlassen«, sagte sie, »ich gehe mit Hal.«
Der Graf sah sie lange an; dann senkte er den Kopf und starrte auf seine hageren Hände in seinem Schoß. Dann sprach er leise: »Du mußt tun, was du für am besten hältst, mein Kind. Italien hat dir nichts als Unglück gebracht; du mußt wohl in ein anderes Land gehen und unter anderen Gesetzen leben, um glücklich zu werden.«
Er sah auf. »Sie werden sie gut beschützen, Herr Halloran?«
Ich bekam kein Wort heraus und nickte nur.
Francesca trat zu ihm, kniete neben ihm und nahm seine Hand in ihre. »Wir können nicht anders, Papa, wir lieben uns. Willst du uns deinen Segen geben?«
Er lächelte verschmitzt. »Aber Kind, kann ich denn zu einer Sünde meinen Segen geben? Aber ich glaube, daß Gottes Weisheit tiefer ist als die der Kirchenmänner, er wird es verstehen. Ja, ich gebe euch meinen Segen, und ihr dürft wohl hoffen, daß auch Gott euch seinen Segen gibt.«
Sie beugte das Haupt, und ihre Schultern bebten. Er blickte wieder zu mir auf. »Ich war dagegen, daß sie Estrenoli heiratete, aber sie hat es für mich getan. Und nach unserem Gesetz kann eine Ehe nicht geschieden werden.«
Francesca trocknete sich die Augen. »Papa, wir haben nur wenig Zeit, und ich muß dir noch etwas sagen. Cariaceti – du entsinnst dich doch noch des kleinen Cariaceti – der wird dich von Zeit zu Zeit aufsuchen und dir Geld bringen. Du mußt ...«

Er unterbrach sie. »Ich will nichts von diesem Geld.«
»Hör doch, Papa. Das Geld ist nicht für dich. Es wird sich um ziemliche Summen handeln, und das bißchen, was du brauchst, darfst du dir wirklich davon nehmen, aber das meiste sollst du weitergeben. Mario Pradelli braucht etwas für sein Jüngstes, das mit einer spastischen Lähmung geboren wurde. Dann Pietro Morelli, der seinen Sohn sonst nicht studieren lassen kann. Gib es weiter an die Männer, die im Kriege mit dir gekämpft haben, die ebenso wie du von den Kommunisten um ihre Habe gebracht wurden, gib es denen, die bedürftig sind.«
Ich sagte: »Mein Anteil am Gold gehört Francesca, sie kann nach ihrem Gefallen darüber verfügen. Das kann dazugetan werden.«
Der Graf hing geraume Zeit seinen Gedanken nach, dann sprach er: »So kann am Ende doch vielleicht noch etwas Gutes dabei rauskommen. Also gut, ich werde das Geld nehmen und damit verfahren, wie du gesagt hast.«
Francesca sagte: »Piero Morese wird dir dabei helfen, er weiß, wo all eure alten Kameraden zu erreichen sind. Ich bin dann nicht mehr hier; ich fahre mit Hal in wenigen Tagen.«
»Nein«, warf ich ein. »Du bleibst hier, ich komm zurück, um dich zu holen.«
»Nein, ich komme mit dir«, beharrte sie.
»Du mußt hierbleiben, ich kann dich auf der *Sanford* nicht brauchen.«
Der Graf mischte sich ein: »Tu, was er sagt, Francesca. Er weiß, was er zu tun hat, und vielleicht kann er das nicht tun, wenn er dich dabei hat.«
Sie war richtig aufsässig, aber nach einigem Zögern beruhigte sie sich.
Der Graf sagte: »Nun geh, mein Kind. Ich möchte mit deinem Hal noch etwas unter vier Augen besprechen.«
»Ich warte unten«, erwiderte sie.

Der Graf wartete, bis sie gegangen war. »Mr. Halloran, ich halte Sie für einen Ehrenmann. So hat Piero Morese Sie mir gestern abend am Telefon dargestellt. Bitte sagen Sie mir genau, welche Absichten haben Sie, wenn Sie meine Tochter aus Italien mit sich nehmen.«

»Ich will sie heiraten, sobald sie geschieden ist.«

»Es ist Ihnen doch klar, daß sie unter diesen Umständen nie nach Italien zurückkommen kann, daß diese Ehe hier als Bigamie angesehen würde?«

»Ich weiß es, und Francesca weiß es auch. Sie selbst sagten, daß sie in Italien bisher nur Unglück erfahren habe.«

»Ja, das ist wahr.« Er seufzte. »Francescas Mutter starb vor dem Kriege, als sie noch klein war. Meine Tochter wuchs mitten im Bürgerkriege in einem Partisanenlager auf, und schon als Kind hat sie sowohl das Heldentum als auch die Niedrigkeit der Menschen kennengelernt. Sie ist daher nicht mit anderen Frauen zu vergleichen. Manche andere wäre durch ihre Erfahrungen verhärtet worden, aber sie ist es nicht. Sie hat ein großes Herz, voller Menschlichkeit und Mitgefühl. Das darf ihr nicht gebrochen werden.«

»Ich liebe Francesca. Ich werde ihr niemals wissentlich das Herz brechen.«

Der Graf sprach weiter: »Wie ich hörte, sind Sie Schiffskonstrukteur und Schiffsbauer?«

»Schiffe baue ich nicht, nur Boote.«

»Ich verstehe. Nach meinem Gespräch mit Piero wollte ich gern mehr über Sie wissen, und ein Freund von mir hat einige Erkundigungen für mich eingeholt. Danach haben Sie einen wachsenden Ruf auf Ihrem Gebiet.«

»In Südafrika wohl«, erwiderte ich. »Daß man mich auch hier kennt, war mir nicht bekannt.«

»Ja, Ihr Ruf ist schon hierher gedrungen, und ich erwähne das, weil es mich freut, daß es so ist. Dieses Unternehmen, in das Sie sich im Augenblick eingelassen haben, mißbillige ich durchaus. Ich kann mir nicht denken, daß

Sie Erfolg damit haben – aber wenn, solcher Reichtum ist wie Hexengold, er wird Ihnen in der Hand zu dürren Blättern. Es ist mir lieb zu wissen, daß Sie in Ihrem richtigen Beruf etwas Anständiges leisten.«

Er hüllte sich in die Decke. »Und nun gehen Sie, Francesca wartet. Ich kann Ihnen weiter nichts geben als meine guten Wünsche, aber die begleiten Sie auf allen Ihren Wegen.«

Ich ergriff die Hand, die er mir bot, und es drängte mich, ihm zu sagen: »Warum verlassen Sie nicht auch Italien, um mit uns zu kommen?«

Lächelnd schüttelte er den Kopf. »Nein, ich bin alt, und einen alten Baum soll man nicht verpflanzen. Ich kann mein Vaterland nicht mehr verlassen. Aber ich danke für Ihr Anerbieten. Gott befohlen, Hal, ich bin gewiß, mein Kind wird glücklich sein bei Ihnen.«

Ich sagte Lebewohl und verließ den Raum! Ich habe den Grafen nie wiedergesehen.

Kaum zu glauben, aber eines Tages war der Kiel fertig. Wir standen alle um die Form herum und betrachteten sie, von Zweifel erfüllt. Wir konnten es uns nicht vorstellen, daß all unser Schweiß, all unsere Arbeit zusammengeschmolzen sein sollte zu diesem toten Klumpen reizlosen gelben Metalls, bloße acht Kubikfuß in seltsam ausgeklügelter Gestalt.

Ich sagte: »Das wär geschafft. Zwei Tage weiter, und die *Sanford* schwimmt auf dem Wasser.«

Coertze sah auf die Uhr. »Wir haben noch Zeit, etwas zu tun heute. Wir können nicht einfach Feierabend machen, weil der Kiel fertig ist; es ist noch viel anderes zu tun.«

Wir gingen also wieder an die Arbeit. Walker machte sich daran, die Schmelzöfen abzubauen, und ich wies Coertze und Piero an, die Glasfiberverkleidung von der *Sanford* zu entfernen, damit wir den Bleikiel abnehmen könnten. Der

Wechsel in Arbeit und Arbeitstempo tat uns gut, und wir fühlten uns alle erfrischt.
Francesca berichtete, daß an der vermutlichen Kampffront alles ruhig sei – Metcalfe war auf seinem Fairmile, und Torloni hielt sich in seinem Hotel auf. Die Wache auf der Werft war nicht verstärkt worden, es war alles so normal, wie eine durchaus anomale Situation eben sein konnte.
Der Kampf, wenn es dazu überhaupt kommen würde, müßte spätestens losgehen, wenn wir die *Sanford* zu Wasser ließen. Auf das erste Anzeichen, daß wir uns davonmachen wollten, mußte der Feind sich rühren. Es war mir unverständlich, warum er nicht schon früher über uns hergefallen war.
Der nächste Tag war eine reine Freude für uns. Wir arbeiteten tüchtig wie immer, und als wir fertig waren, war die *Sanford* das kostbarste Boot der Welt. Die Kielbolzen gingen glatt durch die Löcher, die Coertze beim Guß in dem Goldkiel ausgespart hatte, und auch durch die Durchbohrungen im Totholz, die Harry schon in Kapstadt hineingebracht hatte. Und als wir die Taljen, mit denen wir die *Sanford* angelüftet hatten, wegfierten, setzte sie sich sicher und bequem auf das Gold.
Coertze sagte: »Ich begreife nicht, warum Sie nicht die alten Löcher genommen haben, die für den alten Kiel.«
»Die Gewichtsverteilung ist anders«, erklärte ich. »Gold ist um die Hälfte schwerer als Blei, und darum mußte der Kiel eine andere Form haben als der alte, damit der Gewichtsschwerpunkt möglichst nicht verlagert würde. Da die Ballastmasse nun anders angeordnet ist, werden auch die Bewegungen der *Sanford* etwas anders sein, aber das läßt sich nicht ändern.«
Ich blickte auf die *Sanford*. Fast eine und drei viertel Million Pfund war sie nun wert – die teuerste Jacht aller Zeiten. Ich war sehr stolz auf sie – eines solchen Entwurfes konnten sich nicht viele Konstrukteure rühmen.
Still und entspannt saßen wir alle beim Abendessen. Ich

sagte zu Francesca: »Du bringst am besten heute abend die Juwelen raus – kann sein, daß es die letzte Gelegenheit vor dem Feuerwerk ist.«
Sie lächelte. »Das ist nicht weiter schwierig; Piero hat sie in Betonziegel eingegossen. Die Kunst, etwas zu verstecken, haben wir von euch gelernt. Sie liegen draußen bei dem neuen Schuppen, den Palmerini sich baut.«
Ich lachte. »Das muß ich mir mal ansehn.«
»Komm, ich zeig sie dir.«
Wir gingen in die dunkle Nacht hinein, und sie leuchtete mit der Taschenlampe auf einen unordentlich hingeworfenen Haufen von Ziegelsteinen neben dem neuen Schuppen. »Hier sind sie. Die wertvollen Steine sind mit Tünche markiert.«
»Nicht schlecht«, sagte ich, »gar nicht schlecht.«
Sie lehnte sich gegen mich, und ich umarmte sie. Für so was hatten wir nicht eben viel Zeit. Wir entbehrten vieles, was Liebesleute für gewöhnlich genießen können. Nach einer kleinen Weile fragte sie ganz ruhig: »Wann kommst du zurück?«
»Sobald ich das Gold verkauft habe«, erwiderte ich. »Mit dem ersten Flugzeug, das ich kriegen kann, fliege ich von Tanger los.«
»Und ich warte auf dich, aber nicht hier, ich bin mit meinem Vater in Mailand.«
Sie gab mir die Adresse, die ich mir gleich einprägte. Ich fragte: »Wird es dir auch nicht schwer, Italien zu verlassen?«
»Mit dir nicht.«
»Ich fragte deinen Vater, ob er mit uns kommen wollte, aber er wollte nicht.«
»Mit siebzig Jahren, nein, das ist zuviel verlangt von einem alten Mann.«
»Das war mir auch klar, und trotzdem hatte ich das Gefühl, ich müßte es ihm anbieten.«
Noch lange sprachen wir im Dunkeln über mancherlei persönliche Dinge, wie es Liebende zu tun pflegen, wenn

sie allein sind. Dann meinte Francesca, daß sie müde sei und ins Bett wolle.
»Ich bleib noch eine Zigarettenlänge«, sagte ich. »Es ist so schön hier draußen.«
Ich sah sie im Dunkel verschwinden und dann den kurzen Lichtschein, als sie die Schuppentür öffnete und hineinglitt.
Da hörte ich eine Stimme aus dem Dunkel flüstern: »Halloran!«
Ich fuhr herum: »Wer da?« und suchte mit meiner Taschenlampe.
»Verdammt, Licht aus! Ich bin's – Metcalfe.«
Ich machte die Lampe aus und bückte mich nach einem der Betonziegel. Ob er markiert war, konnte ich nicht sehen; wenn ja, war Metcalfe in Gefahr, mit einem wertvollen Ziegel zusammengeschlagen zu werden.
Ein dunkler Schatten näherte sich. »Ich dachte schon, Sie würden überhaupt nicht mehr aufhören, Ihrer Freundin Komplimente zu machen«, sagte Metcalfe.
»Was wollen Sie, und wie sind Sie hierhergekommen?«
Er kicherte in sich hinein. »Ich bin auf dem Wasserwege gekommen. Torlonis Knaben bewachen die Landfront der Werft.«
»Weiß ich«, erwiderte ich.
Überrascht fragte er: »Das wissen Sie?« Ich sah seine Zähne schimmern. »Aber tut nichts, es macht weiter keinen Unterschied.«
»Unterschied zu was?«
»Mensch, Hal, Sie sind in der Klemme. Torloni will Sie heute nacht mit seinen Männern überfallen. Ich versuchte, ihn davon abzuhalten, aber er ist außer Rand und Band.«
Ich fragte: »Auf wessen Seite stehen Sie?«
Er kicherte. »Bloß auf meiner.« In verändertem Ton fuhr er fort: »Was woll'n Sie nun machen?«
Ich zuckte die Achseln. »Bleibt mir ja wohl nichts anderes übrig, als mich zu wehren.«

»Ach Quatsch, ist doch Blödsinn! Sie haben doch nicht die geringsten Aussichten gegen Torlonis Bluthunde. Ist Ihr Boot nicht klar, daß Sie's jetzt gleich zu Wasser bringen können?«
»Noch nicht; fehlt noch Verschalung und Anstrich.«
»Ach Schiet«, sagte er ärgerlich. »Was kümmert Sie das, wenn Sie sicher in Ihren Planken sitzen können? Ist der neue Kiel dran?«
Ich wunderte mich, daß er das wußte. »Und wenn?«
»Dann seien Sie nicht so eigensinnig und setzen Sie das Boot ins Wasser, und zwar sofort. Und machen Sie, daß Sie hier so schnell wie möglich rauskommen.« Er drückte mir etwas in die Hand. »Ich hab Sie schon ausklariert. Ich sagte Ihnen ja, daß der Hafenkapitän ein alter Freund von mir ist.«
Ich nahm das Papier und fragte: »Und warum warnen Sie uns? Ich dachte, Torloni sei Ihr Mann?«
Er lachte auf. »Torloni ist keines Mannes Mann, bloß sein eigener. Er hat mir eine Gefälligkeit erwiesen, aber er hatte keine Ahnung, was da im Busch war. Ich habe ihn nur gebeten, Sie für mich zu überwachen. Die Sache mit dem alten Wachmann hat mir sehr leid getan – aber das waren diese Bestien von Torloni, ich hab das nicht gewollt.«
»Das dachte ich mir, einen alten Mann so zusammenzuschlagen, das sah so gar nicht nach Ihnen aus.«
»Jedenfalls weiß Torloni jetzt, worum es geht. Dieser verdammte Idiot Walker hat das mal wieder fertiggebracht.«
»Was, Walker? Wieso?«
»Einer von Torlonis Leuten hat ihm die Taschen ausgeräubert und dabei das Zigarettenetui erwischt. Immerhin gar kein übles Ding, dies Etui, ganz aus Gold, und drinnen eine hübsche, nette Inschrift – ›*Caro Benito da Parte di Adolf – Brennero – 1940*‹. Als Torlino das sah, wußte er natürlich sofort, was los war. Seit dem Kriege haben sie in Italien immer wieder jeden Winkel nach diesem

Schatz durchsucht, und nun meint Torloni, er habe ihn schon sicher in seiner schmierigen Pfote.«
Ich verfluchte Walker, diesen wahnwitzigen Idioten.
Metcalfe fuhr fort: »Ich versuchte, Torloni zu stoppen, aber er ließ sich nicht mehr halten. Wegen des Preises, um den es geht, würde er mir ebenso wie Ihnen die Gurgel durchschneiden – darum mein Wink.«
»Und wann will er angreifen?«
»Um drei Uhr morgens. Er wird mit seinem ganzen Haufen einfallen.«
»Haben sie Schußwaffen?«
Metcalfe überlegte. »Die werden sie nicht haben. Torloni muß die Sache möglichst ruhig machen. Er braucht Zeit, um das Gold rauszubringen, und da wird er nicht gern wollen, daß ihm die Polizei auf den Hals kommt. Darum glaub ich nicht, daß sie Schußwaffen haben.«
Das war die erste gute Sache, die ich von Metcalfe hörte, seit er mich überrascht hatte. Ich fragte: »Wo sind seine Leute jetzt?«
»Soviel ich weiß, schlafen sie jetzt, sie werden sich nicht ohne Not die ganze Nacht um die Ohren schlagen.«
»Dann sind sie also in ihren Hotels, wo sie wohnen – alle sechzehn.«
Metcalfe pfiff durch die Zähne. »Sie wissen offenbar mehr als ich.«
»Ich hab die ganze Zeit Bescheid gewußt«, erwiderte ich kurz. »Wir haben sie überwacht, seit sie in Rapallo auftauchten, und auch vorher schon. Auch Ihre Leute haben wir in jedem Mittelmeerhafen ausgemacht.«
»Ich hab mich schon damals gewundert, als Dino in Monte Carlo verprügelt wurde. Waren Sie das?« fragte er gedehnt.
»Coertze«, sagte ich knapp. Ich faßte den Stein, den ich in der Hand hatte, fester. Ich wollte Metcalfe nun doch zusammenschlagen – zu oft hatte er ein doppeltes Spiel gespielt, vielleicht tat er das eben jetzt auch. Mir schien es besser, wir hätten ihn unter unserer Aufsicht.

Er lachte. »Natürlich, das war seine Marke.«
Langsam hob ich den Stein. »Wie kamen Sie uns auf die Spur?« fragte ich.
»Es muß schon in Tanger gewesen sein. Aber von wem haben Sie es erfahren?«
Keine Antwort.
»Nun, wie war das, Metcalfe?« fragte ich abermals und hielt den Stein hoch.
Schweigen.
»Metcalfe?« fragte ich unsicher und leuchtete mit meiner Taschenlampe.
Er war fort. Vom Wasser her hörte ich ein Plätschern und das Knarren eines Riemens in seiner Rundsel. Ich hätte Metcalfe besser kennen sollen, statt mir einzubilden, ich könnte ihn überlisten. Er war zu gerissen für mich.

Als ich zum Schuppen zurückging, sah ich auf die Uhr; zehn Uhr – noch fünf Stunden bis zu Torlonis Angriff. Konnten wir inzwischen den Mast einsetzen und das ganze stehende Gut auftakeln? Es schien mir sehr zweifelhaft. Wenn wir außerhalb des Schuppens bei Flutlicht arbeiteten, würden Torlonis Wächter sofort Bescheid wissen, und er würde unverzüglich angreifen. Wollten wir im Finstern arbeiten, so gäbe das eine Schweinearbeit – soviel ich weiß, hat noch niemand einen fünfundfünfzig Fuß hohen Mast im Dunkeln eingesetzt, und ich war mir nicht darüber klar, ob das möglich wäre.
Es sah mir ganz danach aus, daß wir bleiben und kämpfen müßten.
Ich ging hinein und weckte Coertze. Er war noch ganz verpennt, aber als ich ihm erzählte, was sich zusammenbraute, war er im Nu hellwach. Walkers Anteil an der ganzen Geschichte verschwieg ich ihm. Wir brauchten Walker noch, und ich war mir darüber klar: wenn ich Coertze davon erzählte, hätte ich eine Leiche und einen Mörder

in meiner Gesellschaft, und jetzt war keine Zeit für interne Auseinandersetzungen.

Argwöhnisch fragte Coertze: »Zum Teufel, was für ein Spiel spielt dieser Metcalfe?«

»Weiß ich nicht, und es ist mir auch wurscht. Hauptsache, er hat uns diesen Wink gegeben, und wenn wir uns nicht danach richten, sind wir blöd. Hat sich vielleicht mit Torloni verkracht.«

»*Reg*«, sagte Coertze und schwang sich aus der Koje. »Fangen wir an.«

»Einen Augenblick noch«, sagte ich. »Was machen wir mit dem Mast?« Ich setzte ihm genau auseinander, was ich davon hielt, den Mast im Dunkeln einzusetzen.

Er rieb sich das Kinn, und in der Stille hörte man die Stoppeln knistern. »Ich denke, wir sollten ruhig Licht machen«, sagte er schließlich. »Natürlich, nachdem wir unsere Vorbereitungen zum Empfang Torlonis getroffen haben. Daß er angreifen will, wissen wir, und ob früher oder später, kann uns egal sein, wenn wir nur bereit sind.« Es war der Mann der Tat, der aus ihm sprach, der militärische Führer. Was er sagte, hatte Hand und Fuß, und so ließ ich ihm freie Hand. Er weckte Piero, und beide steckten die Köpfe zusammen, während ich mit Walker begann, den Schuppen aufzuräumen und die Ausrüstung wieder auf die *Sanford* zu bringen. Francesca wurde von unseren Geräuschen wach und kam herbei, um sich zu erkundigen, was los sei, und sie wurde in Coertzes Kriegsrat hineingezogen.

Bald verschwand Piero aus dem Schuppen, und Coertze rief mich zu sich hinüber. »Sie müssen ja auch wissen, was nun vor sich geht«, sagte er.

Er hatte einen Plan von Rapallo, eine dieser Werbegaben der Reisebüros, und breitete ihn aus. Während er sprach, wies er auf die wichtigsten Punkte auf der Karte. Der Plan, den er entwickelte, war gut, und wie alle guten Pläne war er einfach.

Wenn Coertze nicht bei Tobruk in Kriegsgefangenschaft geraten wäre, hätte er es sicher früher oder später bis zum Offizier gebracht. Er hatte ein angeborenes taktisches Verständnis, und sein Plan, die eigenen Kräfte zusammenzuhalten und die Teilkräfte des Gegners zu schlagen, bevor sie sich vereinigen konnten, entsprach klassischer Tradition.

»Jetzt ist Reisezeit«, meinte er, »und die Hotels sind überfüllt. Torloni konnte nicht alle seine Leute in einem Hotel unterbringen, und sie sind nun in der Stadt verstreut – vier Mann hier, sechs hier, drei hier und der Rest bei Torloni.« Dabei wies er mit seinem pummeligen Zeigefinger auf die einzelnen Punkte der Karte.

»Wir können fünfundzwanzig Mann auf die Beine stellen, davon behalte ich zehn Mann hier. Vier Mann von Torloni bewachen augenblicklich die Werft, die erledigen wir in wenigen Minuten; damit sollten zehn Mann leicht fertig werden. Das bedeutet, wenn wir hier Licht machen, ist da niemand mehr, der Torloni warnen kann.«

»Großartige Idee«, sagte ich.

»Bleiben uns fünfzehn Mann, die wir als bewegliche Kräfte außerhalb der Werft verwenden können. Zwei Mann stellen wir für jedes Hotel ab, nur für dieses hier, da stellen wir neun Mann hin. Da sind vier von Torlonis Leuten drin, und wenn sie rauskommen, werden sie zusammengeschlagen. Das dürfte nicht schwierig sein.«

»Damit haben Sie seine Kräfte schon um die Hälfte reduziert.«

»Richtig. Nun rückt Torloni mit acht Mann zum Angriff auf die Werft an. Er rechnet mit seinen sechzehn Leuten, aber er kriegt sie nicht zusammen. Darüber könnte er nervös werden, aber das glaub ich nicht. Er denkt, wir sind bloß vier Mann und ein Mädchen und er kann leicht mit uns fertig werden. Aber mit uns sind wir fünfzehn Mann auf der Werft, und die andern fünfzehn laß ich gleich hinter ihm rein, wenn er angreift.«

Er blickte auf. »Na, wie ist das?«
»Ganz groß«, sagte ich. »Aber Sie müssen diesen Italienern Beine machen; wir müssen diese Hunde in größter Eile festnageln, bevor ein Schuß losgehen kann. Metcalfe meint zwar, sie würden nicht schießen, aber es könnte doch sein, wenn sie sehen, daß es schlecht für sie steht.«
»Die werden sich beeilen«, sicherte er mir zu. »Piero hängt schon am Telefon und instruiert sie. Der Befehl lautet, die vier Wächter hier um elf Uhr zu beseitigen.« Er sah auf die Uhr. »Jetzt in fünf Minuten. Gehen wir und sehen uns den Spaß an.«
Francesca sagte: »Ich kann mir nicht vorstellen, das da etwas schiefgehen kann.«
Konnte es auch nicht – das tat's dann aber doch.
Als wir den Schuppen verließen, bemerkte ich Walker hinter uns hertrotten. Er hatte sich im Hintergrund gehalten und versucht, unbemerkt zu bleiben. Ich ließ die andern vorangehen und packte ihn beim Arm. »Sie bleiben hier drinnen«, befahl ich ihm. »Wenn Sie den Schuppen verlassen, mach ich Sie kalt, das schwöre ich Ihnen.«
Sein Gesicht wurde schneeweiß. »Warum?«
»Weil Sie sich haben bestehlen lassen. Sie gottverfluchter Hansnarr! Warum mußten Sie diese Zigarettendose bei sich tragen?«
Er machte einen lächerlichen Versuch, sich herauszureden. »W . . . Was für eine Zigarettendose?«
»Lügen Sie mir nicht ins Gesicht, Mensch. Sie wissen ganz genau, welche Dose ich meine. Bleiben Sie hier und rühren Sie sich nicht hinaus. Ich kann Sie nicht gebrauchen, daß Sie mir zwischen den Füßen herumlaufen – ich kann jetzt nicht dauernd auf Sie aufpassen müssen, damit Sie nicht weiteres Unheil anrichten.« Ich packte ihn an der Brust. »Ich kann Ihnen sagen, wenn Sie nicht hier drinbleiben, werde ich Coertze haargenau erzählen, warum Torloni über Nacht angreift – Coertze wird Ihnen Ihre Glieder Stück für Stück vom Leibe reißen.«

Seine Unterlippe zitterte. »Nein nein, bitte nicht Coertze sagen«, wimmerte er, »um Gottes willen, bitte bitte nicht.«
Ich ließ ihn los. »O. K. Aber bleiben Sie mir im Schuppen.«
Ich ging den andern nach in Palmerinis Büro. Coertze meldete: »Alles klar.«
Zu Piero sagte ich: »Es wäre gut, wenn Sie Palmerini herholten; wir brauchen seine Hilfe, wenn wir den Mast auftakeln.«
»Hab schon telefoniert«, sagte Piero. »Er kommt Viertel nach elf, wenn wir hier mit dieser Arbeit fertig sind.« Er nickte in Richtung des Haupttors.
»Gut«, sagte ich. »Glauben Sie, daß wir von den Vorgängen draußen was sehen können?«
»Etwas vielleicht. Der eine von Torlonis Leuten gibt sich nicht viel Mühe, sich zu verstecken; er steht unter der Straßenlaterne gegenüber dem Haupttor.«
Wir gingen zum Tor, ganz leise, um die Wächter nicht zu alarmieren. Der Torflügel war aus uraltem ungestrichenen Holz, ausgedörrt von der Sonne, und es waren zahlreiche Sprünge drin, durch die wir sehen konnten. Ich kniete nieder und sah durch einen der Sprünge und sah auf der anderen Seite der Straße im Laternenlicht einen Mann stehen. Eine Hand in der Hosentasche rauchte er müßig eine Zigarette. Ich hörte das leise Klingeln von Geld oder Schlüsseln.
Coertze flüsterte mir zu: »Es ist soweit.«
Eine ganze Weile geschah nichts. Nichts war zu hören, nur der heisere Schrei eines einzelnen Seevogels unterbrach gelegentlich die Stille. Leise sagte Piero: »Zwei haben sie.«
»Woher wissen Sie das?«
In seiner Stimme klang ein Lachen mit. »Die Vögel erzählen es mir.«
Plötzlich wurde mir klar, was mich unterbewußt gestört hatte. Möwen schlafen nachts und schreien nicht.
Ein schweres Singen ließ sich hören, wurde lauter, und

bald kamen drei Männer laut grölend die Straße herauf. Sie hatten offensichtlich gezecht, denn sie wankten und taumelten, und der eine mußte von den beiden anderen gestützt werden. Der Mann unter der Laterne trat seinen Stummel aus und ging an die Wand zurück, um sie vorbeizulassen. Der eine schwenkte eine Flasche in der Luft und rief: »Komm, Bruder, trink mit mir, Bruder, trink mit mir auf meinen ersten Jungen!«
Torlonis Mann schüttelte den Kopf, aber die drei drängten sich um ihn und forderten ihn mit besoffenen Redensarten zum Trinken auf. Plötzlich kam die Flasche mit einem Ruck von oben; ich hörte den Aufschlag bis über die Straße schallen.
»Mein Gott«, fuhr es mir heraus, »hoffentlich haben sie ihn nicht totgeschlagen.«
Piero meinte: »Wird schon stimmen; die wissen genau, wie dick so 'ne Hirnschale ist.«
Wie durch ein Wunder waren die Betrunkenen plötzlich nüchtern geworden und brachten im Laufschritt den reglosen Körper von Torlonis Mann über die Straße herüber angeschleppt. Zur gleichen Zeit kamen andere von rechts und links und trugen ebenfalls bewußtlose Männer. Dann kam ein Wagen die Straße herauf und schwenkte in den Torweg ein.
»Nummer vier«, sagte Coertze mit Befriedigung. »In den Schuppen damit.«
»Nein, halt!« sagte ich. »Bringt sie in den halbfertigen neuen Schuppen.« Ich wollte nicht, daß sie irgend etwas zu sehen bekamen; es konnte später mal unser Schaden sein. »Fesselt und knebelt sie; zwei Mann als Wache dazu!«
In rasendem Italienisch gab Piero seine Anordnungen, und die Männer wurden weggebracht. Eine Gruppe von Italienern stand um uns herum, lebhaft schwatzend, wie leicht alles gewesen wäre, bis Piero Ruhe verlangte. »Seid ihr alte Soldaten oder junge Rekruten?« fuhr er sie an. »So ein

Saustall! Wenn das der Graf sehen würde, er ließe euch alle erschießen.«

Sie schwiegen verlegen, und Piero fuhr fort: »Ihr übernehmt jetzt die Wache draußen. Giuseppi, ins Büro ans Telefon; wenn's klingelt, rufst du mich. Ihr andern: aufpassen und Maul halten!«

Vorm Tor hupte ein Wagen, und ich fuhr nervös auf. Nach einem kurzen Blick nach draußen sagte Piero: »In Ordnung. Das ist Palmerini. Laßt ihn rein.«

Palmerinis kleiner Fiat kam durch den Torweg und spie einen Knäuel von Armen und Beinen aus, Palmerini und seine drei Söhne. Er kam auf mich zu und sagte: »Ich höre, daß Sie es eilig haben, Ihr Boot seeklar zu kriegen. Das kostet aber Überstunden, das ist Ihnen ja wohl klar.«

Ich grinste. Das war echt Palmerini. »Wie lange wird es dauern?«

»Bei Licht — vier Stunden, auch wenn Sie mithelfen.«

Das würde bis drei Uhr fünfzehn dauern, gerade eben etwas zu lange. Wir würden am Ende doch kämpfen müssen. Ich sagte: »Möglich, daß wir gestört werden, Signor Palmerini.«

»Schon gut. Aber Schäden müssen Sie bezahlen«, war seine Antwort.

Es war klar, er wußte, worum es ging. Ich erwiderte: »Sie werden reichlich entschädigt. Können wir anfangen?«

Er wandte sich seinen Söhnen zu und fuhr sie an: »Worauf wartet ihr denn noch, ihr faulen Dummköpfe? Habt ihr nicht gehört, was der Signore gesagt hat? Ach, der liebe Gott müßte sich schämen, daß er mir solche Söhne gegeben hat mit so starken Armen und so schwachen Köpfen!« Er jagte sie zum Schuppen hinunter, und ich fühlte mich allmählich etwas leichter.

Als in dem zum Wasser hin gelegenen Ende des Schuppens das Licht anging, betrachtete Francesca das Tor und sagte nachdenklich: »Wenn ich Torloni wäre und hier schnell reinkommen wollte, würde ich mit meinem Wagen einfach durchfahren.«

»Du würdest den Torflügel einrennen?«
»Ja, er ist ziemlich schwach.«
Coertze sagte aufgeräumt: »*Reg*, da können wir einen Riegel vorsetzen. Wir haben ja einen von seinen Wagen erbeutet, den stell ich gleich hinter dem Torflügel quer übern Weg. Wenn er durchzubrechen versucht, wird er auf ein schwereres Hindernis stoßen, als er erwartet hat.«
»Das überlasse ich Ihnen jetzt«, sagte ich. »Ich muß Palmerini helfen.« Als ich zum Schuppen lief, hörte ich den Wagen hinter mir anfahren.
Mit Palmerini traf ich an der Schuppentür zusammen. Er war außer sich. »Signore, so können Sie das Boot nicht ins Wasser setzen. Keine Farbe, kein Kupfer, nichts, was den Boden schützt. Das Boot geht kaputt in unserem Mittelmeerwasser – die Würmer werden es bald aufgefressen haben.«
»Wir haben keine Zeit«, entgegnete ich. »Wir müssen es so ins Wasser setzen, wie es ist.«
Er war in seiner Handwerksehre tief gekränkt. »Ich weiß nicht, ob ich das erlauben soll«, brummelte er. »Noch nie hat ein Boot in solchem Zustand meine Werft verlassen. Wenn das einer hört, wird er sagen: ›Palmerini ist ein alter Narr; Palmerini hat seinen Verstand verloren – Palmerini wird langsam senil.‹«
Er hatte ja nicht ganz unrecht, aber in meiner Ungeduld, voranzukommen, versuchte ich, ihn zu beruhigen: »Davon erfährt niemand etwas. Ich spreche nicht darüber.«
Wir gingen zur *Sanford* hinüber. Palmerini murmelte noch immer vor sich hin, wie grausam es wäre, eines Schiffes Leib ungeschützt den kleinen Seetieren auszusetzen. Er betrachtete den Kiel und klopfte mit dem Knöchel dran. »Und dann das hier, Signore! Hat man so was schon gehört, ein Messingkiel?«
»Ich sagte Ihnen ja, es sei ein Versuch«, entgegnete ich.
Er legte den Kopf auf die Seite und sah mich mit seinem Walnußgesicht wie ein Kobold an. »Ah, Signore, niemals

hat es eine solche Jacht im Mittelmeer gegeben. Nicht einmal die berühmte *Argo* glich diesem Boot, nicht einmal das Goldene Vlies war so kostbar.« Er lachte auf. »Na, ich will sehen, ob meine faulen Söhne mit der Sache fertig werden.«

Er ging auf den beleuchteten Platz vorm Schuppen und palaverte wie ein Irrer. Ein drolliger Knabe, dieser Palmerini, und immer zu Foppereien aufgelegt. Aber er wußte ganz genau Bescheid, was auf seiner Werft passierte.

Ich rief ihn noch einmal zurück. »Signor Palmerini«, sagte ich, »wenn alles gut geht, komm' ich wieder und kaufe Ihnen die Werft ab, wenn Sie verkaufen wollen. Zu einem guten Preis natürlich.«

Er kicherte. »Glauben Sie wirklich, ich verkaufe meine Werft an jemanden, der ein Boot ohne Bodenanstrich losschickt? Ich hab Sie damit nur aufgezogen, mein lieber Mann, weil Sie immer so seriös aussehen.«

Ich lächelte. »Na schön. Aber da liegt noch mein Bleikiel, für den ich keine Verwendung mehr habe. Den können Sie doch sicher gebrauchen.« Nach dem augenblicklichen Preis für Blei war der Kiel seine fünfzehnhundert Pfund wert.

Er nickte zustimmend. »Ja, ich kann ihn mit verwenden. Kommt gerade hin mit der Bezahlung der Überstunden heut nacht.« Er schnatterte wieder los und schwang die Peitsche über seinen Söhnen.

Walker sah immer noch bleich und finster aus, und als ich ihn anzutreiben begann, wurde er nur noch verdrießlicher. Ich kümmerte mich aber nicht darum und trieb ihn nur noch mehr an; schließlich mußte die *Sanford* ja schleunigst seeklar gemacht werden. Bald kamen Coertze und Francesca zu uns, und die Arbeit kam um einiges flotter voran.

Francesca sagte: »Ich habe Piero die Sache mit dem Wagen überlassen. Damit weiß er Bescheid, und von den Booten versteht er doch nichts.«

»Grad wie du.«

»Aber ich kann's lernen.«

»Du solltest nun wirklich gehen. Es könnte hier bald ein bißchen gefährlich werden.«

»Nein«, beharrte sie hartnäckig, »ich bleibe.«

»Du gehst.«

Sie sah mir ins Gesicht. »Und wie willst du mich dazu zwingen?«

Sie hatte mich mattgesetzt, das wußte sie ganz genau. Ich zögerte noch mit meiner Antwort, da fuhr sie schon fort: »Ich bleib nicht nur hier, ich komme auch mit dir auf die *Sanford.*«

»Das werden wir später sehen«, gab ich zur Antwort. »Jetzt habe ich keine Zeit zum Streiten.«

Wir zogen die *Sanford* aus dem Schuppen, und einer der Palmerini-Söhne kam mit dem Mastenkran längsseit. Er nahm damit den Mast auf und hißte ihn hoch über das Boot. Dann fierte er ihn langsam über das Mastloch. Ich war unten und paßte auf, daß der Fußzapfen richtig in die Mastspur kam. Palmerini kam zu mir und sagte: »Um das Verkeilen werde ich mich schon kümmern. Wenn Sie es so eilig haben, wie Sie sagen, dann überholen Sie lieber Ihren Motor.«

Der Motor war in Ordnung. Solange die *Sanford* in der Werft lag, hatte ich ihn jede Woche zweimal überprüft und einen Augenblick laufen lassen, damit er Öl bekam. Jetzt sprang er sofort an und lief einwandfrei, ich war zufrieden zu wissen, daß, wenn wir erst im Wasser waren, wir mit etlichen Knoten losfahren konnten.

Ich überholte die Treibstoff- und die Wassertanks und ging dann an Deck, um Palmerinis Söhnen beim stehenden Gut zu helfen. Nachdem wir eine Zeitlang gearbeitet hatten, brachte Francesca uns Kaffee. Ich nahm ihn dankend an; Francesca sagte ruhig zu mir: »Es wird ziemlich spät.«

Ich sah auf die Uhr – schon zwei. »Verflixt«, sagte ich, »nur noch eine Stunde bis null. Hast du was von Piero gehört?«

Sie schüttelte den Kopf. »Wie lange braucht ihr noch«, fragte sie und blickte an Deck umher.

»Sieht schlimmer aus, als es ist«, erwiderte ich, »aber so an zwei Stunden wird's wohl noch dauern.«

»Wir müssen also kämpfen«, sagte sie entschlossen.

»Ja, es sieht so aus.« Ich dachte an Coertzes Plan. »Aber es wird wohl nicht gar so schlimm kommen.«

»Ich bleib bei Piero«, sagte sie. »Ich geb dir Nachricht, wenn irgend etwas passiert.«

Ich sah ihr nach, dann ging ich zu Walker. »Um das laufende Gut kümmern Sie sich mal nicht«, sagte ich zu ihm, »das machen wir in See. Nur die Fallen können Sie durch die Blöcke scheren und an Deck klarlegen. Wir haben nicht mehr viel Zeit.«

Hatten wir uns schon vorher rangehalten, jetzt gingen wir noch schärfer ran – aber es half nichts. Francesca kam aus dem Büro angelaufen. »Hal, Hal, du mußt schnell mal zu Piero kommen.«

Ich ließ alles stehen und liegen und rannte los und rief unterwegs nach Coertze. Piero telefonierte gerade, als ich ins Büro kam. Nach einer Minute legte er auf und sagte: »Es geht los.«

Coertze saß am Schreibtisch und hatte den Plan vor sich ausgebreitet. »Wer war das?«

Piero wies mit dem Finger auf den Plan. »Diese da. Zwei von unseren folgen ihnen.«

»Nicht die vier, die wir gleich abfangen wollten?«

»Nein, von denen hab ich nichts gehört.« Er ging zum Fenster hinüber und sprach einige Worte zu einem Mann draußen. Ich sah auf die Uhr – halb drei.

Wir saßen schweigend und lauschten dem Ticken der Uhr – die Minuten verrannen. Es war eine bedrückende Stimmung; sie erinnerte mich an die Kriegszeiten, wenn wir einen deutschen Angriff erwarteten und nicht wußten, wann oder wo es losgehen würde.

Plötzlich schrillte das Telefon, und alles sprang auf.

Piero nahm den Hörer. Dann kniff er die Lippen zusammen. Er legte auf und berichtete: »Torloni hat mehr Leute zusammengebracht. Sie versammeln sich in der Piazza Cavour – zwei Lastwagen voll.«
»Wo in aller Welt hat er die denn her?« fragte ich.
»Aus Spezia. Er hat einen anderen Trupp zur Hilfe gerufen.«
Meine Gedanken arbeiteten auf Hochtouren. Wie kam Torloni dazu? Für uns vier hatte er nicht so viele Leute nötig – er müßte schon was wissen von unserem Bündnis mit den Partisanen – nun, er war drauf und dran, uns mit seiner Übermacht wegzufegen.
»Wieviel hat er dazugekriegt?« fragte Coertze.
Piero zuckte die Achseln. »Wie ich hörte, mindestens dreißig.«
Coertze fluchte. Sein Plan war hinfällig geworden. Der Feind griff mit geballter Kraft an, und unsere eigenen Kräfte waren zersplittert.
Ich fragte Piero: »Haben Sie Verbindung mit Ihren Leuten?«
Er nickte. »Einer paßt auf, der andere hält sich am Telefon auf.«
Ich sah Coertze an. »Am besten holen Sie die her.«
Er schüttelte entschieden den Kopf. »Nein, der Plan ist noch brauchbar. Wir können sie hier aufhalten und im Rücken angreifen.«
»Wieviel Mann haben wir insgesamt?«
»Fünfundzwanzig Italiener und uns vier.«
»Und sie wenigstens dreiundvierzig. Sehr übel für uns.«
Francesca sagte zu Piero: »Unsere Männer hier können alle kämpfen. Es ist ein Jammer, daß dieselben Männer auch den Wachdienst tun müssen. Wir haben doch unter unseren Freunden auch noch alte Leute, die nicht mehr kämpfen, wohl aber wachen und beobachten können; können wir die nicht zusammenholen, damit wir alle Kampffähigen hier zusammenhaben?«
Piero griff zum Telefon, aber Coertze hielt ihn davon ab.

»Nein!« Er lehnte sich in seinem Stuhl zurück. »Ein guter Gedanke, aber es ist zu spät dazu. Wir können unsere Verteilung nicht mehr umwerfen. Und das Telefon muß jetzt frei bleiben für die Meldungen von unsern Leuten draußen.«
Bleiern schlichen die Minuten, während wir warteten. Plötzlich fragte Coertze: »Wo ist Walker?«
»Arbeitet am Boot«, antwortete ich. »Da nützt er uns mehr als hier.«
Coertze schnaufte. »Bei Gott, so ist es. Wenn's rund geht, taugt er nichts.«
Das Telefon läutete, und schon hatte Piero es am Ohr. Er lauschte gespannt und gab dann schnelle Anordnungen. Ich sah zu Coertze hinüber und sagte: »Vier weniger.«
». . . und noch neununddreißig übrig«, ergänzte er.
Piero legte auf. »Das war unsere bewegliche Kampfgruppe. Sie gehen jetzt zur Piazza Cavour.«
Wieder klingelte das Telefon. Piero hatte die Hand noch auf dem Hörer und nahm ihn auf. Ich sagte zu Francesca: »Geh zum Boot und sag Walker, er soll arbeiten wie der Deubel. Und du bleibst am besten gleich da.«
Als sie ging, sagte Piero: »Torloni ist von der Piazza Cavour losgefahren mit zwei Pkws und zwei Lkws. Wir hatten nur zwei Mann da, und die haben den einen Lkw schon aus den Augen verloren. Der andere Lkw und die beiden Pkws kommen geradewegs hierher.«
Coertze schlug auf den Tisch. »Verflucht noch mal! Wo ist der andere hin?«
Ich erwiderte grimmig: »Darum würde ich mir jetzt keine Gedanken machen. Von jetzt ab kann's nur noch besser werden; schlimmer kann's nicht mehr kommen, also bleibt nichts anderes übrig.«
Ich ging hinaus und stand in der Dunkelheit. Giuseppi sprach mich an: »Wie steht's, Signore?«
»Torloni wird mit seinen Männern in ein paar Minuten hiersein. Sag den andern, sie sollen sich klar halten.«

Gleich darauf kam Coertze zu mir. »Sie haben das Telefon abgeschnitten.«
»Auch das noch! Nun wissen wir überhaupt nicht mehr, was los ist.«
»Ich hoffe, daß unsere Freunde draußen ihren Verstand gebrauchen und sich zusammenhalten, sonst sind wir aufgeschmissen«, sagte er grimmig.
Piero trat zu uns. Ich fragte ihn: »Werden Palmerinis Söhne kämpfen?«
»Gewiß, wenn jemand sie angreift.«
»Gehen Sie lieber hin und sagen Sie dem Alten, er soll sich in Deckung halten. Ich möchte nicht, daß er was abkriegt.«
Piero ging, und Coertze ließ sich nieder und wartete auf das Kommende. Die Straße war leer, und nichts war zu hören. Wir warteten lange, und es geschah nichts. Ich dachte, es könnte Torloni aus dem Konzept gebracht haben, daß er auf seine Wächter warten mußte – es könnte ihn veranlassen, den Angriff zu verschieben. Wenn er dann etwa bei einem Namensanruf feststellte, daß ihm ganze acht Mann fehlten, das konnte ihn schon verwirren.
Ich sah auf die Uhr – drei Uhr fünfzehn. Wenn Torloni uns nur lange genug vom Halse blieb, könnten wir das Boot noch zu Wasser kriegen und konnten die Leute fortschicken. Ich betete darum, er möchte doch wenigstens noch eine halbe Stunde fortbleiben.
Aber er tat's nicht.
Plötzlich sagte Coertze: »Da kommt was.«
Ich hörte einen Wagen umschalten, und plötzlich waren laute Geräusche zu hören. Von links kamen Scheinwerfer durchs Dunkel, kamen schnell näher, und der Motor brüllte. Ich sah einen Lastwagen heranrasen. Als er auf der Höhe der Werft war, bog er zum Tor ab.
Ich segnete Francescas Eingebung und rief auf italienisch: »Ans Tor!«
Der Lastwagen rammte den Torflügel, und das Krachen

und Splittern des Holzes erfüllte die Luft, übertönt von dem donnernden Getöse, als er auf unseren Wagen prallte, der ihn mit einem Ruck zum Stehen brachte. Wir ließen Torlonis Männern keine Zeit zur Besinnung und fielen sofort über sie her. Ich kletterte über den zertrümmerten Wagen und gelangte auf die Motorhaube des Lastwagens und wirbelte herum an die Beifahrerseite. Dem Beifahrer taumelte der Kopf benommen hin und her. Er war gegen die Windschutzscheibe geschmettert; auf solch harten Stoß war er nicht vorbereitet. Meine Faust traf ihn hart, er sackte zu Boden.

Der Fahrer versuchte wie ein Irrer, seinen Motor wieder in Gang zu kriegen, dann sah ich, wie Coertze den ganzen Kerl einfach rauszog und in die Dunkelheit hinauswarf. Dann geriet mir alles durcheinander. Jemand, der hinten auf dem Wagen war, trat mir auf den Schädel, und ich rutschte vom Trittbrett ab und gewahrte nur noch, daß eine Gruppe unserer Leute zum Angriff vorging. Als ich wieder zu mir kam, war schon alles vorbei.

Coertze zog mich unter dem Wagen hervor und fragte: »Alles in Ordnung?«

Ich rieb mir den schmerzenden Schädel. »O. K. Was ist passiert?«

»Die wußten nicht, was ihnen zugestoßen ist – oder auf was sie gestoßen sind. Der Bums hat sie zu doll durchgeschüttelt, die waren kaum noch zu gebrauchen. Wir haben sie vom Wagen gejagt.«

»Wie viele waren drauf?«

»Die waren da hinten reingequetscht wie die Ölsardinen. Die haben sicher gedacht, sie könnten einfach durchs Tor brechen, in die Werft hineinfahren und ganz gemütlich aussteigen. Das ist ihnen nun vorbeigelungen.« Er sah über den Torweg. »Diesen Weg kommen sie nicht noch mal.«

Das Tor, unsere schwächste Stelle, war nun unsere stärkste geworden.

Das Trümmergewirr beider Wagen blockierte nun den Eingang und machte ihn unpassierbar.

Piero meldete: »Drei Gefangene haben wir gemacht.«

»Bindet sie zusammen und packt sie zu den anderen«, sagte ich. An Tauwerk herrscht nie Mangel auf einer Bootswerft. Torloni hatte nun elf Mann eingebüßt, immerhin ein Viertel seiner Streitmacht. Einen weiteren Angriff würde er sich vielleicht zweimal überlegen.

Ich fragte Coertze: »Sind Sie sich ganz sicher, daß sie uns nicht in der Flanke angreifen können?«

»Absolut. An beiden Seiten sind wir durch Gebäude abgesichert. Er muß schon einen Frontalangriff machen. Wenn ich bloß wüßte, wo dieser verfluchte andere Wagen hingefahren ist.«

Da ging plötzlich das Telefon.

»Sie sagten doch, der Draht wäre durchgeschnitten?«

»Piero hat das gesagt.« Wir liefen ins Büro, und Coertze griff sich den Hörer. Er horchte hinein und sagte: »Torloni!«

»Lassen Sie mich mal ran«, sagte ich und nahm ihm den Hörer ab. Ich hielt die Hand über das Mundstück. »Ich hab 'ne Idee. Hol'n Sie mal den alten Palmerini her.«

Dann sprach ich ins Telefon. »Was wünschen Sie?«

»Ist dort Halloran?« Es war gutes Englisch, wenn auch mit starkem amerikanischen Akzent.

»Ja.«

»Halloran, seien Sie doch vernünftig, Sie wissen doch ganz genau, daß Sie keine Chance haben.«

Ich erwiderte: »Ihr Anruf ist der beste Beweis, daß wir eine Chance haben. Wenn Sie glaubten, Sie kämen auch ohne das zum Ziel, sprächen Sie jetzt nicht mit mir. Wenn Sie einen Vorschlag haben, raus damit; wenn nicht, sparen Sie sich weitere Worte.«

Seine Stimme klang widerlich süß. »Sie werden es bedauern, so zu mir gesprochen zu haben. Oh, ich weiß ganz genau Bescheid über die alten Soldaten der Dame Estrenoli; sie haben nur nicht genug davon zusammengekriegt. Nun, wenn Sie mich zur Hälfte beteiligen, werde ich mich ruhig verhalten.«

»Scheren Sie sich zum Teufel!«

»Na schön, dann muß ich Sie also zusammenschlagen; es wird mir ein Vergnügen sein.«

»Noch ein Angriff, und die Polizei ist hier.« Warum sollte ich es nicht auch mit einem Bluff versuchen.

Ein Augenblick des Nachdenkens, dann kam wieder seine schleimige Stimme: »Ach, und wie wollen Sie die ohne Telefon herbeirufen?«

»Ich hab meine Vorbereitungen getroffen«, erwiderte ich. »In eine sind Sie schon hineingerannt.« Ich rieb das noch ein bißchen fester ein. »Übrigens sind auch etliche Ihrer Männer auf geheimnisvolle Weise verschwunden, nicht wahr?« Ich konnte es richtig hören, wie es in seinem Gehirn arbeitete. Schließlich sagte er: »Die Polizei werden Sie nicht rufen; die können Sie ebensowenig brauchen wie ich. Aber ich hab Ihnen mal einen Gefallen getan, Halloran. Ich habe Ihnen Estreloni vom Halse geschafft, wissen Sie noch? Dafür könnten Sie sich jetzt revanchieren.«

»Den Gefallen haben Sie Metcalfe getan, nicht mir«, entgegnete ich und hängte auf. Das würde er sicher gar nicht gern haben.

»Was wollte er?« fragte Coertze.

»Halbpart.«

»Erst will ich ihn in der Hölle sehen«, bullerte er los.

»Wo ist Palmerini?«

»Kommt. Ich hab Giuseppi hingeschickt.«

Im selben Augenblick trat Palmerini ein. Ich fragte ihn: »Zunächst einmal, wie steht's mit dem Boot?«

»Fünfzehn Minuten müssen Sie mir noch lassen — knappe fünfzehn Minuten, mehr nicht.«

»Leider nicht möglich«, sagte ich. »Sie haben ein paar tragbare Scheinwerfer für Ihre Nachtarbeit. Nehmen Sie sich zwei Mann und lassen sie die schleunigst herbringen.«

Ich wandte mich Coertze zu. »Wir müssen sehen können, was passiert. Diesmal müssen sie über die Mauer kommen, und wenn sie erst mal drüber sind, können sie nicht so leicht zurück. Das heißt, daß der nächste Angriff entscheidend ist – auf Biegen oder Brechen. Darum machen wir folgendes.«

Ich erklärte nun Coertze, was ich mit den Scheinwerfern vorhätte, und er nickte verständnisvoll. In knappen fünf Minuten hatten wir sie aufgebaut und den Fiat und einen Lastwagen so aufgestellt, daß deren Scheinwerfer uns zusätzliches Licht gaben. Wir wiesen den Männern ihre Plätze an und ließen uns dann nieder, um den bevorstehenden Angriff zu erwarten.

Der ließ nicht lange auf sich warten. Wir hörten es an der Mauer kratzen und schrappen, und Coertze sagte: »Sie steigen rüber.«

»Warten«, flüsterte ich.

Ein paar dumpfe Schläge waren zu hören; das konnten nur Männer sein, die schwer auf den Grund aufschlugen. Laut rief ich: »*Luce!*«, und die Scheinwerfer blitzten auf.

Im ersten Augenblick sah es aus wie ein plötzlich abgestoppter Film. Einige der Gegner waren diesseits der Mauer und blinzelten geblendet in das Licht, das sich über sie ergoß. Einige andere, die gerade runterkommen wollten, hielten inne und wandten den Kopf, um zu sehen, was da vor sich ging.

Was sie sahen, konnte nicht sehr beruhigend für sie sein – ein Ausbruch blendenden Lichtes, dahinter undurchdringliche Finsternis voller unbekannter, drohender Gefahren, sie selbst dagegen offen im Licht waren ein leichtes Ziel – kein sehr angenehmer Gedanke für Männer, die ihrerseits einen Überraschungsangriff vorhatten.

Sie zögerten unsicher, und im selben Augenblick griffen wir sie von beiden Seiten gleichzeitig an; am rechten Flügel führte Piero, links Coertze. Ich hielt mich mit drei Mann in Reserve, klar zum Eingreifen, falls eine unserer

beiden Flankengruppen auf stärkeren Widerstand stieße, als sie überwinden könnte.
Ich sah geschwungene Keulen und aufblitzende Messerklingen, und in den ersten zehn Sekunden gingen drei von Torlonis Leuten zu Boden. Wir hatten sie aus dem Gleichgewicht gebracht, unsere Flankenangriffe rollten sie schnell nach der Mitte hin auf, und da war nur noch ein wirrer Haufen brüllender, um sich schlagender Männer. Aber schnell kamen weitere Feinde über die Mauer, und ich wollte schon mit meiner kleinen Gruppe in den Kampf eingreifen, als ich erneutes Geschrei hörte.
Das war aber hinter mir.
»Folgen!« brüllte ich und lief über die Werft zur *Sanford*. Jetzt wußten wir, wo die Leute von dem andern Lastwagen abgeblieben waren. Sie waren von der Seeseite eingedrungen; Torloni griff uns frontal und im Rücken an.
Die *Sanford* war belagert. Ein Boot war auf die Helling gezogen, ein anderes vollbesetztes Boot kam gerade heran. Rings um die *Sanford* wurde gekämpft. Torlonis Leute versuchten an Deck zu entern, und unsere Arbeitsgruppe wehrte sie tapfer ab. Ich sah die kleine Gestalt Palmerinis; er schwang ein Tau mit einem Block am Ende um den Kopf wie einen mittelalterlichen Kriegsflegel. Wieder wirbelte er ihn herum, und der Block traf einen Angreifer unter dem Kiefer, und der kippte von der Leiter herunter, die er gerade ersteigen wollte, und fiel bewußtlos zu Boden.
Palmerinis Söhne fochten wie die Löwen, und einen sah ich hinfallen. Dann sah ich Francesca! Sie handhabte einen Bootshaken wie eine Lanze. Sie stieß nach einem Angreifer, und die Spitze drang ihm in den Oberschenkel. Er brüllte laut auf und fiel zurück; der Bootshaken stak ihm noch immer im Bein. Ich sah Francescas entsetzten Blick – und dann trug ich meinen kleinen Angriff vor.
Er war vergeblich. Es gelang uns zwar, unsere Leute von der *Sanford* zu befreien, aber dann mußten wir einer dreifachen Übermacht weichen und uns in den oberen Teil

der Werft zurückziehen. Die Angreifer drängten nicht nach; sie waren so glücklich, daß sie die *Sanford* erobert hatten, daß sie bei ihr blieben und uns nicht verfolgten. Uns konnte ihr Stumpfsinn nur recht sein.
Ich blickte um mich, um zu sehen, wie es auf dem anderen Ende der Werft aussah. Coertzes Leute waren näher, als ich erwartet hatte. Auch er hatte zurückgehen müssen, aber im Augenblick wurde er nicht angegriffen, und ich hätte gern gewußt, warum. Wenn beide Feindgruppen uns jetzt gleichzeitig annahmen, waren wir geliefert.
Zu Francesca sagte ich: »Kriech hier unter diese Säcke und verhalte dich ruhig, damit du aus der Sache rausbleibst.« Dann lief ich zu Coertze. »Was ist los?«
Er grinste und wischte sich etwas Blut von der Backe. »Unsere Jungs draußen haben sich vereinigt und Torloni auf der andern Seite der Mauer schwer angeschlagen, alle fünfzehn. Jetzt kann er nicht zurück. Jeder, der jetzt über die Mauer nach draußen geht, wird niedergeschlagen. Ich hol eben ein bißchen Luft, bevor ich wieder ran geh.«
Ich sagte: »Sie haben die *Sanford* genommen. Sie sind von See her reingekommen – wir selbst sind auch eingeschlossen.«
Seine Brust hob sich. »Alsdann, da wollen wir sie mal fix runterjagen.«
Ich sah zur Mauer hin. »Nein, halt«, sagte ich. »Sehn Sie da mal hin, da ist Torloni.«
Wir sahen ihn unter der Mauer, wie er seine Leute anbrüllte, um sie zu einem neuen Angriff vorzutreiben. Ich sagte: »Wir greifen jetzt mit allen Mann zur Mauer hin an – wolln wir hoffen, daß die Burschen in unserm Rükken sich so lange ruhig verhalten. Torloni selbst werden wir uns schnappen. Wo ist Piero?«
»Hier bin ich.«
»Schön! Sagen Sie Ihren Jungs, sie sollen angreifen, sowie ich das Zeichen gebe. Sie selbst und Coertze bleiben bei mir. Wir drei werden uns Torloni greifen.«

Ich drehte mich um und sah Francesca neben mir. »Ich sagte dir doch, du solltest dich verstecken.«
Sie schüttelte widerspenstig den Kopf. Der alte Palmerini stand hinter ihr. Ich bat ihn: »Passen Sie auf, daß sie hierbleibt, alter Freund.«
Er nickte und legte den Arm um sie. Zu Coertze sagte ich: »Denken Sie daran, wir müssen Torloni haben – wir lassen uns durch nichts abhalten.«
Dann griffen wir an. Wir drei, Coertze, Piero und ich, gingen in keilförmiger Schlachtordnung vor und drängten jeden zur Seite, der uns aufhalten wollte. Wir kämpften nicht, wir liefen nur vorwärts. Coertze hatte mich verstanden, er rannte wie zum Torlauf beim Rugby.
Das Tor war Torloni, und wir waren ihm auf der Pelle, bevor er noch die Lage begriff. Er knurrte, und blauer Stahl blitzte in seiner Hand auf.
»Auseinander!« schrie ich, und wir trennten uns mit schnellem Sprung und näherten uns ihm dann von drei Seiten. Die Pistole in seiner Hand ging los, und Coertze taumelte; da stürzten wir uns auf ihn, Piero und ich. Ich hob den Arm und traf ihn hart mit der Handkante. Ich fühlte sein Schlüsselbein brechen, und er schrie auf und ließ die Pistole fallen.
Bei Torlonis Schrei legte sich eine seltsame Stille über die Werft. Seine Leute waren unsicher, als sie sich umsahen, um zu sehen, was los war. Ich griff mir die Pistole und hielt sie Torloni an den Schädel. »Pfeifen Sie Ihre Hunde zurück, oder ich blase Ihnen das Gehirn aus«, sagte ich heiter.
Ich war so dicht davor zu morden, wie ich es noch nie war. Torloni sah den Blick meiner Augen und erblaßte.
»Stopp«, krächzte er.
»Lauter!« befahl Piero und packte ihn an der Schulter.
Er stöhnte auf, dann rief er laut: »Stopp! Aufhören mit Kämpfen, aufhören. Hier spricht Torloni.«
Seine Männer waren Mietlinge – sie kämpften für Geld,

und wenn ihr Boß gefangen war, kriegten sie nichts. Mietlinge pflegen nicht sehr anhänglich zu sein. Es kam unsichere Bewegung in die Leute, und bald waren sie im Dunkeln verschwunden.

Coertze saß auf dem Boden und hielt die Hand auf die Schulter. Zwischen den Finger quoll Blut hervor. Dann zog er die Hand weg und betrachtete sie mit ungläubigem Staunen. »Der Hund hat nach mir geschossen«, sagte er verwirrt.

Ich ging zu ihm hinüber. »Sind Sie sonst in Ordnung?«

Wieder hielt er sich die Schulter und kam auf die Füße. »Ich bin O. K.« Er blickte Torloni finster an. »Mit Ihnen hab ich noch ein Hühnchen zu rupfen!«

»Später«, sagte ich. »Wir müssen uns jetzt erst mal mit den Burschen bei der *Sanford* befassen.«

Wir erhielten schnell Verstärkung durch Männer, die über die Mauer kamen. Es waren unsere beweglichen Streitkräfte, die Torloni im Rücken angegriffen und seine Leute zurückgerissen hatten. In geschlossenem Haufen zogen wir hinunter zur *Sanford,* Torloni schleppten wir, den Kopf nach unten, im ersten Gliede mit.

Als wir zur *Sanford* kamen, stieß ich Torloni die Pistolenmündung in seinen Specknacken. »Sagen Sie's ihnen«, befahl ich.

Er rief: »Runter vom Boot. Hier ist Torloni.«

Die Männer um die *Sanford* herum sahen uns ausdruckslos an und rührten sich nicht. Piero quetschte Torloni wieder an der Schulter. »Auuhh. Runter vom Boot, sag ich euch«, rief er laut.

Die Leute sahen die Menge hinter uns, stellten fest, daß wir in der Übermacht waren, und begaben sich langsam zur Helling, wo sie ihre Boote hochgezogen hatten. Piero sagte ruhig: »Das sind die Männer von La Spezia. Der Mann da in der blauen Jacke ist ihr Führer, Morlaix heißt er, ein Franzose aus Marseilles.« Er sah nachdenklich auf ihre Boote. »Mit dem können Sie noch Ärger kriegen.

Dem ist es gleich, ob Torloni lebendig oder tot ist.«
Ich beobachtete die Morlaix-Leute, wie sie ihre Boote ins Wasser zogen.
»Mit denen werden wir schon noch fertig, wenn's dazu kommen sollte.«
»Über die Brücke gehen wir, wenn wir hinkommen«, erwiderte ich. »Erst müssen wir hier mal rauskommen. Womöglich hat jemand die Polizei benachrichtigt wegen des Krachs — laut genug waren wir ja, und ein Pistolenschuß ist auch losgegangen. Haben wir viele Verletzte?«
»Ich weiß nicht, aber ich werde es feststellen.«
Palmerini mit Francesca an der Seite drängte sich durch die Menge. »Das Boot hat nichts abgekriegt«, sagte er. »Wir können es zu jeder Zeit zu Wasser bringen.«
»Vielen Dank«, sagte ich. Dann sah ich Francesca an und fragte in schnellem Entschluß: »Na, willst du noch mit?«
»Ja, ich komm mit.«
»Na schön. Aber zum Packen hast du keine Zeit. In einer Stunde laufen wir aus.«
Sie lächelte. »Ich hab schon einen kleinen Handkoffer gepackt. Der steht schon seit einer Woche bereit.«
Coertze stand als Wache bei Torloni. »Was machen wir mit diesem hier?« fragte er.
»Den nehmen wir noch ein Stückchen mit; könnte sein, daß wir ihn noch gebrauchen können.« Ich wandte mich an Francesca: »Francesca, Kobus hat einen Schuß gekriegt. Kannst du ihn verbinden?«
»Oh, das wußte ich ja gar nicht. Wo ist die Wunde?«
»In der Schulter«, gab Coertze abwesend zur Antwort. Er hatte Walker auf der *Sanford* bemerkt. »Wo war dieser *Kêrel,* als der Rummel losging?«
»Keine Ahnung, ich hab ihn die ganze Zeit nicht gesehen.«

Die *Sanford* zu Wasser zu kriegen, machte uns keine Mühe; es boten sich uns genug willige Hände an. Mit einem lebenden Deck unter den Füßen fühlte ich mich so wohl wie lange nicht. Bevor ich an Bord ging, nahm ich Piero noch einmal beiseite.

»Berichten Sie dem Grafen, daß ich Francesca mitgenommen habe«, sagte ich. »Ich denke, es ist besser so – Torloni könnte auf Rache sinnen. Ihr Männer könnt selbst auf euch aufpassen, aber Francesca möchte ich jetzt nicht zurücklassen.«

»Ja, das ist sicherlich das beste.«

»Wenn Torloni noch mal irgendwelche drolligen Sachen anfängt, wissen Sie ja nun, wie man mit ihm umgehen muß. Geben Sie sich nicht groß mit seinen Leuten ab – halten Sie sich an Torloni selbst. Unter direktem Druck können Sie ihn schnell kleinkriegen. Ich werd's ihm auch noch mal klarmachen, daß er damit rechnen muß, irgendwo in der Bucht zu schwimmen, falls er noch einmal Zikken macht. – Was haben Sie übrigens über Verletzte festgestellt?«

»Nichts Ernsthaftes«, erwiderte Piero. »Ein Armbruch, drei Stichwunden, drei oder vier Gehirnerschütterungen.«

»Ich bin froh, daß keiner draufgegangen ist; das wär mir verflucht gegen den Strich gegangen. – Aber jetzt möchte Francesca sicher mit Ihnen sprechen, darum will ich Sie nun nicht länger aufhalten.«

Ein warmer Händedruck, und ich ging an Bord. Piero war ein famoser Bursche, ein guter Kamerad, auf den man sich im Gefecht verlassen konnte.

Eine Zeitlang sprach er noch mit Francesca, und dann kam sie an Bord. Sie weinte still vor sich hin, und um sie zu trösten, legte ich meinen Arm um sie. Es ist kein Vergnügen, sein Vaterland in den schönsten Lebensjahren zu verlassen, und die Umstände, unter denen sie Abschied nehmen mußte, konnten ihr schon das Herz schwermachen. – Ich saß im Cockpit, die Hand an der Pinne,

und Walker ließ den Motor an. Sobald ich ihn anspringen hörte, kuppelte ich ein, und wir fuhren langsam davon.
Noch lange sahen wir den kleinen beleuchteten Platz vor dem Schuppen, wo sich unsere italienischen Freunde drängten und uns zuwinkten. Sie winkten immer noch, obwohl sie uns in der Finsternis nicht mehr sehen konnten; es betrübte mich, daß wir sie verlassen mußten. »Wir werden immer mal wieder herkommen«, sagte ich zu Francesca.
»Nein«, erwiderte sie ruhig. »Wir kommen niemals wieder.«

Wir fuhren stetig weiter mit sechs Knoten in die Dunkelheit hinein und hielten uns recht auf Südkurs, um vom Portovento-Vorgebirge freizukommen. Ich sah zum Mast hinauf, der sich schwach vor dem Sternenhimmel abzeichnete, und überlegte, wie lange wir wohl brauchen würden, das laufende Gut zu scheren. An Deck war ein tolles Durcheinander, nichts von der sonst selbstverständlichen Schiffsordnung, aber vor Tagesanbruch konnten wir nichts dabei tun. Walker war unter Deck, und Coertze hielt sich auf dem Vorschiff auf und bewachte Torloni. Francesca und ich saßen im Cockpit und unterhielten uns leise. Wir sprachen darüber, wann wir wohl heiraten könnten.
Plötzlich rief Coertze: »Wann werden wir dieses Mistvieh hier los? Er möchte es gern wissen. Er denkt, wir werfen ihn über Bord, und er sagt, er kann nicht schwimmen.«
»In der Nähe von Portovento gehen wir dicht unter Land«, gab ich zurück. »Da bringen wir ihn im Dingi rüber.«
Coertze brummelte noch etwas wie, es sei besser, ihn gleich jetzt und hier loszuwerden, und versank dann wieder in Schweigen. – Francesca fragte: »Ist was mit dem Motor los? Es hört sich so anders an.«

Ich horchte, und es hörte sich auch anders an — aber das war nicht unser Motor. Ich nahm Gas weg und hörte das Tuckern eines Außenbordmotors ganz dicht an Steuerbord.

»Geh schnell nach unten«, sagte ich und rief dann Coertze mit gedämpfter Stimme zu: »Wir kriegen Besuch.«

Er kam schnell achteraus. Ich drehte nach Steuerbord, und im fahlen Schein des aufgehenden Mondes sahen wir den weißen Schimmer einer sich nähernden Bugwelle. Eine Stimme schallte über das Wasser: »Monsieur Englishman, können Sie mich hören?«

»Das ist Morlaix«, sagte ich und rief dann laut: »Ja, ich höre Sie.«

»Wir kommen an Bord«, rief er zurück. »Widerstand wäre zwecklos.«

»Bleiben Sie lieber weg, haben Sie noch nicht genug gekriegt?«

Coertze kam mit einem Grunzen hoch und ging nach vorn. Ich zog Torlonis Pistole aus der Tasche und entsicherte sie.

»Sie sind nur zu viert«, rief Morlaix, »wir sind Ihnen weit überlegen.«

Seine Bugwelle war jetzt sehr viel näher, und ich konnte das Boot klarer sehen. Es war gedrängt voll. Dann scherte er längsseit, und als wir fast Bord an Bord lagen, jumpte Morlaix auf die *Sanford*. Er war nur vier Fuß von mir entfernt. Da schoß ich ihm ins Bein, und mit einem Schrei fiel er über Bord.

Zur gleichen Zeit war Coertze aufgestanden und hielt mit einer Hand den strampelnden Torloni hoch. »Hier, nehmt mal diesen Dreckskerl«, rief er und schleuderte Torloni in den Wust von Menschen, die bei uns an Bord kommen wollten. Torloni brüllte auf. Sein fliegender Körper kegelte sie um, so daß sie in ihr Boot zurückfielen. Ich machte mir die Verwirrung zunutze und drehte schnell nach Backbord ab, und der Abstand der Boote wurde rasch

größer. Morlaix' Boot schien steuerlos zu sein. Wahrscheinlich hatte der Rudergänger eins abgekriegt.
Sie behelligten uns nicht noch einmal. Von weitem hörten wir noch ihr Geschrei, als sie Morlaix aus dem Wasser fischten, aber sie griffen nicht wieder an. Blaue Bohnen schienen ihnen wohl etwas schwer verdaulich.
Unser Kielwasser breitete sich im Mondschein, als wir Kurs in die offene See nahmen. Wir mußten unseren Termin einhalten und hatten nicht mehr viel Zeit.

DRITTES BUCH

Die See

Flaute und Sturm

Zuerst hatten wir guten Wind, und die *Sanford* kam gut voran. Infolge der stärkeren Konzentration des Gewichts im Kiel benahm sich das Boot etwas wunderlich, wie ich es schon erwartet hatte. Bei auflaufender See rollte es ganz abscheulich.

Bei vier Strich am Wind, wo die *Sanford* sonst am besten lag, folgte auf jedes Überholen nach Lee ein gewaltiges Schlingern, und der Mast beschrieb weite Bogen am Himmel.

Es ließ sich nichts dran machen, also mußten wir eben aushalten. Die einzige Abhilfe wäre es gewesen, wenn wir Ballast auseinandergetrimmt hätten, aber da wir keinen hatten, konnten wir das nicht tun. Die heftigen Bewegungen machten am meisten Coertze zu schaffen. Er war in seinen besten Zeiten nicht seetüchtig gewesen, und die Wunde in der Schulter machte es auch nicht besser.

Als es nach dieser denkwürdigen, kampferfüllten Nacht dämmerte, lagen wir beigedreht von Landsicht und machten uns an das laufende Gut. Es dauerte nicht lange – Palmerini hatte mehr vorgearbeitet, als ich erwartet hatte –, und wir hatten unsere Segel gesetzt. Jetzt wurde die Rankheit der *Sanford* erst richtig offenbar, und ich versuchte es eine Zeitlang, etwas dagegen zu unternehmen. Als ich eingesehen hatte, daß keine Abhilfe möglich war, verschwendete ich keine Zeit mehr damit, und wir machten, daß wir vorankamen.

Wir kamen nun wieder in unsere normale Wachroutine, die eine kleine Änderung dadurch erfuhr, daß Francesca an Coertzes Stelle das Kochen übernahm. Auf Kleinbootreisen bekommt man seine Bordkameraden außer den

Zeiten des Wachwechsels nicht eben häufig zu sehen; Walker aber hielt sich mehr denn je abseits. Zuweilen überraschte ich ihn, wie er mich beobachtete; dann fuhr er zusammen, rollte die Augen wie ein erschrecktes Pferd und sah schnell weg. Er hatte sichtlich Angst, ich würde Coertze von dem Zigarettenetui erzählen. Diese Absicht hatte ich nicht – ich brauchte Walker, um die *Sanford* zu segeln –, aber davon sagte ich ihm nichts. Laß ihn ruhig schwitzen, dachte ich mitleidlos.

Mit Coertzes Schulter war es nicht so schlimm; es war eine glatte Fleischwunde, und Francesca versorgte sie gut. Ich bestand darauf, daß er in der achteren Koje schlief, wo die Bewegungen am wenigsten heftig waren, und danach richtete sich die Gesamtverteilung. Ich bezog die Backbord-Skipperkoje in der Kajüte, Francesca bekam die an Steuerbord. Sie hängte eine Persenning davor auf, die ihr das Gefühl des Für-sich-Seins geben sollte.

Demzufolge wurde Walker ins Vorschiff verbannt und mußte dort in der bisher unbenutzten Koje schlafen. Die war eigentlich für einen Gast im Hafen vorgesehen, nicht für die Benutzung in See; sie war unbequem und nahe dem Bug, wo man die Bewegungen am meisten spürte. Schadet ihm gar nichts, dachte ich unbarmherzig. Aber ich hatte den Eindruck, daß wir ihn nun noch weniger zu sehen kriegten.

In den ersten fünf Tagen machten wir gute Fahrt und kreuzten durch das Ligurische Meer mit mehr als hundert Meilen am Tag. Ich machte jeden Tag ein Sonnsbesteck auf und betrachtete befriedigt unseren Weg, den ich in die Karte eingetragen hatte, wie er sich immer mehr den Balearen näherte. Große Freude machte es mir, Francesca in der Handhabung der *Sanford* zu unterweisen. Sie war ein gelehriger Schüler und machte nicht mehr Fehler, als sie jeder Anfänger macht.

Mit Vergnügen beobachtete ich, daß Coertze seine Antipathie ihr gegenüber verloren zu haben schien. Er war wie umgewandelt, nicht mehr so kratzbürstig wie zuvor. Jetzt wußte er das Gold sicher unter seinen Füßen, und wahrscheinlich hatte er seine Streitlust beim Kampf auf der Werft etwas austoben können. Jedenfalls kamen er und Francesca schließlich gut miteinander aus und unterhielten sich oft über Südafrika.

Einmal fragte sie ihn, was er mit seinem Beuteanteil machen wollte. Mit zufriedenem Lächeln gab er zur Antwort: »Ich werde mir eine *Plaas* kaufen.«

»Eine was?«

Ich übersetzte: »Eine Farm. Im tiefsten Herzen sind alle Afrikaner Farmer; sie selber nennen sich ja auch Farmer – Buren –, bisher jedenfalls.«

Diese ersten fünf Tage nach dem Verlassen Italiens waren sicherlich die schönsten Seetage der ganzen Reise. Bessere Tage hatten wir vorher nicht gehabt, und schon gar nicht nachher.

Am Abend des fünften Tages schlief der Wind ein, und am nächsten Tag wechselte er dauernd die Richtung, als wüßte er nicht, was er eigentlich wollte. Die Windstärke schwankte zwischen Stärke drei und völliger Flaute, und wir hatten allerhand mit den Segeln zu tun. An diesem Tage machten wir nur siebzig Meilen.

Als der folgende Tag dämmerte, hatten wir eine Totenflaute. Die See war glatt und ölig und atmete in einer langen Dünung. Am Nachmittag war unser Stimmungsbarometer gewaltig abgesackt, als wir nichts weiter zu tun hatten, als dem Mast zuzusehen, der träge vor dem Himmel zirkelte, während die kostbaren Stunden verstrichen und wir Tanger nicht näher kamen. Ich wurde es schließlich müde, dauernd das Quietschen des Baums im Schwanenhals zu hören, darum stellten wir den Baumbock auf und laschten den Baum fest. Dann ging ich nach unten, um am Kartentisch zu arbeiten.

Wir hatten ein Etmal von zwanzig Meilen; wenn es so weiterging, kämen wir drei Monate zu spät nach Tanger.

Ich peilte den Treibstofftank und fand noch fünfzehn Gallonen darin – damit konnten wir bei ökonomischer Fahrt in dreißig Stunden 150 Meilen weiterkommen. Immerhin besser als stillsitzen und die Fallen gegen den Mast schlagen hören; ich warf also den Motor an, und wir kamen wieder auf unserem Kurs voran.
Innerlich verwünschte ich es, daß wir Treibstoff verbrauchten; der war doch nur für den Notfall vorgesehen. Aber schließlich war dies ja ein Notfall, und da konnte ich ihn denn ja auch nehmen, es kam alles auf eins heraus. Wir pflügten stetig mit fünf Knoten durch die ruhige See, und ich hielt Kurs auf das Südende der Balearen, der uns in die Nähe von Mallorca bringen mußte. Wenn wir aus irgendeinem Grunde einen Hafen anlaufen mußten, brauchte ich einen, der leicht zu erreichen war, und Palma war der nächstgelegene.
Die ganze Nacht und auch den nächsten Vormittag liefen wir mit Motorkraft. Es war nicht die Spur von Wind und keinerlei Anzeichen, daß es je wieder Wind geben würde. Der Himmel war ein ungetrübtes Blau wie die unbewegte See – und ich fühlte mich wie in der Hölle. Ohne Wind ist ein Segelboot völlig hilflos, und was tun, wenn der Treibstoff alle war?
Ich sprach mit Coertze darüber. »Ich möchte nach Palma einlaufen«, sagte ich. »Da können wir unsern Spritvorrat ergänzen.«
Er warf seinen Zigarettenstummel über Bord. »Is 'ne verdammte Zeitverschwendung. Wir kommen weit vom Weg ab. Und wenn sie uns nun hier in der Gegend auflauern?«
Ich erwiderte: »Die Zeitverschwendung ist noch größer, wenn wir den Motor nicht mehr laufen lassen können. Die Flaute kann noch tagelang anhalten.«
»Ich hab im Mittelmeerhandbuch nachgesehen«, entgegnete er. »Darin steht, daß der Prozentsatz an Flauten zu dieser Jahreszeit nicht besonders hoch ist.«

»Darauf können Sie sich nicht verlassen. Das sind doch alles Durchschnittsberechnungen. Es kann noch 'ne Woche lang so weiter gehen.«

Er seufzte. »Sie sind der Skipper. Tun Sie, was Sie für das beste halten.«

Ich ging also auf einen nördlichen Kurs auf Palma zu. Ich sah mir den kleinen Treibstoffrest an und zweifelte daran, daß wir es schafften – aber wir kamen tatsächlich hin.

Unser Motor keuchte mit dem letzten Sprit, als wir in den Jachthafen von Palma einliefen. Kurz vor der Pier setzte der Motor aus, aber mit unserem Fahrtmoment kamen wir gerade noch ran.

Dann blickte ich auf und sah – Metcalfe.

Um die Zollformalitäten kamen wir herum, da wir erklärten, wir wollten nicht an Land gehen und seien nur zur Treibstoffergänzung eingelaufen. Der Zollbeamte bedauerte uns wegen des schlechten Segelwetters und sagte, er wollte einen Schiffshändler anrufen, der sich nach unserem Bedarf erkundigen sollte.

Nun konnten wir uns also über Metcalfe unterhalten. Der hatte kein Wort zu uns gesagt, er hatte uns nur freundlich lächelnd angesehen, hatte dann auf dem Absatz kehrtgemacht und war fortgegangen.

Coertze sagte: »Der brütet was aus.«

»Das ist ja wohl mal sicher«, erwiderte ich. »Wann werden wir diese Burschen endlich mal los?!«

»Überhaupt nicht, solange wir noch vier Tonnen Gold unter den Füßen haben«, sagte Coertze. »Das ist ein ganz verfluchter Magnet.«

Ich blickte nach vorn, wo Walker allein auf dem Vordeck saß. Er war der Narr, der mit seiner Geschwätzigkeit und seinem Stumpfsinn die Geier angelockt hatte. Oder vielleicht auch nicht – Männer wie Metcalfe und Torloni haben einen verflucht feinen Riecher für Gold. Aber Walker hatte jedenfalls auch nichts geholfen.

Francesca fragte: »Was meinst du denn, was er tun wird?«

»Ich stelle mir ein ganz simples Piratenstück vor«, erwiderte ich. »Es würde ganz seinem verschrobenen Humor entsprechen, eine Karibische Seeräuberei zu liefern.«

Ich legte mich auf den Rücken und sah zum Himmel auf. Der Klubstander im Masttopp bewegte sich und begann in einer leichten Brise zu flattern.

»Nun seht euch das mal an«, rief ich aus, »wir haben tatsächlich Wind!«

Coertze murrte. »Ich sage ja, wir hätten nicht einlaufen sollen. Den Wind hätten wir auf alle Fälle gekriegt, und Metcalfe hätte nicht erfahren, wo wir sind.«

Ich dachte an Metcalfes Boot und sein Radar – besonders an das Radar. »Nein«, entgegnete ich. »Das hätte nichts ausgemacht. Seit wir Italien verlassen haben, war er sich bestimmt darüber klar, wo er sich an uns ranmachen wollte.« Ich machte eine schnelle Überschlagrechnung auf der Grundlage einer Radarreichweite von fünfzehn Meilen. »Mit einer Umdrehung seiner Antenne überwacht er ein Gebiet von siebenhundert Quadratmeilen. Dieser Fairmile hat uns wahrscheinlich schon die ganze Zeit mit dem Rumpf unter der Kimm verfolgt, und wir haben ihn nie gesehen.«

»Ja, und was machen wir nun?« fragte Francesca.

»Wir können nichts weiter tun, als was wir sowieso getan hätten. Natürlich werde ich Herrn Seeräuber Metcalfe nicht einfach das Gold in die Hand geben, bloß weil er auftaucht und uns einen Schrecken einjagt. Wir machen weiter und hoffen das Beste.«

Vor Anbruch der Nacht waren wir mit aufgefüllten Treibstoff- und Frischwassertanks wieder unterwegs. Bei Sonnenuntergang passierten wir Kap Figuera. Ich übergab Francesca das Ruder und ging hinunter, um mir die Karte anzusehen. Mir war etwas eingefallen, wie ich Met-

calfe überlisten könnte. Vielleicht funktionierte das nicht, aber es lohnte sich schon, es zu versuchen.
Sobald es vollkommen dunkel geworden war, sagte ich zu Francesca: »Geh mal auf 180 Grad.«
»Auf Südkurs?« fragte sie erstaunt.
»Ganz richtig, Süd.« Zu Coertze sagte ich: »Wissen Sie, was dieser viereckige Apparat auf halber Masthöhe bedeutet?«
»*Nee, Man,* da hab ich mir noch keine Gedanken drüber gemacht.«
»Das ist ein Radarreflektor«, erklärte ich es ihm. »Ein hölzernes Boot gibt kein gutes Radarecho. Darum haben wir zur eigenen Sicherheit einen Spezialreflektor eingebaut. Der gibt einen hübschen dicken Bildpunkt auf dem Bildschirm. Wenn Metcalfe uns verfolgt hat, muß er sich allmählich an unsern Blip gewöhnt haben und kann uns – ohne uns zu sehen – lediglich nach dem Bild auf dem Schirm identifizieren. Und nun nehmen wir ganz einfach den Reflektor weg. Dann bekommt er zwar immer noch ein Echo, aber ein ganz anderes, viel schwächer.«
Ich hing mir einen Schraubenschlüssel mit einer Schlinge ums Handgelenk, sicherte mich mit einer Leine um den Leib und enterte am Mast hoch. Der Reflektor war mit Bolzen an der unteren Saling festgemacht und war nicht so leicht abzumontieren. Die *Sanford* hatte ihre neuen stukkerigen Bewegungen wieder aufgenommen, und ich mußte mich an den alten Seemansspruch halten: »Eine Hand für dich, die andere fürs Schiff«, und mit einer Hand war es schwer, die beiden Bolzen loszukriegen, die sich nun auch noch zusammen mit ihren Muttern drehten. Über drei Viertelstunden mußte ich da rummurksen, bevor ich den Reflektor los hatte.
Ich kam wieder an Deck, legte den Reflektor zusammen, um ihn zu verstauen, und fragte Coertze: »Wo ist Walker?«
»Der pennt. Hat Mittelwache.«
»Ach ja, hatt ich vergessen. – So, nun ändern wir unsere Lichterführung.« Ich ging nach unten zum Kartentisch.

Im Masttopp war eine weiße Blinklaterne für Signalzwecke, die von einem Morsetaster am Kartentisch betätigt wurde. Ich band den Taster in Kontaktstellung fest, so daß die Topplaterne nun Dauerlicht gab.
Dann rief ich Coertze zu: »Holen Sie doch mal 'ne Laterne von vorn und hängen Sie die auf.«
Er kam runter. »Und was soll das alles?«
Ich machte es ihm klar. »Sehen Sie mal, wir sind nicht auf dem richtigen Kurs nach Tanger; das ist zwar Zeitverschwendung, aber es läßt sich nicht ändern, wir dürfen nichts unterlassen, was einen Überfall Metcalfes verhindert. Wir haben unsere Radarspur geändert, aber Metcalfe könnte trotzdem Argwohn schöpfen und näher kommen, um einen Blick auf uns zu werfen. Darum haben wir Lichter gesetzt in der schludrigen Art der spanischen Fischer. Die zeigen an, daß wir mit Angeln fischen, und mehr kann er nicht sehen – jedenfalls bei Nacht nicht. So läßt er uns vielleicht zufrieden und fährt sonstwohin weiter.«
»Sie sind ein ganz durchtriebener Bursche«, sagte Coertze bewundernd.
»Das können wir nur einmal machen«, sagte ich. »Wenn's hell wird, nehmen wir Kurs auf Tanger.«

In der Nacht briste es auf, und wir handhabten unsere Schönwettersegel so, daß wir eine ganz schöne Fahrt rausholten. Es nützte uns allerdings nichts, auf diesem Kurs kamen wir Tanger keinen Zoll näher.
Als es dämmerte, hatten wir Windstärke fünf. Wir änderten Kurs, so daß wir nun Wind vier Strich von achtern hatten, und die *Sanford* legte los, die Leereling tauchte ein, und die Bugwelle zeigte weißen Schaum. Ich loggte und stellte fest, daß sie sieben Knoten lief, fast das äußerste, was sie unter Segel schaffen konnte. So war denn schließlich alles richtig – mit schneller Fahrt auf dem Kurs von Tanger.

Wir suchten die Kimm scharf nach Metcalfe ab, aber es war nichts zu sehen. Wenn er wußte, wo wir waren, so ließ er sich jedenfalls nichts anmerken. Ich wußte nicht recht, sollte ich mich nun freuen, oder sollte ich mir Sorgen machen. Es hätte mir Spaß gemacht, wenn meine Kriegslist ihn getäuscht hätte, aber wenn nicht, so hätte ich das gern gewußt.

Die frische Brise hielt den Tag über an und schien gegen Abend noch zuzunehmen. Die Seen wurden größer und kriegten Schaumkämme und alle Augenblicke kamen Brecher über. Jedesmal bebte die *Sanford* und schüttelte sich frei, um wieder vorwärts zu stürmen. Mir schien, daß wir schon fast Windstärke sechs erreicht hatten, und als kluger Seemann hätte ich nun ein Reff ins Großsegel stekken sollen, aber ich wollte sie vorwärts knüppeln — wir hatten keine Zeit mehr zu verlieren, und erst recht nicht, wenn wir uns noch mit Metcalfe abgeben mußten.

Ich legte mich frühzeitig hin und ließ Walker an der Pinne. Bevor ich einschlief, überlegte ich, was ich an Metcalfes Stelle tun würde. Wir mußten durch die Straße von Gibraltar. Das ganze Mittelmeer war wie ein Schlauch mit dem Ausgang durch die Gibraltarstraße. Wenn Metcalfe sich da mit seinem Radar hinlegte, konnte er die ganze Durchfahrt von Küste zu Küste überwachen.

Andererseits war die Straße sehr belebt, und wenn er Boote, die ihm verdächtig schienen, näher ansehen wollte, mußte er dauernd hin und her kreuzen. Dann wieder, wollte er uns überfallen, so wäre das gefährlich, denn es konnte leicht bemerkt werden. Bei Gibraltar gab es eine Reihe sehr schneller Marine-Vorpostenboote, und selbst Metcalfe traute ich es nicht zu, daß er uns unter diesen Umständen bei Tageslicht angreifen würde.

Ich beschloß daher, auf alle Fälle bei Tag durch die Straße zu laufen.

Und wenn — ach, diese vielen »Wenns« hingen mir bald zum Hals heraus! —, wenn er uns nun weder vor noch hin-

ter der Straße überfallen würde? Ich entsann mich dunkel eines Falles von Piraterie im Jahre 1956, kurz vor Tanger. Zwei Schmugglergruppen waren sich in die Haare geraten, und eins der Boote war verbrannt worden. Er würde uns vielleicht nicht erst so weit kommen lassen. Wir waren da dem Heimathafen zu nahe und könnten ihm schließlich doch noch entschlüpfen. Wenn wir erst im Jachthafen lagen, konnte er uns verflucht nichts mehr anhaben. Nein, so weit würde er uns nicht kommen lassen. Und vor der Straße? Die Sache sah wieder anders aus und hatte ihr eigenes »Wenn«. Wenn wir ihm nach dem Auslaufen aus Mallorca aus den Augen gekommen waren – wenn er nicht wußte, wo wir waren –, hätten wir vielleicht eine Chance. Wenn er aber unseren Aufenthaltsort kannte, konnte er jederzeit ankommen und uns ein Prisenkommando an Bord setzen. Wenn – wieder ein anderes »Wenn« – die Wetterlage das zuließ.
Als ich schließlich langsam eindämmerte, segnete ich noch den ständig zunehmenden Wind, der der *Sanford* Flügel verlieh und der es dem Fairmile unmöglich machte, längsseit zu scheren.

Coertze weckte mich. »'s kommt mehr Wind auf. Mir scheint, wir müssen andere Segel setzen oder so was.« Er mußte gegen den Krach von Wind und See anbrüllen.
Während ich mein Ölzeug überzog, sah ich auf die Uhr: zwei Uhr. Sechs Stunden hatte ich geschlafen. Die *Sanford* arbeitete ein bißchen, und ich hatte einige Mühe, mir die Hosen anzuziehen. Ein plötzliches Überholen schleuderte mich quer durch die Kajüte, und ich flog gegen Francescas Koje.
»Ist was passiert?« fragte sie.
»Nein«, sagte ich, »alles in Ordnung. Schlaf man weiter.«
»Du denkst doch nicht, daß ich bei diesem Krach schlafen kann?«

Ich grinste. »Daran gewöhnst du dich bald. Es brist etwas auf, aber kein Grund zur Sorge.«
Ich zog mich fertig an und ging ins Cockpit rauf. Coertze hatte recht, wir mußten Segel kürzen. Der Wind wehte stetig mit Stärke sieben – Seeleute der alten Schule bezeichneten das geringschätzig als »Jachtsegler-Sturm«, während Admiral Beaufort es maßvoll »starker Wind« nannte.
Wolkenfetzen jagten über den Himmel und trieben mit dem Mondlicht ein gespenstisches Schattenspiel. Die Seen wälzten sich gewaltig heran, und ihre Schaumkämme wurden in Streifen fliegenden Gischtes fortgeblasen. Die *Sanford* tauchte mit dem Bug tief ein, und jedesmal gab es einen Ruck, als ob sie stoppen wollte, und sie verlor viel an Fahrt. Mit einer Verminderung der Segel konnten wir das Vorschiff stützen und das Boot besser in Gang halten; darum sagte ich – nein, brüllte ich Coertze zu: »Sie haben recht, ich werd 'n Reff einstecken. Halten Sie sie inzwischen auf Kurs.«
Ich pickte eine Sorgleine in meinen Sicherheitsgurt ein und ging voraus über das wild herumhüpfende Deck. Eine halbe Stunde brauchte ich, um vom Großsegel zwei Törns um den Baum zu nehmen und um den Klüver niederzuholen; die Fock ließ ich stehen, um das Boot vorn zu stützen. Ich hatte kaum den Klüver weggenommen, da merkte ich auch schon den Unterschied in der Bewegung. Die *Sanford* nahm die Seen nun leichter und rammte ihren Bug nicht mehr so oft ins grüne Wasser.
Ich ging ins Cockpit zurück und fragte Coertze: »Na, wie geht's nun?«
»Besser«, brüllte er, »sie macht auch wieder mehr Fahrt, scheint mir.«
»Tut sie auch; jetzt wird sie ja nicht mehr andauernd abgestoppt.«
Er blickte auf die hochgetürmten Seen. »Wird das noch schlimmer?«

»Och, das ist noch nicht schlimm«, gab ich zurück. »Wir segeln jedenfalls so schnell wir können, und das wollen wir ja.« Ich lächelte; von einem kleinen Boot aus sieht alles viel größer aus, als es ist, und doppelt so gefährlich. Trotzdem hoffte ich, das Wetter möchte nicht schlechter werden; es kostete uns zuviel an Fahrt.

Um Coertze zu beruhigen, blieb ich noch eine Zeitlang bei ihm. Ich mußte ihn ohnehin bald ablösen, und es hatte keinen Zweck, daß ich mich noch einmal schlafen legte. Schließlich ging ich in die Kombüse runter und machte Kaffee. Der Ofen schaukelte wie wild in seinen Kardanringen, und ich mußte den Kaffeetopf festklammern, aber ich verschüttete keinen Tropfen.

Francesca sah mir von der Koje aus zu, und als der Kaffee fertig war, winkte ich sie heran. Wenn sie zum Kaffee käme statt umgekehrt, war die Gefahr geringer, daß was verschüttet würde. Wir klemmten uns zwischen Kombüsenbank und Niedergang fest ein, schlürften den heißen Kaffee und redeten über das Wetter.

Sie lächelte mich an. »Du magst solches Wetter wohl gern, wie?«

»Is doch großartig.«

»Ich hab aber doch ein wenig Angst.«

»Da gibt's nichts, wovor man Angst haben müßte. Oder richtiger: nur eins.«

»Und das wäre?«

»Die Crew«, sagte ich. »Sieh mal, der Kleinbootsbau hat heutzutage, was die Seetüchtigkeit betrifft, so ziemlich den Punkt der Vollkommenheit erreicht. Ein Boot wie dieses kann jedes Wetter sicher überstehen, wenn es richtig gehandhabt wird – und das sage ich nicht etwa, weil ich es selbst entworfen und gebaut habe –, das trifft auf jedes Boot dieser Bauart zu. Die Crew kann Fehler machen, nicht das Boot. Da braucht nur einer müde zu werden und einen kleinen Fehler zu machen – und ein kleiner Fehler genügt schon –, und schon liegt er im Bach.«

»Und wie lange dauert das, bis eine Crew so müde wird?«
»Bei uns hat das keine Gefahr«, sagte ich munter. »Wir sind genug, so daß wir unsern Schlaf bekommen, und so können wir es unbegrenzte Zeit aushalten. Aber die Kerls, die einhand segeln, die sind schwer dran.«
»Bei dir fühlt man sich so sicher«, erwiderte sie. Dann stand sie auf, um noch eine Tasse aus dem Spind zu nehmen. »Ich will Coertze auch eine Tasse Kaffee bringen.«
»Mach dir keine Mühe damit; da kommen nur Spritzer rein, und nichts schmeckt gemeiner als versalzener Kaffee. In ein paar Minuten kommt er runter, ich übernehme gleich die Wache.«
Ich knöpfte meine Öljacke zu und band mir den Schal fest um den Hals. »Ich lös ihn jetzt ab. Eigentlich dürfte er ja gar nicht auf sein mit diesem Loch in seiner Schulter. Wie macht sich das übrigens?«
»Heilt tadellos«, sagte sie.
»Wenn er schon einen Schuß abkriegen sollte, konnte er nicht besser sitzen als da. Sechs Zoll tiefer, und er wär durchs Herz gegangen.«
Sie sagte: »Weißt du, ich hab jetzt doch eine andere Meinung von ihm bekommen. Er ist gar nicht solch übler Mann.«
»Ein goldenes Herz in einer rauhen Schale?« fragte ich, und sie nickte zustimmend. Ich sagte: »Sein Herz trachtet jedenfalls nach Gold. Wenn nicht mit Metcalfe, werden wir mit ihm unsere Schwierigkeiten haben – vergiß nicht seine Vorgeschichte. Aber gib dem netten Mann 'ne Tasse Kaffee, wenn er runterkommt.«
Ich ging ins Cockpit hinauf und löste Coertze ab. »Unten ist Kaffee für Sie«, brüllte ich ihm zu.
»Danke, kommt gerade richtig«, brüllte er zurück und ging hinunter.
Die *Sanford* verschlang weiterhin die Meilen, und der Wind nahm immer noch zu. Gut und schlecht zugleich. Die Segel ließ ich zunächst noch stehen, aber als Walker

in der wolkigen und feuchten Dämmerung kam, um mich abzulösen, steckte ich noch ein Reff ins Großsegel, bevor ich zum Frühstück hinunterging.
Bevor ich noch den Fuß auf den Niedergang setzte, sagte Walker: »Es wird schlechter.«
Ich blickte auf den Himmel. »Nö, glaub ich nicht; schlimmer als so wird's im Mittelmeer kaum.«
Er zuckte die Achseln. »Ich kenne das Mittelmeer nicht, aber ich habe so das Gefühl, daß es schlimmer kommt; mehr wollte ich nicht sagen.«
Mir war unbehaglich, als ich runterstieg. Walker hatte früher schon eine unheimliche Fähigkeit bewiesen, einen Wetterwechsel ohne erkennbare Anzeichen vorauszusagen; er hatte noch immer recht behalten, aber ich hoffte trotzdem, daß er sich diesmal irrte.
Aber er irrte sich nicht.
Die Mittagshöhe der Sonne konnte ich nicht nehmen wegen der starken Bewölkung und der schlechten Sicht. Selbst wenn die Sonne zu sehen gewesen wäre, hätte ich auf dem bewegten Deck kaum einen Sextanten ruhig halten können. Nach dem Log waren wir von Mittag zu Mittag 152 Meilen gelaufen, das bisher höchste Etmal der *Sanford*. Kurz nach Mittag wuchs die Windstärke an auf acht, in Böen auf neun – es war ein ganz netter Sturm. Alle zusammen bargen wir das Großsegel und setzten das Trysegel, ein dreieckiges Stück Segeltuch von Handtuchgröße, das zum Segeln bei schlechtem Wetter bestimmt ist. Auch die Fock bargen wir mit einiger Mühe – das Arbeiten auf dem Vordeck war jetzt ziemlich gefährlich.
Die Höhe der Wellen war erschreckend angewachsen; sie brachen sich mit weißen Kämmen, und der Wind riß die Gischt mit sich fort und fegte sie in langen, zerfetzten Streifen über die See. Immer mehr große Schaumflocken bildeten sich, bis die ganze Wasseroberfläche aussah wie ein riesiger Waschkessel, in den jemand ein paar Tausend Tonnen Waschpulver gekippt hatte.

Ich ordnete an, daß sich nur der Wachhabende an Deck aufhalten sollte, und daß er sich stets mit einer Leine sichern sollte. Ich selbst ging in die Koje, schlug die Schlingerbretter hoch, damit ich nicht rausgeworfen wurde, und versuchte vergeblich, ein Magazin zu lesen. Ich hätte nur gern gewußt, ob Metcalfe bei diesem Wetter in See war. Wenn er draußen war, beneidete ich ihn nicht, denn ein Motorboot reitet schweres Wetter nicht so elegant ab wie ein Segelboot. Bei ihm mußte wahrlich der Teufel los sein.

Da es am Nachmittag noch schlechter wurde, beschloß ich beizudrehen. Wir bargen das Trysegel und trieben vor Topp und Takel quer zur See. Dann machten wir die Luken dicht und versammelten uns in der Kajüte und plauderten, soweit der Krach es zuließ.

Um diese Zeit fing ich an, mir Sorgen über freien Seeraum zu machen. Koppeln und Loggen waren ja ganz schön, aber da ich kein Sonnsbesteck hatte aufmachen können, war mir nicht ganz wohl zumute. Wir befanden uns im Seegebiet zwischen Almeria in Spanien und Marokko, wo der Trichter zur Straße von Gibraltar hin beginnt. Daß wir vom Festland noch weit genug entfernt waren, wußte ich wohl. Aber es gab hier so ein winziges Inselchen, Alboran hieß es, und da aufzulaufen würde bei diesem Wetter unseren Untergang bedeuten.

Ich studierte das Mittelmeerhandbuch. Wenn ich behauptet hatte, solches Wetter sei im Mittelmeer ungewöhnlich, so hatte ich ganz recht gehabt. Aber was half uns das. Offenbar hatte Petrus das Mittelmeerhandbuch nicht gelesen. Der alte Knabe hatte es gewiß verlegt.

Um fünf Uhr ging ich an Deck, um vor Dunkelwerden noch einmal die Lage zu peilen. Coertze half mir, die Schalkbretter vom Kajütseingang wegzunehmen, und ich enterte ins Cockpit auf. Ich stand knietief in wirbelndem Wasser, trotz der drei zweizölligen Lenzrohre, die ich eingebaut hatte, und als ich da stand und mich an einer Deck-

stütze festhielt, kam wieder eine kochende See längs Deck gefegt und füllte das Cockpit.
Ich nahm mir vor, künftig mehr Lenzrohre einzubauen. Dann sah ich auf die See hinaus. Der Anblick war furchteinflößend. Es war voller Sturm. Die Wellenberge waren gewaltig, die Brecher schleuderten einen drohenden Überhang voraus. Als ich da stand, brach gerade eine See auf die *Sanford* nieder, und das Boot bebte in allen Fugen. Das gute alte Mädchen mußte so viele Schläge aushalten, und mir schien, ich müßte doch wohl etwas dagegen tun. Das bedeutete, daß wenigstens ein Mann im Cockpit völlig durchnäßt alles Elend und alle Angst ausstehen mußte, und mir war klar, daß nur ich dieser Mann sein konnte – ich hätte niemand anders mit dem betraut, was ich vorhatte.
Ich ging wieder nach unten. »Wollen vor den Wind gehen«, sagte ich. »Walker, holen Sie mal die Rolle mit der Vier-Zoll-Nylonleine von vorn. Kobus, Sie ziehen sich Ölzeug an und kommen mit mir.«
Coertze und ich gingen ins Cockpit zurück, und ich nahm die Lasching von der Pinne. »Wenn wir sie vor den Wind legen, müssen wir die Fahrt vermindern. Wir stecken achtern die Leine aus, und der Widerstand macht das dann schon.«
Walker kam mit der Leine ins Cockpit und belegte das eine Ende am Poller auf dem Backbord-Heck. Ich brachte die *Sanford* vor den Wind, und Coertze steckte die Leine übers Heck aus. Im Gegensatz zu Hanf schwimmt Nylon wie Manila, und das ausgesteckte Ende wirkte als Bremse auf das wilde Vorwärtsstürmen der *Sanford*.
Es ist gefährlich, mit zuviel Fahrt vor dem Sturm zu laufen. Es kann dem Boot so ergehen wie einem Mann, der über seine eigenen Füße stolpert, und es kann koppseisen – der Bug taucht tief ein, die auflaufende See hebt das Heck und wirft das Boot über Kopf herum. So ist es mit *Tzu Hang* im Pazifik geschehen und auch mit Erling Tambs'

Sandefjord im Atlantik, der dabei einen Mann verlor. Das wollte ich nicht auch erleben.

Unter diesen Umständen das Boot zu steuern war ziemlich aufregend. Das Heck mußte gut in Höhe der auflaufenden See gehalten werden, dann wurde es sanft angehoben, und die See lief drunter weg. Kam man nur ein weniges aus der richtigen Lage, brach die See übers Heck herein, und man wurde von den Wassermassen überspült, die Pinne wurde einem aus dem Griff gewunden, und man überlegte sich, wie oft das Ruder das wohl noch aushalten würde.

Coertze hatte die ganze Leine ausgesteckt, fast achtzig Meter, und die *Sanford* benahm sich nun ein bißchen besser. Die Leine schien das Wasser hinter dem Heck zu beruhigen, und die Wellen brachen sich nun weniger. Da mir schien, wir liefen immer noch zuviel, ließ ich Walker noch mehr Leinen holen. Wir steckten noch zwei Längen von vierzig Meter dreizölligen Nylons aus, und ich schätzte, daß wir nun die Fahrt auf drei Knoten vermindert hatten.

Aber es ließ sich noch etwas tun. Ich winkte Coertze ran und hielt den Mund nahe an sein Ohr. »Gehen Sie nach unten und holen Sie die Reservekanne mit Dieselöl von vorn. Geben Sie die Francesca und sagen Sie ihr, sie soll davon einen Viertelliter zur Zeit ins Klo-Becken tun und spülen. So etwa alle zwei bis drei Minuten einmal, das wird reichen.«

Er nickte und ging unter Deck. Der Zwanzig-Liter-Kanister, den wir in Reserve hatten, kam uns nun gerade recht. Ich hatte schon oft gehört, daß man Öl zur Beruhigung erregter See benutzte – nun würden wir sehen, ob etwas daran war.

Walker umwickelte eifrig die ausgesteckten Leinen, da, wo sie sich auf dem Heckbord scheuerten, mit Segeltuch. Sie konnten bei den heftigen Bewegungen schnell durchgescheuert sein, und wenn eine Leine brach und aus-

rauschte, gerade wenn ich eine von diesen ungemütlichen Seen, die von Zeit zu Zeit aufkamen, abpassen mußte, konnte das unser Ende bedeuten.
Ich sah auf die Uhr. Es war halb sieben, und es sah so aus, als läge eine scheußliche und ungemütliche Nacht vor mir. Aber ich hatte nun langsam spitzgekriegt, wie man das Heck der *Sanford* zu den Seen halten mußte, und ich brauchte nun nur genügend Konzentrationsfähigkeit und Ausdauer.
Coertze kam wieder rauf und rief: »Das Öl läuft.«
Ich sah über Bord. Es schien nicht viel auszumachen, aber so genau ließ sich das auch wieder nicht feststellen. Ich wollte aber nichts unversucht lassen, was unsere Lage auch nur ein bißchen bessern konnte, und darum ließ ich Francesca weitermachen.
Die Wellen waren gewaltig. Ich schätzte ihre Höhe von Tal zu Kamm auf etwa fünfzehn Meter, und die *Sanford* benahm sich wie ein Wagen der Berg-und-Tal-Bahn. Von unten sahen die Wogen beängstigend hoch aus, wie sie sich mit ihren drohenden Kämmen auftürmten. Dann ging unser Bug nach unten, wenn eine Welle das Heck hob, bis es schien, daß das Boot senkrecht stünde und geradewegs bis zum Meeresgrund hinuntertauchen wollte. Sie hob uns dann hoch auf ihren Kamm, und wir sahen ringsum die sturmgepeitschten Seen, von denen der Gischt in waagerechten Wolken davongepeitscht wurde; man konnte Himmel und See kaum noch unterscheiden. Dann ging's wieder zurück ins Tal, der Bug wies dabei zum Himmel empor, und wieder drohten die ungeheuren Seen.
So etwa alle Viertelstunde erhob sich eine besonders übermütige Welle, wenn zwei Wellenberge zusammentrafen und zu doppelter Höhe anwuchsen. Die Höhe dieser Ungetüme schätzte ich auf zwanzig Meter – höher als unseren Mast! – und ich mußte aufpassen wie ein Schießhund, daß wir nicht von achtern überspült wurden.

Ein einziges Mal geschah uns das, und dabei ging uns Walker über Bord. Ein Wogengigant brach über unser Heck herein, und wir schwammen im Wasser. Da hörte ich Walkers verzweifelten Schrei, sah sein weißes Gesicht, seine angststarrenden Augen, wie er aus dem Cockpit herausgewaschen und über Bord gespült wurde.
Coertze handelte blitzschnell. Er griff nach Walker, verfehlte ihn aber. Ich schrie: »Sicherheitsleine – einholen.«
Er wischte sich das Wasser aus den Augen und brüllte zurück: »Hatte keine.«
»Verfluchter Idiot«, dachte ich. Ich glaube, ich hab's gedacht, aber vielleicht hab ich's auch rausgeschrien. Mit einem lauten Ruf wies Coertze achteraus, und als ich mich umdrehte, sah ich einen dunklen Schatten in unserem kochenden Kielwasser herumgewirbelt werden, sah weiße Hände nach der Nylonleine greifen. Man sagte, daß ein Ertrinkender sich an einen Strohhalm klammert; Walker war glücklicher dran, er konnte etwas greifen, was ihm viel mehr Halt bot, eine unserer Treibankerleinen.
Coertze holte die Leine in fieberhafter Eile ein. Das war bestimmt nicht leicht, mit dem Widerstand Walkers im Wasser und mit der verletzten Schulter. Trotzdem holte er die Leine so schnell, als wäre nichts drangewesen. Er holte Walker ran, bis dieser unterm Hecküberhang hing, und belegte dann die Leine.
Er rief mir zu: »Ich häng mich übers Heckbord – setzen Sie sich auf meine Beine.»
Ich nickte, und während er sich daranmachte achteraus zu kriechen, wo Walker sich fest an sein Tau klammerte, kam ich aus dem Cockpit raus und setzte mich auf seine Beine. In den heftigen Bewegungen des Bootes war es nur mein Gewicht, das Coertze hielt, so daß er nicht in die See geschleudert wurde.
Coertze griff die Leine und hievte mit aller Kraft, so daß sich sein Schultergürtel krümmte. Er holte das Gewicht Walkers die fünf Fuß von der Wasseroberfläche bis zum

Heckbord auf. Ich hoffte zu Gott, daß Walker sich so lange halten könnte. Ließe er sich los, so würde er nicht nur selbst verloren sein, sondern die plötzliche Entspannung würde auch Coertze aus dem Gleichgewicht bringen, und er hätte dann kaum Aussicht, sich selbst noch zu retten.
Walkers Hand erschien auf dem Heckbord, und Coertze packte ihn am Ärmelaufschlag. Dann sah ich achteraus und schrie: »Festhalten! Um Gottes willen!«
Eine dieser verfluchten hohen Seen kam auf uns zugerollt, ein entsetzliches Ungeheuer, das sich mit Schnellzugsgeschwindigkeit näherte. Der Bug der *Sanford* begann zu sinken, da hievte Coertze Walker noch einen Pull, packte ihn im Genick und ruckte ihn aufs Heck herauf.
Dann war die See über uns hinweggerollt, so schnell wie sie gekommen war. Walker taumelte im Cockpit zu Boden, bewußtlos oder tot – ich wußte es nicht; und Coertze fiel auf ihn, mit keuchender Brust nach dieser übermenschlichen Anstrengung. Ein paar Minuten lag er so da, dann beugte er sich nieder, um Walkers verkrampften Griff um die Leine zu lösen.
Als er ihm die Finger aufbrach, sagte ich: »Bringen Sie ihn unter Deck, und Sie selbst sollten auch eine Zeitlang unten bleiben.«
Ein großes Licht dämmerte mir auf – aber ich konnte dem jetzt nicht nachsinnen. Ich mußte sehen, daß ich die Leine wieder ausbrachte, wobei ich immer noch die Hand an der Pinne haben und auf die nächste ankommende See gefaßt sein mußte.
Fast eine Stunde dauerte es, bis Coertze zurückkam – eine einsame, schreckliche Stunde, die mich zu sehr in Anspruch nahm, als daß ich in Ruhe das Erlebte hätte überdenken können. Der Sturm schien noch zuzunehmen, und ich überlegte mir noch einmal, was ich Francesca über die Seetüchtigkeit kleiner Boote erzählt hatte.
Als Coertze ins Cockpit zurückkletterte, übernahm er Wal-

kers Amt, die Heckleinen zu überwachen. Er grinste mich an, als er sich niederließ. »Walker ist O. K.«, brüllte er. »Francesca sorgt für ihn. Ich hab ihm das Wasser ausgepumpt, die Bilge muß fast voll sein.« Er lachte — und die Gewalt seines großen Lachens schien das Geheul des Sturmes zu überdröhnen.
Bewundernd sah ich ihn an.

Ein Sturm im Mittelmeer hält sich nicht lange; dahinter steckt nicht die Mächtigkeit eines großen Ozeans, so daß er sich nicht in aller Fülle entfalten kann, und auch ein gewaltiger Wind läuft sich bald tot. Am nächsten Morgen um vier hatte sich der Sturm so weit gelegt, daß ich Coertze das Ruder überlassen und nach unten gehen konnte. Als ich auf der Bank saß, zitterten meine Hände nach der langen Anspannung, und ich war unsagbar müde und abgekämpft.
Francesca sagte: »Du mußt ja einen gewaltigen Hunger haben; ich mach dir was zu essen.«
Ich schüttelte den Kopf. »Nein, viel zu müde zum Essen — ich hau mich hin.« Sie half mir aus dem Ölzeug, und ich fragte: »Wie geht's Walker?«
»Soweit ganz gut; er schläft in der achteren Koje.«
Ich nickte gedankenvoll — Coertze hatte Walker in seine eigene Koje gepackt. Das sah ihm ähnlich.
»Weck mich in zwei Stunden«, sagte ich. »Auf keinen Fall später. Ich kann Coertze nicht zu lange allein lassen.« Dann sackte ich in die Koje und war auch schon weg. Mein letzter Bewußtseinsrest verfloß in einem nebelhaften Bild von Coertze, wie er Walker im Genick gepackt hielt und ihn übers Heck zerrte.
Um halb sieben weckte Francesca mich mit einer Tasse Kaffee, die ich dankbar in Empfang nahm. Sie fragte: »Möchtest du jetzt etwas zu essen haben?«
Ich horchte auf den Wind und versuchte, mir über die

Bewegungen der *Sanford* klarzuwerden. »Mach für uns alle Frühstück«, sagte ich, »wir drehen bei und ruhen uns erst mal aus. Und dann ist es wohl an der Zeit, daß ich mal mit Coertze rede.«

Ich ging wieder ins Cockpit und peilte die Lage. Es war immer noch ein steifer Wind, aber nicht annähernd so stark wie vorher. Coertze hatte die beiden Vierzig-Meter-Leinen eingeholt und sauber aufgeschossen. Ich sagte: »Wollen beidrehn; ist Zeit, daß Sie Schlaf kriegen.«

Er nickte kurz, und wir holten auch noch die lange Leine ein. Dann laschten wir die Pinne fest und beobachteten, wie die *Sanford* sich quer zur See legte – sie lag nun sicher, da der Wind weniger geworden war. Als wir unter Deck gingen, war Francesca in der Kombüse dabei, das Frühstück zu machen. Auf den Kajütentisch hatte sie ein feuchtes Tuch gelegt, damit nichts drauf herumglitschte. Coertze und ich nahmen Platz.

Er schmierte sich ein Butterbrot, und ich überlegte mir, wie ich es angehen sollte, was ich ihm zu sagen hatte. Es war eine knifflige Sache, die ich aufs Tapet bringen wollte, und Kobus war so ein widerborstiger Bursche, daß ich nicht recht wußte, wie er's aufnehmen würde. Ich legte erst mal los: »Übrigens, ich hab mich noch gar nicht richtig bei Ihnen dafür bedankt, daß Sie mich aus dem Stollen gezogen haben – Sie wissen ja, wie die Firste einbrach.«

Er kaute auf seinem Brot und sprach mit vollem Mund: »*Nee, Man,* das war meine Schuld, sagte ich ja schon. Ich hätte zuletzt besser abstützen müssen.«

»Walker ist Ihnen auch Dank schuldig. Sie haben ihm heut nacht das Leben gerettet.«

Er grunzte. »Ganz egal, was er denkt.«

Ich fühlte mich vorsichtig weiter vor, immer bereit, gleich wieder in Deckung zu gehen: »Immerhin, warum haben Sie es getan? Es wäre doch mindestens eine Viertelmillion wert gewesen, wenn Sie es nicht getan hätten.«

Entgeistert, voller Empörung starrte er mich an, mit zorngerötetem Gesicht. »Mann, halten Sie mich für einen gemeinen Mörder?«

Das hatte ich ja nun allerdings lange Zeit hindurch getan, aber das verriet ich ihm nicht. »Und Sie haben auch nicht Parker oder Alberto Corso oder Donato Rinaldi umgebracht?«

Sein Gesicht lief dunkelrot an. »Wer hat das behauptet?«

Ich wies mit dem Daumen zur achteren Koje hin, wo Walker noch schlief. »Der da.«

Mir schien, er wollte platzen. Seine Kiefer malmten, und er war buchstäblich sprachlos, kein Wort brachte er hervor. Ich fuhr fort: »Nach Freund Walker haben Sie Alberto in eine Falle gelockt an einem Felsabhang und ihn runtergestoßen; Donato sollen Sie den Schädel eingeschlagen haben; schließlich haben Sie angeblich Parker während eines Gefechtes mit den Deutschen von hinten in den Kopf geschossen.«

»Dieser Lügenhund! Dieses verfluchte Schwein!« brach es da aus Coertze heraus. Er wollte hochkommen. »Ich will ihm seine blutigen Lügen in seinen verfluchten Schlund hineinrammen!«

Ich hob die Hand. »Immer mit der Ruhe! Gehen Sie noch nicht, wir sind noch nicht ganz fertig. Lassen Sie uns das erst mal zu Ende bringen. Ich möchte gern von Ihnen erfahren, was damals wirklich geschehen ist. Sehn Sie mal, was wir heute nacht erlebt haben, hat mich bedenklich gemacht und läßt mich vieles in ganz neuem Licht sehen. Ich fragte mich, warum sollten Sie Walker gerettet haben, wenn Sie der Mann wären, den er geschildert hat. Ich möchte der Wahrheit ein für allemal auf den Grund kommen.«

Langsam ließ er sich wieder nieder und stierte auf den Tisch. Schließlich begann er: »Mit Alberto, das war ein Unfall. Ich hab noch versucht, ihn zu retten, aber es ging nicht mehr.«

»Ich glaube Ihnen – nach heut nacht.«
»Und Donato – da weiß ich nichts drüber. Ich weiß bloß noch, daß ich das damals sehr merkwürdig fand. Ich meine, warum sollte Donato bloß zum Spaß klettern? Davon hatte er ja genug, wenn uns der Graf in die Berge schickte.«
»Und Parker?«
»Den könnte ich gar nicht getötet haben, selbst wenn ich's gewollt hätte«, sagte er einfach.
»Und warum nicht?«
Langsam sprach er: »Wir waren mit Umberto losgezogen, um einen Hinterhalt zu legen. Das haben wir damals ja oft gemacht. Umberto teilte die Gruppe in zwei Hälften auf; in einer Schlucht war das; auf jeder Seite der Schlucht ging eine von den beiden halben Gruppen. Parker und Walker waren bei der anderen Hälfte. Kurz und gut, dieser Hinterhalt wurde ein Mißerfolg für uns, und die zwei Hälften gingen nachher jede für sich ins Lager zurück. Erst als wir wieder im Lager waren, hörte ich, daß Parker tot war.«
Er rieb sich das Kinn. »Sagten Sie nicht, daß Walker erzählt hätte, Parker hätte 'n Schuß in den Hinterkopf gekriegt?«
»Ja.«
Er sah auf seine Hände nieder, die er vor sich auf den Tisch gelegt hatte. »Wissen Sie – das konnte auch Walker gewesen sein. Es sähe ihm ähnlich.«
»Versteh«, sagte ich. »Sie haben mir doch mal erzählt, daß Walker Sie während des Krieges öfter mal in eine schwierige Lage gebracht hat. Wann war das genau, bevor Sie das Gold vergraben hatten oder hinterher?«
Er zog die Stirn in Falten und dachte nach, ließ seinen Geist in längst entschwundene Zeiten zurückwandern. Dann begann er: »Ich kann mich erinnern, daß Walker mal einige Leute aus einem Graben zurückgezogen hat, und das sollte er gar nicht. Er war damals Umbertos Melder, und er sagte hinterher, er hätte den Befehl falsch verstanden. Seiner-

zeit führte ich eine Gruppe, und meine Flanke war dadurch ungedeckt.« Sein Blick verdüsterte sich. »Dadurch sind etliche von meinen Jungs draufgegangen, und ich selber hätte auch beinahe ein Seitengewehr in den Leib gekriegt.« Er legte das Gesicht in nachdenkliche Falten. »Das war – ja – das war, nachdem wir das Gold versteckt hatten.«

»Bestimmt?«

»Ganz bestimmt. Zu Umbertos Zug kamen wir erst, nachdem wir das Gold vergraben hatten.«

Ruhig begann ich zu reden: »Es könnte sein, daß er Parker von hinten in den Kopf geschossen hat. Es könnte sein, daß er Donato von hinten mit einem Stein den Schädel eingeschlagen und nachher einen Kletterunfall vorgespiegelt hat. Es könnte ferner auch sein, daß er vor Ihnen zuviel Angst hatte, um von vorn oder von hinten an Sie ranzugehen – und Sie wissen ja wohl selber, daß Sie manchmal ein schrecklicher Kerl sein können –; es könnte ja sein, daß er es so hinzukriegen versuchte, daß die Deutschen Ihnen eins verpaßten.«

Coertze ballte die Hände auf dem Tisch. Ich sagte: »Er hat immer Angst vor Ihnen gehabt – und die hat er noch.«

»*Magtig*, dazu hat er wahrlich allen Grund«, grollte er. »Donato hat uns aus dem Gefangenenlager gebracht. Donato ist bei ihm in den Bergen geblieben, als die Deutschen nach uns suchten.« Mit gequältem Blick sah er mich an. »Was für ein Mensch muß das sein, der solche Dinge tun kann?«

»Ein Mensch wie Walker«, gab ich zur Antwort. »Mir scheint, wir müssen mit ihm reden. Ich bin begierig, zu wissen, was er Francesca und mir zugedacht hat.«

Coertze preßte die Lippen zusammen. »Ja, ich denke, wir wecken ihn jetzt auf aus seinem *Lekker Slaap*.«

Er stand auf, als Francesca gerade mit Schüsseln beladen hereinkam. Unsicher hielt sie inne, als sie Coertzes Antlitz sah. »Was ist los?«

Ich nahm ihr die Schüsseln ab und setzte sie zwischen die Schlingerleisten. »Wir wollen gerade mit Walker sprechen«, sagte ich. »Du kommst am besten mit.«
Aber Walker war schon wach; seinem Gesicht sah ich an, daß er wohl wußte, was nun käme. Er schwang sich aus der Koje und versuchte von Coertze wegzukommen, der sich auf ihn stürzte.
»Halt halt«, rief ich und griff Coertze beim Arm. »Sprechen wollten wir mit ihm, hab ich gesagt.«
Coertzes Armmuskeln spannten sich, aber dann lockerten sie sich, und ich ließ ihn los. Zu Walker sagte ich: »Coertze meint, Sie seien ein Lügner – was haben Sie dazu zu sagen?«
Seine Augen flimmerten, er warf einen angsterfüllten Blick auf Coertze und schaute dann zur Seite. »Hab ich nicht gesagt, daß er jemand getötet hat, nein, hab ich nicht gesagt.«
»Nein, wörtlich gesagt haben Sie es nicht«, bestätigte ich. »Aber Sie haben es ganz unmißverständlich zum Ausdruck gebracht.«
Coertze atmete schwer, aber er sagte nichts; es schien ihm im Augenblick ganz recht zu sein, daß ich die Sache in die Hand nahm. Ich fuhr fort: »Wie ist es mit Parker? Sie sagten, Coertze sei in seiner Nähe gewesen, als er den Schuß kriegte – Coertze sagt nein. Nun, wie ist es?«
»Hab ich auch nicht gesagt«, sagte er kläglich.
»Sie sind mir schon ein elender Lügner«, sagte ich nachdenklich. »Sie haben es gesagt, zu mir. Wenn Sie schon kein gutes Gedächtnis haben, ich hab's, ein sehr gutes sogar. In Tanger habe ich Sie gewarnt und Ihnen gesagt, was geschähe, wenn Sie je versuchten, mich zu belügen. Sie hätten sich besser in acht nehmen sollen. Jetzt will ich die Wahrheit wissen – war Coertze in Parkers Nähe, als er getötet wurde?«
Lange schwieg er. »Nun, war er?« wiederholte ich.
Er brach zusammen. »Nein, war er nicht«, schrie er her-

aus. »Ich hab mir das ausgedacht. Er war nicht da. Er war auf der andern Seite der Schlucht.«
»Und wer hat Parker erschossen?«
»Die Deutschen« kreischte er außer sich, »die Deutschen, es waren die Deutschen – das hab ich Ihnen gesagt, die Deutschen, Deutschen.«
Mir schien, es hieße ihm zuviel zumuten, sollte er den Mord bekennen. Niemals würde er unumwunden zugestehen, Parker und Donato Rinaldi ermordet zu haben – aber sein Gesicht verriet ihn. Ich war nicht gesonnen, ihm irgend etwas zu ersparen, und ich sagte zu Coertze: »Seine Schuld ist es, daß Torloni uns angegriffen hat.«
Coertze grunzte überrascht. »Wahh?!«
Ich teilte ihm die Sache mit dem Zigarettenetui mit. Dann sprach ich Walker an: »Coertze hat Ihnen heute nacht das Leben gerettet. Weiß Gott, ich wünschte, er hätte Sie versacken lassen. Ich gehe jetzt und lasse Sie hier unten allein mit ihm, und er mag tun, was ihm beliebt.«
Walker klammerte sich an meinen Arm. »Gehen Sie nicht weg«, flehte er, »lassen Sie ihn nicht an mich ran.« Was er immer befürchtet hatte, nun vollzog es sich, niemand stand mehr zwischen ihm und Coertze. Er hatte Coertze in meinen Augen angeschwärzt, um einen Verbündeten gegen ihn zu haben, und nun stand ich auf Coertzes Seite. Er hatte Angst vor körperlicher Gewalt – gemordet hatte er aus dem Hinterhalt – und Coertze war die Übersteigerung aller körperlichen Gewalt.
»Ach bitte bitte«, winselte er, »nicht weggehen.« Er warf Francesca einen leidenschaftlich flehenden Blick zu. Sie wandte sich schweigend ab und ging den Niedergang zum Cockpit hinauf. Ich schüttelte seine Hand ab und folgte ihr und machte hinter mir die Luke dicht.
»Coertze bringt ihn um«, flüsterte sie.
»Ist es nicht sein Recht?« fragte ich. »Ich kann es sonst nicht billigen, wenn jemand in eigener Sache richtet, aber dies ist ein Fall, wo ich eine Ausnahme zugestehen muß.«

»Ich denke dabei nicht an Walker«, entgegnete sie. »Es ist nicht gut für Coertze. Niemand kann einen Menschen töten, ohne ein anderer zu werden. Es ist schlimm, schlimm für seine . . . seine Seele.«
Ich antwortete: »Coertze wird tun, was er zu tun hat.«
Wir verfielen in Schweigen und blickten über die unruhige See. Meine Gedanken richteten sich wieder aufs Boot und auf unsere nächsten Aufgaben.
Die Kajütentür ging auf, und Coertze kam ins Cockpit. Sein Angesicht war verstört, und heiser begann er: »Ich wollte ihn umbringen, dies kleine Dreckstück. Ich wollte ihn niederschlagen – und einmal hab ich zugeschlagen. Aber man kann keinen schlagen, der sich nicht wehrt. Kann man nicht, verstehen Sie?«
Mich kam ein Lächeln an, und Francesca schluchzte ein befreites Lachen heraus. Coertze sah uns an, und auch auf seinem Gesicht leuchtete ein verhaltenes Lächeln auf, und er fragte: »Aber was machen wir nun mit ihm?«
»In Tanger setzen wir ihn an Land, und dann mag er sich selber weiter helfen«, erwiderte ich. »Wir werden ihm den größten Schrecken einjagen, den jemals ein Mensch erlebt hat.«
Wir grinsten uns alle an wie ein paar glückliche Narren; da rief Francesca plötzlich scharf aus: »Da!«
Mein Blick folgte ihrem ausgestreckten Arm. »Nein!« stöhnte ich auf. Auch Coertze sah hin und stieß einen Fluch aus.
Was sich da durch die bewegte See wälzte und mit hoher Fahrt drohend auf uns zuhielt war der Fairmile.

Die Sanford

Das versetzte mir einen Stoß. Ich hatte als ganz sicher angenommen, daß Metcalfe uns in dem Sturm verloren hätte – aber er mußte ja wohl mit dem Teufel im Bunde stehen. Durch Radar hatte er uns jedenfalls nicht gefunden, der Sturm hatte ihm an Oberdeck alles weggefegt, seinen kleinen Lademast, die Funkantenne und auch die Radarantenne. Es war purer Zufall, daß er auf uns gestoßen war.

Ich sagte zu Coertze: »Gehen Sie runter und werfen Sie den Motor an. Francesca, du gehst auch nach unten und bleibst da.«

Ich sah zum Fairmile hinüber. Er war ungefähr eine Meile entfernt und kam mit etwa acht Knoten näher – etwas über fünf Minuten blieben uns noch für unsere Vorbereitungen, die doch nutzlos bleiben mußten. Ich machte mir keine Illusion über Metcalfe. Torloni war schlimm genug gewesen, aber der verließ sich nur auf Gewalt. Metcalfe aber benutzte sein Köpfchen.

Der Seegang war sehr unangenehm. Als der Wind noch stark genug wehte, hatte er für Ordnung gesorgt, und die Wellen kamen schön gleichmäßig und regelmäßig daher. Als es abgeflaut hatte, liefen die Seen wild durcheinander; es war unheimlich, wenn plötzlich Wasserpyramiden hochschossen, an deren Stelle im nächsten Augenblick ein tiefer Trichter gähnte. Die *Sanford* stampfte und schlingerte beängstigend.

Aber dem Fairmile ging es nicht besser. Er wurde von dem aufgerührten Wasser hin und her geschleudert, und ich konnte mir lebhaft vorstellen, was für ein Durcheinander in seinem Innern herrschte. Es war ein altes Boot, ein Kriegsveteran, und alle Mühe, die Metcalfe daran-

gewandt hatte, konnte nicht verhindern, daß sein Rumpf altersschwach wurde. Diese Boote waren nur für eine Lebenserwartung von etwa fünf Jahren erbaut worden, und die Baumaterialien während des Krieges waren auch nicht gerade wegen ausgesuchter Qualität berühmt.
Plötzlich kam es mir zum Bewußtsein, daß er keinesfalls schneller laufen durfte, und daß Metcalfe schon das Äußerste aus seinem Boot rausholte, was er bei dieser schweren See wagen durfte. Bei ruhiger See schafften seine Motoren gut ihre sechsundzwanzig Meilen. Wenn er aber unter den jetzigen Umständen mehr als acht Knoten fahren wollte, käme das Boot in Gefahr, in Stücke zu gehen. Metcalfe würde schon allerhand für das Gold riskieren, aber das denn doch nicht.
Als ich den Motor anspringen hörte, gab ich Vollgas und drehte mit der *Sanford* weg vom Fairmile. Unser Motor konnte schon was leisten, und ich konnte damit rechnen, daß ich immerhin mit sieben Knoten vom Fairmile ablaufen konnte, obwohl ich gegen die schweren Seen ankämpfen mußte. Unsere Gnadenfrist von fünf Minuten war nun zu einer Stunde gedehnt worden, und vielleicht käme mir ja in dieser Stunde ein neuer Einfall.
Coertze kam wieder rauf, und ich überließ ihm die Pinne und ging unter Deck. Ich hielt mich nicht damit auf, ihm zu sagen, was er tun müßte, das lag klar auf der Hand. Aus dem Spind unter meiner Koje holte ich mir die Schmeisser-Maschinenpistole mit sämtlichen Magazinen. Von ihrer Bank aus sah Francesca mir zu. »Muß das sein?« fragte sie.
»Wenn's nicht nötig ist, schieß ich nicht«, erwiderte ich, »erst wenn sie damit anfangen.« Ich sah mich um. »Wo ist Walker?«
»Hat sich vorn eingeschlossen. Er zittert vor Coertze.«
»Na schön, ist mir auch lieber, wenn er mir jetzt nicht zwischen den Beinen rumläuft«, entgegnete ich und ging wieder ins Cockpit.

Ungläubig starrte Coertze die Maschinenpistole an. »Donnerlittchen, wo haben Sie die denn her?«
»Aus dem Stollen«, erwiderte ich. »Hoffentlich geht sie noch – die Munition ist verdammt alt.«
Ich führte ein langes Magazin ein und ließ den Kolben in Gebrauchsstellung einrasten. Dann sagte ich: »Holen Sie lieber Ihre Luger, ich geh ans Ruder.«
Er grinste säuerlich. »Wozu? Sie haben ja die ganzen Patronen weggeschmissen.«
»Verdammt noch mal – aber stopp mal, da ist ja noch Torlonis Pistole – unten, in der Kartentischschieblade.«
Er ging runter, und ich sah achteraus zum Fairmile hin. Wie mir schien, war Metcalfe nach unserem Abdrehen mit der Fahrt nicht raufgegangen. Aber das hätte auch nicht viel ausgemacht. Im Genick saß er uns ohnehin, schon mit einem Knoten Fahrtüberschuß, und ich sah, daß er uns schon merklich näher gekommen war.
Coertze kam zurück und hatte die Pistole im Hosenbund stecken. Er fragte: »Wie lange mag das noch dauern, bis er uns eingeholt hat?«
»Keine Stunde mehr.« Ich klopfte an die Schmeisser. »Schießen tun wir nicht, wenn er nicht damit anfängt. Und wenn – wir wollen keinen umlegen.«
»Und er, wenn er schießt – will er jemand umlegen?«
»Weiß nicht. Kann sein.«
Coertze grunzte. Er zog die Pistole raus und prüfte sie. Es war nichts weiter zu bereden, und wir schwiegen. Ich versuchte, mich an die Handhabung einer Maschinenpistole zu erinnern. Es war schon lange her, daß ich damit geschossen hatte. Ich ging im Geiste noch einmal die wichtigsten Punkte durch, die mir ein rotgesichtiger Korporal beigebracht hatte. Vor allem mußte man beachten, daß der Rückstoß die Laufmündung hochschleuderte, und wenn man sie nicht eisern runterhielt, ging das meiste wirkungslos in die Luft. Ich versuchte, mir noch andere Einzelheiten ins Gedächtnis zurückzurufen, aber es wollte

mir nichts weiter einfallen; so mußte ich mich also damit begnügen.
Nach einer Zeitlang sagte ich zu Coertze: »Ich glaub, 'ne Tasse Kaffee stünde uns ganz gut zu Gesichte.«
»Kein schlechter Gedanke«, erwiderte er und ging runter. Ein Afrikaner sagt niemals nein, wenn ihm Kaffee angeboten wird; diesen Leutchen sind die Lebern gegerbt davon. Nach fünf Minuten kam er mit zwei dampfenden Tassen zurück und sagte: »Francesca möchte raufkommen.«
Nach einem Blick achteraus auf den Fairmile sagte ich kurz: »Nein.«
Wir tranken unsern Kaffee, von dem uns die Hälfte überschwabberte, als die *Sanford* unter einer besonders schweren See erbebte, und als wir ausgetrunken hatten, war der Fairmile keine Viertelmeile mehr entfernt. Deutlich sah ich Metcalfe neben dem Ruderhaus stehen.
Ich sagte: »Möcht mal wissen, was er nun anfängt. Entern kann er uns bei dem Seegang nicht, da ist das Risiko zu groß, daß er uns rammt. Wie würden Sie's machen, Kobus?«
»Ich würde abhalten und uns mit der Flinte abschießen«, grunzte er. »Wie in 'ner Schießbude. Wenn's ruhiger wird, kann er ohne Kampf an Bord kommen.«
Das ließ sich hören, aber so einfach wie in einer Schießbude war es ja nun doch nicht — Pappscheiben schießen nicht zurück. Ich übergab Coertze die Pinne. »Vielleicht müssen wir ein paar Scheinmanöver machen«, sagte ich. »Ohne Segel werden Sie das leicht fertigkriegen. Sie müssen nur verdammt fix sein, wenn ich was sage.« Ich nahm die Schmeisser auf und legte sie über die Knie. »Wieviel Schuß haben Sie in der Pistole?«
»Nicht genug, nur fünf.«
Schließlich stand der Fairmile nur noch hundert Meter entfernt steuerbord achteraus, und Metcalfe holte aus dem Ruderhaus ein Lautsprecher-Megaphon. Seine Stimme

dröhnte übers Wasser herüber. »Was laufen Sie denn weg, brauchen Sie keine Schleppleine?«
Ich legte die Hände um den Mund. »Sind Sie scharf auf Bergelohn?« höhnte ich.
Er lachte. »Haben Sie Sturmschäden?«
»Überhaupt keine«, rief ich. »Wir kommen allein nach Haus.« Wenn es ihm Spaß machte, den Harmlosen zu spielen, da konnte ich schon mithalten. Ich hatte weiter nichts zu verlieren.
Der Fairmile ging mit der Fahrt runter, um mit uns auf gleicher Höhe zu bleiben. Metcalfe spielte am Verstärker seines Lautsprechers, und es gab ein schreckliches Gepfeife. »Hal«, rief er, »ich brauch Ihr Boot – und Ihre Ladung.«
Na, nun war's raus – und deutlicher ging's wirklich nicht.
Wieder grölte der Lautsprecher: »Wenn Sie friedlich sind, bin ich mit der Hälfte zufrieden, wenn nicht, nehm ich mir das Ganze.«
»Das gleiche hat mir Torloni angeboten. Sie wissen ja, wie's ihm ergangen ist.«
»Der war gehandicapt, er durfte nicht schießen. Ich kann's aber.«
Krupke ließ sich sehen – mit einem Gewehr. Er kletterte auf das Deckshaus und legte sich hinter dem Ruderhaus in Deckung. Ich sagte zu Coertze: »Haben Sie den bestellt?«
Es war schon eine üble Lage, aber doch nicht so schlimm, wie's zuerst aussah. Krupke war in der Armee gewesen; er war es gewohnt, beim Schießen festen Stand zu haben; sein Ziel mochte sich ruhig bewegen. Ich traute ihm aber nicht zu, daß er von einer bewegten Plattform wie dem Fairmile überhaupt gezieltes Feuer abgeben konnte.
Der Fairmile scherte näher heran, und ich sagte zu Coertze: »Abstand halten.«
Metcalfe rief: »Na, wie ist es?«
»Scheren Sie sich zum Teufel!«

Er nickte Krupke zu, der sofort Feuer gab. Ich konnte nicht sehen, wo das Geschoß einschlug, aber anscheinend hatte er uns nicht getroffen. Er schoß wieder, und diesmal mußte er weiter vorn was getroffen haben, und zwar Metall, wie das Paaannng des abprallenden Geschosses verriet.

Coertze stieß mich in die Rippen. »Sehen Sie sich nicht so um, daß Metcalfe es bemerkt, aber mir scheint, wir kriegen wieder schlechtes Wetter.«

Ich änderte ein wenig meinen Sitz, so daß ich aus dem Augenwinkel einen Blick achteraus werfen konnte. Der Horizont war schwarz von einer drohenden Regenbö, die auf uns zukam. Ich wünschte nur inbrünstig, sie möchte recht schnell kommen.

»Jetzt geht es um Zeitgewinn«, sagte ich.

Wieder schoß Krupke, und diesmal war achtern ein Aufschlag zu hören. Ich beugte mich über die Seite und sah den Einschuß in der Bordwand. Er zielte jetzt besser.

Ich rief hinüber: »Sagen Sie mal zu Krupke, er dürfe uns nicht unter der Wasserlinie treffen. Wir könnten sinken, und das wär Ihnen sicher nicht recht.«

Das gab einen kleinen Aufenthalt. Ich sah, wie er mit Krupke redete und ihm mit der Hand bedeutete, er solle höher halten. Ich rief Francesca, sie solle schleunigst an Deck kommen. Diese Nickelmantelgeschosse konnten die dünnen Planken der *Sanford* durchschlagen wie Seidenpapier. Sie kam gerade rauf, als Krupke wieder schoß. Der Schuß ging hoch und traf nichts.

Als Metcalfe sie bemerkte, hob er die Hand, und Krupke stoppte. Er rief: »Seien Sie doch vernünftig, Hal, wo Sie doch eine Frau an Bord haben.«

Ich blickte auf Francesca, und sie schüttelte den Kopf. Ich rief: »Sie sind es ja, der schießt.«

Metcalfe versuchte sich zu rechtfertigen: »Ich möchte nicht, daß jemand getroffen wird.«

»Dann hauen Sie doch ab.«

Er zuckte die Achseln und sagte etwas zu Krupke, und der

feuerte wieder. Mit einem Klank! traf das Geschoß den Schwanenhals. Ich grinste bitter über Metcalfes seltsame Moral. In seinen Augen war es meine Schuld, wenn jemand getötet wurde.
Ich sah achteraus. Die Bö war merklich näher gekommen und zog schnell heran. Es war der letzte Schlag des sterbenden Sturmes, und lange würde es nicht dauern, aber, wie ich hoffte, doch gerade lange genug, daß wir Metcalfe entkommen konnten. Mir schien, daß Metcalfe noch gar nichts davon bemerkt hatte, weil er viel zu sehr mit uns beschäftigt war.
Krupke schoß abermals. Nach dem Krachen weiter vorn zu urteilen, mußte der Schuß in die Kajüte gegangen sein. Ich hatte Francesca gerade zur rechten Zeit raufgeholt.
Krupke machte mir allmählich mehr Kummer. Trotz des schwierigen Zielens wurde sein Schießen besser, und auch ohne das konnte er früher oder später einen Zufallstreffer haben. Wieviel Munition mochte er wohl haben?
»Metcalfe«, rief ich.
Er hob die Hand, aber Krupke hatte schon den Abzugshebel gezogen. Gerade neben meinem Ellbogen zersplitterte das Setzbord. Wir duckten uns alle ins Cockpit runter, und ich betrachtete ungläubig meinen Handrücken; ein zwei Zoll langer Mahagonisplitter stak darin.
Ich zog ihn raus und brüllte: »He, stopp! Das war ein bißchen zu nah ran.«
»Was ist los?«
Ich sah, daß der Fairmile uns wieder auf die Pelle rückte, und ich wies Coertze an abzuhalten.
»Nun?« Metcalfes Stimme klang ungeduldig.
»Ich möchte einen Vorschlag machen«, rief ich.
»Meine Bedingungen kennen Sie.«
»Woher sollen wir wissen, ob wir Ihnen trauen können?«
Metcalfe war unnachgiebig. »Lassen Sie's eben bleiben.«
Ich tat, als ob ich mich mit Coertze besprach. »Wie weit ist die Bö?«

»Wenn Sie ihn noch etwas hinhalten, könnten wir's hinkriegen.«
Zum Fairmile rief ich hinüber: »Ich mach Ihnen einen Gegenvorschlag. Wir geben Ihnen ein Drittel – Walker braucht seinen Anteil nicht.«
Metcalfe lachte. »Sie sind ihm wohl endlich auf die Schliche gekommen, wie?«
»Na, wie ist es damit?«
»Gar nichts ist es – die Hälfte oder alles. Entscheiden Sie sich; Sie sind nicht in der Lage, verhandeln zu können.«
Ich wandte mich an Coertze. »Was sagen Sie dazu?«
Er rieb sich das Kinn. »Ich bin mit allem einverstanden, was Sie sagen.«
»Francesca?«
Sie seufzte. »Glaubst du, daß dieser neue Sturm da uns helfen kann?«
»Ein Sturm ist es nicht gerade, aber helfen kann er uns schon. Ich glaube, wir können Metcalfe abschütteln, wenn wir ihn uns noch zehn Minuten vom Leibe halten.«
»Ja, können wir das?«
»Ich glaube, aber es kann gefährlich werden.«
Sie kniff die Lippen zusammen. »Dann laß es drauf ankommen!«
Ich sah zu Metcalfe hinüber. Er stand vor der Tür zum Ruderhaus und blickte auf Krupke, der achteraus zeigte. Er hatte die Bö gesehen!
Ich rief hinüber: »Wir haben uns besprochen und sind einstimmig der Meinung, daß Sie immer noch zum Teufel gehen können.«
Ärgerlich winkte er mit der Hand, und Krupke schoß wieder – wieder vorbei.
Ich sagte zu Coertze: »Zwei Schuß geben wir ihm noch. Sofort nach dem zweiten drehen Sie nach Steuerbord, als ob Sie ihn rammen wollten – aber um Gottes willen, rammen Sie ihn nicht. So dicht wie möglich ran, und dann auf Parallelkurs gehen. Klar?«

Er nickte, und Krupke feuerte wieder. Er traf die *Sanford* eben unter dem Cockpit – dieser Krupke schoß allmählich zu gut.
Metcalfe konnte nichts davon wissen, daß wir eine Maschinenpistole hatten. Er hatte die *Sanford* mehrere Male durchsuchen lassen, und Maschinenpistolen, selbst kleine findet man in Italien nicht an jeder Straßenecke. Nun hatten wir die Gelegenheit, ihm einen Schrecken einzujagen. Zu Francesca sagte ich: »Sowie wir drehen, leg dich hier runter.«
Krupke schoß wieder und traf nicht, und Coertze legte die Pinne rum. Metcalfe war überrascht – dies war wie der Angriff einer Ratte auf ein Wiesel. Zwanzig Sekunden hatten wir Zeit für unser Manöver, und es gelang.
Nachdem er sich soweit gefaßt hatte, dem Rudergänger zuzurufen und der Rudergänger, ihm zu antworten, waren wir auch schon längsseit.
Als Krupke uns kommen sah, gab er wieder Feuer, aber der Schuß ging wild in die Gegend. Dann zielte er auf mich, und ich sah ihm direkt in die Laufmündung. Da schoß ich los mit meiner Schmeisser.
Nur für zwei Feuerstöße hatte ich Zeit. Der erste galt Krupke – den mußte ich erwischen, bevor er mich erwischte. Zwei oder drei Treffer schlugen in die Fenster des Salons, und ich ließ die Mündung mit dem Rückstoß hochgehen. Einige Geschosse gingen in die Ecke des Ruderhauses, und ich sah Krupke zurücktaumeln, beide Hände vors Gesicht geschlagen, und hörte einen Aufschrei. Dann schwenkte ich die MPi aufs Ruderhaus und pfefferte hinein. Die Fensterscherben flogen umher, aber es war zu spät, um Metcalfe zu erwischen, der war schon außer Sicht. Die Schmeisser hatte eine Ladehemmung, und ich brüllte Coertze zu: »Raus hier!« und er legte wieder das Ruder rum.
»Wohin?« fragte er.
»Wo wir hergekommen sind, in die Bö rein.«
Ich sah zum Fairmile zurück. Metcalfe war auf dem Auf-

baudeck und beugte sich über Krupke, und der Fairmile steuerte wieder seinen alten Kurs. Aber der Bug schwang von einer Seite zur andern, als ob niemand am Ruder sei. »So könnt's hinkommen«, sagte ich.

Aber zwei, drei Minuten später drehte der Fairmile und preschte wieder hinter uns her. Ich blickte voraus und betete im stillen, wir möchten rechtzeitig in die Bö kommen. Das war mir auch noch nicht passiert, daß ich um schlechtes Wetter gebetet hatte.

Es ging um Haaresbreite, aber wir schafften es. Der Fairmile war nur noch knapp hundert Meter hinter uns, da trafen uns die ersten Windstöße, und zehn Sekunden später war er in peitschendem Regen und Gischt verschwunden.

Ich drosselte den Motor, bis er gerade noch so eben hintuckerte; es wäre Selbstmord gewesen, wenn wir versucht hätten, mit hoher Fahrt weiterzukommen. Das Wetter war ganz so, wie wir's brauchten, es war nur ärgerlich, daß es nicht die andauernde Wildheit des vorigen Sturmes hatte, und ich wußte, daß es in einer halben Stunde oder so vorüber sein würde.

In dieser kurzen Zeit mußten wir Metcalfe abgeschüttelt haben.

Ich überließ Coertze das Ruder, stolperte voraus zum Mast und setzte das Trysegel.

Ich beschloß nach Luv aufzukreuzen; das würde Metcalfe bei diesem Wetter am wenigsten erwarten, und ich hoffte, daß er, wenn die Bö vorbei wäre, nach Lee suchen würde.

Die *Sanford* mochte das gar nicht. Sie bockte und stampfte mehr denn je, und ich verwünschte ihre Rankheit, die der goldene Kiel auf dem Gewissen hatte, die Wurzel allen Übels. Ich sagte zu Francesca: »Geh lieber mit Kobus unter Deck; hat keinen Sinn, daß wir alle bis auf die Haut naß werden.«

Ich war darauf gespannt, was Metcalfe wohl tun würde. Wenn er vernünftig war, würde er den Fairmile mit der Schnauze in den Wind legen und den Motor gerade soviel laufen lassen, daß er eben noch Kurs halten konnte. Aber ihn trieb ja die Gier nach dem Gold, und er war verwegen genug, die tollsten Dinge anzustellen, solange ihm das Boot nicht unter den Füßen auseinanderbrach. Seine Seemannschaft hatte er damit bewiesen, daß er unbeschädigt durch den schweren Sturm gekommen war – diese Bö würde ihm nichts anhaben.

Die *Sanford* schlingerte jetzt entsetzlich, und für einen Augenblick schien es mir, daß ich es sei, dem das Boot unter den Füßen auseinanderbrechen wollte. Die Ruderpinne fühlte sich so sonderbar an, ich wurde nicht schlau daraus, so was hatte ich noch bei keinem Boot erlebt. Sie legte sich wieder über, als ob sie kentern wollte, und sie hörte nicht auf, in beängstigender Weise weiter zu schlingern, auch ohne erkennbaren Anlaß. Probeweise stützte ich mit dem Ruder, und mit einem Ruck kam sie herum. Hastig legte ich das Ruder den andern Weg, und mit überschießendem Schwung kam sie schnell zurück. Es war, als ob man auf einem Pferd mit losem Sattel ritt; ich verstand das einfach nicht.

Plötzlich schoß mir ein schrecklicher Gedanke durch den Kopf, und ich sah über die Seite. Bei dem wirbelnden Wasser war es schwer auszumachen, aber mir schien, daß der Wasserpaß höher aus dem Wasser lag, als er sollte, und ich wußte nun auch, was geschehen war.

Es war der Kiel – der gottverfluchte goldene Kiel!

Coertze hatte uns gewarnt. Er hatte gesagt, daß er voller Sprünge und Risse und von schwachem Gefüge sein würde. In den letzten paar Tagen hatte der Sturm der *Sanford* unzählige Schläge versetzt, und diese letzte Bö war der Tropfen, der das Faß zum Überlaufen brachte – oder eines Schiffes Kiel brechen ließ.

Ich sah noch einmal über die Seite, um abzuschätzen, wie-

viel höher sie nun aus dem Wasser lag. Soweit ich es beurteilen konnte, waren drei Viertel des Kiels weg – drei Tonnen Ballast hatte die *Sanford* verloren, und sie war in Gefahr, jeden Augenblick zu koppseisen. Ich hämmerte an die Kajütentür und brüllte mit äußerster Lungenkraft. Coertze steckte den Kopf heraus. »Was ist los?« rief er.
»Schnell an Deck – Francesca auch. Der verfluchte Kiel ist weg. Wir können jeden Augenblick kentern.«
Verständnislos starrte er mich an. »Was soll das heißen?« Dann wurde er puterrot, als es ihm aufging. »Sie meinen, das Gold ist weg?« fragte er ungläubig.
»Um Gottes willen, gaffen Sie nicht lange herum«, rief ich. »Kommen Sie rauf und kriegen Sie Francesca da raus. Ich weiß bei Gott nicht, wie lange ich sie jetzt noch halten kann.«
Er erbleichte, und sein Kopf verschwand. Francesca kletterte eilig aus der Kajüte, und Coertze folgte ihr auf den Fersen. Die *Sanford* benahm sich wie verrückt, und ich brüllte Coertze zu: »Das verdammte Segel runter, fix, eh's zu spät ist.«
Er stürzte längs Deck nach vorn und nahm sich nicht erst die Zeit, das Fall von der Klampe loszunehmen, er zog das Messer aus dem Gürtel und kappte es. Sobald das Segel runter war, lag die *Sanford* etwas besser, aber nicht viel. Sie tanzte auf den Wellen umher, und wenn es mir gelang, sie zu halten, dann war es meinem Glück, nicht meinem Verstand zu danken, denn ich hatte nie Gelegenheit gehabt, diese Erfahrungen zu machen – das hatten sicher nur wenige!
Als Coertze zurückkam, rief ich ihm zu: »Der Mast schmeißt uns um, wenn wir nicht aufpassen.«
Er sah zum Mast hoch, der über uns aufragte und nickte kurz. Ob er sich wohl erinnerte, was er gesagt hatte, als ich zum erstenmal in Kapstadt mit ihm über Jachten sprach? Damals sah er zum Mast der *Estralita* auf und sagte: »Die muß aber gehörigen Tiefgang haben, als Gegengewicht für das lange Ding.«

Der Kiel, unser Gegengewicht, war weg, und der achtzehn Meter hohe Mast war jetzt der Kernpunkt unseres Überlebens.
Ich zeigte auf das Kappbeil, das an der Seite des Cockpit befestigt war, und brüllte: »Wanten kappen!«
Er nahm das Beil, ging nach vorn, und hieb energisch auf das achtere Want ein. Es prallte von dem rostfreien Stahldraht zurück, und ich verwünschte mich selbst, daß ich die *Sanford* so stark gebaut hatte. Er schlug wieder und wieder zu, und endlich hatte er den Draht durch.
Er ging jetzt an das vordere Want, und ich sagte: »Francesca, ich muß ihm helfen, ehe es zu spät ist. Kannst du die Pinne nehmen?«
»Was muß ich da tun?«
»Ich glaub, ich hab's jetzt raus« erwiderte ich. »Sie ist sehr empfindlich, und du darfst nicht zu hart Ruder legen. Sie dreht sich sehr leicht, und du darfst die Pinne nur ganz leicht und weich bewegen – sonst alles wie vorher.«
Ich konnte mich nicht lange bei ihr im Cockpit aufhalten. Ich warf die Taljen der Backstags los, so daß die Stagen lose hingen.
Ich ging zum Bug, klammerte mich unterwegs an mit aller Kraft, und stemmte mich in der Bugkanzel fest. Mit dem Marlspieker an meinem Taschenmesser machte ich mich an die Spannschraube des Fockstags. Dafür war der Marlspieker nicht gemacht, und er glippte immer wieder aus dem Loch der Spindel, aber schließlich hatte ich sie doch lose gekriegt, obgleich ich jedesmal eine Dusche bekam, wenn die *Sanford* ihren Bug eintauchte. Als ich aufblickte, hing das Leestag durch, war also lose.
Bevor ich daran ging, dem Klüverstag Lose zu geben, blickte ich mich um und sah, daß Coertze jetzt an die Backbord-Wanten ging. Ein Blick nach oben zeigte mir, daß der Mast wippte wie eine Angelrute – aber das verdammte Ding wollte nicht brechen.

Als ich mich über die vordere Luke tastete, kam mir zum erstenmal Walker wieder in den Sinn. Ich hämmerte auf den Lukendeckel und brüllte: »Walker, rauskommen, wir sinken.« Aber von unten kam kein Laut.

Ich verfluchte seine fadenscheinige Seele in den tiefsten Höllengrund, ging achteraus, kletterte den Niedergang runter und ging in die Kajüte. Unfähig, bei der neuen, scheußlichen Bewegung der *Sanford* die Balance zu halten, taumelte ich voraus bis zur Tür zum Vorschiff. Sie war von drinnen verschlossen. Ich trommelte mit den Fäusten darauf und brüllte:

»Walker, kommen Sie raus, wir koppseisen.«

Ich hörte einen schwachen Laut und brüllte noch einmal. Dann kam seine Antwort: »Ich komm nicht raus.«

»Seien Sie doch kein verdammter Narr«, rief ich. »Wir können jede Minute absaufen.«

»Das ist ja nur 'n Trick, damit ich rauskomme. Ich weiß ganz genau, daß Coertze auf mich wartet.«

»Verdammter Idiot!« Ich brüllte und hämmerte wieder gegen die Tür, aber er gab keine Antwort mehr. Mir blieb nichts weiter übrig, als ihn zu lassen.

Als ich mich zum Gehen wandte, ächzte die *Sanford* in allen Fugen. Ich raste zum Niedergang und torkelte ins Cockpit, gerade zur richtigen Zeit, um den Mast übergehen zu sehen. Zehn Fuß hoch über dem Deck krachte und splitterte er und kippte in die tobende See; er hing noch an den Back- und Vorstagen.

Ich nahm Francesca die Pinne ab und probierte, wie sie in der Hand lag. Die Bewegungen der *Sanford* waren nicht viel besser geworden – sie schlitterte immer noch unberechenbar herum – aber ich fühlte mich doch nun leichter, da wir das Haupthindernis los waren. Ich klopfte gegen ein Spind im Cockpit und rief Francesca zu: »Schwimmwesten – krieg sie mal raus.«

Die Lösung eines Problems führte sofort zum nächsten – der Mast im Wasser wurde vorn und achtern noch festgehalten, und er schlug regelmäßig gegen die Bordwand der *Sanford.* Wenn das noch lange so ging, würden die Planken eingeschlagen, und wir würden absacken wie ein Stein. Coertze war noch im Bug, und ich sah das Kappbeil blinken, wie er es zu einem neuen Schlag auf das Fockstag hob. Er hatte die Gefahr erkannt, die der Mast für uns bildete.

Ich quälte mich in eine Schwimmweste, während Francesca das Ruder übernahm. Dann nahm ich einen Bootshaken vom Kajütsdach und lehnte mich über die Seite, um den Mast abzustoßen, wenn er wieder zu einem seiner gefährlichen Angriffe heranschwang. Coertze kam achteraus, um die Backstags zu kappen; mit dem Deck als Unterlage ging das leichter, und in fünf Minuten war er fertig damit. Der Mast trieb ab und kam uns in den gischtenden Seen sofort aus Sicht.

Coertze ließ sich schwer ins Cockpit fallen; das Seewasser rann ihm vom Gesicht. Francesca gab ihm eine Schwimmweste. Wir machten unsere Sicherheitsleinen fest, und plötzlich fiel es mir ein, den Kajütseingang dicht zu machen – wenn Walker rauskommen wollte, konnte er die vordere Luke benutzen. Mir kam es darauf an, die *Sanford* dicht zu machen; wenn sie kenterte und gleich vollief, würde sie in Sekunden sinken.

Die letzten Augenblicke der Bö machten uns noch ganz schön zu schaffen. Wenn wir die überstünden, hätten wir noch erträgliche Aussichten. Die *Sanford* konnte zwar nicht mehr segeln, aber bei vernünftigem Gebrauch der Maschine konnten wir doch langsam weiterkommen. Zum erstenmal hoffte ich, daß Metcalfe sich nicht hatte täuschen lassen und in der Nähe bereitstünde.

Aber die Bö war noch nicht fertig mit uns. Ein heftiger Stoßwind und eine besonders steile See trafen so zusammen, daß sich ihre Wirkung verstärkte, und die *Sanford* holte bedrohlich über. Verzweifelt versuchte ich, ihr durch Ruderlegen beizukommen, aber es war zu spät, mehr und mehr legte sie sich über, bis sie fünfundvierzig Grad krängte.

Ich brüllte: »Wahrschau, sie kentert«, und im gleichen Augenblick tat sie es auch schon, und ich wurde in die See geschleudert.

Ich gurgelte und schluckte Salzwasser, bis der Auftrieb meiner Schwimmweste mich wieder nach oben trug. Da schwamm ich nun auf dem Rücken. In wahnsinniger Angst sah ich mich nach Francesca um und beruhigte mich erst, als ihr Kopf dicht neben mir auftauchte. Ich griff nach ihrer Sicherheitsleine und holte sie ran, bis wir nebeneinander trieben. »Zurück zum Boot«, sprudelte ich hervor.

An unseren Sicherheitsleinen holten wir uns nun beide wieder an die *Sanford* heran. Sie lag auf ihrer Steuerbordseite und trieb trübselig auf den Wellen; mit großer Mühe arbeiteten wir uns an dem senkrecht aufragenden Oberdeck hoch, bis wir die Backbord-Relingsstützen zu fassen kriegten. Ich sah mich nach Coertze um, konnte ihn aber nicht sehen. Jetzt kroch ich zunächst einmal über die Reling, bis ich mich auf unserm neuen, seltsam geformten Oberdeck – der Backbordseite der *Sanford* – befand.

Nachdem ich Francesca über die Reling geholfen hatte, sah ich Coertze. Er klammerte sich an den Rest des Kiels – offenbar war er nach der anderen Seite über Bord gegangen. Er hielt sich an einem Wirrwarr gebrochener Drähte fest – an den Drähten, die unseren Kiel zusammenhalten sollten, und die nun ihre Aufgabe doch nicht erfüllt hatten. Ich ließ mich an der Seite heruntergleiten und reichte ihm die Hand, und bald saßen wir alle drei höchst unbequem zusammengedrängt auf dem ungeschützten Rumpf und waren ziemlich ratlos – was, zum Deubel, konnten wir tun?

Der letzte harte Windstoß war der abschließende Peitschenschlag der Bö; dann ließ der Wind schnell nach, ließ die angeschlagene *Sanford* hinter sich, die von der unruhigen See herumgestoßen wurde. Ich blickte um mich, in der Hoffnung, Metcalfe zu finden, aber der Fairmile war nicht in Sicht, wenn man auch nicht wissen konnte, ob er nicht noch aus dem Wasserdunst auftauchte, den die Bö zurückgelassen hatte.

Nachdenklich sah ich auf das Dingi; das noch auf dem Kajütendach festgelascht war. Da sagte Coertze: »Wissen Sie, is doch noch 'ne Menge Gold dran«, und er starrte auf den Kiel.

»Ach Scheiß Gold – woll'n mal das Dingi losmachen.«

Wir schnitten die Laschings durch und ließen das Dingi ins Wasser fallen, nachdem ich es vorsichtshalber mit einer Leine gesichert hatte. Es schwamm kieloben, aber das war nicht weiter schlimm, die Schwimmzellen hielten es in jeder Lage über Wasser. Ich ließ mich am Deck ins Wasser runter und drehte das Boot um. Ich nahm das Ösfaß, das noch in seiner Halterung saß, und fing an, das Dingi auszuösen.

Ich war kaum fertig damit, da rief Francesca: »Metcalfe! Metcalfe kommt!«

Bis ich mich wieder auf das Wrack hinaufgearbeitet hatte, war der Fairmile schon ziemlich nah herangekommen; er pflügte immer noch mit seinen acht Knoten durchs Wasser, die Metcalfe bei schwerer See bevorzugte. Jetzt versuchten wir ja nicht mehr, ihm zu entkommen, und so dauerte es nicht lange, bis er auf Rufweite heran war.

Metcalfe stand neben dem Ruderhaus und rief: »Können Sie 'ne Leine wahrnehmen?«

Coertze zeigte klar, und der Fairmile scherte näher heran. Metcalfe hatte ein paar Buchten einer Leine in der Hand und schleuderte sie rüber. Der erste Wurf war zu kurz, aber den zweiten fing Coertze auf. Er ließ sich am Deck runter und belegte die Leine am Maststumpf. Ich hatte vorher ein Ende abgeschnitten und legte es in einer Schlinge um das Schlepptau. Dann sagte ich: »Wir pullen jetzt im Dingi rüber, an der Leine entlang. Laßt sie um

Gottes willen nicht ausrauschen, damit wir nicht abtreiben.«

Wir gingen ins Dingi und setzten zum Fairmile über. Es war keine besonders schwierige Aufgabe, aber durchgefroren und durchnäßt und müde, wie wir waren, hätten wir doch leicht was falsch machen können. Metcalfe half Francesca an Bord, und Coertze folgte ihr. Als ich aussteigen wollte, warf Metcalfe mir eine Leine zu und sagte barsch: »Machen Sie das Dingi fest; vielleicht brauchen wir's.«

Ich machte es fest und enterte an Deck. Mit wutverzerrtem Gesicht kam Metcalfe auf mich zu. Mit beiden Händen packte er mich an den Schultern und brüllte mich an: »Sie verdammter Idiot! Ich hab Ihnen doch gesagt, Sie sollten den Kiel gut festmachen. In Rapallo hab ich Ihnen das gesagt.«

Er schüttelte mich, und ich war zu müde, um zu widerstehen. Mein Kopf taumelte vor und zurück wie der Kopf einer Puppe, und als er mich losließ, sackte ich an Deck.

Er wandte sich Coertze zu. »Wieviel ist noch da?«

»Ein Viertel ungefähr.«

Mit harter Entschlossenheit sah er zu der *Sanford* hinüber. »Das laß ich mir nicht entgehen. Eine Tonne Gold laß ich mir verdammt nicht entgehen.«

Er rief zum Ruderhaus hin, und der Marokkaner, Moulay Idriss, kam heraus. Metcalfe gab ihm einige Anweisungen in schnellem Arabisch. Dann sprang er ins Dingi und pullte selbst zur *Sanford* rüber. Der Araber steckte inzwischen ein schweres Kabel an die Leine an, und als Metcalfe auf der *Sanford* war, holte er es rüber.

Francesca und ich kümmerten uns nicht viel darum. Wir waren völlig erschöpft. Uns interessierte nur noch, daß wir lebten und zusammen waren. Was mit dem Gold geschah, ließ uns kalt. Coertze jedoch war ganz bei der Sache und half dem Araber, das Kabel festzumachen.

Metcalfe kam zurück und sagte zu Coertze: »Sie haben

recht, ungefähr 'ne Tonne ist noch dran. Ich weiß nicht, wie sich das Wrack benimmt, wenn es geschleppt wird, aber wir wollen's versuchen.«

Als der Fairmile gedreht hatte und langsam anging und das Kabel steif kam, brach eine wäßrige Sonne über der bewegten See durch, und ich sah zurück auf die *Sanford*, wie sie schwerfällig dem Zug des Kabels folgte. Das Cockpit stand halb unter Wasser, aber die vordere Luke war noch frei, und ich sagte: »Mein Gott! Walker ist noch drin!«

Und Coertze: »*Magtig*, hab ich ganz vergessen.«

Als die *Sanford* kenterte, muß er wohl einen Stoß bekommen haben, der ihn bewußtlos machte — sonst hätten wir ihn hören müssen, wenn er gerufen hätte. Francesca sah zum Wrack hinüber. »Sieh doch mal! Da, im Cockpit!«

Der Kajütseingang war mit Gewalt von innen geöffnet worden, und ich sah Walkers Kopf, wie er sich abmühte, gegen den Schwall des Wassers anzukämpfen, das ins Boot drängte. Seine Hände angelten nach dem Setzbord, aber das war nicht mehr da, Krupke hatte es abgeschossen. Dann riß die Gewalt des Wassers Walker in die Kajüte zurück, und er verschwand.

Wenn er aus der vorderen Luke rausgekommen wäre, so wäre ihm das gelungen, aber selbst kurz vor seinem Tode mußte er noch einen seiner unvermeidlichen Fehler machen. Der Kajütseingang war offen, das Wasser strömte in das Wrack, und die *Sanford* begann zu sinken. Metcalfe tobte. »Dieser verdammte Narr«, brüllte er. »Ich dachte, Sie wären ihn schon losgeworden. Nun nimmt er das ganze Gold mit sich.«

Je tiefer die *Sanford* sank, um so schneller drang das Wasser ein. Metcalfe stierte verzweifelt hinüber. Seine Stimme schrillte vor ohnmächtiger Wut: »Dieser verfluchte, viehische Idiot! Von Anfang an hat er alles versaut!«

Lange konnte es nicht mehr dauern, die *Sanford* sank schnell. Die Schleppleine kam steif, und durch den zu-

nehmenden Zug auf das Kabel tauchte das Heck des Fairmiles tiefer ein. Die *Sanford* kam ins Schlingern, als die in der Vorderkajüte zusammengepreßte Luft aus der vorderen Luke hervorbrach, und sie sackte nun noch schneller, als das Wasser auch durch diese neue Öffnung eindrang.
Der Zug nach unten am Heck des Fairmiles wurde gefährlich, und Metcalfe nahm das Kappbeil aus seiner Halterung und stand klar beim Kabel. Er blickte auf die *Sanford*, Unentschlossenheit irrlichterte auf seinen Zügen, dann holte er mit gewaltigem Schwung aus und schlug zu. Das Kabel brach mit sirrendem Klang und das lose Ende sprang in Schlangenwindungen zurück. Mit einem Ruck kam das Heck des Fairmile hoch.
Die *Sanford* wälzte sich und drehte sich herum. Sie sank, und als sie unseren Blicken schon entschwunden war, traf ein verirrter Sonnenstrahl ihren Kiel, und der Glanz unvergänglichen Goldes traf noch einmal unser Auge. Dann war da nur noch die See.
Metcalfes Zorn war groß, aber, wie die Bö, bald verraucht, und er gewann wieder seine gewöhnliche, ausgeglichene Wesensart und nahm den Verlust mit stoischem Gleichmut. »Es ist ein Jammer«, sagte er, »aber es ist nun mal so. Es ist dahin, und wir können nichts mehr dran ändern.«
Wir saßen im Salon des Fairmiles, unterwegs nach Malaga, wo Metcalfe uns absetzen wollte. Er hatte uns trokkenes Zeug gegeben, und als wir erst gegessen hatten, fühlten wir uns schon wohler.
Ich fragte: »Was fangen Sie nun an?«
Er zuckte die Achseln. »In Tanger ist nichts mehr zu holen, wenn die Marokkaner es jetzt übernehmen. Ich glaub, ich versuch's mal mit dem Kongo – da scheint sich ja was zusammenzubrauen.«
Ich stellte mir vor, wie Metcalfe und noch ein paar seiner Sorte es im Kongo versuchten. Die Aaskrähen sammeln sich – aber er war nicht die schlimmste unter ihnen. Ich

sagte: »Sie haben uns sicher noch einiges mehr zu erzählen.«
Er grinste: »Was wollen Sie denn wissen?«
»Nun, die Frage, die mich am meisten geplagt hat, ist die: wie sind Sie uns zuerst auf die Schliche gekommen? Was brachte sie auf den Verdacht, daß wir hinter Gold her wären?«
»Verdacht, alter Junge? Ich hatte keinen Verdacht, ich wußte das.«
»Und wie konnten Sie das wissen?«
»Ich hab doch Walker betrunken gemacht. Da hat er mir alles haarklein erzählt, die Geschichte des Goldes, den Kiel – alles.«
»Ja ja, verflucht noch mal!« Ich dachte an all meine Vorsichtsmaßnahmen, um Metcalfe von unserer Fährte zu bringen; ich dachte daran, wie oft ich mir neue Listen ausgedacht hatte, mich herauszuwinden. Alles umsonst, ich konnte ihm nichts vormachen.
Metcalfe sagte: »Ich dachte, Sie hätten ihn abgeschüttelt. Er war Ihnen doch die ganze Zeit nur ein Klotz am Bein. Ich dachte, Sie hätten ihn über Bord gehen lassen oder so.«
Ich sah Coertze an, der mich angriente, und sagte: »Vielleicht war er sogar ein Mörder.«
»Würd mich nicht wundern«, stimmte Metcalfe leichthin zu. »Er war eine schmierige kleine Ratte.«
Das brachte mich auf den Gedanken: vielleicht hatte auch ich einen Menschen getötet. Ich fragte: »Wo ist Krupke, ich hab ihn noch gar nicht gesehen.«
Metcalfe kicherte. »Der stöhnt in seiner Koje – hat die Schnauze voller Splitter.«
Ich zeigte ihm meinen Handrücken. »Na ja, das hat er mit mir auch gemacht.«
»Gewiß«, sagte Metcalfe ernst. »Aber vielleicht verliert Krupke dabei ein Auge.«
»Geschieht ihm verdammt recht«, erwiderte ich boshaft.

»Dann wird er wohl nicht mehr scharf darauf sein, mit einer Flinte zu zielen.«

Ich hatte es nicht vergessen, daß Metcalfe und seine Bande noch vor wenigen Stunden ihr Bestes getan hatten, uns umzubringen. Aber es hatte keinen Sinn, sich mit Metcalfe jetzt darüber zu streiten – wir waren Gäste auf seinem Boot, und er wollte uns sicher an Land bringen. Ihn zu reizen, war jetzt nicht angebracht.

Metcalfe fuhr fort: »Ihre Maschinenpistole war eine kleine Überraschung für mich. Beinah hätt ich was abgekriegt.« Er zeigte auf das zertrümmerte Megaphon auf dem Büfett. »Das Ding da haben Sie mir richtig aus der Hand geschossen.«

Francesca fragte: »Warum waren Sie so besorgt um meinen Mann? Warum haben Sie sich all die Mühe um ihn gemacht«

»Oh, mir wurde richtig schlecht, als ich sah, wie Hal ihn niederschlug«, sagte Metcalfe ernst. »Ich wußte, wer er war, und ich wußte, daß er Schwierigkeiten machen konnte, und das paßte mir nicht in den Kram. Ich wollte, daß Hal ungestört seinen Kiel gießen und aus Italien rauskommen könnte. Und ich konnte es mir nicht leisten, daß die Polizei anfing, überall und nirgends rumzuschnüffeln.«

»Und deshalb versuchten Sie auch, Torloni zurückzuhalten?« warf ich ein.

Er rieb sich das Kinn. »Das war mein Fehler«, gab er zu. »Ich hatte gedacht, ich könnte Torloni für mich arbeiten lassen, ohne daß er wüßte, worum es ging. Aber er ist ein ganz gerissener Hund, und als er das Zigarettenetui in die Pfoten bekam, ging mein Schuß nach hinten los. Ich brauchte Torloni nur, um Sie zu überwachen, aber dieser Idiot von Walker mußte natürlich hingehen und das ganze Spiel verschenken. Da war Torloni natürlich nicht mehr zu halten.«

»Und so warnten Sie uns.«

Er breitete die Hände aus. »Was konnte ich anders tun für einen alten Kumpel?«
»Nix Kumpel, das Gold wollten Sie raus haben.«
Er grinste. »Na ja, was 'n Wunder. Aber Sie kamen doch weg, oder —?«
Voll Bitterkeit stellte ich mir Metcalfe als den Puppenmeister vor, der uns dirigierte und nach seiner Pfeife tanzen ließ. Nicht ganz — einer seiner Marionetten waren die Schnüre gerissen; wenn Walker uns geschlagen hätte, hätte er damit auch Metcalfe geschlagen.
Ich sagte: »Wenn Sie uns nicht Torloni auf den Hals gehetzt hätten, wäre der Kiel nicht gebrochen. Als der uns auf die Pelle rückte, mußten wir ihn in einer blödsinnigen Hetze fertiggießen.«
»Ja, sicher«, gab Metcalfe zu, »und diese ganzen verdammten Partisanen konnten auch nicht helfen.« Er erhob sich. »Alsdann, ich muß mich noch um das Boot kümmern.« Er zögerte einen Augenblick, dann zog er ein Zigarettenetui aus der Rocktasche. »Vielleicht mögen Sie das als Andenken — Torloni hat's mal liegen lassen. Ist was Interessantes drin.« Er warf es auf den Tisch und ging hinaus.
Ich sah Francesca und Coertze an, dann streckte ich langsam die Hand aus und nahm es auf. Da war es wieder, dieses schwere, vertraute Gefühl des Goldes, aber der innere Schock blieb aus, den ich damals spürte, als Walker mir den goldenen Herkules in die Hand gab. Ich konnte kein Gold mehr sehen.
Ich öffnete das Etui und fand darin einen zusammengefalteten Brief. Er war an mich adressiert, abzugeben auf der Jacht *Sanford*, im Hafen von Tanger. Der Brief war geöffnet worden. Ich las und mußte lauthals lachen.
Erstaunt sahen Francesca und Coertze mich an. Ich versuchte mein Lachen abzustoppen, aber es brach immer wieder von neuem aus mir hervor. »Wir haben ... wir haben ... ein Los gewonnen ... 'ne Lotterie.« Ich schnappte

nach Luft und reichte Francesca den Brief hinüber, die nun auch lachen mußte.
Verständnislos fragte Coertze: »Was für 'ne Lotterie?«
Ich fragte: »Wissen Sie nicht mehr? In Tanger damals, Sie bestanden drauf, daß ich 'n Los nahm – sicher ist sicher, meinten Sie damals. Und das hat gewonnen!«
Nun kam ihm endlich ein Lächeln. »Wieviel?«
»Sechsmal hunderttausend Peseten.«
»Wieviel ist das in Pfund?«
Ich wischte mir die Augen. »Etwas über sechstausend Pfund. Es deckt nicht ganz die Kosten, die ich in unser Unternehmen reingesteckt hab – aber es ist 'ne ganz schöne Beihilfe.«
Coertze fragte schafsdumm: »Wieviel haben Sie denn reingesteckt?«
Ich überschlug: Die *Sanford* hatte ich verloren, die war allein ihre 12 000 Pfund wert gewesen. Während der ganzen Zeit hatte ich sämtliche Ausgaben bestritten, und die waren nicht niedrig, weil wir ja als wohlhabende Touristen auftreten mußten; dann die enorme Miete für die Casa Saeta in Tanger; schließlich Ausrüstung und Verproviantierung des Bootes.
Ich sagte: »So siebzehn, achtzehntausend müssen's sein.«
Er zwinkerte mit den Augen und langte in die Uhrentasche. »Nützen die was?« fragte er und ließ vier große Diamanten über den Tisch kullern.
»Meine Güte«, sagte ich, »wie kommen Sie denn dabei?«
Er kicherte. »Die müssen mir ja wohl im Stollen an den Fingern kleben geblieben sein. Grad so, wie Ihnen die MPi.«
Nun kicherte auch Francesca und fuhr mit der Hand in den Halsausschnitt. Sie zog einen kleinen ledernen Brustbeutel hervor, der an einer Schnur um ihren Hals hing, und schüttete ihn aus. Zwei weitere Diamanten lagen nun auf dem Tisch, und dazu noch vier Smaragde.
Ich sah von einem zum andern und sprach: »Ihr ver-

dammten Diebe! Ihr solltet euch doch was schämen! Die Steine sollten doch in Italien bleiben.«
Dann holte ich grinsend meine fünf Diamanten raus, und wir alle mußten uns ausschütten vor Lachen, Lachen, Lachen.

Als wir nachher unsere Steine vor Metcalfes spähenden Blicken verborgen hatten, gingen wir an Deck und beobachteten, wie die Berge Spaniens im Dämmer der Ferne über der Kimm aufstiegen. Ich legte den Arm um Francesca und fragte mit Jammermiene: »Ich hab noch einen halben Anteil an einer Bootswerft in Kapstadt. Würdest du auch einen einfachen Bootsbauer heiraten wollen?«
Sie drückte mir die Hand. »Ich glaube, daß ich Südafrika liebgewinnen werde.«
Ich zog das Zigarettenetui aus der Tasche und klappte es mit einer Hand auf. Da war die Inschrift, und ich las sie jetzt zum erstenmal – *Caro Benito da Parte di Adolf – Brennero – 1940* –.
»Es ist nicht ganz ungefährlich, dies Ding bei sich zu haben«, sagte ich. »Ein anderer Torloni könnte es zu sehen kriegen.«
Sie schauderte. »Schaff es dir vom Hals, Hal, bitte, wirf es weg.«
Und ich warf es über Bord. Noch ein Goldschimmer aus dem grünen Wasser, und dann war es verschwunden für alle Zeiten.